오탁번 소설 6

포유도

초판 1쇄 인쇄 | 2018년 12월 10일
초판 1쇄 발행 | 2018년 12월 14일

지은이 | 오탁번
펴낸이 | 지현구
펴낸곳 | 태학사
등   록 | 제 406-2006-00008호
주   소 | 경기도 파주시 광인사길 223
전   화 | (031)955-7580~2(마케팅부) · 955-7585~90(편집부)
전   송 | (031)955-0910
전자우편 | thaehak4@chol.com
홈페이지 | www.thaehaksa.com

저작권자 ⓒ 오탁번, 2018

ISBN 979-11-6395-002-8   04810
ISBN 978-89-5966-122-0   (세트)

포유도

오탁번 소설 6

포유도

태학사

　이제는 신문과 방송도 인터넷과 모바일로 제작하는 1인 매스컴 시대가 됐다. 모두가 기자이고 아나운서이다. 정치 사회 문화 모든 분야에서 문학적 상상력이 이룬 구조보다 더 기막힌 허구가 초 단위로 생산되었다가 가뭇없이 사라져버린다.

　SNS를 통하여 무한대의 속도로 뉴스와 논평이 퍼지면서 패싸움을 한다. 어느 게 진짜이고 어느 게 가짜인지 종잡을 수 없다. 일단 한 자리를 차지한 사람은 타인의 소외와 분노는 도외시한다. 오직 나의 기득권과 진영논리에 함몰되어 상대를 공격한다. 별별 야릇한 말장난이 판을 치고 사회 전체가 뜬소문으로 뒤덮인다.

　얼마 전 남북이 발표한 평양선언과 판문점 군사협정을 국회 동의 없이 내각에서 비준하자 야당이 들고 일어났다. 당국은 북한은 우리 헌법상 국가가 아니므로 국회 동의는 안 받아도 된다고 맞섰다. 엉뚱한 말싸움이 국가와 민족의 운명을 망칠지도 모른다. 내가 북한의 최고 지도자라면, 즉각 핵미사일 일발 장착! 발사!다. 조선민주주의인민공화국이 국가가 아니라고?

　AI가 바둑을 두고 소설을 쓰고 자동차를 모는 시대가 됐다. 기술은 날로 발전한다. 미리 유전자 검사를 해서 질병 위험이 적은 배아를 자궁에 착상시켜서 다운증후군이나 혈우병을 예방하고, 부부의 정자와 난자에다 더 건강한 다른 여성의 난자를 사용하여 심장 질환을 차단하는 이른바 '세 부모 아기'를 만든다는, 꿈 같기는 해도 딱 벼락 맞을 기술이 나왔다고 한 게 몇 해 전이다. 또 최근에는 아예 인공수정을 할 때 IQ가 낮은 유전자를 폐기하여 머리 좋은 아기만 낳게 하는 기술이 나왔다고 한다. 이웃과 더불어 대지를 경작하고 사랑과 슬픔을 느끼며 살아가는 호모사피엔스는 이미 멸종의 시간 위에 서 있는 것일까.

나는 지구 종말이 오는 그날에도, 액막이연을 날리고 대보름날 달집 태우며, 하날때, 두알때, 사마중, 날때, 염낭, 거지, 팔때, 장군, 고드래, 뽕! 놀이를 하겠다.

왕할머니는 막내 증손자를 안고 누워 잠이 드신 모양이었다. 문 여는 소리에 아기가 끙끙거리며 왕할머니의 젖가슴을 파고들며 대춧빛 젖꼭지를 오물오물 빨기 시작했다. 아기의 궁둥이를 다독다독 다독거리는 왕할머니의 검버섯 핀 손이 호랑나비 날개만큼 가벼워 보였다.

–오탁번,「포유도」맨 끝

2018년 겨울
오탁번

차례

미천왕   9

겨울의 꿈은 날 줄 모른다   153

1억 년 전의 새 발자국   207

포유도   277

* 소묘 1   오탁번 선생과 나 - 홍부영   323

* 소묘 2   소년과 자목련 - 박금산   334

작품 서지   357

작가 연보   361

미천왕

을불(乙弗)이 국내성(國內城)을 떠난 것은 봉상왕(烽上王) 2년, 서기 293년 9월 열나흗날 이른 새벽이었다.

을불은 그때 열다섯 살의 어린 소년이었다. 성의 높은 담을 뛰어넘어 망루의 파수병에게 들키지 않고 성 밖의 마장(馬場)까지 간다는 것은 을불 소년에게는 쉬운 일이 아니었다. 열나흗날 달은 서편으로 기운 채 환하게 밝았다. 만일 파수병의 눈에라도 띄는 날에는 영락없이 붙잡히고 말 것이었다.

열다섯 살이었지만 기골은 청년만큼 장대하고 여덟팔자로 째진 눈은 월광(月光)을 되받아 무서운 야광(夜光)을 토해 내고 있었다.

아버지가 왕의 손에 살해되었다는 소식을 들은 것은 바로 어젯밤 이슥해서였다. 을불은 언제나 마찬가지로 어젯밤에도 이슥하도록 활터에서 활을 쏘고 있었다. 을불은 어려서부터 아버지 돌고(咄固)를 따라 사냥터에서 활솜씨를 익혀 이미 그의 궁술(弓術)은 성안에서는 귀재(鬼才)로 이름이 나 있었다. 무예를 연마하는 길은 멀고도 험하다. 가도 가도 끝이 없고 한 가지를 익히면 다음이 더 어려워진다.

용왕매진하는 맹수나 공중에 날아가는 독수리를 맞힌 것은 이미 을불의 나이 열세 살 때였다. 그러나 엄격하기로 이름있는 아버지는 행여나 을불이 손끝의 재주에 자만하여 장래를 그르칠까 염려하여 한 번도 입 밖에 내서 그 아들을 칭찬한 적이 없다.

살생(殺生)을 한다고 생각하고 활을 쏘면 안 된다는 게 돌고의 가르침이었다. 활 쏘는 것은 살아 있는 생물을 죽이는 데 그 목적이 있는 것이 아니라, 궁수(弓手)의 정신력을 통일하여 호연지기(浩然之氣)를 기르는 데 그 목적을 두어야 한다고 늘 아들에게 가르치던 아버지였다.

을불이 야간에도 활터에서 활을 연습하는 것은 지난 봄부터였다. 백 보(百步) 앞에 작은 솔방울을 매달아 놓고 활을 쏘는 것인데, 물론 밝은 대낮에는 얼마든지 쉽게 명중시킬 수 있지만 날이 저문 다음에는 맞히기가 여간 어려운 게 아니었다. 어려운 게 아니라 불가능한 일이었다.

그러나 며칠을 계속하고 나니까 어둠 속에서도 작은 솔방울을 맞힐 수가 있었다. 이것은 이상한 일이었다. 눈에 보여서 겨냥하는 것이 아니라 시위를 떠난 화살이 스스로 눈을 뜨고 솔방울을 찾아가는 것이었다. 을불로서는 그렇게 밖에는 믿을 수가 없었다.

"화살은 눈이 밝아야 되느니라."

돌고가 언젠가 한 이 말을 비로소 이해하게 된 을불은 차츰차츰 야간 연습에 재미를 붙이게 되어 벌써 몇 달 동안 밤늦도록 활터에서만 살아서, 어머니 사미(斯米) 부인은 애를 태워야 했다. 아들의 혼사(婚事)를 마무리해야 될 텐데 날이 가면 갈수록 활에만 정신을 팔고 있으니 애가 탈 노릇이었다.

"을불을 좀 나무라서 혼사일에 마음을 쓰도록 해 주셔야 되오리다."

사미 부인이 이렇게 말하면 돌고는 턱을 뒤덮은 수염을 손바닥으로 쓱쓱 문지르며 껄껄 웃었다.

"사내 대장부가 계집보다 활을 더 좋아한다고 하여 뭐가 흉이 될 게 있겠소? 을불이 녀석은 비범한 아이니까 하늘이 때를 알아서 모든 것을 정해 주리다. 과히 심려 마오."

그때, 마당에서 모이를 쪼아 먹던 병아리떼 위로 검은 구름장이 내려 덮이는 것을 보며 돌고는 말을 중단했다. 그놈은 무시무시하게 큰 독수리였다.

돌고는 얼른 전동(箭筒)에서 화살을 뽑아 미처 활시위에 걸 틈도 없이 그냥 손으로 던졌다. 독수리는 화살을 맞고 날개를 푸득거리다가 공중으로 높이 날아 올라갔다.

"나도 이제 늙었나 보오. 내 화살에 맞아서 죽지 않는 놈도 있구려."

돌고는 섬돌에서 내려서며 독수리가 날아가는 모습을 지켜보았다. 사미 부인도 손으로 햇빛을 가리고 하늘을 올려다보았다. 그때 날아가던 독수리가 핑그르르 한 바퀴 돌다가 아래로 돌팔매처럼 떨어져 내렸다.

돌고는 빙그레 웃었다. 아직 자기의 무예가 시들지 않았다는 자신이 들었기 때문이다. 한창 만주 벌판을 누비며 사냥을 하던 때는 돌고의 활을 당할 사람이 없었다.

지아비가 빙그레 웃는 모습을 보며 사미 부인도 만족스러운 얼굴이 되었다. 그녀는 곧 하인을 시켜 건너편 지석묘(支石墓) 쪽에 떨어진 독수리를 가져오라고 분부했다. 묘지 뒤편으로는 울창한 수목이 퍼져 나가고 있었다. 대낮에도 곰이 엉금엉금 기어 나오기도 하고 호랑이가 어슬렁대며 울부짖기도 해서 그곳은 이 마을 사람들의 좋은 사냥터이기도 했다.

사람과 짐승이 따로따로 그 거처를 정해 놓고 살아가는 것이 아니라, 한꺼번에 같이 뒹굴며 살아가는 것이었다. 아침에 잠자리에서 눈을 뜨면 어떤 때는 어린 토끼나 여우 새끼들이 발꿈치에서 낑낑대기도 했다. 폭설이 퍼붓는 겨울에는 이런 일이 더욱 많아서, 추위를 피하여 인가로 내려오는 짐승들과 함께 겨울을 나는 일도 있었다. 가축과 야생 짐승의 구별이 뚜렷하지 않던 때라서, 말도 천성이 사나운 놈이면 산으로 도망을 가서 살고 온순한 산짐승은 인가를 찾아와서 고개를 빼물고 먹이를 기다리기도 하는 것이었다.

한참 후에 하인은 독수리를 들고 돌고 앞에 나타나서 한 발을 꿇고 궤배(跪拜)를 했다.

"목을 꿰뚫었습니다."

하인은 독수리에 꽂힌 화살을 쳐들며, 한편으로는 숨을 헐떡이면서 말했다. 그러고 보니, 숨을 헐떡이는 것은 하인뿐이 아니라, 하인의 상반신만큼 큰 독수리도 숨을 헐떡이며 이따금 날개를 푸드덕거렸다. 독수리의 목에서는 검붉은 피가 뚝뚝 떨어져 내리고 있었다.

"으흠…… 역시 나는 늙은 모양이오."

돌고는 독수리를 찬찬히 들여다보다가 갑자기 한숨을 쉬며 사미 부인을 돌아다보았다.

"이것 보오. 이건 내 화살이 아닌 것이오. 이건 바로 그 녀석의 화살이오이다."

독수리 목에서 화살을 쑥 빼어들며 돌고가 말했다. 화살 끝에는 노란 조우(鳥羽)가 꽂혀 있었다. 사미 부인도 깃털을 보자 얼굴빛이 달라져서 지아비를 쳐다보았다.

돌고의 화살은 빨간 조우로 표시를 하고 아들 을불의 것은 노란 조우로 표시를 하는 것은 하나의 가풍이었다. 서로 화살이 달라야만 사냥을 할 때 짐승을 누가 맞혀서 잡았는지 알게 된다. 그렇지 않으면 누구의 살에 맞았는지 알 도리가 없다. 사냥꾼들은 늘 자기의 화살에는 서로 헷갈리지 않도록 독특한 표시를 해 둔다.

"건너편에 을불이 있더냐?"

하인을 향해서 내뱉는 돌고의 음성에는 노기가 엇갈려 있었다.

"예. 숲속에서 말을 타고 사냥을 하고 있더이다."

"가서 그놈을 냉큼 잡아오렷다!"

하인은 무슨 영문인지도 모르고 벌떡 일어나서 쏜살같이 뛰어갔다. 큰 돌이 삐죽삐죽 솟은 묘지를 돌아 하인은 숲속으로 빨려 들어가는 것처럼 사라져 버렸다.

을불은 성의 담을 단번에 뛰어넘어 마장 쪽으로 발길을 재촉하면서 아버지의 얼굴이 눈앞에 크게 떠올라 하마터면 '아버님!' 하고 부를 뻔했다. 노기를 띤 얼굴이면서도 그때의 아버지의 표정은 말 못 할 기쁨으로 충만되어 있었다.

"이놈! 애비가 쏜 화살만으로도 떨어질 수 있는 법이어늘 함부로 화살을 쏘다니?"

"아버님!"

"닥치지 못할까! 손끝의 재주만 믿고 무예를 함부로 드러내다가는 화를 당하게 되는 법이니라."

돌고는 그때 애써서 아들을 나무랐다. 옆에서 듣고 있던 사미 부인이,

"아버님께서는 시위를 당겨서 화살을 쏜 게 아니라 손으로 던진 것이야. 네가 화살로 맞히지 않았으면 독수리는 훨훨 날

아가 버리고 말았을 것이다.”

하며 아들을 두둔하자 돌고는 턱수염을 쓰다듬으며,

“너의 활솜씨는 그만하면 성안에서 으뜸이다. 허지만 너는 한낱 평범한 궁수(弓手)로 평생을 보낼 사람이 아니다. 오늘부터는 야간에 활 쏘는 연습을 하도록 하여라.”

하며 분부를 내리는 것이었다.

“활은 제 스스로 눈이 밝아야 하느니라. 활을 단순한 하나의 병기로만 취급하지 말고, 너와 꼭 같은 인격을 지닌 존재로 파악하는 것이 무엇보다 중요한 법.”

이런 일이 있었던 것이 지난 봄이었다. 그때부터 을불은 밤에 활 쏘는 연습을 맹렬히 하기 시작했다.

야간 활쏘기, 그것은 하나의 신기(神技)에 속하는 것이다. 인간으로서는 터득하기 어려운 신비에 휩싸인 것이었지만, 몇 달을 연습하고 나니, 돌고의 말대로 과연 화살은 차츰차츰 눈을 뜨기 시작하여 어둠에 가린 솔방울을 정확하게 찾아가는 것이었다.

화살이 눈을 뜬다. 이것은 을불이 처음 겪는 감동이었다.

밤이 이슥하여 활터에서 돌아오는데 을불은 자기도 모르게 전동에서 화살을 빼어 시위에 걸고 당긴 일이 있었다. 캄캄한 밤중이었다. 화살은 을불에게 화를 입히려고 덤벼드는 맹수의 목을 꿰뚫고 파르르 깃털을 떨었다. 지금도 그 생각을 하면 을불은 몸이 오싹해졌다. 화살이 눈을 뜨고 맹수를 맞혔으니 망정이지, 화살의 눈이 어두웠다면 도저히 화를 모면할 수가 없었다는 생각이 드는 것이었다.

을불이 성을 뛰어넘어 달빛 속을 걸어 마장으로 가면서도 믿는 것은 화살뿐이었다. 을불이 성을 빠져나와 정치적 망명을 서두르고 있다는 것을 만일 집권한 봉상왕 일파가 눈치챘다면 군사를 매복시켜 놓았을지도 모르는 일이어서, 감히 마장까지 걸어간다는 것은 모가지를 내팽개치는 것과 다름이 없는 일이었지만, 을불은 자기의 화살이 눈을 뜨고 있고 활이 귀를 사발통같이 환하게 열고 있음을 확신했기 때문에 겁나는 일이 없었다.

마장에서 후르르후르르 말이 울며 굽을 치는 소리가 들려왔다. 성을 되돌아보니 커다란 불기둥이 오르는 모습이 보였다.

돌고는 고추가(古鄒加)로서 백성들 간에 덕망 높은 왕제(王弟)였다. 고구려 13대 왕인 서천왕(西川王)의 차남이었다. 서천왕의 맏이로서 태자였던 상부(相夫)가 14대 왕이 되자 돌고는 형이 존위(尊位)에 오르는 것을 누구보다도 기뻐했고, 형 봉상왕을 보필하여 북방의 오랑캐를 막아내고 안으로는 내정(內政)을 원만히 하여 국가의 백년대계를 닦느라고 밤낮없이 분주했다.

왕권(王權)을 둘러싼 형제간의 혈투는 벌써 그전에도 있었다. 서기 197년, 9대 고국천왕(故國川王)이 돌아가자 왕후인 우 씨(于氏)는 후사(後嗣)가 없는 것을 핑계로 왕제인 연우(延

優)와 결탁하여 그를 즉위시키고 계속하여 왕후의 자리에 머물렀던 일이 그 좋은 예에 속한다. 이에 분노한 형 발기(發岐)가 요동으로 달아나서 태수 공손탁(公孫度)에게 군사 3만 명을 얻어 고구려를 침공하였으니, 이는 형제간의 왕권 투쟁으로 사직의 존폐가 염려되는 지경에 이른 비극이었다.

서기 292년에 서천왕의 뒤를 이어 14대 왕위에 오른 상부는 어려서부터 교만하고 의심이 많고 시기심이 많은 인물이었다.

그는 즉위 원년인 292년 3월에 숙부의 항렬에 있는 안국군(安國君) 달고(達賈)를 죽였다. 달고는 서천왕의 아우로서 용맹하고 지략이 있는 사람으로 일찍이 양맥(梁貊)·숙신(肅愼)을 토벌하여 고구려에 편입시킨 공로를 세워, 서천왕은 그를 안국공으로 삼아 내외병마사(內外兵馬使)를 겸하게 했다. 숙신이 침입해 온 것은 280년 서천왕 11년 10월의 일이었다. 숙신이 침입하여 고구려 변민(邊民)을 죽이고 약탈을 일삼으므로 왕은 신하들을 모아놓고 적을 능히 섬멸할 수 있는 기모장재(奇謀將才)를 지닌 장수를 천거하라고 명하였다. 이때 신하들은 모두 왕제 달고를 천거하였다. 달고는 왕명을 받고 적을 토벌하여 단로성(檀盧城)을 빼앗아 그 추장을 죽이고 민가 6백여 호를 부여(扶餘) 남쪽의 오천(烏川)으로 옮기고 동시에 큰 부락 여럿을 항복 받아 이에 예속시켜 나라의 국토와 호구(戶口)를 확충하였다.

이렇게 큰 공을 세운 안국군을 죽이자 민심은 이미 봉상왕을 떠났고 백성들은 눈물을 뿌리며 탄식하였다. 봉상왕은 이듬해 9월 또다시 아우 돌고를 죽였다. 아우가 딴마음을 품고 반역을 도모한다는 구실에서였지만 돌고는 형 봉상왕이 왕업(王業)을 잘 보존하도록 옆에서 보필할 뿐 딴마음을 먹은 적은 없었다. 오히려 아들 을불에게 무술을 가르치면서도 모든 것을 욕(慾)으로 하지 말고 인(仁)으로 해야 한다는 것을 가르쳐서 행여나 왕권 투쟁에서 무모한 희생을 당할까 봐 늘 유의하는 인물이었다.

"제가 죽어서 나라가 평화롭게 된다면 한이 없겠나이다."

돌고는 봉상왕 앞에서 무릎을 꿇고 이렇게 말했다.

"변방에서 오랑캐들이 준동을 일삼고 있는 이 마당에, 이 몸에 숨이 붙어 있는 한 나라를 위하여 피를 쏟으려고 했는데, 일이 이 지경에 이르렀으니 죽어서도 선왕(先王) 앞에 얼굴을 들지 못하겠나이다."

"더러운 목숨을 연명하려고 하지는 말렸다."

봉상왕은 이렇게 한마디 던지고 옥좌(玉座)를 뿌리치며 일어서 버렸다. 잠시 후에 땅바닥에 떨어진 돌고의 모가지는 선혈을 뚝뚝 흘리며 펄떡펄떡 뛰었는데 부릅뜬 눈에서는 혈루(血淚)가 비 오듯 흘렀다.

을불이 아버지의 이러한 참변 소식을 들은 것은 그날 밤 늦게였다. 활터에서 돌아온 을불은 아버지가 왕의 손에 피살되었다는 비보(悲報)를 듣고 곧장 궁대(弓袋)를 다시 집어 들고 밖으로 나가려 했다. 사미 부인이 아들의 소매를 잡았다.

"을불아."

"예."

목이 메어서 더 말이 나오지를 않았다.

"이 어미의 얼굴을 잘 보아라."

사미 부인의 얼굴은 깨끗하고도 평온했다.

"예, 어머니."

"네가 지금 궁내에 들어간다고 해도 아버님의 원한을 갚지 못하느니라. 근위병들이 왕을 겹겹으로 호위하고 있을 것이다. 지난번 안국군이 변을 당할 때 못 보았느냐?"

"허지만 어머님, 제 혼자로도 능히 아버님의 원한을 씻을 수 있겠습니다. 어머님."

"안 되느니라. 그건 아버님의 뜻을 거역하는 것이다."

"너는 산야(山野)로 들어가서 천운(天運)을 기다리며 있거라. 아직도 우리 고구려는 사방에서 외적들이 넘보고 있어서 그 국기(國基)가 튼튼치를 못하다. 너는 나라를 위한 길이 무엇인지 잘 생각하여 경거망동이 없도록 하여라."

사미 부인은 이목(耳目)이 수려하여 국내성에서 가장 미녀로 이름난 여인이었다. 여자이지만 그 의기(意氣)가 남자를 방불케 할 만큼 대범한 여장부였다.

을불은 어머니에게 하직을 하고 밖으로 나왔다. 써늘한 야기(夜氣)가 몸을 파고들었다.

"이것을 몸에 지녀라."

사미 부인은 아들이 홀로 궁대만을 짊어지고 집을 나설 때, 대대로 가전(家傳)되어 오는 동경(銅鏡)을 주면서 처음으로 눈시울을 적셨다.

그 작은 구리거울은 겉으로 보면 보잘것없는 것이지만, 을불가(家)의 가장 귀중한 보배였다. 마장에 도달하자 을불의 애마(愛馬)가 주인을 알아보고 껑충껑충 뛰며 꼬리를 쳤다.

을불은 말을 끌어내어 손바닥으로 궁둥이를 탁 치고 올라탔다. 말의 체온이 가랑이 사이로 전해져 오자 웬일인지 그날따라 애마가 더 정겹게 느껴지는 것이었다.

을불은 성을 한 번 되돌아보고 나서 말을 달렸다. 말은 무슨 영문인지도 모르고 히이힝 하고 울부짖으며 왼쪽으로 지석묘지를 끼고 내달리기 시작했다.

아침 해가 환하게 떠올랐다. 산천은 황금빛으로 타올라 만산홍엽(滿山紅葉)의 가을 경치는 비할 수 없이 아름다운 모습이었다. 이따금 말발굽 소리에 놀란 산새들이 피르르르 날아오르고 수풀 속에서는 산꿩이 살살 기었다.

한낮이 가까워올 무렵이 되어 을불은 무심천(無心川)에 다다랐다. 압록강의 지류였다. 화살을 던져 물고기를 몇 마리 잡아서 통째로 삼키자 좀 기운이 나는 것 같았다.

"이대로 가면 안 되겠구나."

그는 혼자 중얼거리며 자기가 입고 있는 의복을 쭉 훑어본다. 왕족인 을불의 옷은 비단으로 되어 양어깨에는 금은의 견장이 붙어 있었고, 무예를 숭상하기 때문에 머리에는 조우를 꽂았다.

을불은 옷을 벗어서 금은 장식과 조우를 떼어 강물에 집어던지고 바짓가랑이와 옷소매를 갈기갈기 찢어서 누더기를 만들었다.

"영락없는 노비(奴婢)가 됐구나."

강물에 비친 자기의 모습을 보며 그는 한숨을 푸 내쉰다. 강물 위에는 형형색색의 가을 나뭇잎이 떠내려오고 그 사이로 살찐 물고기가 헤엄을 치고 있었다.

갑자기 상류 쪽에서 왁자지껄하는 소리가 들렸다. 을불은 바위 뒤로 몸을 숨겼다. 일대의 난민(難民)들이었다. 노인과 아녀자들이 많고 다리를 절름거리는 청장년들도 몇몇 끼어 있었다.

"어디서 오는 사람들이오?"

을불은 그들을 보고 일어섰다.

"갈매촌(竭賣村)에서 온다오."

노인이 한숨을 쉬며 대꾸했다.

"다 쑥밭이 됐다오. 한인(漢人)들이 쳐들어와서 곡식과 가축을 약탈하고 집을 불태웠소."

"한인이라니요?"

을불은 엉거주춤한 자세로 그들 앞으로 다가갔다. 그들은 부르튼 발을 강물에 담그면서 을불을 올려다본다. 아낙네들은 가슴을 헤치고 젖을 꺼내 어린것에게 물리면서 눈물을 뚝뚝 흘린다.

"젊은이는 고구려 사람이 아니오?"

백발을 쓸어넘기며 노인이 카랑카랑한 목소리로 묻는다. 그 말 속에는 반감이 듬뿍 담겨있다.

"어느 한인이라니? 아, 그래, 보아하니 젊은이나 우리나 같은 핏줄인데, 한족들의 행패도 모른단 말씀이오? 낙랑군(樂浪郡)에서 나온 놈들이지 누구긴 누구야?"

"궁성(宮城)에서는 무얼 하고 있는 거야?"

"궁을 짓는다고 젊은이를 모두 노역(勞役)으로 잡아가니까 한인들이 쳐들어와도 막아낼 사람이 없는 게 아니겠소?"

을불은 그들이 지껄이는 말을 들으면서 돌팔매로 뒤통수를 얻어맞은 듯한 충격을 받았다.

"임자들은 그래 어디로 가려는 참이오?"

을불은 다시 물었다.

"올 데 갈 데가 없소이다. 가다가 적당한 곳에서 다시 자리를 잡고 자식들이나 키우며 후일을 기약해야지 별도리가 있겠소?"

"엄니, 배고파 죽겠어잉."

"할비, 나 배고파잉."

아이들이 콧물을 흘리며 칭얼대기 시작한다.

"조금만 참아라잉."

을불은 전동에서 화살을 하나 빼어들고 강물 속을 쿡 찌른다.

그럴 때마다 화살에 물고기가 한 마리씩 찍혀 나온다. 난민들은 을불의 동작을 보면서 눈이 휘둥그레져서 입을 딱 벌린다. 흡사 젓가락으로 반찬 접시에서 생선을 집어 올리듯, 강물 속을 헤엄쳐 가는 살아 있는 물고기를 화살로 찍어 내는 것이다.

잠깐 사이에 물고기가 수십 마리 잡혔다. 배가 고프다고 칭얼대던 아이들이 물고기를 날름날름 집어삼키며 한 눈으로는 자기들에게 먹을 것을 준 을불을 곁눈질한다.

"젊은이는 누구요?"

을불에게 반감을 보이던 노인이 태도를 달리하며 묻는다.

"어느 족장(族長)의 노비였는데 그만 어떤 일에 실수를 하고 내쫓기는 몸이 되었소이다."

"……."

"나 역시 정처 없이 떠도는 몸이오이다. 구름 가는 데로 물 흐르는 데로 흘러 흘러 가는 거지요."

짐짓 타령조로 이렇게 말했지만 막상 말을 하다 보니까 정말로 제 신세가 처량해져서 기분이 울적해진다. 며칠 전까지만 해도 어엿한 왕족으로서 대망(大望)을 키우느라고 무술을 익히며 호연지기를 닦았는데, 이제는 배고파하는 난민들에게 겨우 물고기나 잡아주는 신세가 되었다.

한인들의 행패를 말로만 듣다가 직접 난민들을 만나니 새삼 깨닫는 바가 적지 않았다. 고구려가 건국한 지 이미 3백여 년이 지났지만 아직도 국기(國基)가 확고한 것이 아니었다. 그때까지는 아직 부족연맹체(部族聯盟體)의 성격을 띠고 있던 고구려는 안으로는 왕권을 둘러싼 분쟁과 밖으로는 외적의 침입에 시달려야 했다.

그중에서도 고구려가 당면한 가장 큰 문제는 한족과의 투쟁이었다. 백제와 신라는 남쪽에 위치해 있어서 한족과는 국지적(局地的)인 투쟁을 했으나 고구려는 직접 북쪽의 대륙에 자리잡은 한족들과 늘 정면 대결을 해야 했다. 북쪽뿐만이 아니었다. 남쪽으로는 패수(浿水) 남쪽에 군치(郡治)를 둔 낙랑군(樂浪郡)의 도전도 받아야 했으므로 아래위로 한족에 둘러싸여 나라를 보전하기란 여간 어려운 일이 아니었다.

우리 민족의 터전인 압록강 이북의 대륙과 한반도에 한족이 손을 뻗친 것은 기원전 108년이었다.

고구려의 시조 동명왕(東明王)이 졸본부여(卒本扶餘)에서 즉위하여 나라를 건국한 것보다 거의 1세기 전의 일이었다.

기원전 108년 위만조선(衛滿朝鮮)이 멸망하자 한(漢)은 그 땅에 사군(四郡)을 설치하여 식민정책을 펴 나갔던 것이다. 한은 이미 그보다 20년 앞서서 예(穢)의 땅에 창해군(滄海郡)을 설치하였으나 2년 후에 폐지한 일이 있었다. 이처럼 한의 야욕은 끈질긴 것이었다. 그러나 우리 민족의 반항 또한 끈질긴 것이어서 우리의 고대 국가의 역사는 한족과의 투쟁으로 점철되기에 이르렀던 것이다.

한은 처음에 위만조선의 고지(故地)에 낙랑(樂浪)·임둔(臨

屯)·현도(玄菟)·진번(眞蕃)의 4군을 두었다. 전한(前漢) 무제(武帝) 원봉(元封) 3년이었으며 기원전 108년의 일이었다. 무제는 조선의 고지에 설치한 4군을 유주(幽州)의 관하에 두었으며 군에는 속현(屬縣)을 두고 태수(太守)와 영(令)을 두어 다스리게 하였다.

한의 이와 같은 동방 지배정책(東方支配政策)은 토착 민족의 저항에 쫓겨 기원전 82년에 진번군을 폐하여 그 일부를 낙랑군에 합쳐야 했고, 임둔군도 폐하여 현도군에 합쳐야만 했다.

또한 몇 년이 못 가서 현도군도 북쪽 요동(遼東)으로 군치를 옮긴 것을 보아도 토착민의 반항이 얼마나 치열했던가를 알 수 있다.

이와 같이 고구려의 성장과 발달은 한민족과의 투쟁의 과정에서 이루어지게 되었다. 압록강 중류의 통구(通溝) 지방의 척박한 산골짜기에서 건국한 고구려는 북에는 부여, 동북으로는 읍루(挹婁), 서쪽으로는 한족의 군현들에 둘러싸여 있었다. 특히 한족 군현은 고구려의 발전에 큰 장애가 되었으므로 이러한 장애를 극복 분쇄하는 것은 국기를 다지는 과업과 직결되었다.

고구려가 부족한 양곡이나 어염(魚鹽) 등을 수급하는 방법은 타 부족에 대한 정복과 한족 군현의 격퇴에서 얻는 영토의 확장에 의존해야 했는데, 특히 한의 군현과의 충돌은 피치 못할 일이어서 한의 세력을 몰아내는 것이 국가의 지상목표였던 것이다.

을불은 왕족으로 태어나서 성안에서 태평하게 자랐으므로 막연히 한민족의 수탈을 들었을 뿐 그것을 직접 경험한 일은 없었다. 강가에서 난민들을 우연히 만나 자초지종을 들으니 새삼 가슴속의 피가 역류하는 듯한 분개심을 억누를 길이 없다.

난민들과 작별을 할 때, 백발이 성성한 노인은 물고기를 잘 먹었다고 말하고 나서,

"젊은이는 아무리 봐도 노비 신분은 아닌 것 같소이다. 무슨 곡절이 있는 모양이나 더 묻지는 않겠소이다. 부디 우리 같은 천생(賤生)들을 위하여 큰일을 하여 주오."

하며 고개를 숙였다.

을불은 그들과 헤어져서 강을 거슬러 서북쪽으로 올라갔다. 앞을 가로막는 맹수의 울음소리에 놀라 말이 겅중겅중 뛴다. 첩첩산중이었다. 높은 산에서는 바윗돌이 와르르와르르 굴러 내리고 산은 제 혼자 숨을 쉬느라고 찌르렁찌르렁거린다.

이로부터 며칠 후 무심천 상류에 위치한 수실촌(水室村)에 나타난 을불은 말도 활도 없는 홀몸으로 누더기가 된 옷을 입고 있었다. 허리춤에 남모르게 찬 동경만이 있을 뿐 아무것도 가진 게 없었다.

수실촌으로 들어온 을불은 이러한 벽촌이면 능히 몸을 숨겨도 안전하리라는 생각에서 음모(陰牟)네 집에 머슴으로 들어갔다. 음모는 그 동네에서 제법 거드럭거리고 살면서 하인을

여럿 거느리고 있었다. 을불은 아무런 조건도 없이 머슴으로 들어가서 시키는 대로 열심히 일을 하였다.

몇 달이 지났다. 날이 갈수록 음모는 을불을 심하게 부려먹었다. 하다못해 나중에는 집 옆에 있는 초택(草澤)에서 우는 개구리를 울지 못하게 하라고까지 했다.

개골개골하고 개구리가 울면 잠이 오지 않던 음모는 을불이 바보처럼 시키는 일을 고분고분 잘하는 것을 보고 마침내 개구리울음을 그치게 하는 일을 시킬 궁리가 났던 것이다.

낮에는 산에 가서 나무를 하고 또 가축을 돌보며 농사일을 하고 밤이 되면 연못가에 지켜서서 개구리가 못 울도록 하자니 여간 고역이 아니었지만 을불은 잘 참아냈다.

"뭘 하는 거야! 빨리빨리 돌을 던져라!"

잠깐 딴생각이라도 나서 돌을 늦게 던지면 개구리가 또 울어댔고, 그럴 때면 집안에서 음모가 호령호령하는 것이다. 쉴 새 없이 돌을 던지자니 팔도 아프려니와 싫증도 났다.

"옳구나!"

을불은 마침내 좋은 생각이 떠올라 무릎을 쳤다.

"한 놈씩 한 놈씩 잡아 버려야겠다. 아주 씨를 없애야지."

을불은 엉덩이가 다 삐져나오는 바지를 추켜올리고 작은 돌멩이를 연못가에 수북하게 모아놓고 개구리를 향하여 정확하게 던졌다.

처음에는 어림도 없던 것이 며칠 밤 계속하자, 손을 떠난 돌멩이가 스스로 눈을 뜨고 개구리를 찾아가서 명중시키기 시작했다.

밤에 활 쏘는 연습을 할 때처럼 을불은 인내와 믿음을 가지고 돌멩이를 던진 것이지 어두운 밤에 조준을 할 수는 없는 일이었다. 그러나 돌멩이는 눈을 뜨고 날아가서 개구리를 맞히었다. 아침이 되면 연못 위에는 죽어 자빠진 개구리들이 허옇게 떠올랐다. 그러나 개구리는 숲속에서 계속하여 연못으로 첨벙첨벙 뛰어들었다.

'미물(微物)을 죽이지 말아야겠구나.'

을불이 며칠 후에 이런 생각이 떠올라 다시 돌멩이를 물속으로 던지기만 했다. 돌 던지는 을불의 마음을 알아차린 돌멩이는 개구리를 맞히지 않고 그냥 물속으로 가라앉았다.

그러던 어느 날 밤이었다. 을불은 온종일 폭양 아래 농사일을 해서 저녁이 되자마자 잠이 퍼부었다. 연못가로 나온 을불은 돌을 던지다가 그만 잠이 들었다.

꿈속에서 어머니 사미 부인이 나타나 눈물을 죽죽 흘리며 을불의 손을 마주 잡았다. 을불은 어머니 앞에 무릎을 꿇다가 그만 돌에 정강이가 부딪쳐서 깜짝 놀라 깨어보니 꿈이었다.

사방은 조용한 채 여름밤 하늘에서 쏟아지는 별들만이 연못 위에서 아름다운 보석처럼 빛나고 있었다. 연못에는 돌멩이 떨어지는 소리가 들렸다. 을불은 한동안 꿈속에서 만난 어머니 생각에 휩싸여 있다가 비로소 정신을 차리고 벌떡 일어섰다.

"아니? 누가 돌을 던지지 않나?"

속으로 중얼거리며 사방을 둘러보다가 조금 떨어진 바위 위에 앉은 사람을 발견했다. 별빛이 부서져 내리며 연못 위에 빛났다.

"고단하신 모양이온데 잠을 청하지 않으시고……."

바위 위에 앉은 사람은 을불이 다가가자 이렇게 말했다. 여자의 목소리였다.

"개구리를 울지 않게 하는 일은 제가 주인한테서 받은 분부인데 낭자는 어떻게 여기 오셨소?"

"저는 고리(皐利)의 자식으로 유라(由羅)라고 합니다. 도령께서 늘 나무하러 다니는 것을 보고, 남의 집 머슴살이할 분이아닌데 무슨 곡절이 있나 보다고 생각했지요."

"……."

유라는 한 손으로 돌을 던지며 말을 이었다.

"며칠 전 제 오라비한테서 도령이 밤마다 연못가에 나와서 돌멩이를 던지느라고 한잠도 못 잔다는 얘기를 들었답니다. 마침 오늘 저녁에 나와 보니, 잠이 드셨길래 제가 대신 개구리를 울지 않게 했던 거예요. 그렇지 않으면 음모가 도령의 잠을 훼방할 것이니까요."

"고맙소이다. 나는 소생이 미천하여 남의 집 머슴으로 목숨을 이어가는 팔자, 오늘 밤 낭자의 따뜻한 은혜를 입었으나 보답할 길이 막막하오이다."

을불의 가슴속에서는 뜨거운 것이 치솟아 왔다. 새벽녘이 돼가고 있었다. 무덥던 날씨도 새벽의 신선한 공기로 변하고 있었다.

그 후에도 을불과 유라는 밤이 되면 연못가에서 만났다. 유라가 대신 연못에 돌을 던지는 시간을 틈내어 을불은 잠을 잤다. 과로와 수면 부족에 시달리던 을불은 차츰 기운을 회복해 갔다.

어느 날 밤이었다.

"궁성에서는 난리가 났대요."

유라가 느닷없이 이런 말을 하는 것이었다.

"난리라니요?"

을불은 귀가 번쩍 띄었다. 무엇보다도 어머니의 소식이 궁금했지만 누구에게 물어볼 수도 없는 처지였다.

"왕이 또 충신들을 많이 죽였답니다. 지난번에는 안국공과 돌고 어른을 죽이고 이번에도 충신과 장수들을 죽여 없앴다지 뭡니까?"

"음. 나라의 장래가 위태롭소이다."

"돌고 어른의 아들이 민가로 도망을 쳤다는군요! 군사를 시켜서 그 아들을 찾고 있답니다. 사미 부인도 위험을 피해서 궁밖으로 도망을 했답니다. 왕은 혈안이 되어 그 모자를 찾고 있답니다."

"사미 부인이라면 바로 고추가 어른의 부인 말입니까?"

을불은 펄떡펄떡 뛰는 가슴을 간신히 진정하며 짐짓 물어보았다.

"그렇지요."

을불은 하늘을 쳐다보았다. 무심한 달은 서편으로 기울어 환하게 빛나고 있었다. 저 달 아래 어딘가에 어머니가 계시다는 생각을 하자 을불은 눈에서 눈물이 핑 돌았다. 허리춤에 찬 구리거울을 지그시 눌러 보았다.

"모용외가 또 침입을 해서 궁궐은 더 난리가 났대요. 고국원(故國原)에 이르러 선왕(先王)의 능묘(陵墓)를 파헤쳤답니다."

선왕은 서천왕(西川王)으로 바로 을불의 할아버지였다.

을불이 궁을 떠나던 해 8월에도 모용외가 침입했었다. 모용외는 오호 선비족(五胡鮮卑族)의 하나로 연(燕)의 주인이었는데 늘 고구려의 땅을 넘나들며 약탈을 일삼아 왔다. 그때는 신성태수(新城太守)인 소형(小兄) 고노자(高奴子)가 이를 격파했었다.

"한의 군현들도 자주 고구려를 침범해서 백성을 잡아간다니, 왕정(王政)이 문란하면 나라를 잃게 될 것인데도 왕은 왕족과 충신을 몰살하니, 저 같은 계집의 소견으로도 참 답답한 일이 아닐 수 없습니다."

유라는 시골의 평범한 계집이 아니었다. 수실촌의 촌장(村長)인 고리는 원래 부족장(部族長)의 후손으로, 지략이 있고 용맹스러워서 딸자식에게도 무술을 가르치며 나라의 소식을 전해 주고 함께 근심을 하는 비범한 인물이었다.

"그대에게 보답하는 뜻에서 이 작은 거울을 드리리다."

을불은 허리춤에서 동경을 꺼내어 유라에게 주었다. 어머니가 살아 계신다는 이야기를 들려준 그녀에게 거울을 주고 싶은 충동이 갑자기 일어났던 것이다. 나라에서 군사를 풀어 을불 모자를 찾는다는데, 이런 거울을 지니고 있다가 발각되면 영락없이 왕족임이 탄로가 날 것이었다. 그러나 을불이 거울을 그녀에게 주려고 한 것은 이러한 타산에서만이 결코 아니었다. 처음 그녀가 몰래 연못가에 이르러 자기가 잠이 든 동안 돌멩이를 연못에 던지는 것을 알던 때부터 혈육(血肉)에 대한 정 같은 것을 느껴 왔던 것이다. 아니 이것은 이성에 대한 사랑의 개안(開眼)인지도 모른다.

"먼 훗날 그대를 다시 찾아올 때 그 거울을 신표(信標)로써 서로를 확인하기로 합시다."

유라는 거울을 받아들고 을불의 가슴에 얼굴을 묻는다. 불덩이처럼 뜨거운 체온이 전해져 온다.

"도령께서는 어디로 가시려고 하나이까?"

"나는 집도 부모도 없는 나그네, 발 닿는 곳으로 떠돌면서 목숨이나 부지하는 게지요."

"이 마을에서 아주 떠나시려고 하는 겁니까?"

"그렇소이다. 유라, 그대를 평생 잊지 않으리다."

을불은 어서 이 동네를 떠나 어머니를 찾아가고 싶었다. 혼자서 어떻게 피신을 하고 계신지 궁금한 마음은 시간이 흐를수록 더해 왔다.

유라는 이별을 아쉬워하며 흐느끼다가 머리에서 작은 은잠(銀簪)을 빼어 을불에게 건네주며 말한다.

"소저도 평생 잊지 않으리요. 어서 화를 피하여 안전한 곳으로 가시기 바라나이다."

입 밖으로 내지는 않지만 유라는 을불의 신분을 눈치챈 것 같기도 하였다. 그가 왕족이라는 것까지는 모른다 해도 무슨 곡절로 말미암아 일부러 신분을 감추고 머슴살이로 전전하는 사람임을 알고 있나 보았다.

을불은 마지막으로 유라를 부둥켜안고 그 이마에 입술을 댔다. 이대로 온 우주의 시간이 정지해 버렸으면 싶었다.

"제 말을 타고 가십시오. 숲속에 있습니다."

유라가 내 준 말을 타고 을불은 그날 먼동이 틀 때 수실촌을 빠져나갔다. 1년 만에 떠나는 마을이었지만 섭섭한 생각이 들어서 마을 어귀를 지나면서 뒤를 몇 번인가 되돌아보았다. 음모네 연못가에는 안개가 덮여 있어서 유라의 모습은 보이지 않았으나, 거기에 그대로 서 있을 그녀의 모습이 눈에 선했다.

'아내로 맞아도 좋은 여자다.'

이런 생각을 하며 말을 몰아 순식간에 무심천 강변까지 내달았다.

"어디로 가야 어머니를 만날 수 있을까? 어딘가에 살아 계시면 만날 날이 있겠지. 어머니를 모시고 일개 범부(凡夫)로 평생을 지내야겠다. 부귀영화도 다 싫다."

을불은 이틀 후 저녁때가 되어 동촌(東村)에 이르렀다. 동촌은 압록강의 강안(江岸)에 자리 잡은 마을로 농업과 어업에 종사하는 주민들이 많아서 수실촌보다는 훨씬 개방적이고 호구(戶口)도 많았다.

행인을 붙들고 이 말 저 말 끝에 궁궐 소식을 물어보니까 혀를 끌끌 차며 한다는 소리가,

"을불 모자를 잡아다 바치면 상금을 두둑하게 준다고 하지만, 어느 시러베 아들놈이 그따위 짓을 하겠느냔 말이오?"

하며 침을 퉤퉤 뱉는다.

"우리 동촌은 벌써부터 자위대(自衛隊)를 조직하여 북쪽의 현도군의 공격을 막아내고 있소이다. 나라에서 국토를 방위할 생각을 하지 않고 다툼만 하니 우리 땅은 우리 손으로 지켜야지 어떻게 하리까?"

그의 이름은 재모(再牟)라고 했다. 두 눈이 두리두리한 게 힘깨나 쓰는 장정으로 보였다. 그는 직업이 행상(行商)이라 했다. 철 따라 옷감도 팔러 다니고 소금도 팔러 다닌다고 했다.

어머니를 찾으려면 한 마을에 머물러 있는 것보다 이러한 장사꾼을 따라 여기저기 나돌아다니는 게 좋을 것 같아서, 을불은 재모에게 함께 장사를 하자고 말했다. 그는 을불의 아래위를 살펴보더니 이내 승낙했다.

유라가 내준 말을 끌고 가서 소금과 바꾸어서 장사 밑천을 삼았다. 성을 나온 지 4년째가 된 을불은 이제는 왕족의 신분을 스스로 숨기려고 애쓸 필요도 없었다. 누가 보나 을불은 천민 태생의 장사꾼이요 농민이었지, 그가 왕족이라든가 무서운 활솜씨를 가지고 있는 무사(武士)라고는 짐작도 할 수 없었다.

재모와 더불어 소금짐을 지고 압록강을 거슬러 올라가며 장사를 하기도 하고 하류 쪽으로 내려가서 장사를 하기도 하면서 몇 달을 보냈으나 어머니의 소식은 알 길이 없었다. 톡 까놓고 아무에게나 들어 볼 수도 없는 일이었다.

"여보게 재모. 우리 이렇게 땀 흘리고 소금장사만 할 게 아니라, 거 왜, 을불이라든가 뭔가 하는 작자의 모자를 잡아 보는 게 어떤가?"

을불은 어느 날 소금짐을 내려놓고 쉬면서 이렇게 말해 보았다. 그 말을 듣고 재모는 벌떡 일어서더니 침을 탁 뱉았다.

"자네는 상당히 교활하군. 의(義)가 아니면 행하지 않는 것이 고구려인의 기상이거늘 하물며 왕족의 목숨을 해하려 들다니, 자네 같은 인물과는 상종할 수가 없네그려."

을불은 내심으로는 말할 수 없이 기쁘면서도, 당장 자기를 뿌리치고 가 버리려는 재모 앞에서 우선 용서를 비는 수밖에 없었다.

"자네 마음을 떠보려고 한 말이네. 너무 화내지 말게나."

어느 마을에 이르니 무술대회가 열리고 있었다. 재모의 말에 의하면 이 동네는 호구는 적지만 산세(山勢)와 지맥(地脈)이 좋아서 대대로 장수가 많이 나는 고장이라고 한다.

"고노자 장군도 여기 태생이고 조불(祖弗) 장수도 여기 태생이라네."

그들은 소금짐을 진 채로 어슬렁어슬렁 무술대회장으로 들어갔다. 말타기가 끝나고 궁술시합이 열리고 있었다. 오랜만에 활을 보니 을불은 감개무량했다. 하지만 마음 놓고 활을 쏠 수 없는 그였다.

재모와 더불어 구경꾼 속에 섞여 궁술대회를 참관하였다. 아직 소년 티를 못 벗어난 궁수들도 있고 노인네도 있고 여자들도 있었다. 그러고 보니, 기백이 넘치는 사내 궁수들은 보이지가 않았다.

"이상하군그려?"

"청년들은 모두 변방으로 병역을 하러 갔거나 궁중으로 노역을 하러 간 거라네."

"무술대회는 시시하겠군."

"그래도 우리 장사꾼보다야 잘하지 않나? 일단 유사시에는 노인이고 아녀자고 할 것 없이 모두 병기를 들고 마을을 지킬 수 있거든."

활쏘기는 한참 고조돼 가고 있었다. 과녁을 빗나가면 구경꾼들이 먼저 한숨을 토하고, 명중하면 손뼉을 치면서 함성을 올렸다.

구경꾼들도 모두 칼을 차고 궁대(弓袋)를 메고 있다가 희망자는 앞으로 나가서 활을 쏠 수 있었다. 을불은 너무 오래 활을 쏘지 않아서 자기의 솜씨가 녹슬지 않았을까 하는 의심이 드는 것이었다. 생각 같으면 당장 활을 빌려서 한바탕 시위를 당겨 보고도 싶었지만 그럴 수가 없었다. 만일 섣불리 솜씨를 보였다가 자기 신분이 탄로나거나 의심을 받으면 안 될 일이었다. 궁수들의 솜씨를 보면 그것은 무슨 시합이라기보다는 친목회 같았다. 어떤 노인은 시위를 당기다가 줄이 끊어지기도 했다.

이때 갑자기 을불이 있는 쪽으로 빗나간 화살이 날아왔다. 구경꾼들은 놀라 어쩔 줄을 모른 채 허둥지둥했다. 을불은 한 손을 가볍게 들어 잘못 날아오는 화살을 잡아 과녁 쪽으로 휙 되던졌다. 순식간의 일이었다. 을불이 휙 던진 화살은 과녁에 명중하여 푸르르 떨고 있었다.

"와!"

구경꾼들이 함성을 질렀다. 날아오는 화살을 손으로 잡는다는 것도 보통 일이 아닌데 던져서 과녁을 명중시키다니 이것은 사람의 솜씨가 아니라 신기(神技)였다.

을불은 아차 하는 생각이 들자마자 얼른 몸을 피하여 무술대회장 밖으로 나와 허겁지겁 강나루로 나갔다. 뒤쫓아 나온 재모가 숨을 헐떡이면서 따라왔다.

"어떻게 된 거야? 자네 솜씨가 귀신 같던데 도무지 어찌 된 영문인가 말 좀 해 보게나."

"나도 모르겠네. 나도 모르는 사이에 그만 그런 짓을 했네."

재모는 어깨를 툭 치면서 말했다.

"나한테야 숨길 게 뭐 있나? 자네는 지금 신분을 숨기고 숨어 사는 게 아닌가? 대관절 무슨 곡절인가 알아봄세."

을불은 아무런 대꾸도 할 수가 없었다. 내가 왕손(王孫)인 줄 알면 재모는 어떻게 나올 것인가. 물론 재모는 나를 팔아넘길 리는 없다. 그렇다고 신분을 밝힐 수도 없는 일이 아닌가.

"더 묻지 말게나. 나는 자네와 꼭 같은 소금장수네그려."

"고집이 대단하군."

그들은 부랴부랴 소금짐을 배에 싣고 나루를 떠나야 했다. 무술대회에서 을불이 화살을 손으로 잡아 과녁에 맞히었기 때문에 우물쭈물하다가는 공연히 관가에 잡혀가서 이러쿵저러쿵 꼬치꼬치 시달릴지도 모르는 일이었다.

"젊은이들, 잠깐만 기다리시오!"

늙수그레한 남자가 급히 뛰어오며 소리쳤다.

"시끄럽게 될 모양이네."

"아무튼 미안허이. 괜히 장사만 미제가 났네그려."

숨을 헐떡이며 쫓아온 남자는 을불과 재모 앞에 가까이 와서 무릎을 꿇고 궤배를 하며,

"분부를 받고 왔습니다. 젊은이가 혹시 동경을 가지고 있는 분인지 알아 오라는 분부가 내렸습니다."

하며 두 사람을 번갈아 가며 아래위를 훑어본다.

"동경이라니요?"

재모가 한마디 불쑥한다. 을불은 바로 짚이는 데가 있어서,

"누구의 분부요?"

하고 묻는다.

"그것은 밝힐 수 없습니다. 목에 칼이 들어와도."

"여보게, 잠깐 다녀와야겠네. 아주 중대한 문제네그려."

을불이 소금짐을 벗어 놓고 나서 재모에게 말했다. 재모는 눈이 똥그래져서 입만 딱 벌린다.

"갑시다. 그런 분부를 내린 분이 누군지 만나봐야 하겠소."

구리거울은 왕족들만이 가질 수 있는 보물이었다. 구리거울을 가지고 있느냐는 이야기는 왕손이냐고 묻는 것과 마찬가지이다. 혹시 어머니 사미 부인이 아닐까. 무술대회에서 화살을 던져 과녁을 맞힌 젊은이가 있었다는 말을 듣고, 사미 부인이 하인을 시켜 자기를 찾는 것은 아닐까.

그 남자를 따라서 을불이 당도한 곳은 마을 뒤쪽의 산협(山峽)이었다. 마을 앞으로는 강이 흐르고 그 뒤쪽으로는 깎아지른 듯한 장백산(長白山)의 준령이 막아내리고 있었다.

"젊은이를 모시고 왔나이다."

그는 풀잎으로 지붕을 엮은 낡은 집 앞에 이르러 말했다. 해가 막 서산을 넘어가는 석양 무렵이었다. 을불은 떨리는 마음을 애써서 진정하면서 기다리고 있었다.

"을불이냐?"

안에서 한참 만에 대꾸했다. 사미 부인의 목소리에 틀림이 없었다.

"예."

을불은 다만 이 말밖에는 할 수가 없었다. 국내성을 떠난 지 5년 만에 듣는 어머니의 음성이었다.

"어찌하여 경거망동을 하는고? 이 늙은 어미는 오늘까지 너 하나만을 믿고 목숨을 부지하고 있는데 손끝의 재주만 믿고 가볍게 처신하다니 심히 실망할 만하도다."

"어머님!"

감정에 복받쳐 목소리가 떨려 나오는 것은 을불이었고, 사미 부인은 냉엄한 자세를 흐트리지 않았다. 아버지 돌고처럼 전혀 감정을 나타내지 않고 아들을 나무라고 있었다. 5년 만에 아들의 목소리를 듣는 어미로서 왜 모정(母情)의 흐느낌이 없겠는가.

그러나 사미 부인은 집 안에 앉아 쩌렁쩌렁하게 말만 할 뿐 밖으로 그 모습을 드러내지 않았다. 을불도 안으로 들어가 어머니를 뵙고 그 무릎 아래에 엎드리고 싶었지만 참을 수밖에 없었다.

"한 나라와 가문의 장래가 너의 두 어깨에 걸려 있지 않는 고? 자중하여 오늘의 신고(辛苦)를 이겨 나가야 되느니라."

"예, 어머님."

"어미 걱정은 말고 너 갈 길을 어서 가 보도록 하여라."

"하오나……"

"무얼 꾸물거리느냐. 관가에서 너를 노리고 있는 걸 모르는고? 어미도 오늘 밤에 다른 곳으로 떠날 것이니라."

"예, 어머님."

을불은 어머니의 음성이 들려 나오는 곳을 향하여 큰절을 하고 몸을 돌렸다. 을불을 인도해 왔던 남자는 올 때와는 딴판으로 공손한 태도로 전송을 했다.

"어머님을 잘 부탁하오."

"예. 걱정 마시옵고 공자께서나 몸조심 하시옵소서."

어머니와의 덧없는 상봉은 이것으로 끝났다. 그동안 고난과 좌절 속에서 헤매며 하늘을 우러러 탄식만 하던 을불에게는 다시금 기운이 샘솟기 시작했다.

그렇다. 어머니의 말씀과 같이 나라와 가문의 운명이 내 어깨에 걸려 있다. 목숨을 연명하기 위해서만 신분을 감추는 것이 아니라 이제부터는 좀 더 적극적인 자세로 민심을 파악하고 나라를 위하여 할 일이 무엇인지 생각해 봐야 하겠다.

을불은 강나루까지 오는 동안에 이런 생각에 골몰하였다. 호의호식하던 생활에서 갑자기 천민들과 함께 생활하게 된 을불은 지난 5년간 많은 것을 배웠다. 일반 백성들이 생존을 위하여 얼마나 많은 고생을 한다는 것도 알았고, 무명의 백성일수록 애국애족의 정신이 투철하다는 것도 알게 되었다.

다시 소금장사를 하게 된 을불은 어머니를 만나기 전보다 뚜렷이 달라진 데가 있었다. 북방의 여러 마을은 한족의 침략으로 퇴폐해져서 어디를 가나 난민들이 많았다. 그들은 한결같이 지도자를 물색하고 있었다.

"이들을 규합하여 변방의 안정을 기해야 되지 않을까?"

이런 생각이 들어 재모에게 의논을 하자 그는 좀 더 때를 기다려 보자고 말했다.

"궁성에서 알면 모반을 한다고 오히려 못마땅해 할 것이오."

재모는 한낱 상인이었지만 비범한 구석이 있었다. 궁을 떠나서 처음으로 자기의 신분을 밝힌 것은 오로지 재모에게뿐이었다. 그다음부터 재모는 을불을 동업하는 상인으로 보지 않고 미래의 지도자를 벗 삼고 있다는 데 대한 만족감을 가지고 상대해 주었다.

강동(江東) 사수촌(思收村)에서의 일이었다. 압록강 연안에 있는 사수촌은 교통이 편리하여 여러 부족들의 상인이 많이 모여드는 곳이었다. 서로의 특산물을 가지고 와서 물물교환을 하는 거래처였다. 사람이 많이 모이는 곳이어서 민심도 알아볼 겸 그간의 궁성 소식도 들을 겸 해서 소금을 민가에 맡겨 두고 거리로 나왔다.

어느덧 궁을 떠난 지 6년이 흘렀다. 계절은 바뀌어 을불의 나이도 스무 살이 넘었다.

왕은 궁성을 다시 짓고 술과 계집에 빠져 즉위한 지 7년이 지난 백성들의 생활은 기아와 곤궁에 시달리고, 웬일인지 농사철이 되어도 비가 오지 않고 산속에서는 짐승들이 해마다 줄어들고, 강의 물고기도 잡히지 않았다.

"지난달에도 왕께 간하다가 충신이 그 자리에서 죽음을 받았다네."

거리에서 만난 늙은이가 한숨을 쉬었다.

"젊은이는 모두 궁성으로 노역을 가고 변방을 지킬 사람이 없어서, 오랑캐와 한인들이 번갈아 가며 노략질을 일삼고 있다오. 젊은 여자들을 모두 붙잡아 간다오. 참 큰일이오. 큰일."

여자란 그 당시의 국가 발전에서 자못 중대한 의미를 지닌다. 무엇보다도 가장 중요한 것은 인구이다. 국력의 강약은 인구의 많고 적음에서 비롯되는 것이어서 아이를 낳을 수 있는 젊은 여자들을 이민족이 잡아간다는 것은 매우 중대한 문제였던 것이다. 종족이 번식을 하지 못하면 자연도태되게 마련이다.

"창조리(倉助利)가 대주부(大主簿)가 되었으니 왕정도 좀 나아지겠지만 아무튼 이대로 가다가는 한족한테 다 먹혀 버릴 것이오."

창조리는 남부(南部)의 대사자(大使者)였는데 국상(國相) 상루(尙婁)가 죽자 국상이 된 인물이다. 그 당시의 고구려는 다섯 부로 나뉘어져 있었다. 동(東) 서(西) 남(南) 북(北) 중(中)이 그것인데 각 부마다 대사자를 두었고, 그 가운데는 각 부족의 장(長) 형(兄)이 있어서 백성들을 이끌어 나가고 중앙의 행정에도 참여하였다.

참담한 심정이 되어 거리에서 돌아온 을불에게 재모는 껄껄 웃으며 말했다.

"사수촌에서 형(兄) 노릇을 하고 싶겠지만 참으시오. 내 오늘 천기를 보니 공자의 신상에 무슨 변화가 일어나겠소이다."

생각 같아서는 어미를 잃은 어린 짐승 같은 백성들을 위하여 당장 세력을 모아 보고 싶었다.

"젊은이, 소금 좀 주지 않겠나? 아들이 노역을 나가서 소금이 떨어져서 속수무책이야."

소금짐을 맡겼던 민가의 노파가 허리를 구부리고 말했다.

"드리고 말고요."

을불은 소금을 푹푹 떠서 노파에게 주었다. 뼈만 남은 앙상한 손은 검은 반점으로 뒤덮여 있었다.

"좀 더 주지 않겠나? 이것 가지고는 어림도 없어."

좀 더 주었다.

"이것 가지고는 안 되겠네. 조금 더 주지 않겠나……."

노파는 막무가내로 손을 벌렸다. 재모가 보다 못해서 소금짐을 가로채고 퉁명스럽게 내뱉았다.

"노파도 망령이지, 우리는 어떻게 하라구 소금을 거저 다 뺏으려는 게요?"

노파는 이에 원한을 품고 몰래 자기의 신발을 소금가마니 속에 감추어 놓고 이들이 짐을 지고 떠나자 뒤따라 와서 압록 태수(鴨綠太守)에게 을불이 신발을 훔쳐 갔다고 신고를 했다.

위로는 왕을 믿을 수 없고 아래로는 이웃을 믿을 수 없는 불신 풍조가 극에 달해 있었다. 노파의 이와 같은 행동에 분함을 금치 못하면서도 한편으로는 이러한 노파가 불쌍하다는 생각이 들었다.

소금가마니 속에서 노파의 신발이 나오자 영락없이 도둑 누명을 쓴 을불은 한 마디도 변명하지 않았다. 태수는 소금을 빼앗아 노파에게 주고 을불과 재모한테 태형(笞刑)을 가한 다음 내보냈다.

"자네 말이 맞네. 천기가 이상하여 내 몸에 변화가 일어난다고 하더니 볼기짝이 맷방석처럼 부풀어 올랐으니 말일세. 허허."

을불과 재모는 소금을 다 뺏기고 나오며 껄껄 웃었다.

이로부터 이들은 문전걸식을 하며 떠돌아다녔다. 옷은 남루해질 대로 남루해져서 누가 보아도 가련한 거지에 불과했다. 하지만 이들의 마음속에는 웅지(雄志)가 불타고 있었다. 재모도 알고 보니 그의 조상은 부족의 대형(大兄)을 지낸 가문에서 태어났지만, 한의 군현이 침범하여 일가를 몰살하는 바람에 천애 고아가 된 사람이었다.

"유라 낭자가 보고 싶지 않소이까?"

어느새 재모의 말씨도 공경어로 변하고 있었다. 밤이 되면 숲속으로 들어가서 두 사람은 무술을 연마하였다. 투석(投石)을 해서 화살만큼 정확하게 목표물을 명중시키는 연습을 하다가 재모는 유라 낭자의 이야기를 곤잘 물었다.

그럴 때면 을불은 그녀가 준 은잠을 품에서 꺼내 보곤 했다. 구리거울과 바꾼 신표였다. 하루빨리 수실촌으로 돌아가 유라를 만나고 싶은 마음이야 굴뚝 같았지만 대를 위하여 소를 참아야만 했다.

인명천명 人命天命

을불이 모진 고생을 하면서도 웅지를 가다듬으며 산야에 숨은 지 8년이 지났다. 그해는 막심한 흉년이 들었다. 5월에 우박이 내리고 6월에는 눈이 와서 모든 곡물이 논밭에서 그대로 얼어 죽었다.

백성들은 굶주림에 시달려 서로를 잡아먹기에 이르렀다. 죽어 나가는 시체는 들판에 버려져서 독수리의 밥이 되고, 살아 있는 사람들도 눈까풀만 남아서 꼭 유령 같은 꼴을 한 채 눈을 들어 하늘을 원망했다. 대낮에도 벼락이 떨어지고 밤중이면 맹수들이 사람 냄새를 좇아 인가로 내려왔다. 사람과 짐승이 서로 믿고 공생하던 때는 지나고 이제 사람과 짐승, 인간과 대자연이 서로 반목하고 불신하기에 이르렀다.

봉상왕 9년, 서기 300년은 정월부터 대자연의 운행이 이상해지고 있었다. 정월에 지진이 일어나서 증축했던 궁성이 무너지고 수많은 궁녀가 깔려 죽는 참변이 일어났다.

2월부터 7월에 이르기까지 비가 한 방울도 내리지 않아서 산천초목도 다 고사(枯死)하고 식량이 떨어진 백성들은 초근목피(草根木皮)로 연명하다가 그나마 풀이나 나무도 다 죽으니 더 이상 목숨을 부지할 수 없게 되었다.

8월이 되었다. 왕은 천재지변은 아랑곳하지 않고 폭정을 일삼았다. 열다섯 살 이상 되는 남녀는 징집하여 무너진 궁궐을 다시 짓는 무모한 역사를 하였지만 백성들은 도망하기에 바빴다. 이에 국상 창조리는 왕의 앞에 나아가 혈루를 뿌리며 간하였다.

"천재(天災)가 연달아 일어나서 흉년이 들어 백성들은 살 곳을 잃고 장정들은 사방으로 흩어지니 남아 있는 늙은이와 어린것들은 구렁에서 뒹굴고 있나이다. 지금이야말로 하늘을 두려워하고 백성들을 근심할 때가 되었나이다. 대왕께서는 일찍이 이것을 생각하지 아니하고 굶주림에 허덕이는 백성을 부려 목석지역(木石之役)에 시달리게 하시니, 이는 심히 백성의 부모 된 뜻에 어긋나는 일이옵니다. 하물며 이웃에는 강경지적(強梗之敵)이 있어 호시탐탐 넘보고 있는데 만일 이때를 기하여 쳐들어온다면 나라와 백성들이 어떻게 되겠나이까? 원컨대 대왕께서는 이를 충분히 헤아리소서."

모든 신하들은 머리를 조아려 왕에게 선정을 베풀도록 간언하였다.

"임금이란 만백성의 어버이로서 우러름을 받아야 되거늘 궁전이 장엄하고 화려하지 못하면 어떻게 위엄을 보일 수 있는고?"

왕은 노기가 충만하여 얼굴이 붉으락푸르락했다.

"국상은 지금 과인을 비방하여 백성들의 칭찬을 받으려는 저의에서 그따위 허언을 발하는 것이렷다?"

금방이라도 칼을 빼어 창조리의 목을 칠 것 같은 태세였다. 모든 신하들은 입을 다물고 왕의 거동을 주목하였다. 옥좌에서 벌떡 일어섰던 왕은 도로 털썩 앉으며,

"한의 군현이 우리나라를 넘보는 것은 어제오늘의 일이 아닐뿐더러 설혹 변방의 땅을 수탈한다 해도 뭐가 그리 대수로운고? 또한 백성들은 어버이 된 과인을 위하여 목숨을 바치는 것이 천명(天命)이거늘, 역사에서 도망치는 자는 가차 없이 버혀서 기강을 바로잡도록 하여라!"

하며 수염을 쓰다듬는다.

창조리는 이에 굴하지 않고 한 걸음 앞으로 나아가면서 다시 아뢴다.

"임금으로서 백성을 사랑하지 아니하는 것은 인(仁)이 아니옵고 신하로서 임금을 간하지 않는 것은 충(忠)이 아니옵니다. 신이 국상의 자리에 있으면서 이를 간하지 않는다면 만고의 불충(不忠)이 될 것입니다. 어찌 감히 백성들의 칭찬을 받으려고 말하는 것이겠습니까?"

병마사(兵馬使)가 또 나아가며 왕에게 아뢰었다.

"위로는 현도군과 모용씨 일족이 우리 사직을 넘보고 아래로는 낙랑군이 또한 이와 같고, 더구나 백제와 신라도 그 국력이 날로 팽창해지는 이때, 외적의 침입이 없으리란 것은 사리에 어긋난 일이옵니다. 지금이라도 병마(兵馬)를 정돈하고, 훈련을 시켜 난에 대비하고 나아가서는 한의 군현의 세력을 이 땅에서 몰아내어 자손만대에 안정된 국토를 물려줘야 할 것이옵니다. 지금 병사는 헐벗고 굶주려서 피골이 상접하고, 병기는 낡아서 쓸모가 없게 되었사옵니다."

왕의 눈썹이 부르르 떨다가 멈춘다. 한칼에 이들을 버힐까 하다가 다시 마음을 고쳐먹는다.

"다시는 그러한 말을 하지 말렷다! 한 번 더 쓸데없는 말을 하면 반역으로 다스려 과인의 체통을 지킬 것이니라!"

이에 이르자 창조리는 비로소 다른 방도를 생각하기에 이르렀다. 창조리는 왕을 폐하고 새로 임금을 세워야만 이 국난을 타개할 수 있다고 결심하기에 이르렀다. 왕에게도 두 명의 왕자가 있었으나 부전자전이라고 그들도 부왕(父王)을 본받아 주색(酒色)에 눈이 어두워서 나라와 겨레에 대한 일은 까맣게 잊고 있었다.

그러면 누구를 왕으로 모셔야 하겠는가를 심복들과 상의를 하자, 모두들 을불을 내세웠다. 창조리도 마찬가지로 무예가 뛰어나고 지략을 겸비한 을불이야말로 고구려를 중흥시킬 재목이라고 믿고 있었다.

그러나 을불은 잠적해 버린 지 어느덧 일곱 해가 되었다. 이제 와서 어디서 어떻게 찾을 수 있겠는가. 재작년 7월에도 왕은 후환을 두려워하여 을불 모자를 찾아 죽이려고 각지에 군을 풀었지만 뜻을 이루지 못한 일이 있었다.

"을불 왕손을 어디 가서 찾는단 말이오?"

창조리는 근심에 싸여 좌중을 둘러보았다.

"하늘이 나라를 버리지 않으면 꼭 찾을 수 있을 것 아닙니까?"

"그렇습니다. 을불 왕손은 자포자기하여 스스로 자진(自盡)할 분이 아니옵니다. 어딘가에 꼭 살아 계실 것이옵니다."

"짚이는 데가 있습니다."

이때 북부(北部)의 조불(祖弗)이 앞으로 나섰다.

"강동 방면에 가면 을불 왕손을 찾을 수 있을 것입니다. 2년 전에 그곳에서 무술대회가 열린 일이 있었습니다. 그때 어느 구경꾼이 비범한 솜씨를 지니고 있었답니다. 날아오는 화살을 맨손으로 잡아 던져서 과녁을 명중시켰다고 하옵니다. 제가 그곳 태수로 있을 때여서 바로 보고를 받았습니다. 그 사람이 바로 을불 왕손인 것 같아서 일부러 그냥 내버려 두고 도망치게 했던 것입니다. 나라 안에서 그만한 무예를 지닌 사람이 을불 왕손이 아니고 또 누가 있겠습니까?"

조불은 궁노(弓弩)의 명수이고 일찍이 공을 세워 나라에서 식읍(食邑)을 주어도 이를 사양하고 언제나 공(公)을 앞세워

사(私)를 버리는 인물이었다.

"그렇다면 그대가 을불 왕손을 꼭 찾도록 하시오."

창조리는 조불이라면 만사를 일임해도 믿을 만하다고 생각하여 이렇게 말하였다.

"저도 함께 가도록 해 주시기 바랍니다. 사미 부인도 찾아야 하니까 손이 많을수록 좋을 듯합니다. 또한 그분들의 안위도 걱정이니까 말이옵니다."

동부(東部)의 소우(蕭友)가 앞으로 나섰다.

"목숨을 걸고 비밀을 지켜 이 나라의 운명을 건지시오."

창조리는 조불과 소우에게 이같이 엄명하였다. 그리하여 왕을 폐하고 신왕을 세우려는 계획은 착착 진행되었다.

하늘이 도왔는지 조불과 소우는 한 달도 못 되어 뜻을 성취하였다. 그들이 강동으로 나아가 수소문을 해 본 결과 비류하(沸流河) 쪽으로 수상한 사람 둘이 내려갔다는 이야기를 듣고 곧바로 그쪽으로 말을 달렸다.

비류하변에 이르니 과연 한 장부(丈夫)가 배 위에 앉아 있고 또 한 사람이 노를 저으려 하고 있었다. 배 위에 앉아 있는 장부는 옷이 다 헐었고 봉두난발(蓬頭亂髮)이었으나 비범한 용모는 그대로 돋보였다. 소우와 조불은 이가 곧 을불이 아닌가 의심하여 나아가 무릎을 꿇고 아뢰었다.

"지금 국왕은 무도하여 백성을 돌보지 않고 외적의 침입에서 나라를 방위할 생각을 하지 않으니, 국상과 신하들이 왕을 폐하여 나라를 건지려고 결심한 바에 이르렀습니다. 왕손께서는 조행(操行)이 검약하시고 인자하시어 애인(愛人)하시니 가히 조업(祖業)을 이을 만하신 까닭으로 신 등을 파견하여 맞게 하셨나이다."

을불은 경계하는 빛으로 이들을 유심히 살펴본다. 그들한테서 사기(邪氣)는 보이지 않으나 시치미를 뚝 떼고 대꾸한다.

"나는 야인(野人)이며 왕손이 아니니 그대들은 다시 그를 찾아보도록 하십시오."

조불과 소우는 뱃전을 잡고 간곡하게 말한다.

"지금 왕은 인심(人心)을 잃은 지 오래이고 또한 천심(天心)조차 잃었으니 이제는 국왕으로 있을 수 없는 까닭입니다. 부디 왕손께서는 의심을 거두시고 신의 간곡한 말씀을 저버리지 마옵소서."

이때 재모가 을불 앞에 와 절하며 말한다.

"하늘의 뜻을 거역하지 마옵소서. 나도 이 시간부터는 왕손의 신이 되겠나이다. 오늘을 위하여 기다리신 뜻을 견고히 하옵소서."

비로소 을불은 그들을 따라 7년 만에 국내성으로 돌아왔다. 성으로 들어가자 을불의 가슴에는 희비가 교차하였다.

아버지의 참변을 알고 새벽녘에 성을 빠져나오던 일이며, 그동안 수실촌에서 머슴살이하던 일이며, 연못가에서 만난 유라 낭자의 일이며 모든 일이 한꺼번에 주마등같이 머릿속을 지나가는 것이었다.

국상 창조리가 나와서 을불을 조맥남가(鳥陌南家)에 모시어 비밀이 새어 나가지 않게 한 뒤,

"때를 보아 왕을 폐하려 하오니 그동안 여기 계시기 바라옵니다. 하늘이 나라를 버리지 않으시어 왕손을 여기에 모실 수 있으니 오직 천은(天恩)이 무량할 뿐이옵니다."

하며, 통곡한다.

"좋소. 그러나 나는 혈연(血緣) 간에 피를 흘리게 하는 것은 반대하오. 비록 지금의 왕이 내 아버님을 해하였다고는 하지만, 피를 피로써 갚으면 또다시 피를 부르는 법. 그대는 이 점에 특히 유의하기 바라오. 나는 꼭 왕이 안 돼도 상관이 없는 몸, 나라의 터전을 굳건히 하여 타민족의 세력을 이 땅에서 몰아내는 일에는 백의종군(白衣從軍)할 각오도 돼 있소. 지금까지 산야에 묻혀 산 것은 왕이 나를 해하려 했기 때문이오."

을불은 국상 창조리를 맞아 이와 같이 단호한 결의를 표했다. 그의 마음은 사실 이와 같았다. 왕이 되고 싶은 욕망보다는 나라를 위하여 젊은 혈기를 불태울 수 있으면 족한 일이었다.

국상은 왕손의 이러한 말을 듣고 더욱 감루(感淚)를 흘리며,

"황공하옵니다. 왕손께서 그토록 바다 같은 도량을 지니셨으니 앞으로 고구려는 세세손손 그 터전을 이어 가게 되오리다."

한다.

국상이 돌아가고 나자 집안에는 오로지 재모와 을불만이 남

았다. 밤이 되자 8월의 밝은 달이 동편에서 떠올라 오곡이 무르익는 들을 환하게 비추었다.

담 밖에는 소우와 조불이 배치하여 놓은 심복 부하들이 파수를 보고 어디서 날라오는지 밤이 이슥해지자 주안상도 들여보냈다.

"너무 어려워 말게나. 어제까지는 나도 소금장사요, 걸인이 아니었나? 우리 옛정을 생각해서 그러지 말게나. 자, 가까이 앉게."

재모는 황공하여 고개를 들지 못하고 엉거주춤한 자세로 가까이 왔다.

사실 을불을 처음 만났을 때부터 그가 평범한 사람이 아니라는 것을 은연중에 눈치챈 재모였다. 처음 을불을 만나게 되던 날 재모는 소금을 내려놓고 잠깐 쉬는 사이에 그만 잠이 깜박 들었다. 그때 꿈에서 백발노인이 나타나 품에서 큰 구슬을 꺼내 재모에게 주는 것이었다. 재모는 금빛 찬란한 구슬을 얼른 받았다. 그런데 그 구슬이 어찌나 뜨거운지 그만 깜짝 놀라는 바람에 꿈이 깨었다. 너무도 이상한 꿈이라서 꿈을 깨고도 멍하니 앞을 보고 있자니 거기에 바로 꿈에서 본 큰 구슬이 빛나고 있었다. 그러나 다음 순간 그의 눈앞에 있는 것은 구슬이 아니라 어느 청년의 얼굴임을 알고 벌떡 일어났다. 그가 바로 을불이었다. 수실촌에서 쫓겨난 을불은 다시 머슴으로 들어갈까, 아니면 깊은 산속으로 들어가서 산짐승들과 평생을 살까 하던 차였다. 그러다가 소금짐을 내려놓고 잠이 든 재모를 만나자

같이 동업할 것을 청했다. 수중에 재물이 하나도 없었으므로 열심히 장사를 해서 이문을 많이 남겨주겠다고 했더니 재모는 손을 내저으면서,

"아니요. 나도 마침 혼자 장사하기가 손이 딸리던 판이오. 잘 됐소. 당신은 어디서 오는 사람이며 장차 어디로 갈 사람이오?" 했다.

어디서 와서 어디로 가느냐. 을불이 어디서 온 것도 어디로 가게 될 것도 다 말할 수가 없었다.

"장사를 배워서 여기저기 떠돌아다니는 게 소원이오."

왕손은 눈을 감고 재모를 처음 만났을 때를 회상해 본다. 그 후에도 재모는 을불을 죽마고우로서 상대하여 주었다. 장사하는 데 서투른 점이 있어도 화를 내지 않았고 여기저기 떠돌아다니면서 노숙을 할 때도 언제나 밥은 재모가 지었다. 누가 시켜서 그랬던 것이 아니라, 재모는 웬일인지 을불을 위하여 수고를 하는 게 즐겁기까지 했던 것이다.

"자, 한잔 들게나."

왕손 을불은 재모에게 술을 권하며 눈을 지그시 감는다.

"예, 왕손께서도……."

재모는 머리를 조아리며 술주전자를 든다.

"그대에게 큰 임무를 맡길 테니 실수 없도록 하게."

왕손은 눈을 뜨면서 재모의 얼굴을 찬찬히 눈여겨본다.

"예."

"다름이 아니라, 자네는 오늘 밤 안으로 이곳을 떠나게."

"예?"

"음, 그게 좋을 듯하네. 한시가 급하니까 빨리 빠져나가서 북부로 가게. 가서 어머님께 사실을 아뢰고 즉시 모셔오도록 하게."

"그러하오나 혹시 위험한 일이라도 생기면 어찌하려고요?"

을불이 아직 왕위에 오른 것이 아니므로 섣불리 사미 부인을 데려오다가는 도중에서 관군에게 해를 입을지도 모르는 일이었다. 재모는 그게 걱정이 됐다.

그러나 을불의 생각은 이와 달랐다. 이번 기회에 왕업을 차지하지 못하고 다시 산야에 묻혀 숨어 살게 되면 평생 동안 묻혀 지내게 될 것이고, 만일 창조리가 계획하고 있는 거사가 실패한다면 목숨을 부지하기 어려울 것이었다.

또한 왕위에 오르는 날 옆에 어머니를 모셔야 될 것 같았다. 몇 년 만에 아들을 만나고도 끝내 방에서 나오지 않고, 왕손의 체통을 살려 나가기를 훈계하던 어머니는 을불을 자식으로 대하는 것이 아니라, 고구려를 보전해 나갈 주인으로 대한 것이다. 이러한 도도한 국량을 지닌 사미 부인을 한시라도 빨리 모셔 와야 될 것 같았다.

"괜찮네. 즉시 북부로 가서 내 어머니를 모셔오되, 만사에 조심을 해서 실수가 없도록 하게나."

"예. 분부대로 하겠습니다."

재모는 일어나서 넙죽 엎드려 절을 했다.

재모는 그날 밤으로 행장을 꾸려 길을 떠났다.

주안상을 마주하고 앉아 혼자서 을불은 마음속에서 우러나는 여러 가지 감회를 달래다가 문득 품속에서 작은 은잠을 꺼냈다. 유라의 얼굴이 그의 눈앞에 떠올라 왔다.

수실촌에서 만났던 유라. 벌써 몇 년이 흘렀는가. 을불이 잠에 떨어져 있을 때 연못에 돌멩이를 던져서 개구리를 울지 못하게 하던 마음씨 고운 유라 낭자였다. 헤어질 때 신표로 구리 거울과 은잠을 서로 주고받았다.

"아직 자리에 들지 않으셨습니까?"

밤이 이슥해서 조불과 소우가 찾아왔다. 을불은 얼른 은잠을 품속에 넣고 나서 그들을 맞아들였다.

"야심한데 웬일이오?"

"예. 지금 왕을 그대로 살려두었다가는 무슨 후환이 있을지도 모르는 일입니다. 왕손께서 허락해 주신다면 후환을 없앨까 합니다."

조불이 뚜릿뚜릿한 눈을 번쩍이며 말했다. 목소리가 어떻게나 우렁찬지 폭포가 떨어지는 듯했다.

"음……."

을불은 깊은 생각에 잠겼다. 지금의 왕이 8년 전 즉위하자마자 안국군 달가와 을불의 아버지 돌고를 죽인 것도 왕권에 대한 보존책의 하나이지 않았던가. 또한 사람을 시켜 을불을 찾아 죽이려고 했던 것도 마찬가지가 아니었던가. 물론 후환은 없애야 하지만, 피를 피로써 갚으면 반드시 또 피를 부르는 법.

"그건 안 되오. 이미 국상한테도 말했지만 그럴 수 없소."

을불은 단호하게 말했다.

조불과 소우는 황송하여 머리를 조아리며,

"알겠나이다."

한다.

왕손 을불은 한참 만에 입을 연다.

"수실촌에 다녀와야 하겠는데 괜찮겠소?"

"안 되옵니다."

"바로 오늘 아침에도 왕이 을불 왕손을 냉큼 잡아 오라고 불호령을 했습니다."

"무슨 일인지는 모르오나 출입을 삼가심이 좋을 듯하옵니다."

그들은 번갈아 가며 적극 만류를 하고 나서 또 머리를 조아린다.

"내 사사로운 볼일이 있소이다. 그렇다면 할 수 없는 일이오."

을불은 수실촌의 유라 낭자를 얼른 만나서 국내성으로 데려오고 싶은 마음이 굴뚝 같았다.

"왕손께서는 앞으로 왕업을 이어 나가실 존귀한 몸이십니다. 부디 옥체를 귀히 여기셔야만 합니다."

"북방의 문제는 어떻게 대처하시려 하옵니까?"

"북방이라니?"

"대륙의 현도군 말입니다. 요동에서는 모용씨 일파가 자주 분쟁을 일으키고 있고, 멀리 북쪽으로는 한족의 군현이 우리 고구려 영토를 넘나들고 있습니다."

조불과 소우는 은근히 을불의 마음을 떠보려는 속셈이 있는 듯했다. 지금의 봉상왕은 무조건 한족 세력한테 굴종하려는 태도를 취한 적이 한두 번이 아니었다. 신하들이 한족 세력을 몰아내자고 건의를 해도 그는 늘 소극적인 자세로 이에 응했다. 또한 한족의 군현 태수에게 방물을 바쳐 고구려 왕의 체통을 잃기도 했다.

"모든 국가는 그 영토와 백성을 보전해야 하오. 만일 고구려의 영토와 백성이 이민족의 손에 넘어간다면 이는 결코 용납 못 할 일이오. 북방의 문제는 아주 그들의 근거를 뿌리 뽑아야 할 것이오. 그래야만 우리의 영토와 백성이 온전하지 만일 지금과 같이 문란한 상태로 방치한다면 그들은 세균처럼 보이지 않는 틈에 조금씩조금씩 파고 들어와 마침내는 여기 왕성까지 유린할 것이오."

을불은 그들을 뚫어지게 쳐다보면서 자기의 소신을 밝혔다.

"지당한 말씀입니다."

그들은 왕손에게 절을 한다.

이튿날 을불은 남루한 차림 그대로 밖으로 나가 보았다. 누가 보든지 그를 왕손으로는 보지 않을 것이었다. 7년 전에 화를 피하여 국내성을 단기(單騎)로 떠났다가 이제 돌아온 을불,

얼마 후면 왕위에 오를 을불의 꼴이 그토록 남루한 줄이야 누가 알겠는가.

그가 국내성을 떠날 때보다도 거리는 더 황폐해 있었다. 젊은이들이 무술을 연습하던 활터에는 잡초가 우거지고, 쇠를 녹여 창과 칼을 만들던 대장간도 낡고 허물어져 옛 모습을 찾을 수 없었다.

그러나 멀리 보이는 성의 궁궐만은 그 위용이 한결 빛나 보였다. 헐벗고 굶주린 백성들을 끌어다가 궁궐을 호사롭게 지었기 때문이었다. 그래서 백성들은 노역에 시달리다 못해 집을 버리고 이웃 나라로 도망을 간 자가 상당했다.

을불은 거리를 거닐며 어깨가 점점 무거워짐을 느꼈다. 앞으로 고구려를 이끌어 나갈 왕이 된다는 것은 그만큼 어렵고 힘든 일이 한두 가지가 아니기 때문이다.

을불이 왕위에 오르게 된 날은 의외로 빨리 왔다. 그가 조맥 남가에 숨어 있은 지 나흘만의 일이었다. 서기 300년 9월 초의 일이었다. 이미 군신들과 더불어 왕을 폐하기로 의논을 한 국상 창조리는 큰일일수록 비밀이 탄로되기 전에 재빨리 해치워야 한다고 생각했다. 새 임금이 될 을불이 피를 흘리는 것은 삼가라고 했으므로 무혈(無血)로써 왕을 폐하여야 할 텐데, 그러자니 시의(時宜)에 알맞는 어떤 계기가 있어야 할 것이었다. 군사들을 앞세우고 궁궐로 쳐들어가게 되면 자연히 왕의 측근들과 칼부림을 해야만 한다.

그런데 마침 절호의 기회가 의외로 빨리 찾아왔다. 왕이 궁녀들과 병정들을 데리고 후산(侯山) 북쪽으로 사냥을 가겠다고 분부를 한 것이다. 왕은 평소에도 사냥을 즐겼다. 궁녀들을 모두 데리고 가서 하루를 야외에서 즐기는 것이었다.

창조리도 왕을 모시고 사냥길에 올랐다.

왕은 백발이 성성한 국상을 향하여,

"그대도 활을 쏠 줄 아는고?"

하며 빈정거렸다.

창조리는 얼굴색 한 번 바꾸지 않고 침착하게,

"예, 소신은 짐승보다 더 큰 것을 사냥하옵지요."

하고 엉뚱한 말을 했다.

왕은 이 말이 무슨 말인지 몰랐다. 짐승보다도 더 큰 것을 사냥한다니 그게 도대체 무슨 사냥일까.

"허허, 그대는 노망이 들었나 보오."

왕이 호탕하게 웃자 그를 모시는 궁녀들이 까르르 웃는다.

사냥이 시작되었다. 병졸들이 산을 에워싸고 짐승을 왕이 있는 골짜기로 몰고, 군신들은 왕을 호위하면서 사냥을 즐기는 것이다.

국상 창조리는 사냥이 시작되기 직전 군신들과 병졸들을 모아 놓고,

"나와 뜻을 같이하는 자는 나를 따르라."

하며 갈잎을 뜯어 관(冠)에 꽂았다.

군신들과 병졸들은 무슨 영문인지는 모르나 백성들의 존경을 한 몸에 받는 국상을 따라 모두 갈잎을 뜯어 머리에 꽂았다.

"좋소. 그대들은 들거라. 이 나라의 운명이 지금 경각에 달렸다. 만백성의 어버이인 임금의 사치와 방탕으로 백성들은 도탄에 빠져 목숨을 부지하기 어려워졌다. 이에 나는 왕을 폐하고 신왕을 받들어 우리 고구려의 국기(國基)를 만세에 전하고자 한다."

창조리는 이렇게 말하고 칼을 높이 들었다. 무리들도 그를 따라 함성을 지르며 칼을 높이 들었다. 이런 일이 벌어진 것은 사냥이 막 시작되려는 순간이었다. 왕은 궁녀들과 희롱하다가 때마침 숲속으로 뛰어가는 노루를 겨냥하고 말을 달리려는 찰나였다. 시종이 달려와서 사태의 위급함을 알렸다.

"모반이 일어났습니다!"

"뭐라고?"

"군신들이 모반을 일으켰습니다! 얼른 자리를 피하십시오!"

"그게 정말인가?"

왕은 이렇게 소리 지르며 좌우에 있는 왕자를 둘러보았다. 왕자 갈채(喝采)와 서시(西時)도 안색이 새파랗게 질려서 부왕을 쳐다볼 뿐 입을 열지 못한다.

잠시 후에 왕과 두 왕자는 엽막(獵幕)으로 압송되어 왔다. 누구 하나 왕을 위하여 반군들에 대항하는 자가 없이 왕의 시종무관들도 비실비실 옆으로 피하여 달아났다.

"이게 무슨 무엄한 짓인고?"

왕은 막사 앞에 이르러 그 앞에 모여선 군신들을 휘돌아보며 호령을 한다.

"황송하옵니다."

국상이 앞으로 나오며 말했다.

"고구려는 일찍 대륙을 다스리는 나라로 성장해 왔습니다. 그런데 오늘에 이르러 국력이 허약해지고 변방의 이민족이 나라와 백성을 유린하고 있습니다. 특히 한의 군현 세력은 우리의 영토 안에 깊숙이 거점을 마련하여 갖가지로 수탈을 일삼고 있으니 어찌 통탄할 일이 아니겠습니까? 그런데 나라와 백성의 어버이 되시는 임금은 사치와 허영에 눈이 멀어 백성을 구원하기는커녕 가혹한 노역에 동원하고 이민족에게는 부복(俯伏)하니, 이것은 선왕들이 남기신 유훈(遺訓)에도 어긋나고, 하늘이 이 나라를 내신 천리(天理)에도 어긋나는 일인즉, 이에 온 군신들은 뜻을 모아 신왕을 모시려 하는 것입니다."

국상이 말을 계속하는 동안 왕은 고개를 푹 숙이고 그대로 서 있었다. 금은으로 장식한 어의(御衣)가 가을 햇빛을 받아 반짝이는 것과 대조적으로 그의 얼굴빛은 창백하기 그지없었다.

왕이 두 왕자와 더불어 자결한 것은 이날 밤이었다. 군신들은 을불의 말을 따라 왕을 시해하지 않고 별실에 감금해 놓았었는데, 왕은 사태가 좀처럼 호전될 것 같지 않을 뿐만 아니라, 재위(在位) 9년 동안에 왕으로서의 본분을 못다 했던 점을 뉘

우치고, 그럴 바에야 차라리 자결하는 길을 스스로 택했던 것이다.

이튿날 을불은 신왕(新王)에 추대되어 즉위하였다.

이분이 바로 고구려 5대 미천왕(美川王)이다. 다음 날 아침 북부로 갔던 재모가 을불의 어머니 사미 부인을 모시고 돌아왔다. 8년 만에 아들과 만나는 사미 부인의 감회는 큰 것이어서, 을불을 처음 만나자 정신 나간 사람처럼 멍하니 입을 벌리기만 했다.

수실촌에 사람을 보내 유라 낭자를 데려온 것은 그 며칠 뒤였다.

새 임금을 맞은 고구려는 새로운 희망과 기대에 부풀어, 폐허가 됐던 궁방(弓房)에서는 다시 활을 만들고 나라의 구석구석에서 벌떡벌떡 숨 쉬는 소리가 들려오기 시작했다. 을불은 왕위에 오르자 모든 시정(施政)을 관용으로써 하여 정치 보복을 엄금하였다. 아버지 돌고의 목을 쳤던 형리(刑吏)들까지도 모두 사면하였다.

왕에게는 하늘이 내려 주신 더 큰 꿈과 포부가 있었다.

황무사새 黃霧四塞

현도군을 공략하기 위하여 3만 명을 헤아리는 고구려의 대군이 출군(出軍)한 것은 서기 302년, 새 임금이 즉위한 지 3년째 되는 해 9월 초나흗날이었다. 9월이었지만 북국(北國)의 날씨는 제법 쌀쌀하여 겨울날을 방불케 했다.

즉위하자마자 왕은 우선 서북의 현도군을 공략할 준비에 착수하여 그동안 돌보지 않던 군마를 사육 훈련시키고, 각 부(部)에 군량미를 충분히 비축하도록 명하고, 궁방에 명하여 활과 화살을 대량 생산케 했다.

뿐만 아니었다. 군도(軍刀)와 창(槍)을 만들게 하여 군도는 모두 장도(長刀)로 하고 창은 다지창(多枝槍)으로 만들게 하였고, 병사들에게는 병기를 다루는 훈련을 시키는 한편 투석(投石)에 능하도록 연마를 시켰다.

즉위 원년부터 풍년이 들어서 굶주림에 시달렸던 백성들이 배부르게 먹고, 기아와 수탈에 시달려 뿔뿔이 흩어져서 국경을 넘었던 난민들도 모두 앞을 다투어 고향으로 돌아와 씨를 뿌렸다. 이웃 나라에서도 넘어오는 호구가 늘어 1년 만에 고구려는 다시 이전의 호구를 확보할 수 있었다.

지금까지 서북쪽의 현도군에 대한 방어는 신성(新城) 태수가 도맡아 왔었다. 그러나 현도군은 한족 본토에서 조달되는 병기와 병사들로 고구려의 북쪽 지방은 어디를 막론하고 마음대로 활보하며 물자와 여자를 약탈하는 횡포를 서슴지 않았다. 신성에 모여 사는 고구려 백성들은 감히 이들을 공략할 엄두를 낼 수 없었다. 태수인 고노자(高奴子)가 워낙 용맹 있는 장수이고 백성을 잘 다스려서 성이 보존되었던 것이지, 나머지 만주 벌판의 대부분은 현도군에서 나온 병사와 서안평(西安平)에 자리 잡은 선비족(鮮卑族) 연(燕)의 모용씨(慕容氏)의 병사들이 침략하여 해마다 막대한 전화(戰禍)를 입곤 했다.

이들의 존재는 기생충 같은 것이어서 국토의 여기저기를 좀먹어 들어와서 한때는 북방의 국경이 어딘지조차 모를 정도로 국토와 백성을 유린했던 것이다. 낙랑군을 먼저 멸하여 우선 반도(半島)에서 한인을 몰아내자는 신하들의 의견도 있었지만 왕의 생각은 이와 다른 바가 있었다.

"아니오. 낙랑군은 반도 안에 위치해 있기 때문에 오히려 그냥 내버려 둬도 시간이 흐르면 우리에게 동화 흡수(同化吸收)될 수 있을 것이오. 그 아래로 우리와 같은 핏줄인 백제와 신라가 있기 때문에 그 세력은 그다지 겁날 게 없소. 우선 북쪽의 현도군을 멸해야 되오. 고구려의 터전은 반도가 아니라 북쪽 대륙이오. 끝없이 이어져 나간 대륙으로 힘을 뻗쳐야만 우리는 천추에 남을 만한 대국(大國)이 되는 것이오."

현도군이 요동(遼東)으로 쫓겨 간 것은 이미 기원전 75년의 일이었다. 토착세력의 침공에 못 이겨 치소(治所)인 고구려현(高句麗縣)을 버리고 혼하(渾河)의 노성(老城) 지방으로 옮겨 간 다음부터는 한족의 전방기지로서 고구려를 압박해 왔던 것이다.

말하자면 현도군은 한족의 한 개 군현이라기보다는 고구려의 북진(北進)하는 국력을 관측하고 미리 분쇄하는 전방의 전초로서 그 사명을 띠고 있는 셈이었다. 바로 이러한 전초기지를 분쇄 멸망시키려는 것이 이번 현도군 공략의 목표였다.

궁의 정사(政事)는 국상 창조리에게 위임하고 조불과 소우로써 선봉장을 삼아 출군한 대군은 왕이 몸소 전복(戰服) 차림으로 총대장이 되고, 왕이 야인이었을 때 함께 소금장사를 하던 재모가 왕의 친위장(親衛將)이 되었고, 신성 대형(大兄) 고노자는 현지에서 합류하기로 돼 있었다.

신성에 이르기까지 가끔 적병과 조우하였으나 모두 선봉부대가 잠깐 사이에 멸하여 후군(後軍)에서는 알지도 못할 만큼 미미한 전투였다.

압록강을 따라서 내려오다가 중간에서 정북(正北) 방향으로 머리를 돌린 대군의 긴 행렬은 며칠 뒤에 다시 북서(北西)로 방향을 돌렸다. 북진해 갈수록 날씨는 점점 고약해져서 차츰 현도의 병사들과 전투가 자주 벌어질 즈음이 되자 비바람이 사납게 뿌리기 시작하였다.

"신성은 아직 멀었느냐?"

왕이 묻자 친위장 재모가 바짝 곁으로 따라붙으며,

"오늘 안으로 도착된다 하옵니다."

한다.

"병사들을 휴식시키고 배불리 먹이도록 하여라."

"예."

왕은 중군(中軍)에 위치해 있었다. 왕의 분부가 선두에 닿자 거기서부터 병사들은 멈추기 시작하여 이윽고 모두 정지했다. 워낙 대군이라서 끝에서 끝이 안 보일 지경이지만 군기(軍紀) 또한 엄하여서 한마디면 질서정연하게 따랐다.

기병(騎兵)들도 말에서 내려 우선 말한테 먹이를 주느라고 분주하게 왔다 갔다 한다. 맨 후미에는 군량미를 실은 거(車) 들이 뒤따르고 있고, 선봉부대를 위시로 전군(前軍)·중군(中 軍)·후군(後軍)으로 편성된 대군은 각 군마다 기병부대와 특 수부대가 포함되어 있었다.

특수부대는 군의(軍醫)와 천문 지리에 능한 병사를 비롯하 여 조궁장(造弓匠)이와 창과 군도를 만드는 기사(技士)들이 포 함되어 있는가 하면, 군악병(軍樂兵)들도 있었다.

이들은 실전에는 참가하지 않지만 대군이 원정(遠征)을 할 때면 전투병력보다 더 중요한 임무를 각기 부여받고 있었다.

"마누라 궁둥이 생각이 간절하이."

어느 병사가 이렇게 말하며 전대(纏帶)에서 음식을 꺼내 한 입 물어뗀다.

"큰일 날 소리 말게나. 민가에 들어가서 약탈을 하거나 부녀 자를 건드리면 삼족(三族)을 멸한다는 군령을 못 들었나?"

"왜 못 들었겠나? 내 말은 그냥 마누라 생각이 난다는 것뿐 이야."

"안심하게나. 이번 원정에는 젊은이는 모두 참전을 했으니,

자네 여편네 건드릴 놈이 없네그려."

"하긴 그래."

"아무렴. 다른 때 같으면 병력을 기피한 놈들이 후방에서 계집 사냥을 하며 떵떵거리고, 못난 놈만 전쟁에 나와 목숨을 버렸지."

"그러나저러나 한나라 놈들은 왜 눈에 안 띄는 거야?"

"걱정 말게나. 머지않아 혈전이 벌어질 거야. 벌써 진을 치고 우리를 기다릴 걸세."

"현도군에는 예쁜 계집들이 많겠군그랴. 허허."

"침부터 삼키지 말게나."

"한나라 계집은 냄새가 지독히 나서 코를 막고 밤일을 봐야 된다네."

"예끼, 이 사람."

병사들은 배불리 먹으며 낄낄거리며 웃고, 말들도 발굽을 딱딱거리며 꼬리를 흔든다. 비바람이 고약하게 불어 병사들은 모닥불을 피워놓고 젖은 옷을 말리며 허허벌판이 계속되는 전방을 바라본다. 대륙에서는 거리감이 이상해진다. 바로 지척인 것같이 보이는 구릉(丘陵)이 온종일 가도 손에 잡히지 않는 것이다.

왕은 막사에서 장수들과 더불어 전략회의를 주재하고 있었다.

"내일이면 현도성에 당도하게 됩니다. 오늘 일찍 서둘러 신성에 이르러 병사들을 휴식케 하고 휴대용 식량을 배급해야 되겠습니다."

소우가 금빛으로 번쩍번쩍하는 견장을 흔들며 왕에게 아뢴다.

"요동새(遼東塞)는 워낙 견고해서 단번에 성안으로 들어가면 불리합니다. 먼저 적군을 유인해 낸 다음 사구(砂丘) 뒤에 복병을 매복시켰다가 허리를 잘라 양쪽에서 공격해야 승산이 있습니다."

조불의 말을 받아서 중군장(中軍將)인 모리(毛利)가,

"그렇습니다. 며칠 안으로 성을 함락시키지 않으면 본토에서 구원병이 올 것입니다. 우선 본토와 교통이 안 되도록 성을 포위한 다음에 싸움을 시작해야 됩니다."

한다.

요동새 내에 있는 현도성은 본토와 거리가 가까우므로 자칫하면 막강한 구원병이 몰려올지도 모르는 일이었다. 속전속결로 함락시켜서 성주(城主)의 목을 베어야만 될 것이다.

"음, 조궁장이를 들라 하여라."

왕은 믿음직스러운 장수들을 둘러보면서 친위장 재모에게 분부한다.

잠시 후에 늙수그레한 조궁장이가 와서 무릎을 꿇었다.

"화전(火箭)도 준비되었는고?"

왕이 묻자 조궁장이는 더욱 고개를 조아리면서,

"예, 미리 다 준비해 두었사옵니다. 그러하오나……"

하며 사이를 둔다.

"그런데?"

"날씨가 이 지경이면 화살에 불을 붙여도 비바람에 꺼지게 될 것 같아 근심이옵니다."

"음, 알았다. 무슨 좋은 방책이 없는고?"

성안의 병사들을 밖으로 유인해내려면, 성에 불을 지르면 저절로 뛰쳐나온다. 그러나 비가 심하게 오면 화전을 쏴도 소용이 없다.

"예, 신 모리가 말씀 올리겠나이다."

중군장이 앞으로 나선다.

"미리 짚더미를 던져 놓은 다음 불을 지르고 나서 화전을 쏘면 습기가 말라서 화전이 꺼지지 않을 줄 아뢰옵니다."

"음, 좋은 생각이오."

왕과 장수들은 병정들과 똑같이 주먹밥으로 식사를 하고, 다시 출발신호가 떨어지자 대군은 비바람을 뚫고 앞으로 나아간다. 신성에서 왕을 맞으러 나온 고노자 장군이 도착한 것은 얼마 뒤였다.

왕과 고노자는 말을 타고 가면서,

"그대는 북방을 방비하느라고 고생이 많소. 요즘 적정(敵情)은 어떠하오?"

하고 왕이 입을 연다.

"예. 우리 대군이 공격해 온다는 것을 알고 모두 성안에서 꼼짝 않고 있습니다. 이따금 척후병이 어른거릴 뿐 아무런 일도 없습니다. 신성에도 만여 명의 우리 병정이 모여 있습니다."

"신성에 웬 군졸이 만여 명이나 된단 말이오?"

왕이 놀라서 묻는다.

"임금께서 친히 군사를 거느리고 현도성을 공략하러 오신다는 소문이 퍼지자, 흩어져 있던 남녀노소들이 모두 달려와 참전시켜 달라고 하여 한동안 애를 먹었습니다. 전쟁을 하면 징병(徵兵)하기가 힘든 게 보통인데, 이번 전쟁은 백성들의 사기가 이와 같으니 현도성을 함락시켜 한족의 마수를 이 땅에서 몰아낼 수 있으리라고 생각됩니다."

"으음, 갸륵한 일이로다."

왕은 고노자의 말을 듣는 순간 눈을 감고 하늘에 감사했다. 전쟁은 병정의 사기에 그 승패가 좌우된다. 아무리 숫자가 많고 무기가 훌륭하다고 해도 그것을 부리는 병정의 마음가짐이 올바르지 못하면 그 전쟁에 이길 수가 없다.

그때 앞에서 왁자지껄한 소란이 일어나는 바람에 왕의 상념은 멈췄다. 재모가 달려갔다 와서 왕에게 보고를 한다.

"병사 하나가 민가에 가서 가축을 잡아 왔다 하옵니다."

"이리로 대령시켜라."

잠시 후에 병사 한 명이 왕 앞에 끌려왔다.

"왜 민폐를 끼쳤는고?"

"황공하옵나이다. 고기가 먹고 싶어서 그만 죽을 죄를 지었나이다. 목숨을 살려주시면 큰 전공(戰功)을 세워 보답하겠나이다."

눈물을 뚝뚝 흘리는 그 병사는 열다섯 살쯤 돼 보이는 어린 나이였다. 왕은 문득 화를 피하여 국내성을 탈출하던 지난날의 생각이 떠올랐다. 그때 왕의 나이 열다섯이었다.

"고향에 부모님은 계시는고?"

"예, 홀어머님 한 분이 계시옵니다. 아버님은 몇 년 전에 궁중 역사에 나갔다가 돌에 깔려 돌아가셨나이다."

"으음, 네 홀어미는 과인이 알아서 여생을 돌봐 주겠다. 너는 군기를 어겼으니 벌을 받아야 되느니라."

"제발 목숨만은……"

병정은 흐느끼며 왕이 타고 있는 말 아래 엎드린다.

"여봐라. 이놈을 끌어내어 참수(斬首)하라!"

군기를 바로 세우기 위해서 왕은 눈물을 머금고 어린 병사에게 죽음을 내렸다. 어두워지기 시작할 무렵에 신성에 도착하였다. 3만의 대군이 밀어닥치자 성내는 병정들로 꽉 차서 발을 옮겨놓을 수가 없었다.

저녁을 먹인 다음 병정들을 둘로 나누어 반은 성 밖에 막사를 치고 야영을 시켰다. 밤늦게 척후병이 돌아와 보고를 한다.

"현도성은 요동성에서 온 원군과 합하여 병력이 5만을 헤아리는 대군으로 전투 준비를 하고 있습니다."

"음, 5만이라?"

소우와 조불은 우선 적병의 수가 아군보다 많은 것에 놀랐다.

그러나 고노자는 생각이 달랐다.

"5만이라고 해도 그중의 태반은 우리 겨레입니다. 강제로 끌려가서 있는 거니까 겁낼 것 없습니다."

그날 밤 왕의 막사에서는 다시 전략회의가 열렸다. 진군 대열을 다시 가다듬고 신성의 부대와 선봉부대가 성에 불을 지르고, 전군과 중군이 적병을 맞아 싸우기로 하고, 후군은 퇴로를 차단하기로 했다. 기마부대는 각 군의 선두에서 적병의 대오를 교란시키고 보병들은 창과 칼을 앞세워 흐트러진 적병을 섬멸하기로 하였다.

"궁방(弓房)에 말하여 화살을 많이 만들라고 이르라."

왕은 밤새 한잠도 자지 않고 내일의 회전(會戰)을 독려하고 있었다.

"칼은 모두 장도여야 한다. 적은 기마병이 많으니까 군도가 길지 않으면 써 보지도 못하고 말발굽에 채여 죽게 될 것이다."

성내의 부녀자들은 밤새도록 주먹밥을 만드느라고 한잠도 자지 못했다.

"새로 임금이 되신 분은 춘추가 이제 겨우 스물다섯이라죠?"

주먹밥을 빚던 아낙네가 말한다.

"스물다섯이라도 국량이 넓으시고 자애로우셔서 하늘이 우리에게 보내주신 성군이라지 뭔가?"

노파가 말을 받아서 한 마디 하며 콧물을 쓱 닦는다.

"이번 전쟁에 승리하면 그 지긋지긋한 한족 놈들한테서 해방이 되겠구나."

"왜 임자도 당했는가?"

"아따, 안 당한 사람이 있나? 그놈들은 해만 저물면 여자 사냥을 다녔으니 말야."

"해가 저물면 이라니? 요즘은 더 굶주렸는지 대낮에도 그 지랄을 하지 않던가?"

"어이구, 몹쓸 놈들 같으니!"

"지금 말이지만, 글쎄, 지난가을에 애를 낳았는데 몇 달 키우고 보니까 이건 영락없는 한족 놈의 상판대기를 했지 뭐요?"

"아항, 그래?"

"그래 그만 목을 졸라 죽였지. 서방한테는 병으로 죽었다고 하고 속였더니, 아는지 모르는지 입맛만 쩍쩍 다시더구만."

"혼인날 받아놓은 처녀가 그놈들한테 능욕을 당하고 자결을 한 일은 또 얼마나 많았다구."

이들에게 물자를 수탈당하는 일보다 더 괘씸한 것은 여자 사냥이었다. 여자에 굶주린 그들은 고구려의 마을로 들어와서 닥치는 대로 능욕을 하고 붙잡아 가서 보통 큰 문제가 아니었던 것이다. 여자들은 한 번 두 번 정조를 빼앗기면 혹시 놈의 자식을 낳지 않을까 두려워하여 극약으로 낙태시키는 일이 많아서 일찍 단산(斷産)을 하는 경우가 많았다.

호구의 수가 곧 국력의 성장일 수 있는 조건에서 이것은 치명적인 국력의 손실이 아닐 수 없었다. 이튿날은 이른 새벽부터 짙은 안개가 끼어 사방을 가렸다. 안개는 누르께한 빛을 띠고 있어서 바로 지호지간(指呼之間)도 보이지 않았다.

"안개가 심해서 어찌하면 좋을 것인지 난감하옵니다."

장수들은 왕의 막사로 몰려와서 걱정을 했다.

"이곳 지리에 밝지 못한 병사들이라서 안개 때문에 오늘 전투에 고생을 많이 하겠습니다."

성을 굳게 걸어 잠그고 안개가 걷힐 때까지 개전(開戰)을 연기하자는 주장도 나왔다.

이때 고노자 장군이 앞으로 나오며 말한다.

"과히 염려 마십시오. 오히려 안개가 우리 병사들을 보호해 줄 수도 있는 일입니다. 저쪽은 성안에서 우리가 진격하는 것을 기다리는 입장이 아닙니까? 안개가 없으면 우리의 동작을 하나하나 환히 볼 수 있어서 접근하자면 희생이 많이 날 것이지만, 안개가 앞을 가려주고 있으니 더 다행한 일인 줄로 아옵니다."

"음……."

고노자 장군의 말을 들으니 그럴 법도 했다. 왕은 결심을 내려 동이 트자마자 선봉부대와 신성의 부대를 출동시키기로 했다. 이들에게는 화전을 수십 개씩 배급했다. 부대의 맨 앞에는 짚더미를 실은 거(車)들이 나아갔다.

안개에 묻힌 신성은 삽시간에 벌떡벌떡 숨을 쉬며 용트림을 하기 시작하는 것이었다. 병기를 챙기는 소리와 놀라 깬 말들이 우는 소리, 대오를 정비하느라고 고함을 지르는 소리가 한데 뒤엉켜 누런 안개 속에서 퍼지고 있었다.

선봉부대가 현도성 성벽 밑에 짚더미를 쌓아놓은 것은 아침 해가 막 떠오를 무렵이었다. 짙은 안개 때문에 아침 햇살은 보이지도 않고 누런 안개를 시뻘겋게 물들여 불길한 징조를 띠게 할 뿐이었다.

"화전을 쏘아라!"

장수가 소리치자 앞에 나간 궁수들은 화살 끝 솜방망이에 불을 붙여 시위에 걸고 힘껏 당겼다. 안개 속을 헤엄쳐 가는 화전들은 그림같이 아름다웠지만 바람과 안개를 가르며 날아가는 속도음(速度音)은 씽씽 가슴을 써늘하게 해 주는 구석이 있었다.

중군에 자리 잡은 왕은 고수(鼓手)를 시켜 북을 둥둥 울리며 독전(督戰)을 했다. 앞에서 진격하는 병사들이 보이지는 않아도 안개가 흔들리는 걸로 보면 모든 선봉부대의 장병들이 진격을 하고 있음을 알 수 있었다.

"와! 와!"

벽력 소리같이 우렁찬 함성이 지축을 흔들었다.

중군장 모리가 장수기(將帥旗)를 번쩍 들고 외쳤다.

"앞으로! 앞으로!"

"와! 와!"

"놈들을 죽여라!"

중군도 순식간에 앞으로 진격해 나갔다. 전방에서 불기둥이 오르는 모습이 안개 속이지만 뚜렷하게 보였다.

후군장 말포(末包)를 불러 후군은 요동하지 말고 잠시 후에 사구 뒤로 전원 매복을 시키라고 엄명을 한 다음 왕은 말을 달려 앞으로 나갔다. 재모가 뒤를 따랐다.

"적병이 성에서 나와 응전을 하고 있답니다."

"알았다."

돌과 화살이 안개 속에서 비 오듯 날았다. 안개가 너무 짙어 피아(彼我)를 구별하기도 어려웠지만 병사들은 함성을 지르며 앞으로 앞으로 나갔다.

성에 가까울수록 환하게 안개가 틔었다. 성이 불붙고 있는 화염을 받아 안개가 사라졌기 때문이다.

"기병(騎兵)을 움직여라."

"예."

소우가 칼을 휘두르며 앞으로 내달렸다.

"기병, 앞으로 진격!"

기병들은 다지창을 왼손에 비껴들고 오른손으로는 칼을 휘두르며 적병의 포진(布陣)을 뚫었다. 적병의 진은 허리를 끊겨 양쪽으로 흩어진다. 앞으로 나갔던 기병들이 잠시 후에 되돌아 나오며 또 허리를 끊는다. 이 틈을 이용하여 보병들이 내달아 칼을 휘두른다.

적병의 목이 이슬처럼 우수수 떨어져 황토 벌에 뒹군다. 아군의 피해도 적지 않아서 기병이 반으로 줄었다. 주인을 잃고 울부짖는 군마들이 껑충껑충 뛰며 발광을 한다.

정오가 되도록 이와 같은 피아 공방전은 계속되었다. 나자빠진 시체를 건너뛰어 아군은 진격을 했다. 그러나 무턱대고 앞으로만 나아갔다가 뒤가 끊기면 포로가 된다. 그래서 앞으로 나갔다 뒤로 후퇴하는 전진후퇴의 전법을 되풀이해야 했다. 후퇴해서 다시 대오를 정비하고 창과 칼을 양손으로 휘두르며 적진을 파고 들어가는 것이다.

이렇게 한번 공격을 하고 물러 나오면 그때마다 칼과 창은 붉은 피로 물들어 있고 어떤 때는 적병의 모가지가 창에 그대로 꽂혀 있는 경우도 있게 된다. 선봉장 조불이 말을 달려 앞으로 나가며,

"적병의 선봉장은 앞으로 나와 썩 내 칼을 받아라!"

하고 벽력 치듯 소리를 지른다. 병정들이 멈칫하는 동안에 벌어진 일이었다.

"내 창을 받아라!"

맞은편 적진에서 창을 꼬나쥐고 장수가 나오며 조불을 맞는다. 여덟팔자 흰 수염을 휘날리는 적장의 화등잔 같이 큰 눈에서는 시뻘건 불덩이가 뚝뚝 떨어진다.

"적장이 누군고?"

왕이 이 광경을 지켜보며 재모에게 묻는다.

"정파(丁波)라는 명장입니다."

고노자가 옆에서 아뢴다. 정파와 조불의 승부는 쉽사리 나지 않았다. 두 마리의 용이 서로 먼저 등천하려고 피를 흘리며 싸움을 하듯 이리 엉키고 저리 엉켰다가 다시 풀려 나오는 두 장수의 싸움은 생동하는 한 폭의 그림처럼 아름다웠다.

병사들은 혀를 빼물고 이 광경을 지켜본다. 시뻘건 불빛을 받아 일렁이는 황무(黃霧)가 두 장수를 둘러싸고 너울너울 춤을 춘다.

"우리 국토를 침범한 놈은 내 칼을 받고 지옥으로 가라!"

조불이 소리친다.

"미친 소리 하지 말라! 너희들은 한낱 동이(東夷)가 아닌가! 대국을 위해 변방의 파수병 노릇을 해야 마땅하거늘 감히 반항을 하다니 괘씸한 노릇이구나!"

적장도 창을 휘두르며 껄껄 웃는다. 조불은 칼을 쑥 밀어 넣으며 적장의 심장을 도려내려는 듯 한 바퀴 빙 돌린다.

"하늘이 민족을 내실 때는 모두 그 터전을 마련하는 법, 너희 한족들이 우리 땅에 들어와 약탈을 해 가는 것을 더 이상 못참겠다! 자, 내 칼을 더럽히지 말고 말에서 내려 항복하라!"

"하하. 너희들은 우리의 문지기에 불과한 것. 너희들의 운명을 거역하지 말렸다!"

조불의 칼이 번쩍 빛을 발하는가 싶더니 이내 정파의 왼쪽 심장을 깊숙이 파고든다. 정파의 창도 조불의 목을 겨냥하고 날아온다. 조불의 칼이 적장의 심장을 찌른 것과 동시에 적장의 창은 조불의 왼쪽 귀를 도려낸다. 눈 깜짝할 사이의 일이었다. 적장의 몸이 말 위에서 기우는 것을 본 순간 조불은 성큼 다가가서 목을 쳐서 칼끝에 꽂고 돌아온다.

병정들이 와와 함성을 지르며 앞으로 내달린다. 돌과 화살이 비 오듯 쏟아지고 기병들은 창을 휘두르며 앞으로 나아간다.

"조불 장군, 수고했소!"

적장의 머리를 칼에 꽂고 돌아온 조불을 맞아 왕은 치하를 한 다음,

"이 보검으로 더 큰 전공을 세우기 바라오."

하고 칼자루에 용이 조각된 보검을 장군에게 준다. 조불의 왼쪽 귀가 있던 자리에서 피가 뚝뚝 떨어진다.

"안개가 점점 심해지는 것 같습니다. 이 틈을 타서 돌격대를 성안으로 보내는 게 어떠하온지요?"

중군장 모리가 왕에게 아뢴다.

"그게 좋겠구나. 병졸의 희생이 너무 많으니 돌격대를 편성하라."

왕의 분부가 내리자 중군장은 정예부대를 편성한다. 날랜 병사 3천 명으로 대원을 삼고 대장에는 중군장이 자원해서 앉는다.

"적군을 성 밖으로 유인하라. 후군은 사구 뒤에 매복했다가 적군의 꼬리를 치라!"

명령이 떨어지자 아군은 패하여 도망하는 체하고 일제히 후

퇴를 한다. 적군은 이 틈을 놓칠세라 바짝 뒤따라 오며 화살을 쏜다.

한편 돌격대는 안개 속에 숨어서 성안으로 진입하려고 행동을 개시한다. 도망가는 듯했던 고구려군은 후군이 모래언덕 뒤에서 함성을 지르며 뛰어나오는 것을 신호로 일제히 말머리를 돌려 적을 친다.

갑자기 복병을 만나 당황한 적군은 갈팡질팡하여 앞뒤에서 달려드는 고구려군에게 헤아릴 수 없이 목숨을 잃는다. 날이 어두워질 때까지 피비린내 나는 살육전은 계속되었다. 워낙 양군의 숫자가 많아서 황토벌이 피로 시뻘겋게 물들어도 싸움은 끝이 나지 않는다. 시산혈해(屍山血海)라더니, 이걸 두고 한 말인가 보았다.

차츰 현도의 군사들이 무기를 버리고 도망치기 시작한다. 고구려 군사들도 그제서야 피에 젖은 칼을 휘두르며 다시 대오를 정비한다.

"성을 향하여 진격하라!"

"오늘 저녁밥은 현도성에서 먹기로 하자!"

"와!"

"와!"

"한족의 씨를 말려라!"

몇백 년 동안 그들의 핍박을 받았던 고구려 사람의 피는 적개심으로 끓어오르고 있었다. 성에서는 돌격대와 적의 수비대가 결전을 벌이고 있는 중이었다.

돌격대장 모리는 미친 듯이 칼을 휘두르며 적병을 닥치는 대로 마구 베면서,

"목숨을 바쳐서 성을 함락시켜라! 성주의 목을 베어라!"
하며 독전을 한다.

이때 등 뒤에서 날아온 화살이 모리의 뒤통수에 박힌다. 모리는 손으로 얼른 화살을 빼내어 화살이 날아온 방향으로 힘껏 던진다. 기둥 뒤에 숨어서 화살을 쏘았던 적병이 그 화살에 가슴을 꿰뚫린 채 픽 쓰러진다. 모리의 머리에서 피가 콸콸 쏟아져 내린다. 모리는 그것도 모르고 정신없이 싸우다가 거목이 넘어지듯 쿵 하고 땅바닥에 쓰러져 버린다. 군사들은 저마다 적을 맞아 싸우느라고 장수가 쓰러지는 것도 모른다.

어둠이 깔릴 무렵이 되어 성안으로 고구려 군사들이 물밀듯이 밀려들어 왔다. 망루 위에는 고구려의 군기가 게양되고 군악병은 승리의 북을 둥둥 두드린다.

"포로를 집합시켜라!"

장수들이 명령을 한다. 무장 해제된 포로들은 두 손을 머리 위에 얹고 한 줄로 늘어선다. 성의 건물이 불타면서 내뿜는 화광(火光)에 성안은 대낮처럼 밝다. 화염에서 뿜어져 나오는 냄새와 땅에 깔린 시체에서 나는 피 냄새가 뒤엉켰다.

"이렇게 순식간에 함락될 줄은 몰랐습니다."

고노자가 피투성이가 된 얼굴을 들어 왕에게 아뢴다.

"군신들의 충성심이 하늘을 찌를 것같이 높기 때문이오."

왕은 이렇게 말하며 갑자기 눈썹을 치켜세우더니, 전동에서 화살을 쑥 뽑아 성벽 밑으로 휙 던졌다.

"어이쿠!"

어둠 속에서 비명이 들린다.

군사들이 놀라 우루루 뛰어간다.

"저격병입니다."

재모가 저격병을 붙잡아오면서 소리친다. 화살을 가슴에 맞은 저격병은 입에서 피를 흘리며 왕 앞에 끌려와서 푹 고꾸라진다.

"성을 샅샅이 뒤져 경계를 철저히 하라!"

소우가 명한다.

"사지를 찢어서 성문에 내다 걸어라!"

그는 저격병을 향해서 분부를 내린다. 군사들이 달려들어 사지를 칼로 도려낸다.

"철저하게 몰살을 시켜야 됩니다. 한족들은 워낙 곰같이 꿍꿍이 속이 깊어서 아주 단단히 혼을 내야 후환이 없을 것입니다."

왕을 저격하려던 적병은 사지가 찢겨 성문에 항기(降旗)처럼 내걸렸다.

"일반 백성은 가혹하게 다루지 말도록 하라."

왕은 장수들에게 분부한다.

"중군장은 어디 있는가?"

왕은 그제서야 돌격대장 모리가 없는 것을 알아차리고 큰소리로 묻는다.

"예, 지금 군의가 돌보고 있습니다."

재모가 대답했다.

"출혈이 심해서 목숨이 경각에 있습니다."

왕은 몸소 군의 막사(軍醫幕舍)로 가서 모리를 살펴보았다. 중군장은 이미 숨이 넘어가려는 중이었다. 왕이 가자 막 감기려는 눈을 뜨고 들릴 듯 말 듯 한 목소리로,

"조업을 만대에 전하시어 창맹(蒼氓)의 안녕을 이루어 주소서……"

하고 말하자마자 숨이 넘어갔다.

왕은 두 줄기 눈물을 뚝뚝 흘리며 장군의 죽음을 슬퍼한다.

"적장은 모두 죽었는가?"

"예, 선봉대장 정파는 조불의 손에 죽었고 나머지 장수들은 모두 도망을 쳤습니다."

"태수(太守)를 잡아 오너라."

왕은 아직도 불타고 있는 건물 앞에서 추상같이 분부를 내린다. 난민들의 울부짖음이 계속해서 들려오고 있었다. 어버이를 잃고 우는 어린것들의 소리도 들려온다. 잠시 후에 현도군의 태수가 왕 앞에 끌려왔다. 비대한 몸집을 한 태수는,

"헤헤, 우리 사람 평화 좋아해요. 고구려와 화평하게 지내면 서로 피흘림도 없을 거요."

하며 손을 싹싹 비빈다.

"평화를 좋아한다구? 이놈 아주 음흉하구나."

왕은 혀를 끌끌 찬다.

"고구려 백성들한테서 뺏은 재물은 어디 쌓아놓았는가?"

"창고 안에 수북하게 쌓여 있소. 그러나 아직 우리 조정에서 하달된 목표량엔 훨씬 미달이오."

"괘씸한 놈 같으니!"

왕은 이를 뿌드득 갈았다.

이들은 고구려의 특산물을 모두 수탈하여 가고 있었다. 비단·호피(虎皮)·박달나무·철(鐵)·패석(貝石) 등에서부터 장백산맥에서 나는 금옥(金玉)·도라지·버섯·각종 약초를 거두어 갔다.

왕은 군신들을 모아 놓고 태수를 어떻게 처리할까를 궁리했다.

"참수를 해야 되오리다."

"안 되오. 참수를 하면 원한만 깊어져서 후환이 있을 것이오. 항서(降書)를 받는 게 좋을 듯합니다."

"항서를 받아 봐야 아무 쓸모가 없습니다. 성을 모조리 불태우고 모두 포로로 잡아 압록강 이남으로 옮겨 노역을 시키는 게 옳습니다. 그동안 고구려 백성이 이놈들한테 당한 것을 생각하면 그렇게 해도 한이 남습니다."

강경한 쪽과 온건한 쪽이 서로 주장을 펴 나갔다. 왕은 강경한 쪽의 의견을 따라 태수를 참수하여 성 밖에 내걸고 창고에 있던 재물을 풀어 군사들에게 나누어 주었다.

주민들 가운데는 고구려인이 많은 편이었다. 붙잡혀 와서 부역을 하거나 노비 생활을 하고 있는 백성들이었다. 이들에게 곡식을 풀어 내주고 위무하였다. 부역을 한 죄로 목이 날아갈 줄 알았던 백성들은 왕 앞에 무릎을 꿇었다.

"신성 태수는 이들을 신성으로 옮겨 살게 하고 기름진 농토를 주도록 하여라. 백성들에겐 아무 죄가 없는 법, 나라가 잘못한 책임이 있으니 모두에게 짝을 맞춰 자식을 낳아 기르게 하기 바란다. 북방에는 우선 인구가 많아져야 되느니라."

왕의 분부가 떨어지자 백성들은,

"몸을 바쳐 충성을 하여 오늘의 부끄러운 죄를 씻어 은혜에 보답하여 드리오리다."

하며 엉엉 운다. 희생이 제일 적게 난 후군에서 그날 밤 경비를 맡고, 나머지 군사들은 배불리 먹이고 쉬도록 했다.

그러나 난생처음 대격전을 치르고 난 병정들은 쉽게 잠이 오지 않았다. 하늘을 올려다보니 무수한 별들이 반짝이고 있었다. 성 주위로는 아직도 안개가 짙게 드리워져 있으나, 온종일 화염에 싸였던 성은 열기 때문에 안개가 다 사라져 있었다.

"이봐! 자네 아까 임금께서 화살을 던지는 광경을 보았나?"

망루에 올라 파수를 하는 병정이 동료에게 묻는다.

"보다마다. 임금은 하늘이 내신 영웅이야. 캄캄한 곳에 숨어서 활을 쏘려는 저격병을 어떻게 알아차리고 화살을 쏘셨을까."

"이 사람아, 화살을 쏜 게 아니라 던진 거야. 맨손으로 말이야."

"아 참, 그렇구먼. 우리 같은 범인으로야 상상도 못 할 일이야."

"화살 끝에 눈이 달려 있는 것 아닌가? 그러니까 명중을 시키지."

"예끼, 이 사람. 화살에 눈이 달리다니 그게 무슨 말이야. 그런 분은 온몸과 귀에 눈이 달려 있단 말일세."

"아무튼 놀라운 일이야."

건너편 안개가 자욱하게 이어져 간 끝에서 화염이 솟아오르는 게 보인다. 파수병들은 긴장하여 그쪽을 주시한다. 화염은 잠시 후에 꺼져서 흔적 없이 사라진다.

"오늘 싸움처럼 치열한 전투는 처음이네."

"자네, 적병을 몇 명이나 죽였나?"

"그걸 어떻게 아나? 그냥 무턱대고 창을 휘두르며 내달렸는데 이따금 창끝에서 퍽퍽 소리가 나더군."

"적의 대갈통을 꿰뚫는 소린가?"

"모르겠네. 놈들을 쳐부수니까 속이 다 시원하이."

"누가 아니래나. 그놈들 거드럭거리며 우리를 동쪽 오랑캐라고 깔보더니만 옹골싸게 당했지."

안개 너머에서 화염이 또 오르고 있다. 파수병은 칼을 빼 들고 주시하다가 느닷없이,

"큰일 났다!"

하고 외친다.

"아까 도망친 놈들이 다시 집합을 해서 쳐들어올 모양이야."

"맞았다. 웅성대는 소리도 들리는 것 같다."

이 소식은 곧 후군장 말포에게 전달되었다. 급히 망루로 올라온 말포는 화염이 일어나는 쪽을 유심히 주시하고는,

"아니다. 지금 당장 쳐들어오는 게 아니라, 야영을 하는 모양이다. 불빛이 움직이지 않고 그 자리에 가만히 있지 않은가?"
하며 망루를 내려간다.

말포는 원래 서부(西部)의 대형(大兄)으로 무인이 아니라 문인이었다. 또한 그는 소노부족(消奴部族)의 맹주(盟主)의 후손으로, 왕이 계루부족(桂樓部族)에서 나오기 전까지는 고구려 연맹 세력의 중추적인 역할을 하던 부족의 피를 물려받은 귀족이었다.

그래서 그는 자존심이 강하고 자기의 판단력을 과시하는 버릇이 있었다. 이날 밤 성 저편에서 피어오르는 화염을 보고 자기 나름의 속단을 내린 것도 이런 천성 때문이었다.

그날 밤 자정이 훨씬 넘어 패주했던 한인들이 다시 쳐들어왔다. 한밤중에 당하는 일이라 고구려 군사들은 당황해서 우왕좌왕하며 이리저리 부딪쳐 뒹구는 군사가 부지기수였다.

왕은 즉시 막사에서 뛰어나와,

"성벽에 짚더미를 쌓고 빨리 불을 질러라!"
하고 고함을 친다.

성벽에서 빙 둘러가면서 불길이 오르자 성안은 대낮같이 밝아져서, 그제서야 고구려 군사는 적을 맞아 싸우기 시작한다. 적병은 소수의 돌격대로서 곧 목이 잘리거나 포로가 되었다. 태풍이 지나간 것처럼 성안에는 다시 고요가 깃들고, 포로를 문초하는 소리만 뜰에서 들린다.

"파수병을 데려오너라."

곧 망루에 있던 파수병이 끌려와서 엎드렸다.

"모든 전우들의 목숨을 지키기 위해서 파수를 서는 것이 아닌가? 너희들이 직무를 태만히 하여 많은 군사들이 희생되었으니 그 죄를 무엇으로 갚을 것인가?"

"백번 죽어 마땅하옵나이다."

이때 말포가 왕 앞으로 나오며,

"소신의 잘못입니다. 저들은 죄가 없으니 살려 주십시오."

하고, 미처 대답할 틈도 없이 칼을 가슴에 안고 푹 고꾸라진다.

"아니, 말포 장군이 웬일이오? 빨리 군의를 불러라!"

왕이 다급해서 소리쳤으나 이미 말포는 숨이 넘어간 뒤였다. 아무리 장수라도 자기의 실책으로 아군에게 피해를 주면 그 책임을 통감할 줄 아는 것은 고구려군의 군기에 속했다.

"저희들도 잘못이 있나이다."

파수병들도 칼을 물고 땅에 엎어지며 피를 토하고 자결을 한다.

"음, 아까운 일이로다."

그날 밤 왕은 잠이 오지 않았다. 중군장 모리와 후군장 말포를 잃고 나자 왕은 자꾸 불안한 생각이 드는 것이었다. 더구나 조불도 한쪽 귀가 달아나 버리지 않았는가. 왕은 장재(將材)를 아껴야 되거늘 한 번 원정에 두 장수를 잃었으니 마음이 쓰리도록 아팠다.

그럴수록 왕의 가슴에서는 적개심이 불타올랐다. 날이 밝아도 누런 안개가 여전히 겹겹으로 끼어 시야를 차단했다. 고구려 군사들은 부대를 재편성해야 했다. 어제의 격전에서 희생된 자가 워낙 많았고 두 장수 모리와 말포가 죽어서 중군을 없애고 선봉장 소우를 후군장으로 삼아, 전군·후군의 양 부대로 재조직해야 했다.

노획한 무기와 군마가 많아서 기병부대의 수를 대폭 늘리고 친위대장 재모를 기병부대의 장수로 삼았다. 궁방에서는 화살을 만들고 날이 문드러진 칼과 창을 다시 갈도록 분부를 하고, 모래와 황토로 뒤덮인 벌에 양익(兩翼)으로 진을 쳤다.

어제의 싸움에서 성을 버리고 달아났던 적병들도 사구 뒤에서 진을 치고 이쪽에서 웬만큼 싸움을 돋구어도 나와서 응전하지 않고 화살만 쏘아 댔다. 한낮이 되도록 이런 소강상태가 계속되었다.

그사이에 왕은 전복을 입은 채 활만 메고 진지를 두루두루 돌아다니며 병정들의 사기를 살펴보았다. 왕의 전복에도 누런 흙먼지가 묻어서 언뜻 보면 일개 졸병의 차림새나 다름이 없었다.

그는 원래가 서민적이었다. 이런 성질은 그가 야인으로 방랑할 때부터 더욱 몸에 밴 것이어서, 처음 즉위를 하고 나서 금은 장식이 반짝반짝하는 어의(御衣)를 입었을 때 도무지 갑갑해서 견딜 수가 없었다. 그래서 정사(政事)가 끝나면 간편한 차림으로 말을 타고 소년 시절에 늘 사냥을 하던 지석묘 근처 숲속으로 달려가서 화살을 쏘곤 했다.

현도군을 공략하기 위해 대군을 이끌고 왕성을 떠난 다음부터도 마음속으로는 끝없이 퍼져 나간 대륙의 벌판을 마구 내달리고 싶은 생각이 굴뚝 같았다. 하지만 한 나라의 왕으로서, 지고지엄(至高至嚴)한 어버이로서의 체통 때문에 그럴 수가 없었던 것이다.

왕이 진지를 돌아다니며 병정들과 어울려 이것저것 이야기를 나눌 때, 어떤 병정은 그가 왕인 줄도 모르고 농담을 해 대기도 했다.

"이봐. 어슬렁거리며 다니지 말게. 장군에게 들키면 벼락 맞네."

"똥 누고 밑 안 닦은 놈처럼 왜 엉거주춤해?"

"두고 온 마누라 궁둥이가 그리운 모양인가?"

왕은 껄껄 웃으며,

"하긴 마누라 궁둥이 생각이 아주 간절하이."

한다. 이렇게 말할 때의 그의 표정은 정말로 아내를 그리워하는 남편으로서의 꾸밈없는 모습이 된다. 또한 세 살 난 아들 사유(斯由)의 귀여운 모습을 보고 싶어 하는 젊은 아버지의 얼굴이 된다.

재모가 급히 달려와서 왕을 모셔가지 않았으면 그는 자기가 왕이라는 사실도 잊고 병정들과 어울려 팔씨름이라도 했을 것이었다. 재모는 왕이 병정들 틈에서 껄껄대며 웃는 모습을 보고 기겁을 해서,

"아직도 저격병이 노리고 있을지도 모릅니다."

하며 막사로 안내해 갔다. 한낮이 가까워서 장수들을 모아놓고 어전회의를 열었다.

"적들이 움직이지 않으니 어떡하면 좋겠소?"

"좀 더 기다려 보는 것이 좋을 듯합니다. 지금 병졸들이 어제의 싸움에서 많이 지쳤으니 좀 더 기다리고 있다가 적의 태도를 보는 것이 좋을 듯합니다."

"예 그렇습니다. 적은 곧 식량이 떨어질 것입니다. 그때를 기다려 급습하는 것이 좋을 듯합니다."

장수들의 의견은 한결같았다.

"포로로 잡은 적군은 몇 명이나 되는가?"

"예, 5천을 헤아립니다."

"그중에는 고구려의 피를 받은 자도 상당수에 달합니다."

"알았다. 잘 조사하여 귀화시킬 자는 신성에 데려가게 하고 나머지는 남쪽으로 데려가기로 하자."

바람이 몹시 불어서 날씨가 겨울처럼 매웠다. 끈끈하고 눅눅한 안개가 끼어 기침을 하는 병사들의 수도 점점 늘고 있었다. 왕은 빨리 여기 일을 수습하여 회군(回軍)하고 싶었다. 그렇다고 지금 당장 군사를 이끌고 돌아가면 다시 적병들이 쳐들어와서 성을 점령할 것이다. 창조리에게 일임하고 온 왕성의 일로 궁금했다. 저녁때가 되었다.

"급히 아뢸 말씀이 있다고 조불 장군이 왔습니다."

시중을 들던 신하가 왕에게 달려와서 아뢰었다.

"들라 하여라!"

왕은 막사 안에 있다가 벌떡 일어서며 그를 맞았다.

"적장이 투항을 해 왔습니다."

"항복을 했다구?"

조불 뒤에는 무장이 해제된 적장이 무릎을 꿇고 있었다. 몸집은 자그맣지만 위로 치켜 째진 눈에는 표독한 살기가 어리고 있었다.

"우리도 더 이상의 살생은 하고 싶지 않다. 그대는 곧 군사를 거두어 성으로 오되 우리 군사들에게 모든 무기를 미리 넘겨주기 바란다."

"황공하옵나이다."

적장은 머리를 숙였다.

"군졸의 수는 얼마가 되는가?"

"예, 겨우 만여 명에 불과합니다."

"알았다. 이미 태수도 참수되었거늘 공연히 이심(異心)을 품지 말라."

왕은 위엄있게 말하고 나서 고개를 쳐든 적장의 얼굴을 유심히 보았다. 그 순간 이상한 예감이 들기 시작했다. 항복한 적장한테서 무서운 살기가 나오고 있었다.

잠깐동안 침묵이 흘렀다.

왕의 손이 활을 잡은 것과 적장이 벌떡 일어나서 이리같이 왕에게 대든 것은 거의 동시의 일이었다. 적장은 품속에서 단도(短刀)를 빼들고 왕을 시해(弑害)하려 했으나 민첩한 왕이 재빨리 피하는 바람에 왼손 새끼손가락만을 해쳤다. 조불이 뛰어들어 적장을 뒤에서 껴안은 것과 왕의 왼손 손가락이 땅바닥에 떨어진 것도 동시의 일이었다.

"무엄한 놈!"

왕은 적장을 보고 꾸짖었다. 적장은 혀를 깨물고 자결하려 했으나 이를 눈치챈 군사들이 입에 재갈을 물리는 바람에 미수에 그쳤다.

"거짓으로 항복을 하는 체하고 간교를 부렸구나!"

"황공하옵니다."

조불이 무릎을 꿇고 비통하게 말을 했다.

"안 되겠다. 날이 저물기 전에 적을 공격하라!"

"예."

"적은 지금 한군데 모여 있으니, 전군 후군이 일시에 급습하여 한 놈도 남기지 말고 무찌르도록 하라!"

곧 진군나팔이 울렸다. 군사들은 양 날개를 펴고, 독수리가 병아리를 잡으러 내려앉듯 모래 언덕을 향하여 쏜살같이 내달렸다. 겹겹이 둘러싸인 안개를 헤치며 기마병이 먼저 언덕 위로 올라갔다. 그러나 언덕 뒤에는 예상했던 적군은 보이지 않고 군기만 여기저기 꽂혀 있을 뿐이었다. 군기 아래로는 수천을 헤아리는 적병의 시체가 즐비하게 쌓여 있었다.

소우와 재모는 그런 광경을 보고 눈이 휘둥그레져서 입을 딱 벌렸다. 군사들도 마찬가지였다.

"이상하다."

"웬 시체만 이렇게 많을까?"

그때 시체 속에서 꿈틀대는 움직임을 보고 병사가 달려가서 그자를 잡아 왔다. 머리에 칼을 맞았지만 아직 목숨이 붙어 있는 자였다.

"나머지 군사들은 다 어디로 갔는가?"

소우가 언덕이 쩡쩡 울리도록 큰소리로 물었다. 그 바람에 적병은 눈을 반쯤 뜨고 올려다보며,

"모두 본국으로 도망을 했습니다."

하고 다시 눈을 감는다.

"너희들은 누구의 손에 죽었는가?"

"예, 우리는 원래 한족이 아니라 조선의 후손들입니다. 그래서 그들이 도망을 가면서 조선의 피가 섞인 사람은 모두 이 꼴

을 해 놓고 갔습니다."

"음."

끔찍한 일이었다. 피가 물보다 진하다는 말도 있지만, 아무리 피가 다르다고 이토록 처참하게 살육을 하다니 등골이 오싹한 일이었다. 거짓으로 투항을 해 왔던 적장을 문초한 결과 진상이 밝혀졌다.

"어제의 싸움에서 5만의 병력이 고구려군에게 참패한 것도 바로 그놈들 때문이오. 우리들의 실책이었소. 그놈들을 전투에 내보내는 게 아닌데 실수를 했던 것입니다. 하긴 황무 때문입니다. 앞을 가리는 짙은 안개 때문에 피아 구별이 안 되는 전투였습니다. 그래서 조선의 피를 물려받은 놈들은 우리 군사들한테 칼을 휘둘렀습니다. 그러니 그놈들을 살려둘 수 있습니까?"

왕은 그 이야기를 들으며 가슴이 터지는 것 같은 말 못 할 희열을 느끼고 있었다. 민족본능(民族本能)이라는 게 있는 것일까. 어두운 데서도 자기 겨레를 알아보는 본능이 있는 것일까.

어제의 대전이 의외로 손쉽게 아군의 승리로 끝난 것도 그 뒤에는 이러한 이유가 있었다. 그들이 아무리 한족의 군현에서 살며 모든 풍속을 따랐다고 해도 핏속에 흐르는 민족의 본능은 자신도 모르는 사이에 남아 있었을 것이다. 그들이 의식적으로 한족 군사들에게 칼을 쓴 것은 물론 아니다. 누가 누군지를 분간하기 어려운 안개 속에서 전쟁을 하게 되었고, 그러나 전쟁은 반드시 누군가를 향해 창과 칼을 써야 하고 화살을 쏴야 한다. 그럴 때 본능적으로 적군을 식별해야 하는데, 그들한 테는 고구려군이 적이 아니라 한족 군사들이 적이었던 것이다.

이것은 무서운 일이다. 아무리 권력을 동원해서 백성을 억누르고 이민족을 통치해도 그들의 마음과 핏속에 흐르는 민족의 근원은 없앨 수도 막을 수도 없는 일이었다.

포로로 잡은 만여 명의 적군 속에도 조선의 피를 받은 병졸이 많을 것이었다. 왕은 그들을 추려서 신성에 남겨두고 나머지는 회군할 때 남으로 이송하리라 마음먹었다.

거짓 투항해 온 적장은 참수되어서 죽어서도 음흉한 낯짝을 하고, 포로들이 수용돼 있는 막사 앞 광장에 내걸렸다.

"너희들 중에 옛 조선이나 고구려의 피를 받은 자는 앞으로 나오라!"

재모가 외쳤다. 왕은 그러한 광경을 가만히 지켜보고 있었다.

아무도 나오지 않았다. 너무 오랫동안 한족의 군현 지배에서 대대로 살았기 때문에 자기가 조선의 후손인지 아닌지도 모르는 것 같았다. 당연한 일이었다.

"조선의 피를 받은 자는 앞으로 나와라!"

"⋯⋯."

"앞으로 나와!"

"⋯⋯."

누런 안개는 점점 기승을 떨며 군졸들을 괴롭혔다. 황사(黃沙)를 동반하고 있는 안개는 숨을 탁탁 막아서 한참 만큼씩 휘이 하고 심호흡을 하지 않으면 가슴이 꽉 막혀 왔다.

"안 되겠습니다. 이놈들은 모두 다 한족의 후손들인 것 같습니다. 남쪽으로 데려가서 노비를 삼는 게 좋겠습니다."

재모가 왕에게 아뢴다.

왕은 이때 빙그레 웃으면서 여러 군신들을 휘 돌아본다.

"그렇지 않소. 이 많은 사람이 모두 한족일 리는 없소. 여기는 원래 우리 조상들이 살던 영토요. 한인들이 악랄하게 식민 통치를 하는 상황에서 대대로 살아와서 자기의 핏줄을 모르고 있을 뿐이오."

"그러하오나, 누가 한인이고 누가 조선의 후손인지 분간하기가 어렵지 않습니까?"

"하긴 그렇소."

왕은 심호흡을 하고 나서 시야를 가로막는 안개를 손으로 휘젓는다. 새끼손가락이 잘려나간 왼손에 찌르르 하는 통증이 온다.

왕은 뜰로 내려와서 지그시 눈을 감고 포로의 대오 사이로 들어간다.

"위험하옵니다."

재모가 왕의 귓가에 말하며 따라온다.

"알았다. 내가 지금부터 우리의 동족을 찾아내겠다."

왕은 이리저리 거닐며 포로들을 하나하나 유심히 본다. 아니, 보는 것이 아니라 지그시 눈을 감고 포로 하나하나마다 그 앞으로 바싹 다가서서 냄새를 맡는다.

"너, 앞으로 나가라."

왕에게 지명받은 포로는 순순히 대열에서 빠져나와 앞으로 나간다.

"너도 앞으로."

왕은 신들린 사람처럼 포로들 사이를 누비며,

"너!"

"너!"

"너!"

하고 포로들을 지적한다.

얼마 후에 앞으로 나간 포로는 2천여 명에 이르렀다.

"역시 우리 임금은 하늘이 내신 분이로구나."

군신들은 혀를 끌끌 차며 탄식을 한다. 동족을 찾아내는 왕의 신기(神技)에 하늘도 놀라는 듯한 순간 황무가 걷히며 막 넘어가려는 태양이 그 얼굴을 드러내어 눈부신 햇빛을 광장 한가득히 쏟아붓는다.

나머지 8천여 명의 포로와 왕이 골라낸 2천여 명의 포로는 그렇게 갈라놓고 보니 정말 상판대기가 차이가 났다. 같은 동양 사람이면서도 민족이 같고 다름에 따라 얼굴 모양이나 골격이나 저마다의 특수한 형을 지니고 있는 것이다. 한족들은 이마가 넓고 살결이 약간씩 회색빛이 나지만 한민족(韓民族)은 이마가 곧고 피부가 흰 것이다.

2천여 명의 포로는 신성 태수 고노자가 인계받아 그날로 신성으로 옮겨놓고, 나머지는 압록강 이남 지방으로 데려가서 아직 호구가 들어서지 않은 지방으로 분산 이주시켜서 서서히 그들의 몸과 정신을 귀화시키기로 작정하였다.

현도군에서 닷새를 묵고 고구려의 대군은 서서히 남쪽으로 회군하였다. 현도성은 다시는 한민족이 발을 못 붙이게 우물을 메우고 집을 불살랐다. 창고의 곡식은 모두 우마(牛馬)와 거(車)에 실어 신성으로 옮겼다.

고구려군이 이 싸움에서 노획한 수만 가지의 무기는 값진 것이었다. 또한 막대한 식량은 고구려의 온 백성을 1년 동안 먹여줄 수 있는 곡식에 해당되었다. 그러나 그러한 막대한 곡식은 모두 고구려의 영토에서 고구려의 사람이 경작한 것을 그들이 수탈해 간 것이므로 내 물건을 도로 찾은 거나 다름없는 일이었다.

"대왕께서 한족을 몰아내시고 옛 선조들의 영토를 도로 찾아 창생들을 구하셨으니 이는 대왕의 큰 은혜인 줄 아옵니다."

군신들은 입을 모아 왕을 칭송하였다. 왕은 잘려나간 새끼손가락을 현도 군의 성터에다 땅을 파고 묻었다.

회군하는 날은 안개가 걷히고 바람도 잔잔하였다. 쾌청한 하늘이 아름답게 드리운 아래로 끝없이 퍼져나간 광막한 대륙을 남하하는 군사들은 발걸음도 가벼웠다.

현도군 원정으로 고구려는 많은 국력을 소모하였지만 얻은 것도 많았다. 자주적인 국력의 발양에 대한 자신을 얻게 된 귀중한 전쟁이었다. 수세(守勢)에만 몰려 있던 고구려가 대규모의 병력을 동원하여 한족의 동방거점을 공략 파괴할 수 있는 힘을 내외에 공표한 전쟁이기도 했다.

비록 전쟁에서 수천 명의 희생이 생겼다고 해도 그 대신 2천여의 동족을 구할 수 있었고 8천여의 포로를 잡아 올 수 있었던 것도 귀중한 인력(人力)의 확보였다.

무엇보다도 중요한 것은 상하가 일치단결하여 국난을 극복하여 치자(治者)와 피치자(被治者)의 간격을 해소하고 민족의 일체성을 재확인할 수 있었다는 것이다.

풍종서래 風從西來

서기 304년 봄에 백제에서 사신 황인(黃仁)이 고구려에 왔다. 백제 비류왕(比流王) 원년이었다. 바로 그해 겨울에 선왕인 분서왕(汾西王)이 낙랑의 자객에게 피살되었다. 백제는 한반도의 남서부에 위치하고 있어서 늘 북진(北進)하려는 계획을 세워야 했는데 이때마다 당장 부딪치는 게 반도의 중서부에 4백여 년간 자리 잡고 있는 낙랑군의 세력이었다.

이 때문에 백제는 북으로는 막강한 고구려에 대비하여 성을 견고히 해야 했고, 한편으로는 남진하려는 한족의 세력과도 충돌해야만 했다.

　고구려는 미천왕이 즉위하여 멀리 대륙에 거점을 둔 현도군을 공략하여 8천 명의 포로를 잡아 오는 등 국력을 내외에 떨치고 있었으나, 백제는 낙랑군의 공략을 받아 국경 방비가 위태로운 지경에 빠졌고, 낙랑 태수가 파견한 자객에게 급기야는 왕이 급서하는 등 국력의 정비가 시급히 요청되던 때에, 비류왕은 즉위하자마자 우선 고구려와 화친할 것을 결심하고 고구려 왕에게 사자를 보내기에 이른 것이었다.

　뭐니 뭐니 해도 고구려는 같은 민족이 세운 국가이므로 낙랑군을 방비하는 데 두 나라가 힘을 합치면 큰 효과를 낼 수 있으리라는 생각에서였다. 백제와 고구려도 여러 차례 무력 충돌을 일으켜 서로 경계하는 사이였지만 같은 핏줄이라는 점에서 낙랑군에 대한 적개심은 동일한 것이었다.

　황인은 국내성에 도착하여 고구려 왕에게 백제 왕의 친서를 전하려고 했으나, 이때 마침 고구려 왕은 궁을 떠나 압록강 하류에 있는 요동 서안평(西安平)에 출정하고 있었다. 그래서 황인은 객사(客舍)에서 보름 동안을 기다려야 했다.

　황인이 처음 국경을 넘어 고구려 땅에 들어서자 고구려에서는 그가 자객이 아닌가 하고 엄중히 감시하여 궁성에까지 호위를 해 왔다. 그러나 황인은 백발이 성성한 노신(老臣)으로 백제 왕의 친서를 휴대하고 있었고, 그의 일거일동이 하나도 의심받을 만한 것이 없어서 나중에는 고구려의 국상이 친히 객사에까지 나와 주연을 베풀어 원로를 위로하기에 이르렀다.

왕이 출정을 마치고 환궁하자 황인은 왕에게 방물(方物)과 친서를 바치고 낙랑군을 축출하는 데 있어서 공동보조를 취할 것을 청탁하였다. 왕은 왼손을 높이 들면서,

"이 손을 보라."

했다.

치켜든 왼손에는 손가락이 넷밖에 없었다.

"손가락 하나를 현도군에 묻고 온 지가 불과 이태 밖에 되지 않는다. 과인은 한족이 이 땅을 유린하는 것을 결코 용납치 않으리라."

"예, 고구려의 왕업이 창성함은 익히 들어 아는 바이옵고, 대왕의 불굴의 자주정신에 머리 숙여 감사를 드릴 뿐입니다."

"낙랑군이 설치된 지 이미 4백여 년이 돼 간다. 그동안 한족들은 우리 민족의 영토를 유린하고 백성을 수탈하여 과인은 이제 그 원한을 풀려고 한다. 이 마당에 이웃 백제국에서 과인과 같은 뜻을 가지고 맹약을 청탁하니 기꺼이 받아들이겠다. 그러나 백제와 우리나라의 사이에 낙랑군이 위치해 있으니 남북에서 공략하면 쉽게 그놈들을 내쫓을 수 있을 것이다. 가서 너희 왕에게 일러라. 앞으로 기회 있을 때마다 낙랑군의 기세를 꺾어 후일 낙랑을 멸망시키는 날 축배를 함께 들자고 일러라."

"예, 황공하옵니다."

황인은 고개를 숙이고 대답하였다. 듣던 바와 마찬가지로 고

구려 왕은 천하호걸이었다. 우렁찬 목소리 하며 거대한 체구, 불똥이 뚝뚝 떨어질 듯이 번뜩이는 눈, 과연 날아가는 화살을 손으로 잡아낼 수 있는 천하영웅임에 틀림이 없었다.

그러나 황인은 고구려 왕을 대하는 순간 근심이 하나 생겼다. 물론 그는 왕명을 받고 고구려에 온 사신이었다. 하지만 그에게는 내심으로 다른 목적을 가지고 있었다.

고구려 국력이 어떤지를 알아보려는 것이 바로 그것이었다. 먼 대륙까지 원정하여 현도군을 공략하고 8천 명의 포로를 잡아 왔다니 과연 고구려는 어떤 국력을 지닌 나라일까. 황인은 고구려의 영토로 발을 들여놓으면서 무엇보다도 이게 궁금했다.

그가 국경지방에서부터 국내성까지 오는 동안에 그가 본 풍경은 한마디로 놀라운 것뿐이었다. 가는 곳마다 남녀노소들이 한데 어울려 무술을 연마하고 있었다. 중앙에서 파견된 정병사(精兵使)가 백성들을 모아놓고 말달리기·활쏘기·창던지기를 가르치고 있는 모습은, 백성 전체가 모두 국방에 종사하여 조국을 지키려는 결의가 어느 정도인지를 한눈으로 알게 하였던 것이다.

그런데 백제는 그와 달랐다. 상하가 모두 낙랑군과 고구려에 대한 공포증에 걸려 있었다. 백제는 일찍부터 동쪽에 위치한 신라와 바다 건너 왜(倭)와 교통을 하고 있었다. 그러나 북쪽 나라들과는 별다른 교통을 할 수 없었다.

그러다가 낙랑군의 침입을 받아 국세를 크게 잃게 되자, 우선 고구려와 화친하려고 황인을 보내기에 이르렀던 것이다. 서기 298년에는 한(漢)이 맥인(貊人)과 합세하여 백제의 영토를 침입하였다. 당시의 책계왕(責稽王)이 군사를 거느리고 나가 이를 막다가 전사하는 불행을 겪었다.

책계왕은 원래 대방(帶方)의 왕녀(王女)인 보과(寶菓)를 부인으로 삼아서 대방과 백제는 구생(舅甥)의 사이였는데, 이때 고구려가 대방을 정벌하였다. 그러자 대방이 백제에게 구원을 청하여 백제가 구원병을 보내어 이를 막았다. 이때부터 고구려는 백제를 못마땅해했다. 백제는 고구려가 두려워서 아차성(阿且城)과 사성(蛇城)을 축성하고 이에 대비하였다.

비류왕이 즉위하자마자 황인을 고구려에 보낸 것은 이러한 고구려의 원망을 풀고 단합하여 이민족을 몰아내는 데 공동보조를 취하기 위해서였다. 선왕인 분서왕이 몰래 군사를 일으켜 낙랑의 서현(西縣)을 습격하여 빼앗았는데 그 뒤에 바로 왕은 낙랑이 밀파한 자객에게 피살되었던 것이다.

이것은 마치 고구려 왕이 대륙의 현도성을 공략하여 점령했을 때 그 장수가 거짓으로 항복하는 체하다가 칼을 휘둘러 손가락을 끊어 놓은 것과 같은 사건으로 한족의 음흉한 심성을 잘 나타내는 것이라고 할 수 있다.

백제의 사신이 돌아가고 난 뒤 고구려는 한동안 내치(內治)에 더 힘을 기울였다. 북방도 웬만큼 정비가 되었고 남쪽으로는 백제와도 화친을 해 놓았으니 우선 내정을 정비하여 국가의 잠재력을 길러야 한다고 왕은 생각했던 것이다.

각 호구마다 의무적으로 우마(牛馬)를 사육하는 영(令)을 전국에 내리고 각 고을의 태수에게 정확한 호구 파악을 지시하고 1년에 봄가을 두 차례에 걸쳐 전국 규모의 무술대회를 열어 우승하는 자는 곧바로 병관(兵官)이 되게 하는 제도를 마련하여 백성들이 스스로 무예를 숭상하는 기풍을 기르도록 하였다.

또한 각 호구마다 병역과 노역과 납세의 의무를 지게 하여 자기 고을의 성을 증축하고 열다섯 살부터 60세에 이르는 남녀는 누구나 병역을 치르게 하여 1년 내내 윤번제로 성을 방비하게 하였다.

또한 국가 안보를 튼튼히 하고 국론의 분열을 막기 위하여 적과 내통하거나 의무를 기피하는 자는 일벌백계로써 다스리니, 나라 안은 일시에 기강이 잡히고 위로는 왕을 우러르고 아래로는 백성들끼리 서로 믿고 의지하게 되어 국력은 보이지 않는 틈에 성장하여, 현도군 징벌 이후에 영토는 크게 늘어났다.

대군을 일으켜 적을 공격하거나 영토를 탈취한 것이 아니라, 변방의 백성들이 고구려에 스스로 합병해 왔으니 자연히 영토와 호구가 늘어날 수밖에 없는 일이었다.

백성들은 후조(候鳥)와 같은 존재들이다. 철 따라 그 보금자리를 옮기며 사는 철새처럼 백성들은 훌륭한 지도자를 따라 이곳저곳 옮기며 사는 것이다. 고구려 왕이 나라를 잘 다스리면 주인 없이 떠돌아다니는 부족들이 그 밑으로 모여드는 것이고, 잘못 다스려 인망을 잃게 되면 또 다른 주인을 찾아 뿔뿔이 흩어지는 것이다.

백성들의 이와 같은 속성을 왕은 누구보다도 잘 알았다. 그가 국내성을 떠나 야인으로 방방곡곡을 떠돌아다닐 때 만난 난민들도 주인을 잘못 택해서 화를 입은 사람들이었다. 왕은 후조와 같은 생리를 가진 백성들에게 먹이를 주고 둥우리를 마련해 주는 사람이어야 한다고 그는 생각했다.

어느덧 을불이 왕위에 오른 지도 5년이 되었다. 왕은 지저귀는 새소리를 듣고 잠이 깨었다. 맑은 가을 아침이었다. 날씨가 싸늘해지면 왼손의 손가락이 쿡쿡 쑤신다. 현도성을 정벌하러 출군했을 때 잃은 새끼손가락 때문에 근육의 신경이 뒤틀렸나 보았다.

"이렇게 일찍 어딜 가시렵니까?"

왕비 유라가 옷깃을 여미면서 쳐다본다.

"성을 한 바퀴 둘러봐야겠소."

왕은 밖으로 나와 말에 올랐다. 시종들이 호위를 하려고 나서는 것을 만류하고 단기로 성을 돌아보기 시작했다. 성벽에는 삥 돌아가며 새로 뚫어놓은 전안(箭眼)이 질서 있는 모습을 하고 있었다. 지상에서 석 자 높이 되는 곳과 일곱 자, 열한 자, 열넉 자 되는 높이에는 모두 전안이 뚫려 있었다. 전안 아래로는 성벽에 돌을 박아 받침대를 해 놓아서 궁수들이 그 위에 올라 활을 쏠 수 있도록 했다.

성벽의 동서남북에 출입문을 세우고 문의 지붕 위에는 높다란 망루를 세워 파수를 보게 했다. 마장 가까이 왔을 때였다. 어둠 속에서 창을 꼬나쥔 병사가 앞으로 쑥 나오면서,

"누구얏!"

하며 소리친다.

"음, 수고한다."

왕은 말을 탄 채 병사 앞으로 나가며 대꾸한다.

"누구얏!"

병사는 창을 왕의 가슴에 닿을 듯이 겨누며 소리친다.

"……."

왕은 대꾸할 말이 없었다. 마장은 성벽 밑에 붙어 있어서 아직도 어두운 편이었다.

"나를 모르는가?"

"이 친구 정신 나갔군! 자네가 누군지 내가 어떻게 알아? 잔말 말고 말에서 내려! 너같이 어슬렁대는 놈은 혼꾸멍을 내 줘야 돼."

병사는 말고삐를 잡고 끌어다가 마장의 말뚝에 잡아맨다. 왕은 껑충 말에서 내렸다. 병사가 왕을 몰라보고 이놈 저놈 하는 꼴이 괘씸하기도 했지만 한편으로 마음 든든한 바도 있었다. 군기가 이토록 엄하게 시행되고 있으니 적의 첩자나 이적행위를 하려는 자들이 성안에는 얼씬도 하지 못할 것이다.

"어디 사는 놈이냐?"

병사는 한 손에 창을 꼬나쥔 채 딱딱거렸다. 왕은 엉거주춤한 꼴로 손을 내저으며,

"동문(東門)에서 파수를 보다가 지금 교대하고 돌아가는 길이다."

하고 둘러대었다.

"파수병 같지 않은데?"

병사는 왕의 아래위를 쭉 훑어보면서 고개를 내젓는다.

"정말이다."

"거짓말 마."

병사는 이렇게 말하며 왕의 허리춤에 찬 장도(長刀)를 쑥 빼낸다.

"어렵쇼. 이 장도는 손잡이에 쌍룡(雙龍)이 새겨져 있군. 이건 귀한 분만 차는 칼인데, 너 이제 보니 도둑질을 했구나."

왕은 말문이 막혔다. 여기저기의 초소에서 근무 교대를 하는 소리가 들려왔다.

"도둑질을 하면 목이 달아난다는 것 잘 알겠지?"

고구려에서는 남의 물건을 훔친 도둑에게는 무조건 사형이 내려졌다. 훔치다가 들키면 물건 주인의 노비 노릇을 해야 했다.

"이놈! 바른대로 말해. 어디서 훔쳤지? 이 보검을 어디서 훔쳤느냐 말야!"

이때 궁성 쪽으로부터 말발굽 소리가 요란하게 들려왔다. 잠

시 후에 마장 앞에 왕이 서 있는 것을 발견하고 말은 그쪽으로 재빨리 다가왔다.

"사미 부인께서 위급하십니다."

발을 달려온 자는 시종장(侍從長)이었다.

"뭐라구? 어머님께서?"

왕은 후다닥 놀라 말 위에 올랐다. 왕을 심문하던 병사가 깜짝 놀라 땅 위에 엎드렸다.

"너에게 상을 내리리라."

왕은 한마디 내던지고 나서 급히 궁으로 돌아왔다.

사미 부인의 명은 경각에 달려 있었다. 아드님이 가까이 가도 제대로 눈을 뜨지 못했다.

"어머님……."

왕은 울음을 삼키며 나직하게 말했다. 왕비 유라와 왕자 사유도 눈물을 흘리며 지켜 서 있었다.

"고구려의 힘을 기르시오. 임금은 만백성의 어버이니 어버이 된 도리를 다하시오."

사미 부인은 눈을 간신히 뜨고 왕을 쳐다보며 마지막 남은 기운을 다하여 이렇게 말했다.

"어머님……."

왕이 미처 대답할 틈도 없이 사미 부인은 숨을 거두었다. 병석에 누운 지 여러 달이 되었지만 이렇게 빨리 숨을 거두리라고는 생각도 못 했다.

어머니가 돌아가시자 왕은 새삼 인생의 허무함을 다시 절감해야 했다. 누구나 죽으면 한 줌 흙으로 돌아가는 것인데, 사람이 인생을 아등바등하며 산다는 것이 우스운 일이기도 했다.

"고구려의 힘을 기르시오."

사미 부인의 마지막 이 말이 왕의 머릿속에 두고두고 아로새겨져서, 모든 일을 어머니의 이 말씀 한마디를 명심하여 처리하는 습관이 왕에게 붙게 되었다.

"마지막 남은 낙랑을 정벌하여 민족의 근거를 없애야 됩니다."

늦가을의 어느 날, 어전회의에서 군신들이 이와 같이 건의했다. 왕은 벌써부터 낙랑을 공략하려는 계획을 세워 왔지만 공략의 적기(適期)를 잘 택해야만 되는 일이었다.

"국상의 의향은 어떠하오?"

왕이 물었다.

"예, 아뢰옵기 황공하오나 아직 때가 이르다는 생각이옵니다."

창조리는 허리를 구부렸다.

"때가 이르다?"

왕이 그의 말을 받아 뇌까렸다.

"그 까닭은?"

"예. 지금 고구려는 겉으로 보기에는 막강한 군사력을 가지고 있지만, 아직도 저들의 발달된 무기에는 비할 바가 아닙니다. 그들은 일찍부터 본토에서 여러 가지 문물을 받아들여 병기도 우수합니다. 우리가 현도군을 쳤을 때는 손쉽게 이길 수 있었으나, 낙랑군은 벌써부터 고구려나 백제가 쳐들어올 것에 대비하고 있을 것입니다. 또한 임금께서 즉위하신 후로 민생이 도탄에서 구제되었지만 아직도 저축해 놓은 식량이 많지 못합니다. 낙랑군을 정벌하는 것은 그들의 성이 견고하고 또한 패수를 끼고 있어서 장기전이 될 것이오니 무엇보다도 충분한 군량미가 있어야 출군할 수 있사온데 아직 고구려에는 그만한 양식이 비축돼 있지 못한 것입니다. 때를 좀 더 기다려서 공격하는 것이 좋을 듯합니다."

왕은 창조리의 말을 들으며 내심으로는 역시 국상의 생각이 깊은 것을 느껴 흐뭇했다. 그러나 소우와 조불, 그리고 재모는 그렇지 않았다. 혈기왕성하고 용맹무쌍한 그들은 국상의 말에 정면으로 반대했다.

"그건 잘못된 생각인 줄 아옵니다. 우리가 전쟁준비를 오래 하면 저들도 그만큼 군사력이 증강됩니다. 지금 낙랑은 문약(文弱)에 흐르고 있어서 무(武)를 경시합니다. 이때를 놓치지 말고 일제히 공격한다면 반드시 승산이 있을 것이옵니다."

"그렇습니다. 지금 고구려의 군사력은 막강합니다. 낙랑군쯤이야 현도성보다도 더 손쉽게 해치울 수 있습니다. 한시바삐 군사를 일으켜 출군하는 게 좋을 것이옵니다."

왕은 군신들한테 하나하나씩 모두 의견을 물어보았다. 지금 당장 낙랑군을 정벌하자는 의견이 지배적이었다.

"이제 과인의 의견을 말하겠소."

군신들은 머리를 조아렸다. 까치가 날아가며 깍깍 우는 소리가 가을 하늘에서 오동잎처럼 뚝뚝 떨어져 내리고 있었다.

왕은 눈을 들어 먼 산을 바라보았다. 용이 등천하려고 솟구치는 것처럼 산은 퍼져 나가고 있었다. 어떻게 보면 국내성은 천연의 요새였다. 사방으로 큰 산이 둘러쳐져 있었다. 가을의 푸른 하늘이 왕의 눈앞에 퍼져 있었다. 막 단풍이 들려는 산은 그 꿋꿋한 자태가 의지력이 강하고 용맹한 사나이의 냄새를 풍겼다.

"낙랑은 한반도의 깊숙한 곳에 위치하고 있는 군현이오. 중국에서 직접 황해를 거쳐 문물을 수입하여 그 문화 또한 매우 수준 높은 것이오. 우리가 현도를 공략했을 때는 그들이 발붙일 거점을 없애고 북방의 경계를 안전하게 하려는 데 그 뜻이 있었으나 낙랑의 경우는 그렇지가 않소. 우리 고구려의 궁극적인 목적은 신라와 백제를 병합하고 지금도 서북 방면에 흩어져 항거하는 여러 부족을 모두 통합하여 대륙에 맞먹는 광활한 영토와 수많은 인력을 확보하여 동양 최대의 국가를 건설하는 게 아니겠소?"

왕이 말하는 동안 여러 군신들은 모두 머리를 조아리고 잠잠히 듣고 있었다.

"전쟁이란 살생이 불가피한 것이지만 결코 살생을 목적으로 해서는 안 되오. 과인의 생각으로는 낙랑군의 영토와 문화를 고스란히 우리 것으로 하고 싶소. 파괴와 살생을 최소한도로 줄이고 그들의 수준 높은 대륙문화를 받아들여야만 우리가 반도를 통일하고 북방 대륙을 정비하여 대국가 건설을 하는 데 있어서 큰 힘이 된다고 보오."

왕은 또 말을 그치고 눈을 들어 멀리 성벽 위에 우뚝 선 망루를 바라보았다. 그의 눈은 금방이라도 불붙을 것처럼 활활 빛나고 있었다.

그의 마음속에는 고구려의 국력의 확장, 나아가서 동양 최대의 대왕국을 건설하려는 의지가 강철처럼 견고하게 자리 잡고 있었다.

낙랑이 아무리 문물이 발달하였다 해도 전 군사력을 투입하여 공격한다면 쉽게 점거할 수 있을 것이었다. 그러나 낙랑은 그 역사가 오래되었고 바다를 통해 직접 수입되는 한족의 문화에 덕 입어서 만만치 않은 저력을 지니고 있기 때문에 쉽게 백기를 들 것 같지는 않았다.

또한 그들을 대륙으로 몰아내려면 육로는 고구려에 의해 자연적으로 차단되어 있으므로 해로(海路)밖에는 없었다. 이런 사정은 곧 그들이 쉽게 항기(降旗)를 들지 않을 것이라는 말과 통하는 것이다. 퇴로가 용이하지 않으니 죽기를 무릅쓰고 싸울 것이다.

또 하나의 문제점은 그들이 고구려군에 패배하면 그 아래로 남진(南進)해 갈 가능성이었다. 이렇게 되면 그들은 고구려에

밀린 것만큼 백제나 신라 땅을 잠식해 들어갈 것이고 그들의 공술(工術)로 쉽사리 무기를 제조하여 군력을 재정비 강화할 위험이 있다. 만일 이렇게 된다면 낙랑을 축출하려다가 오히려 동족이 세운 국가가 해를 입게 되고 자칫하다가는 국력이 고구려보다 약한 신라나 백제가 그들의 말발굽 아래 무참하게 짓밟힐지도 모르는 일이었다.

"신 재모가 아룁니다. 낙랑의 문화가 수준 높은 것은 사실입니다. 그러나 그들의 문화를 그대로 우리 것으로 하려면 파괴와 살생이 잇따르는 전쟁으로써는 어려운 노릇이 아닙니까. 그러나 힘에 의하지 않고는 그들을 몰아낼 수가 없는 것입니다."

"신 소우가 다시 아룁니다. 워낙 놈들은 음흉하여 아주 그 씨를 없애기 전에는 반드시 후환이 있을 것입니다."

"그대들의 생각은 내 충분히 헤아리고도 남음이 있소. 나 역시 그들과 화친을 하거나 그들에게 머리를 숙이고 들어가서 문물을 전수 받을 생각은 아니오. 다만 낙랑은 현도와는 다른 국력을 보유하고 있고 문화 또한 수준이 높으니 이것을 살생과 파괴를 하지 않고 빼앗는 방법이 없나 해서 한 말이오."

"임금님의 말씀이 옳습니다. 고구려가 지금 다시 낙랑과 전면 전쟁을 일으킨다면 고구려의 국력이 많이 소모됩니다. 그런 틈을 타서 북방의 오랑캐들이 북쪽의 우리 영토를 유린할지도 모릅니다. 낙랑은 반도에 위치하고 있어서 언젠가는 고구려·백제·신라에 의해 소멸될 것입니다. 우리는 지금 남방보다 북방의 경비가 더욱 중요합니다."

국상이 왕의 의견을 부연하며 말하자 성질이 괄괄한 동부(東部)의 장수가 앞으로 나오며,

"국상께서는 잘 모르는 말씀입니다. 북방은 비록 영토는 광활하다 해도 아무짝에도 쓸모가 없는 땅이 많습니다. 겨울이 되면 군마에게 먹일 풀도 저장하기가 어려워 군마를 대량으로 사육할 수가 없습니다. 남쪽은 땅이 비옥하고 일기가 온순하여 군마를 사육하기도 안성맞춤이고 농사짓기도 좋습니다."

한다.

그러나 왕의 결심은 이미 굳어져 있었다. 좀 더 시간을 두고 장기적인 안목에서 낙랑 토벌의 계획을 세운다는 것이었다.

그러기 위해서는 남쪽의 신라·백제와 교신(交信)이 필요했다. 백제에서는 이미 사신이 다녀갔다. 왕은 사신을 보내 신라와 백제와의 우호를 강화할 것을 결심했다. 그리고 난 다음에 국력을 신장하고 낙랑의 군사력을 면밀히 탐지하여야 할 것이었다. 지피지기(知彼知己)해야만 전쟁에 승리하는 것이지 성급하게 군사를 일으키면 자칫하다가는 패배의 쓴잔을 마시고 북방의 어느 좁고 추운 변두리로 오히려 되몰릴 위험도 있는 것이다.

왕은 그해 겨울에 절불(切不)을 신라에 사신으로 보냈다. 신라는 남쪽 끝에 위치하고 있어서 고구려와는 교통이 없는 편이었고 오히려 국경 지방에서 양군이 자주 충돌을 일으켜 그

동안 사이가 좋지 않았다.

그해 겨울에 또한 낙랑으로 재모를 파견하였다. 재모는 사신으로 간 것이 아니라 소금장수로 낙랑의 영토에 잠입해 들어갔다. 말하자면 거물 첩자를 잠입시킨 것이었다. 이것은 재모가 자원한 것이었다. 당장 낙랑을 토벌하자고 주장하던 재모는 왕의 결심이 굳은 것을 알고,

"신이 낙랑에 들어가서 그들의 군사력을 탐지해 오겠나이다. 신은 원래 소금장수이므로 소금짐을 지고 낙랑의 치하에 있는 백성들의 민심도 살피고 군사력도 알아 오겠나이다."

했던 것이다.

왕은 재모를 떠나보내며 그의 손을 잡고,

"내 일찍이 그대의 충성에 힘입어 야인 생활을 무사히 했거늘, 오늘, 이토록 나라를 위하여 힘든 일을 자청하니 그 충성은 만고에 빛날 것이오. 만일 낙랑군의 군사들에게 그대가 첩자인 것이 발각된다면 목숨을 잃게 되고 나아가서 그들의 원한을 살지 모르니 만사에 조심해서 일을 하고 돌아와 반가운 재회를 기약하도록 하오."

하며 감격해했다.

이렇게 하여 낙랑 토벌은 뒤로 미루어지고 재모는 사지(死地)로 떠났다. 재모는 압록강을 건너 남쪽으로 내려갔다. 낙랑이 가까운 어느 고을에서 재모는 지금까지 입고 있던 관복을 벗고 소금장수 차림으로 변장을 했다. 종자(從者)도 돌려보냈

다. 단신으로 나선 것이다.

"아, 이렇게 차리니 편하구나."

재모는 소금짐을 지고 개울을 따라 걸었다.

"임자는 어디로 가는 길이오?"

늙수그레한 행인이 뒤따라 오며 말을 건넸다.

"글쎄, 낙랑으로 들어가서 소금이나 팔려고 하는데, 들어갈 수 있을지 의문이오."

재모는 약간 경계하는 마음으로 그 행인에게 넌지시 말했다. 지금까지 들은 바에 의하면 상인들은 낙랑이고 백제고 간에 아무 어려움 없이 드나들 수 있다고 했다. 국경의 파수병에게 물건을 조금 집어 주면 쉽게 통과한다는 것이었다.

"소금장수요?"

그 행인은 키가 후리후리하게 크고 턱수염을 길게 기르고 있었다. 머리칼은 희끗희끗하니 반백이었지만 수염은 숯처럼 새까맣다.

"들어갈 수야 있지만 낙랑군은 황해 바다를 끼고 있어서 소금이 흔할 텐데 그까짓 소금 가지고 어디 장사가 되겠소?"

하긴 그렇다. 북방에는 소금이 귀해서 웬만한 비단보다도 더 값이 나가지만 바다를 끼고 있는 나라에서는 소금이 많아서 값이 헐하다.

"산천 구경도 할 겸 떠나는 길이니 까짓 값이야 적든 말든 상관없소이다. 노형은 어디로 가시오?"

그는 어깨에 전동을 둘러메고 있다. 보아하니 무사 같지는 않은데 아마 사냥꾼인 모양이다.

"나도 장사를 하러 떠나는 길이오."

"무슨 장사를 하오?"

"흐흐, 사람 장사라오."

"사람 장사라니?"

그는 바위에 걸터앉으며,

"낙랑의 고관들 집에 하인을 팔러 다닌다오. 그것도 꽃같이 예쁜 계집 하인이오."

하며 껄껄 웃는다.

"고구려 사람을 파는 거요?"

재모는 그의 말을 듣고 언성을 저도 모르게 높였다. 그전에는 고구려 사람들도 낙랑의 노비로 많이 징발돼 간 적이 있었다.

"아니요. 이젠 그 장사 해 먹기도 힘들다오. 얼마 전까지만 해도 고구려 사람들은 밥만 먹여 준다는 조건으로 노비로 팔려갔지만 이젠 사정이 달라졌소. 고구려인은 먹고 살기가 편한데 왜 노비로 가겠소. 그래서 나는 지금 남쪽 백제 땅으로 내려가는 길이오. 그곳은 어떤지 가 봐야겠소."

"지금까지 고구려인을 많이 팔아넘겼겠군요?"

"물론이죠. 아주 싱싱하게 물이 오른 젊은 계집만을 많이 팔아먹었죠."

"어떻게?"

"돈 주고 사다가 팔기도 하고 도둑질해다가 팔기도 했소. 장사 치고는 꽤 재미 보는 장사요. 돈만 남는 게 아니라 처녀들 궁둥이도 주물렀으니, 당신 같은 소금장수야 짐작도 못 할 것이오."

재모는 말이 나오지 않았다. 끓어오르는 분노를 안으로 삼키면서 그의 상판대기를 잘 살펴보니, 눈이 아래로 째진 것이 간교하게 생겼다.

"그놈들은 워낙 계집을 좋아해서 얼굴이 곰보라도 젊기만 하면 사족을 못 쓰지. 그놈들 참 맹랑한 놈들이야."

"그 활은 왜 메고 다니오?"

"산속에서 짐승을 만나면 어떡하오? 댁도 맨손으로 다니다간 언제 맹수의 밥이 될지 모르오."

"그 화살 한 대 어디 봅시다."

"그러오."

그는 전동에서 화살을 쑥 뽑았다. 재모는 그것을 받아 들었다.

"그게 낙랑의 화살이오. 촉이 튼튼하고 화살 무게가 가벼워서 멀리까지도 나갈 수 있다오."

"그렇군."

재모는 이렇게 말하고 화살을 들어 그의 가슴 위에 대고,

"너 같은 놈은 살려둘 수가 없다. 같은 동포를 한족에게 노비로 팔아먹는 놈은 그놈들보다도 더 나쁘다. 더 큰 죄를 짓기 전에 죽여야겠다. 나는 고구려의 장군 재모다. 아마 네가 나를

잡아다가 낙랑에 바치면 몸값은 두둑이 받겠지만, 너는 지금 내 손에 죽으니 네 팔자를 원통하게 생각하라!"

하며 꽉 찔렀다.

그는 말 한마디 못 하고 피를 토하며 바위 위에서 굴러떨어졌다. 그를 죽이고 난 재모는 마음이 우울했다. 그는 피가 뚝뚝 떨어지는 화살을 숲속에 버리고 부지런히 앞으로 걸어 나갔다. 멀리 낙랑의 마을이 보이기 시작했다.

"소금 사시오! 소금이오!"

재모는 큰소리로 외치며 마을로 들어갔다. 농부들이 눈 덮인 보리밭에 오줌을 주다가 허리를 펴고 일어섰다. 그밖에는 마을은 고요하고 아무런 반응이 없었다. 웬일인지 길가에도 아이들 하나 보이지 않았다.

"어디서 오는 사람이오?"

농부 차림의 사내가 밭두렁으로 나오며 물었다. 가까이 왔을 때야 그가 농부가 아니라 칼을 찬 병정인 것을 눈치챈 재모는 경계하는 마음을 먹고 천연스럽게 대꾸했다.

"떠돌이 장수요. 이 마을에 소금이 떨어졌다는 말을 듣고 왔소."

"잘못 왔소. 여기는 살림을 하는 마을이 아니라, 군이 주둔하고 있는 촌이오."

"어이구 무섭소. 전쟁도 안 일어났는데 웬 군사들이?"

"그런 사정이 있다오. 이 마을은 원래 우리가 살던 곳인데 지난봄에 갑자기 이 지경이 됐소. 고구려가 침략해 온다고 주민들을 모두 소개(疏開)시키고 남자들만 남게 하여 마을을 지키고 있다오."

"거 이상하오이다. 마을을 비우고 군을 주둔시키다니 다른 데 주둔할 곳도 많을 텐데?"

"그러면 군량미가 조달되기 어려우니까 아주 자급자족할 수 있는 곳을 고른 거라오. 그 바람에 우리는 농토를 징발당해서 모두 군전(軍田)으로 빼앗기고 농사를 지어 군사를 먹이고 있다오."

"지금 군사들은 어디 간 모양이군?"

"산 너머로 훈련을 나갔소."

"어이구, 겁나는구만. 나는 군인들만 보면 가슴이 후당당거려서……."

재모는 이 말을 듣고 정말로 가슴이 두방망이질을 하도록 놀랐다. 낙랑이 이와 같이 철두철미하게 고구려의 침략에 대비하는지는 몰랐던 것이다. 그것은 고구려의 침략을 방어하려는 것이라기보다는 침략 준비를 하는 것 같았다. 본토와의 육로를 가로막고 있는 고구려가 낙랑의 입장에서는 눈의 가시처럼 성가셨을 것이다.

"곧 전쟁이 일어나겠군. 이놈의 소금장사도 다 해 먹었군."

재모는 반농반군(半農半軍)의 차림을 한 그에게 이렇게 한탄을 했다. 그리고 나서 한마디 넌지시 덧붙였다.

"농토를 다 뺏기고도 억울하지도 않소?"

"여보슈. 그런 말 마슈. 지금 모두들 이를 갈고 있소. 고구려에서 쳐들어오면 관군(官軍)을 빼놓고는 우리는 모두 고구려 편에 설 것이오. 대대로 그놈들한테 수탈당한 것만도 억울한데, 이젠 처자식들과 생이별을 하고 그놈들을 위해 농사를 지어야 한다니, 빌어먹을!"

그는 보리밭 두렁에 올라서서 오줌을 찍 갈겼다.

재모는 다시 발길을 옮겼다. 군치인 조선현(朝鮮縣)은 패수(浿水) 가까이 가야 되므로 재모는 밤이 되어도 쉬지 않고 걸어야 했다.

낙랑은 지금의 평안도 대부분과 황해도 일부에 위치하고 있었다. 처음 설치될 때와는 약간의 변동이 있었으나 다른 군보다는 비교적 같은 위치에서 그 명맥을 이어가고 있었다. 기원전 75년에는 임둔군의 7현이 낙랑에 편입되어 영흥(永興)과 함흥(咸興) 쪽까지도 낙랑의 지배를 받게 되었다.

낙랑은 모두 11현이었다. 조선·염한(誹邯)·패수(浿水)·점제(黏蟬)·수성(邃城)·증지(增地)·사망(駟望)·둔유(屯有)·누방(鏤方)·혼미(渾彌)·탄열(呑列)의 11현이며, 임둔에서 편입된 현은 동이(東暆)·불이(不而)·잠대(蠶臺)·화려(華麗)·사두매(邪頭昧)·전막(前莫)·옥저(沃沮)였다.

군(郡)에는 태수(太守)와 각 고을에 영(令)을 두어 한반도의 영토와 백성을 다스리게 했다. 더욱 낙랑군은 진번군의 고지(故地)도 병합하여 다스리면서 한의 동방군현의 중추적 역할을 다했으며 광활한 영토와 본토에서 수입된 문화를 토착사회에 옮기며 전성시대를 누렸고 번영을 다했다.

재모는 이듬해 가을까지 낙랑의 여러 현을 골고루 돌아다니며 그들의 방비 태세를 살폈다. 국경 지방의 농민들은 관군들에 대한 반감이 많아서 고구려가 들어가면 이내 이쪽 편으로 삼을 수 있었다. 누구나를 막론하고 낙랑의 식민 지배를 싫어하고 있었다. 이것은 마음 든든한 일이었다.

그러나 현청(縣廳)이 있는 곳이나 군치가 있는 수현(首縣)에서 사는 백성들은 이와 달랐다. 이미 그들은 민족성을 상실한 채 한족의 충실한 노예가 된 무리가 대부분이었다. 한족이 물건을 훔치는 것은 죄가 되지 않았지만 백성들이 물건을 훔치면 사형이 내려진다는 불공평한 형리(刑吏)의 횡포에도 그들은 잠자코 복종만 하지 불평 한마디 하지 않는 것이다.

4백 년이란 세월은 긴 것이다. 민족성을 상실케 하는 데 충분한 시간이다. 낙랑군의 통치 수법은 간교하기 이를 데 없어서 토착인의 핏속에 도도히 흐르고 있던 민족성을 하나씩 잠식해 들어가서 마침내는 그들이 한족의 노예로 태어난 것을 운명으로 인식하게 만든 것이다.

재모는 조선현의 거리를 거닐며 착잡한 마음을 달랠 수 없었다. 거리에 오가는 사람들의 외모는 고구려인보다 한결 화려하였다. 비단옷을 입고 장신구까지 치렁치렁 달고 다니는 그들의 모습에서 낙랑의 문화를 알 수 있었다. 관리가 행차하면 땅에 엎드려 충성을 맹세하는 모습에서 민족적인 굴욕감을 느끼기도 했다. 재모는 태수가 사는 드높은 궁궐을 바라보며, 저 안에는 우리 민족의 피와 땀으로 응결된 수많은 보배와 양식이 있겠구나 하는 생각을 하며 몸을 부르르 떨었다. 거리도 번듯번듯했고 돌로 모두 포장을 하여 비가 오거나 눈이 와도 질퍽거리지 않았다.

집도 고구려의 것보다 모두 편리한 구조로 되어 있었다. 모든 게 본국에서 직접 기술을 도입하여 지은 것일 것이다. 왕이 낙랑의 문물을 그대로 빼앗고 싶다고 한 말을 이제야 이해할 것 같았다.

군사의 기밀은 좀처럼 탐지할 수가 없었다. 조선현의 수비군은 가장 막강하여 3만을 헤아리는 대군으로 편성되어 있었고 수비군 대장은 본토에서 임명돼 온 경방(傈方)이었다. 사납기가 이루 말할 수 없어서 부하 장졸이 조금만 비위에 거슬리는 언행을 해도 즉석에서 목을 베었다. 사실 재모가 조선현의 거리를 거닐다가 길거리에 참수되어 내걸린 시체를 여러 번 보았는데 그게 모두 경방의 짓이라는 것이다.

어느덧 다시 겨울이 돌아왔다. 재모가 낙랑군에 온 지 1년이 된 것이다. 소금장수는 일찌감치 그만두고 때로는 문전걸식도 하고 노역도 하면서 밥을 빌어먹으면서 지낸 것이다.

"재모 장군 아니십니까?"

어느 날 노역장에서 흙을 퍼 나르고 있는데 어떤 젊은이가 가까이 와서 귓속말을 했다.

"?"

재모는 깜짝 놀라 못 들은 체하고 다시 흙짐을 지고 일어섰다.

"고구려에서 왔습니다."

젊은이는 그가 재모임을 확인하고 따라오며 넌지시 말했다.

"국내성에서 왔습니다. 장군님."

재모는 그제서야 흙짐을 내려놓고 젊은이와 마주 섰다.

"알았네. 남이 보고 있으니까 절은 안 해도 돼. 임금님께옵서도 옥체 안녕하신가?"

"예. 임금님께서 장군의 안위가 궁금하다고 저를 파견했습니다. 저는 궁성 수비대의 조장(組將)을 맡고 있는 길묘(吉妙)입니다. 적지에 들어오셔서 그동안 얼마나 고생하셨습니까? 장군을 모시고 오라는 분부를 받았습니다. 한시바삐 돌아가시죠."

왕의 은혜가 하늘과 같았다. 재모는 북녘 하늘을 우러러 눈을 감고 그 은혜에 감사하였다.

"아니다. 나는 지금 돌아갈 수가 없다. 낙랑군에 입대하는 길을 찾고 있는 중이다. 가서 임금께 아뢰어라. 낙랑 침공을 서두르지 말고 후일을 기약하자고 아뢰어라."

그날 밤 재모는 왕에게 글을 올려 길묘 편에 보냈다. 재모는 낙랑군에 입대하여 그들의 병술(兵術)을 샅샅이 탐지하려고 마음먹었던 것이다. 섶을 지고 불 속에 들어가는 위험을 안고 재모는 고구려를 위하여 자기 한목숨을 바칠 각오를 한 것이다.

재모는 얼마 후에 조선현 수비대의 일원으로 입대를 하여 낙랑의 관군이 되었다. 몇 달이 지나자 그의 무예와 지략을 인정받아 조장이 됐다가 이듬해에는 수비대장 경방의 심복이 되어 활약할 수 있었다.

경방의 목을 치는 것은 손쉬운 일이었지만, 고구려군이 일시에 침공하는 것과 때를 맞추어 내부를 교란시키고 태수와 수비대장을 없애리라 마음먹고 그날이 오기만을 기다렸다.

낙랑의 군치인 조선현은 패수 남안(南岸)에 자리 잡고 있어서 땅이 기름지고 드넓은 벌판이 이어져 있었다. 낙랑의 각 현에서 거둬들이는 각종 특산물을 실어가는 화물선이 강에 닻을 내리고 있었다. 재모는 수비대의 부장이었으므로 이들 선박에도 마음대로 드나들 수 있었다.

바다가 가까와서 겨울이면 대륙 못지않게 서풍이 강하게 불었다. 그 바람은 본토에서 일어나 바다를 건너 낙랑 쪽으로 오는 것이어서, 백성들이 지닌 꿋꿋한 민족의식을 말살시키는 힘이라도 가지고 있는 듯이 거세게 줄기차게 부는 것이었다.

미천지원 美川之原

서기 311년 8월 초에 고구려는 대군을 일으켜 압록강 하류의 서안평을 공략하였다.

북방의 신성도 자주 침략을 받고 있었다. 또한 서안평도 군사를 일으켜 서북 방면의 우리 영토를 유린하기도 했다. 그러나 서안평을 치는 것은 다른 이유에서였다. 말하자면 낙랑군을 토벌하는 준비작업의 성격을 띠고 있는 출군이었다.

"낙랑을 치기 전에 우선 서북 방면의 적을 잠들게 해야 합니다. 북방을 허술히 해 놓고 낙랑을 친다면 우리가 낙랑의 땅을 차지하는 것만큼 북쪽의 땅을 잃을 것입니다."

국상은 이렇게 건의하였다. 국상은 고령이라서 이 말을 하면서도 몇 번인가 말을 중단해야 할 만큼 건강이 좋지 않았다. 왕은 소우를 총대장으로 삼아 2만의 정예군으로 서안평을 치게 하였다. 또한 왕자 사유(斯由)도 비록 나이는 어렸지만 종군케 하였다. 왕자를 싸움터에 보내려고 하자 왕비 유라는,

"어린것을 적진에 보내다니 위험한 일이옵니다."

하며 만류하였지만 왕은 이를 듣지 않고 소우를 딸려 보냈다.

"앞으로 고구려를 이끌어 갈 사유가 아니오? 어려서부터 전쟁의 어려움을 알게 해야 나중에 어떤 변이 일어나도 잘 극복해 나갈 것이오. 또한 왕이라고 해서 부하 장졸의 고생하는 것을 모르면 안 되오."

"낙랑에서 온 밀사가 임금님을 뵙기를 청합니다."

요동 출정군이 떠난 이튿날 아침 일찍, 아직 왕이 침소에 있을 때 남문(南門)에서 전갈이 왔다. 왕은 급히 나와서 밀사를 맞았다.

"재모 장군이 보내는 글을 가지고 왔습니다."

그는 품속에서 두루마리를 꺼내 왕에게 올렸다.

"옷과 음식을 주어 편히 쉬도록 하여라."

왕은 이렇게 분부하고 급히 재모의 글을 뜯어 보았다.

"오, 지금까지 재모가 살아 있으면서 충성을 하니 기특한 일이로다."

왕은 무량한 감개에 젖어 글을 읽어 나갔다.

재모의 글에는 고구려군이 침입하는 방향을 지시해 놓은 지도도 들어 있었다.

북쪽은 고구려군을 대비하여 경계가 삼엄하니 압록강을 타고 내려와 바다로 빠져서 다시 패수를 거슬러 올라오라는 것이었다. 침략 일자는 내년 봄이 좋으리라는 것이었다. 대동강에는 저들의 배들이 많이 오가므로 상선을 가장한 병선(兵船)으로 조선현을 기습하고 한편으로는 육로로 서북 방면을 치면 낙랑은 당황하여 곧 패할 것이다. 낙랑의 수도를 지키는 수비군에서 재모가 부장(副將)의 역할을 하고 있었으므로 패수 나루터의 파수를 하루 동안 세우지 않으면 고구려 병선이 닿아 쉽게 군사를 상륙시킬 수 있다. 그러나 고구려에는 아무런 조선술(造船術)이 없다. 그래서 병선 만드는 기술을 적어 보내니 하루빨리 많은 배를 만들어 병사들로 하여금 노 젓는 법과 흔들리는 배에서 활 쏘는 법을 가르치라는 글의 내용이었다.

"이렇게 하는 것은 전쟁을 번거롭게 하지만 낙랑의 문물을 하나도 다치지 않고 수중에 넣는 유일한 방법입니다. 기습적으로 조선현을 점령하면 변방의 경비대는 쉽게 무너질 것이고 이들이 남쪽으로 도망갈 수도 없는 것입니다. 신은 조국에 대한 충성을 다시 한번 하늘에 맹세코, 고구려군이 쳐들어오는 날이면 조선현의 수비부대를 이끌고 곧 투항할 것이며 미리 태수와 수비대장을 손아귀에 넣어 놓겠습니다. 또한 봄가을 두 차례에 걸쳐 각 현령들이 조선현에 모여 회의를 열흘 동안 하는데, 바로 이때를 틈타서 침략하면 모든 현령들도 일시에 잡을 수 있습니다."

재모의 글은 면밀하고도 신념에 가득 차 있었다. 이렇게 되어 고구려에서는 때아닌 병선을 만들어야 했다.

"배를 타 보지 않은 군사들을 이끌고 바다로까지 나간다는 것은 위험합니다. 그냥 육로로 밀고 들어가도 낙랑은 항복하는 게 아닌지요."

이렇게 말하는 신하도 있었다. 그러나 대부분의 군신들은 재모의 말이 옳다 하였다. 육로와 수로로 일시에 쳐들어간다는 것은 작전상 어려운 점도 있었으나 재모의 말대로 순식간에 조선현을 점령하고 일시에 태수와 현령을 잡지 못하면 그들의 잔여 부대가 반도의 어느 곳으로든지 파고들어서 다시 재기(再起)를 도모할 것이다.

낙랑군이 이 땅에 들어선 지 4백 년이 훨씬 지났다. 뿌리 깊은 나무는 가지만을 자른다고 죽는 것이 아니라 뿌리째 뽑아

버려야만 하는 것이다.

낙랑에서 재모의 밀서를 가지고 온 자는 바로 재모가 보낸 조선공(造船工)이었다. 그에게 상급(賞給)을 후하게 내리고 조선고(造船庫)의 책임자로 삼아 그날부터 각 부락에서 운반돼 오는 나무로 배를 만들고 한 척 한 척씩 만들어지는 배를 압록강에 띄워 병사들로 하여금 노 젓는 법을 배우게 하니, 나라 안은 온통 배 이야기로 가득 찼다.

"이게 도대체 무슨 일이야?"

"누가 아니래나. 갑자기 왕명이 내려 영문도 모르고 배를 만드니 이게 어떻게 된 거야?"

"낙랑군이 압록강을 거슬러 배를 타고 쳐들어온다는 거야?"

"후후, 그놈들이 미쳤다고 배를 타고 들어와?"

병졸들은 이렇게 한마디씩 했다. 왕은 처음부터 배를 만드는 이유를 극비에 붙이도록 명했던 것이다. 병졸들 사이에서 이러쿵저러쿵 말이 많다는 것을 듣자 왕은 배 이야기를 쓸데없이 지껄이는 자는 처벌하라는 엄명을 내렸다.

"무역선을 제조한다고 거짓 소문을 퍼뜨리면 어떻겠습니까? 병선을 만든다는 소문이 나면 이웃 나라에서 의심을 할 것이오니 미리 조처하심이 좋을 듯하옵니다."

군신들의 이와 같은 건의에 따라, 무역선을 만든다는 소문을 퍼뜨리고, 무역선이 바다를 지날 때 해적을 방비하기 위한 연습을 하는 것으로 꾸며 훈련을 시켰다. 그해 초겨울에 서안평을 정벌하러 갔던 군졸들이 돌아왔다. 총대장 소우가 왕 앞에 엎드려 보고를 했다.

"죄송하온 말씀이오나 기대했던 것만큼의 공을 세우지 못했습니다. 마침 서안평의 군사들이 다른 곳으로 출군을 하고 있고 성은 굳게 잠기고 날씨는 불순하여 혁혁한 전과를 세우지 못하고 돌아왔습니다."

"압록강 하류 지방은 평정되었는가?"

왕은 무엇보다도 이 점이 궁금했다. 좋은 전과를 못 올렸다는 보고를 들으면 기분이 불쾌할 것이지만, 이번만은 낙랑 정벌이라는 대업을 앞에 둔 마당에서 사소한 일로 부하 장수를 문책하지는 않았다.

다만 압록강 하류의 지방이 평정되어 고구려의 관할하에 그대로 있느냐가 문제였다.

"예. 압록강은 모두 우리의 관할하에 있어서 가끔 대륙과 반도를 통행하는 상인들의 상선이 지나다닐 뿐 아무런 이상이 없나이다."

소우는 이렇게 아뢰었다.

대륙의 가을 날씨는 고약한 데가 있는 법이다. 건조할 때는 건조한 모래바람이 쉴 새 없이 불다가 갑자기 소나기가 내리는 것이다. 이번의 서안평 출정은 국내성을 떠나고부터 모래바람과 비와 싸워야 했고, 야영에서 찬비를 맞은 병사들이 감기가 들고 배탈이 나서 사기가 말도 아니었다.

"우기(雨期)의 병술(兵術)을 잘 터득해야 할 것이옵니다."

왕자 사유도 부왕에게 건의했다. 왕은 사유를 기특하다는 듯이 굽어보면서,

"모두들 수고했다. 전쟁이란 꼭 포로를 많이 잡고 많은 살상을 해야만 승리하는 것이 아니다. 이번 출군은 고구려의 서북방면에 대한 우리의 군사력을 시위하고 백성들을 안무(按撫)한 점만으로도 큰 성공이다. 병졸들을 배불리 먹이도록 하라."
했다.

312년의 새 아침이 밝았다. 왕은 이해 가을에 출군할 것을 결심하였다. 수군을 여름에 보내야만 가을에 패수에 닿을 수 있다. 수군이 먼저 가서 조선현을 점령하고 태수와 현령을 잡아놓은 다음에 국경을 넘어 군사들이 일시에 밀고 내려가야만 되었다.

처음에 왕이 압록강에서 배를 타고 서쪽 바다로 나아가서 패수로 올라가는 수로를 택하려고 하자, 군신들은 입을 모아 만류하였다.

"위험한 일이옵니다. 종묘사직이 임금님의 한 몸에 달렸거늘 수로로 들어가시면 위험하옵니다."

"압록강은 급류가 많고 또한 바다도 가을이 되면 풍랑이 심합니다. 만일 변이라도 나면 고구려가 지금껏 갈고 닦아 온 웅지(雄志)가 한낱 수포가 됩니다. 부디 자중하시기 바랍니다."

"알았소."

왕은 군신들을 굽어보면서,

"그럼 수로로 가는 병졸들은 누가 지휘를 하겠소?"

했다. 장수들은 모두 말이 없다. 낙랑의 수도를 제일 먼저 점령하여 그 태수와 현령을 잡는 영광은 수로로 가는 장수가 차지하게 된다. 이 영광을 차지하여 후세에 이름을 떨치고 싶었지만 함부로 자원할 수 없는 막중한 임무였다.

또한 그 영광을 얻기까지에는 그만한 위험도 따른다. 배가 뒤집혀 수장(水葬)될지도 모르기 때문이다.

"조불 장군이 수로의 총지휘자가 되기 바라오."

왕의 분부가 떨어지자 왼쪽 귀가 없는 조불은 앞으로 나가 읍했다.

"천은이 무량하옵니다. 죽기로써 충성을 다하여 은혜에 보답하겠나이다."

여름이 시작되자 서둘러 낙랑에 가 있는 재모에게 밀사를 파견하였다. 침략의 시기를 알리기 위해서였다. 사실 군신 가운데 어떤 자는 왕에게 다시 나아가 아뢰기도 했다. 재모에 관하여 경계해야 하지 않느냐는 이야기였다.

"재모 장군이 낙랑으로 간 지가 벌써 8년입니다. 그동안 그가 혹시 변심한 것은 아닐지 염려됩니다. 적과 미리 짜고 우리 군사를 유인하여 전멸시키려는 수작이 아닐지 염려가 되어 말씀드리는 것입니다."

왕은 벌써부터 이런 생각을 하고 있었다. 그러나 왕의 결심은 변함이 없었고, 재모를 믿는 마음도 변하지 않았다.

"알았소. 만일 재모 장군이 변절을 했다면 고구려의 운명이 끝나게 될 것이오. 그러나 재모는 분명히 고구려인이고 지금껏 고구려에 충성을 다한 장수이므로 고구려인은 자기 조국을 배반할 수 없다는 것이 고구려의 정신이오. 만일 재모와 같은 장수가 조국을 배반한다면, 고구려는 더 존재할 가치가 없소. 그러니 필연적으로 멸망해야 마땅하오. 나라는 흙과 같은 것, 비옥한 땅에서 자라는 나무는 무성하고 척박한 땅에서 자라는 나무는 곧 시들고 죽어버리듯 국가도 그 국가의 기틀과 풍기(風紀)에 따라 그 국가의 백성들의 기질이 정해지는 것이오. 고구려는 그 백성들로 하여금 자기가 자란 조국을 배반하지 못하도록 다스려 왔음을 나는 믿소."

"임금님의 심중이 넓은 고구려의 영토처럼 광활하시고 드높은 하늘처럼 높아 그런 말씀을 아뢴 것이 심히 부끄럽습니다."

왕의 생각은 정말로 이와 같았다. 그래서 그는 재모의 충성심을 그대로 믿고 출군 준비를 서둘렀다. 낙랑으로 보냈던 밀사가 한 달 만에 돌아왔다.

"낙랑의 경계가 삼엄해져서 밀서는 가져오지 못했나이다. 재모 장군께서 하신 말씀을 아뢰겠습니다. 이번 가을에는 출군하지 맙시라는 부탁을 받고 왔습니다."

밀사는 왕에게 머리를 조아리며 아뢰었다. 워낙 중요한 자리라서 국상과 소우 조불 두 장수와 왕자 사유만이 왕을 모시고 있었다.

"무엇이라고? 왜 출군을 늦추라고 그러던가?"

왕은 언성을 높였다.

"다름 아니오라, 지금 낙랑군은 심한 장마철입니다. 패수가 범람하여 조선현에도 침수된 곳이 많은 걸 제 눈으로 보고 왔나이다. 강물이 범람하여 배를 타고 강으로 거슬러 올라오기가 힘들다고 하였나이다. 한번 물이 불면 가을까지 계속된다 하옵니다."

"음."

왕은 입맛을 다셨다. 그럴 법한 말이었다.

"병졸들은 모두 훈련을 잘 시켰는고?"

왕이 조불에게 물었다.

"예, 만반의 준비를 시켜 놓았습니다. 압록강 부근 출신을 선발하였으므로 쉽게 숙달되었나이다."

"으흠, 금년 가을이 절호의 기회인데 아깝구나."

왕은 눈을 들어 멀리 하늘을 바라보았다. 소나기가 오려는지 먹장구름이 몰려오고 있었다.

그해 여름은 국내성에도 비가 많이 왔다. 장마가 계속되는 동안은 수군(水軍)들의 훈련도 쉴 수밖에 없었다. 왕은 병기고(兵器庫)에 분부를 내려 창과 군도를 더 만들라 지시하였다. 고구려군은 원래 궁술(弓術)에 능했다. 산야를 내달리며 맹수를 잡아 그 고기를 먹고 가죽으로 옷을 지어 입는 수렵민족이었으므로 활에는 능해도 칼이나 창은 서툴렀다.

10년 전 현도군을 공략할 때도 왕은 창과 칼 쓰는 법을 병사들에게 익혔고 그 후에도 이 방면의 훈련을 집중적으로 시켜서 이제는 활이나 창이나 모두 익숙하게 다룰 줄 알았다. 군마 사육을 각 호구마다 의무적으로 지워 징발했기 때문에 전군(全軍)이 모두 기마병으로 편성되다시피 됐다.

왕은 가을이 되자 지방 순회에 나섰다. 한족의 군현 세력을 퇴치하는 마지막 대업을 1년 앞두고 민심도 알아볼 겸 각 고을의 군기를 살펴 온 백성의 일체감(一體感)을 재확인하고 사기를 북돋우기 위해서였다.

왕은 사유를 데리고 떠났다. 간단한 전복 차림으로 시종 몇 명만 대동하고 떠났기 때문에 그가 지나가는 시골의 길목에서도 지금 왕이 행차하는 줄도 모르고 추수하느라고 바빴다.

"고구려에서 가장 필요한 것이 무엇이냐?"

왕은 사유에게 느닷없이 물었다.

"힘입니다."

사유도 부왕의 그러한 질문을 기다렸다는 듯이 대꾸했다.

"어떤 힘?"

"자기를 지킬 수 있는 힘입니다."

왕은 그제서야 빙그레 웃으며,

"이 손을 봐라."

하며 왼손을 번쩍 들었다.

그의 왼손은 손가락이 네 개밖에 없었다. 현도군 공략 때 적에게 당한 것이다.

"고구려는 우선 한족의 세력을 이 땅에서 몰아내야 한다. 너는 애비의 이 잘려나간 손가락을 두 눈으로 똑똑히 보고 앞으로 네가 왕위에 오른 후에도 명심하여 타민족을 이 땅에서 몰아내야 한다. 고구려는 살생을 위한 전쟁을 해서도 안 되지만 가만히 앉아서 살생을 당해서도 안 된다. 네 말대로 자기를 지킬 수 있는 힘을 길러야 한다."

"예, 아버님."

사유도 나이는 열세 살이지만 행동거지는 벌써 어른과 다름이 없었다. 무술은 뛰어나고 생각하는 것이 지모가 있었다. 그러나 몸이 약해서 늘 부모의 근심을 샀다. 사유를 서안평 공략에도 내보내고 지방 순회에도 데리고 다니는 것은 육체와 정신을 단련하게 하려는 뜻에서였다.

왕의 일행은 보름 후에 수실촌에 닿았다. 수실촌은 왕이 보잘것없는 야인이었을 때 머슴살이를 하던 곳이요 지금의 왕비인 유라 낭자를 만났던 곳이다.

왕은 음모네 집을 찾아보았다. 백발노인이 된 음모는 처음에는 왕을 알아보지 못하다가 비로소 지금 자기 앞에 나타난 사람이 을불임을 알고 맨발로 뛰어나와 땅에 엎드리며 말했다.

"천은이 견줄 데 없나이다. 넓으신 도량으로 이 늙은 목숨을 지금까지 부지하게 해 주셨으니 소인은 오늘 죽어도 한이 없나이다."

음모는 눈물을 뚝뚝 흘렸다.

왕은 그의 손을 잡아 일으키며,

"됐네. 내가 그대를 벌주려고 온 것이 아닐세!"

하며 그의 등을 두드렸다.

"지금도 연못에서 개구리가 많이 우는가?"

"예, 아뢰옵기 황송하오나, 임금님께서 이곳을 떠나신 다음부터 개구리가 모두 사라졌나이다. 이 몸 죽어 마땅하옵니다."

유라 왕비한테서 이미 이런 이야기를 들은 바 있다. 을불이 수실촌을 떠난 다음부터 개구리가 울지 않았다는 것이다. 개구리를 못 울게 하려고 연못에 돌을 던지던 을불. 을불이 피곤을 못 이겨 잠든 사이에 몰래 돌을 대신 던져 주던 유라. 음모가 연못에 돌을 던져 개구리를 울지 못하게 하라고 하지 않았던들 유라와의 인연은 생각할 수도 없는 일이 아닌가. 왕은 음모한테도 후하게 상금을 주고 늦가을이 되어 국내성으로 환궁하였다.

드디어 서기 313년 초여름이 되었다.

고구려 방방곡곡에서는 지방 수비대만 남겨놓고 모든 장정들이 국내성으로 모여들었다. 압록강에는 수많은 병선들이 무기와 식량을 가득 싣고 돛을 올리고 있었고 한편 기마병과 보병들은 낙랑 접경지대로 부대 편성을 받아 떠났다. 군량미를 실은 많은 거(車)들도 뒤따랐다.

왕은 각 부(部)에는 욕살(褥薩)의 책임 아래 수비대를 견고히 하도록 명하고 수도에서 파견했던 행정관인 처려근지(處閭近支)는 각 부서에 동원된 병력을 인솔하도록 하였다.

조불은 압록강에서부터 출발하는 수군을 총지휘하게 하고 육군은 소우가 맡았다. 수륙 양군(水陸兩軍)의 총대장은 왕이 몸소 맡았고 부장(副將)으로 왕자 사유를 임명하였다. 백제와 신라와 합동작전을 펴기로 했던 종래의 계획은 취소되었다.

백제는 비류왕 10년이었다. 백제는 황재(蝗災)가 심하여 백성들이 기근에 허덕였다. 그래서 왕은 백성들을 위무하러 다녀야 했고 환과고독(鰥寡孤獨)으로서 곡식을 살 수 없는 자에게는 곡식을 하사해 주었다. 비류왕은 그해 정월에 남교(南郊)에서 천지(天地)에 제사를 지내어 재난이 물러가기를 기원했는데 제물을 바칠 제돈(祭豚)을 몸소 손질하기까지 했다.

형편이 이렇게 되니, 낙랑 정벌에 함께 참가할 형편이 못 되었다. 고구려의 입장에서 보면, 이미 재모 장군이 조선현의 한복판에 앉아 정보를 수집하고 세력을 뻗쳐가고 있고 더구나 태수와 현령들이 한자리에 모이는 때를 노려 고구려가 침공하게 되어, 이웃 백제나 신라의 도움이 그다지 요긴한 것도 아니었다.

신라는 이때가 흘해이사금(訖解尼師今) 왕이 즉위한 지 4년째 되는 해였다. 신라도 백제와 마찬가지로 황재가 심하고 가뭄이 극심하여 모든 곡물이 말라 죽었다. 민심이 흉흉하여 각지에서 도둑 떼가 벌떼처럼 일어나서 아찬(阿湌) 급리(急利)를 시켜 지방을 순회하게 하고 노역을 가벼이 하며 죄수들을 다시 살펴서 다스려야 했다.

또한 이때의 신라는 낙랑군보다도 왜국(倭國)의 약탈과 횡포가 더 큰 골칫덩이였다. 신라의 해변 지방은 늘 왜적에게 침입을 받아 많은 식량과 여자를 빼앗겨야 했고, 왜국에서는 이 핑계 저 핑계를 대고 신라를 못살게 굴고 있었다.

8년 전에 고구려에서 사신 절불이 왔을 때도 신라는 왜적들한테 시달림을 받는 중이어서 서로 국사를 의논할 틈도 없었다. 신라로서는 낙랑의 문제는 그다지 화급한 것이 아니었고 직접 충돌을 자주 일으키는 고구려나 백제가 낙랑을 정벌해 준다면 그때에 가서 북방의 경계를 분명히 할 생각이었다.

출군 준비를 서두르고 있는데 마침 낙랑에 가 있는 재모에게서 또 밀사가 왔다. 이번에는 재모가 친히 쓴 밀서를 가지고 왔다. 시월 초하루에 패수(浿水)에 와 닿을 수 있도록 하라는 것이었다. 그날 태수와 현령들이 조선현에 모여 회의를 하고 선유(船遊)를 한다는 것이었다. 시월 초하루라면 한 달 앞서 9월 초에 병선을 떠나게 해야 하는 것이다.

9월 초가 되어 수륙 양군은 각각 출군을 했다. 총 8만을 헤아리는 대군이었다. 나부끼는 군기와 말 울음소리는 천지를 진동하였고 압록강에 뜬 병선은 끝을 헤아릴 수도 없을 만큼 연이어 돛을 올렸다.

왕은 8월 말에 졸본(卒本)으로 가서 시조묘(始祖廟)에 제사를 지내고 낙랑 정벌이 뜻대로 성공하도록 기원하였다. 살생을 많이 하지 않고 낙랑의 발달된 문물을 그대로 쟁취할 수 있도록 한다는 것은 쉬운 일이 아니었다. 그래서 왕은 선왕들에게 기원을 하고, 만일 이번 일이 뜻대로 된다면 고구려는 동양의 거대한 왕국으로 발전하는 기틀이 마련될 것을 믿어 의심하지 않았다.

왕은 기병을 인솔하고 국내성을 떠나 남하(南下)하였다. 내려오면서 각 지방의 수비대를 점검하고 욕살을 불러 위안하고 격려하였다.

"하늘이 대왕을 내시어 오늘 이토록 장한 정벌군의 모습을 보게 되었나이다."

지방관들은 창고에서 곡식을 풀어 정벌군을 먹이고 왕의 위업을 칭송하였다. 5만을 헤아리는 육군은 9월 보름에 낙랑과의 접경지대에 도착하여 야영을 했다. 여기서 열흘 동안 야영을 하며 병사들을 쉬게 한 다음 25일 새벽에 일제히 낙랑의 영토로 진격해 들어갔다. 이미 현령과 장수들이 고을을 비우고 조선현으로 떠난 다음이라 낙랑의 사람들을 손쉽게 무찌를 수 있었다. 더구나 관군에게 농토를 징발당하고 그들의 뒷바라지를 하던 농민들은 고구려군이 군기를 앞세우고 진격하자, 곧 투항해 왔다.

장수가 없는 관군들도 무기를 버리고 뿔뿔이 흩어져 도망하였다. 수군 쪽에서 연락병이 온 것은 이틀 후 9월 27일 저녁이었다.

"25일 날 아침 패수 입구에 도착한 우리 군사들은 곧바로 패수로 진입하였나이다. 상류에서 내려오는 화물선들을 세 척이나 나포하였습니다. 초하룻날 예정대로 조선현의 토성(土城) 아래 배를 대고 일시에 상륙할 것이옵니다."

"오오, 장하도다."

왕은 기쁨에 넘쳐 소리쳤다. 병정들은 낙랑군에게서 뺏은 갖가지 무기를 신기한 듯 구경하고 있었다. 동촉(銅鏃)도 나왔고 소옥(小玉)도 나왔다. 더구나 낙랑은 이미 전화(錢貨)를 사용하고 있었다. 반냥전(半兩錢), 오수전(五銖錢), 화천(貨泉) 등의 주화는 고구려군의 눈에는 신기하게만 보이는 것이었다.

조불 장군이 이끄는 수군 3만은 패수를 거슬러 올라가다가 내려오는 화물선이 있으면 보이는 대로 나포하여 배에 가득 실린 물건을 빼앗았다. 귀금속이 대부분이었고 약재(藥材)도 많았다.

바람은 배를 밀어 올리기에 알맞을 만큼 불고 있었다. 조불은 병사들을 모두 배 안에 앉게 했다. 밖에서 보면 빈 배가 가는 것 같이 보였다. 노 젓는 병사들도 한족옷을 입혀 활이나 창 같은 무기는 하나도 보이지 않게 단속했다. 나포한 화물선을 앞에 세우고 강을 거슬러 올라가는 고구려군은 마치 무언극을 하는 것처럼 아무 기척이 없었다. 가끔 각 조장(組將)들을 모아놓고 사령선(司令船)에서 조불 장군만이 지시를 내리고 있었다. 물새들이 평화스럽게 돛 위로 날아와 앉았다.

"이거 뭐 뱃놀이 나온 것 같구나."

"거 참, 경치 좋다."

"낙랑은 날씨가 이렇게 좋으니 계집들도 아름답겠군."

"이 사람, 큰일 날 소리 말게. 도둑질하거나 여자를 건드리면 목이 달아난다는 명령 모르나?"

"그렇다고 말도 못 할 것은 없잖아?"

"낙랑 계집이 하긴 나긋나긋하지. 우리 여편네들은 원 괄괄하고 드세서 어디 계집 맛이 나야지."

"자네는 총각이니까 아주 낙랑에서 자리를 잡게나."

"후후, 그게 어디 뜻대로 된다구?"

패수의 물은 잔잔하고 고기들이 뛰노는 소리가 철벙철벙 들렸다. 밤이 돼서 불을 켜지 못하게 한 채 그 자리에 닻을 내리고 정박했다. 9월 그믐날 낮에 앞에서 항해하던 순찰선이 낙랑의 배 한 척을 나포해 왔다. 그 배에는 낙랑의 병졸이 타고 있었다.

"이놈들! 오늘 고기밥이 되겠군. 그래 낙랑의 관군 노릇을 하고 얼마나 재미를 봤나?"

고구려군이 이렇게 다그치자, 낙랑의 병졸은,

"나를 죽이면 안 되오. 고구려 장수한테 나를 빨리 데려가 시오."

하며 포로치고는 의젓하고 당당하게 말하는 것이었다.

"이 자식, 건방지군."

고구려 병사가 칼을 들어 후려치려는 찰나에 순찰선의 조장이,

"가만 놔두게. 죽이는 거야 뭐 어려운가? 무슨 까닭이 있을지도 모르니 조불 장군이 탄 사령선에 보내 주게."

한다.

이자가 바로 재모 장군이 보낸 첩자였다. 조불은 그를 맞아 조선현의 위치와 나루터의 구조에 대한 정보를 자세하게 들었다. 낙랑 태수(樂浪太守)가 있는 곳은 토성리인데 패수 남안에 있는 우뚝 솟은 대지에 자리 잡고 있는 요새였다. 사방으로 성을 높이 쌓았고 패수가 앞으로 흘러 적의 웬만한 공격에도 끄덕없는 곳이었다. 또한 언덕 위에 높은 망루가 있어서 강을 한눈에 굽어볼 수 있으므로, 낮에는 언덕 뒤에 숨었다가 내일 초하룻날 새벽어둠이 채 가시기 전에 일제히 나루터까지 도착해야만 한다는 것이었다.

조불은 모든 병선에게 전령을 내려 되도록 강의 남안(南岸)에 바싹 붙어서 배를 몰라고 명령하고 재모가 보낸 첩자가 지시하는 후미진 곳에서 정박하였다. 그날 밤은 병사들도 모두 생식(生食)을 하게 했다.

가을밤의 소슬한 기운은 옷소매를 파고들었지만 장졸이 모두 긴장하고 있어서 누구도 쉽게 잠이 오지 않는 눈치였다. 나

포한 화물선에 활 잘 쏘는 병사들을 태워 순찰 임무를 부여했다. 가을밤은 점점 깊어 갔다.

"지금까지 전사한 병사는 모두 몇 명인가?"

조불은 부장을 불렀다.

"예. 압록강에서 급류에 휘말려 병선이 전복되었을 때 이십 명이 죽었고 바다로 나와서 배가 암초에 걸려 두 척이 뒤집혔습니다."

"병사들의 사기는?"

"하늘을 찌를 듯합니다."

"음, 내일 새벽 동이 트기 전에 출발하여 나루터를 점령한다. 각 조장에게 전달하라. 군명을 어기고 현 위치를 이탈하는 자는 엄벌에 처할 것임을 명령하라."

"……"

"우리는 내일이면 드디어 민족의 숙원인 낙랑군을 멸망시키게 된다. 이는 하늘이 도우시고 우리 대왕의 왕업이 번창함을 의미하는 일로 낙랑을 쳐부수는 고구려 병사의 이름이 후세에까지 남아 칭송을 받을 것이다."

이튿날 새벽이 되었다. 서기 313년 10월 1일의 새벽이 되었다. 조불 장군이 이끄는 병선이 나루터에 도착하였다. 병사들은 배에서 내려 개미떼처럼 언덕으로 기어올랐다. 적이 저항할 틈도 없이 수비대의 망루를 점령하고 재모 장군과 미리 약속된 대로 봉화를 올렸다.

"만세! 고구려 만세!"

"와! 와!"

병사들은 치솟아 오르는 불기둥을 보면서 목이 터져라 하고 함성을 질렀다. 동이 트기 시작했다. 태수와 현령들은 숙소에서 고구려군의 침입 소식을 듣고 놀라 일어났다. 긴급회의를 소집하고 수비대장 경방과 재모를 불렀다.

"어떻게 된 거냐? 고구려군이 코밑까지 쳐들어오는 것도 모르고 무슨 수비를 했다는 거냐?"

태수는 턱수염을 부르르 떨며 호령호령했다. 수비대장은 입을 열 수가 없었다.

"병선을 타고 패수를 거슬러 올라와 쳐들어왔다는데 그게 사실인가?"

"예 그런 줄 아옵니다."

"이런 빌어먹을 놈들 같으니! 고구려에는 병선이 한 척도 없을 텐데 이게 웬일이란 말인가!"

태수는 부랴부랴 전복으로 갈아입고 각 현령에게 외쳤다.

"그대들은 급히 말을 달려 각 현으로 가시오. 가서 목숨이 다하는 데까지 고구려군을 막으시오. 4백여 년간 존속돼 온 낙랑을 내가 태수로 있는 한 포기할 수가 없소. 빨리들 가시오!"

태수는 잠시 말을 끊었다가 외쳤다.

"수비대를 모두 집합시켜라!"

현령들이 말을 몰아 대문을 나서려고 하자 문밖에 잠복해 있던 고구려군은 그들을 손쉽게 모두 체포하였다. 수비대장 경방은 태수의 불호령을 듣고 칼을 입에 물고 엎어져 자결을 하고, 태수는 몸을 부르르 떨며 이리 뛰고 저리 뛰며 고래고래 소리를 지른다.

"태수는 듣거라! 나는 본래 고구려의 장군으로 낙랑에 잠입해 들어와 오늘이 오기를 이를 악물고 기다렸다. 이미 하늘의 운이 다하였거늘, 우리 대왕께 무릎 꿇고 사죄하고 그동안 너희들의 잘못을 빌어라!"

재모는 태수의 손에서 칼을 뺏고 나자 큰소리로 이렇게 외쳤다. 태수는 깜짝 놀라 얼굴이 창백해지며 그 자리에 털썩 주저앉았다.

잠시 후에 조불 장군이 고구려군을 이끌고 들어왔다.

"재모 장군!"

"조불 장군!"

두 장수는 얼싸안고 서로 얼굴을 비비었다. 고구려 왕이 낙랑의 각 현을 평정하고 남부에서 명맥을 이어가던 대방군을 정벌한 뒤 조선현에 들어온 것은 얼마 뒤의 일이었다. 이미 조선현은 고구려의 손 안에 완전 장악되어 있었다. 왕을 맞으러 나온 조불과 재모는 말을 내려 왕 앞에 무릎을 꿇었다.

"대왕의 위업이 하늘과 같이 높고 넓습니다. 오늘 낙랑을 송두리째 우리 손안에 넣은 것은 대왕의 깊은 통찰 때문이옵니다."

"오, 수고했다. 재모 장군은 적지에서 얼마나 고생이 많았는고?"

재모는 눈물이 복받쳐 아무 대꾸도 할 수 없었다.

조선현의 거리는 돌로 포장이 되어 깨끗했고 길옆으로 늘어선 상점에는 본토에서 건너온 각종 장신구와 거울이 쌓였고 주거지(住居地)는 기와지붕이 고기 비늘처럼 막 떠오르는 태양 빛을 반짝였다.

"고구려 만세!"

"고구려 대왕 만세!"

주민들도 거리로 몰려나와 살생과 약탈을 하지 않고 무혈(無血)로 들어온 점령군을 환영하였다. 이미 민심도 고구려 편으로 일신돼 버렸던 것이다.

고구려 왕은 백성들의 환영을 받으며 임시로 마련된 옥좌에 올랐다. 눈을 들어 아래를 굽어보았다. 햇볕에 얼굴이 탄 고구려 군사들이 뜰 아래 끝도 없이 정렬해 있었다. 그 너머로 패수의 물줄기가 가을 하늘 아래 반짝이며 있었다. 확실히 북국보다는 자연의 경관이 아름다웠다.

"오늘 우리는 숙원인 낙랑군을 정벌하였도다. 더구나 오늘의 정벌은 살생과 파괴를 피하고 쟁취된 것이므로 고구려의 국력을 내외에 선양했다는 점에서 길이 빛나리라."

왕은 잠시 말을 중단하고 아래를 굽어보았다. 낙랑의 태수와 현령들이 오랏줄에 묶여 그 아래 부복하고 있었다.

"낙랑의 모든 토지와 건물과 재물은 일찍부터 우리 민족의 것이다. 낙랑의 문화도 사실 우리 민족의 손으로 오늘의 찬란함을 이룩한 것이 아닌가. 이제 북방 고구려의 문화와 남방 낙랑의 문화가, 한 울타리 속에서 같은 주인을 만났도다."

왕은 즉위하자 마자 전장에서 생활한 사람 같지 않게 문화를 중시하는 말을 했다.

낙랑 태수는 정신을 차려 고구려 왕을 올려다보았다. 그의 눈에서 뿜어져 나오는 섬광에 눈이 아플 만큼 왕의 얼굴은 이글이글 불타고 있었다.

"태수는 듣거라! 4백2십여 년에 걸쳐 이 땅을 유린 약탈하고 백성들을 지배하였으니, 영구히 이런 악랄한 일을 안 저지른다는 맹세를 하고, 사죄하는 말을 문서로 남기기 바라노라. 영원히, 영원히, 우리 민족의 영토를 넘보지 않겠다는 것을 문서로 남겨라."

태수 앞에 붓과 종이가 하달되었다. 태수는 떨리는 손으로 사죄장(謝罪狀)을 써 내려갔다. 다 쓰고 난 다음에 태수와 현령들이 관명(官名)과 성명을 기록했다.

왕은 사죄장을 두 통 작성케 하여 한 통은 왕이 갖고 나머지는 태수와 현령들을 압송하는 배에 싣게 했다.

"대왕의 은혜가 망극하오이다."

태수와 현령들은 눈물을 흘리며 왕에게 절을 했다. 장수 가운데는 태수와 현령을 살려 보내면 후환이 있으리라 염려하는

자도 있었지만, 왕은 그들을 떠나보내면서,

"가서 너희들의 임금에게 말하라. 다시는 이 땅을 넘보지 말
것이며 하늘이 내리신 자기의 영토에서 자기 백성을 다스리며
좋은 임금이 되라고 일러라!"

했다.

조선현은 그날로 모든 것이 평정되어 곧 안정을 되찾았다.
질서 있게 움직이는 고구려군은 낙랑의 관군을 묶어 압록강
서북 방면의 미개척지로 보내어 개간에 종사케 했다. 백성들도
고구려 군사의 군기와 백성을 맞아들이는 포용력에 감탄했다.

왕은 그해 겨울을 조선현에서 보내며 백성들을 위무하고 이
듬해 봄에 국내성으로 환궁하였다. 또한 그해에 사유를 태자로
삼고 더욱 내치(內治)에 힘쓰며 은인자중 국력을 길러 나갔다.

서기 331년 2월에 왕이 돌아가시므로 미천원(美川原)에 장
사지내고 시호(諡號)를 미천왕(美川王)이라 하였다.

(민족문학대계, 1974)

겨울의 꿈은 날 줄 모른다

··· 그래도 지리학 선생님은 오늘도 지구는 원만하다고 가르친다나.
갈릴레오, 이 거짓말쟁이.
〈기림〉

1

중간시험이 끝난 지 한 달도 채 못 되어 강의실은 벌써 파장 분위기가 감돌기 시작했다. 학생들이 아무리 시위를 많이 해도 대학은 단 한 시간의 휴강도 없이 완벽하게 정상 수업을 계속한다는 것이 그 당시의 대학 당국이나 문교부가 입버릇처럼 내세우는 자랑거리였지만, 11월 중순이 지나자 갑자기 쌀쌀해진 기온처럼 캠퍼스 이곳저곳에서 썰렁한 기온이 걷잡을 새 없이 일어났다. 지방 학생들은 일찍 일찍 보따리를 챙겨 귀향할 준비를 했고 각 서클과 학과에서도 종강 모임을 갖기 시작했다.

학사일정표에는 2학기 기말고사가 12월 10일부터 1주일간으로 명시돼 있지만, 강의실은 날이 갈수록 썰렁해지고 빈자리도 눈에 띄게 늘어만 갔다. 학기 초부터 캠퍼스 곳곳에서 터졌던 최루탄의 가스 냄새가 갑자기 냉랭해진 공기 속으로 더욱 기승을 부리며 되살아나서, 콧물을 흘리고 재채기를 하며 겪는 고통도 강의실의 늘어가는 빈자리와 비례해서 점점 더했다. 학생운동의 양상도 점점 다양해지고 과격해져서 얼마 전에는 재야단체의 공동의장 집무실을 점거하고 공항 사무실을 점거하려다가 경찰과 대치하는 등 날이 갈수록 사회 전반의 가장 큰 문제가 되었다. 검거-구속-구형-선고-퇴학으로 이어지는 운동권 학생들이 빠져나가는 길도 급강하한 기온만큼 춥고도 추웠다.

운동권의 주장을 어떻게 보느냐든지 국회에서 농성 중인 야당의 주장을 어떻게 보느냐는 식의 하나 마나 한 질문을 하여 교수들의 입장을 곤란하게 하던 학생들도 더 이상 그런 질문을 할 흥미를 잃었고, 하루빨리 강의가 종료되어 겨울방학의 긴 잠 속으로 개꿈도 꾸지 않고 빠져들기만을 기다리는 눈치였다.

198×년 11월 30일 금요일. 마지막 강의를 끝내고 아래층 교수 휴게실로 내려오면서 형식은 암담하다는 생각이 목젖까지 올라오는 것을 느꼈다. 학기 내내 아무 일도 하지 못했다는 생각은 참을 수 없는 울화의 덩어리가 되어서, 휴게실로 들어가 세면대에서 수도를 틀어 살갗이 벗겨질 정도로 빡빡 손을 씻었다. 금요일 오후여서인지 휴게실은 텅 비어 있었다. 학생시위가 일어나는 날에는 모든 교직원이 비상근무를 하니까 할 수 없이 늦게까지 남아 있지만 그렇지 않은 날에는 일찌감치

서둘러서 퇴근을 하는 게 습관이기도 했다. 건물 구석구석에 배어 있는 가스 때문에, 웬만큼 면역이 되어 있는 사람들도 고통을 견디기 어려웠고, 무슨 피치 못할 일이 생겨서 연구실에 남아 있을 때는 현실과 이상의 극한대립의 교차점에 나 혼자 섣부르게 남아 있다는 암담한 생각은 마침내 찾기 힘든 자학으로 변하는 것이었다. 휴강 한번 않고 강의를 계속하고 있고 학생지도에 심혈을 기울이고 있는 것으로 흔히 인정되는 대학 교수의 신분은 형식 스스로 생각해 보아도 정말 꼴불견의 웃음거리에 지나지 않았다. 교수는 당국으로부터도 또 학생으로부터도 묵시적으로 합의된 고학력의 유일한 꼴불견이었다.

"지금 이런 상황에서 김소월의 시를 읽으면 무엇 합니까?"

강의 시간에 어떤 학생이 따지듯이 물었을 때 형식은 벌컥 화가 났다. 현대문학 특강 시간은 원래 형식이가 맡아야 할 강의가 아니었지만, 그 과목을 매년 담당해 오던 최 교수가 1학기에 외국으로 나갔기 때문에 그가 갑자기 대신 맡은 시간이었다. 그러자니 마땅히 교재도 떠오르지 않았고 특별히 강의 진도 계획을 구체적으로 세울 수도 없었으므로 그때그때 임시방편으로 수업을 꾸려나가고 있었다. 우선 떠오르는 게 김소월이었다. 별다른 준비를 하지 않아도 김소월의 작품은 다룰 수 있다고 생각했었는데 시간이 지날수록 강의하기가 힘겨워졌다. 우선 학생들이 전혀 흥미를 보이지 않았고, 김소월 작품론을 다루면서 학생들에게 시 한 편을 골라, 비유와 율조에 대한 분석을 하여 발표하라고 했더니 전혀 예상이 빗나가고 만 것이다. 노동자·농민의 진정한 아픔이 전무하다느니 음풍 농월적이라느니 패배주의적인 자기도취라느니 하는 말만 했지, 진정으로 작품 속에 뛰어드는 학생이 없었다. 시를 강의할 때 무엇보다 중요한 것은 교수와 학생 간에 이어지는 보이지 않는 공감대가 강의실에 형성되어야 하는데, 김소월의 작품은 교수와 학생 간을 차단하는 철조망 같은 구실 밖에는 못 한다는 것을 깨닫고 형식은 참담함을 느껴야 했다.

학생이 당돌한 질문을 하면서 반감을 나타냈을 때 형식이 벌컥 화부터 낸 것도 애당초 강의의 방향을 잘못 잡은 자신에 대한 절망과 울화도 그 원인의 하나였다.

"그럼, 자넨 요즘의 상황에서는 누구나 시 대신 돌멩이를 들고 거리로 뛰쳐나가야 한다는 거야? 돌멩이는 반항의 도구로서 유용하지만 돌멩이 구실을 못 하는 모든 예술은 쓸모가 없다는 말인가?"

휴게실 의자에 앉아서 담배를 피워 물고 조금 전 강의실에서 내뱉은 자신의 목소리가 귓전에 맴도는 것을 느끼면서 탁자 위에 놓인 석간신문을 폈다. 눈으로는 신문을 생각 없이 읽었다. 남예멘 사태 혼미. 반군 아덴 장악. 정부군 반격. 지부티 아부다비 발 AP연합. 남예멘 반정부 마르코스의 강경파가 19일 수도 아덴을 완전히 장악했으나 알리 나세르 드 대통령은 친정부군 4만 명을 직접 반정부군을 반격하기 위해 아덴으로 진격할 태세를 갖추고 있는 것으로 알려졌다…… 다이애너, 모피 외투 입지 않기로. 동물 애호…… 사냥반대.

"여태까지 뭘 하슈?"

형식이 고개를 들자 사학과 진 교수가 어느새 휴게실에 들어와 있었다. 형식과 같은 또래의 사람으로 흉허물 없이 지내는 진 교수는 술과 여자를 좋아하는 한량이었지만 그가 전공하는 백제사에 관한 한 학계에 널리 인정된 대단한 학자였다.

"영국 황태자비가 앞으로 모피 외투는 입지 않겠다고 왕실 대변인이 발표했다는 거요."

형식은 석간신문을 탁자 위에 놓고 일어섰다.

"미친년이군. 하긴 미친년의 말을 그대로 토픽으로 보도하는 신문쟁이도 미친놈들이야."

진 교수는 퇴근하는 차림이었다.

"생각 있어?"

그가 형식에게 손가락을 쳐들고 웃었다. 술 마시러 가자는 신호였다. 워낙 술꾼이니까 늘 형식을 데리고 술사냥을 즐기는 그였다.

"오늘은 안 돼. 마누라가 수술받는 날이야."

형식은 그의 어깨를 툭 치고는 휴게실을 나왔다. 진 교수는 휴게실에 더 남아 있을 요량인지 형식의 말을 듣고는 의자에 털썩 앉았다. 휴게실과 같은 층의 복도 맨 끝에 있는 형식의 연구실은 석양이 환히 비쳐들어서 오전보다는 한결 따뜻했다. 형식은 거의 습관적으로 가방 속에 책 몇 권을 넣었다. 그날그날 집에 가서 읽을 책을 가방에 챙기는 것은 오래전부터의 습관일 뿐 요즘 들어서는 집에 가서 책을 보는 일은 거의 없었다. 집에 돌아가면 멍하니 텔레비전이나 보거나 또 신문을 뒤적이는 게 고작이었다. 아내가 병원에 다녀와서 아무래도 아이를 그냥 지울 수가 없겠다고 말한 며칠 전부터는 집에만 들어가면 현관을 들어서기가 무섭게 짜증부터 났으니까 책을 볼 기분은 조금도 나지 않았다.

"당신하고 정말 못 살겠어요. 벌써 몇 번째인지 알아요? 불임수술도 못 하게 하고, 그럼 난 어쩌란 말예요? 이번 애는 소파 수술이 불가능하대요. 벌써 넉 달째라지 뭐예요."

아내는 절망적인 얼굴로 말하며 형식을 궁지에 몰아넣었다. 아들딸 둘을 낳아 기르고 있으니까 형식 부부는 불임수술을 하여 단산을 하는 게 정상이지만 형식의 고집은 대단했다. 피임을 하면 되지 뭣 하러 생식기능을 파괴하여 스스로 불구자가 되느냐는 게 형식의 논리였다. 자식을 하나 더 갖고 싶을 때를 대비하여, 자궁의 핵심을 도려낸다든가 정관의 주둥이를 실로 끊어 묶는 것은 절대로 해서는 안 된다는 게 그의 주장이었다. 그러나 뜻대로 피임이 이루어지지 않을 때가 있어서 아내는 여러 번 소파 수술을 했었다. 그런데 이번에는 태아가 너무 자랐기 때문에 제왕절개 수술을 해서 꺼내야 된다는 것이었다. 물론 비공식적으로 이루어지는 불법 수술로서, 수술 전에 약물을 투입하여 태아를 죽인 다음 배를 가르고 죽은 태아를 꺼내는 것이므로 아이를 정상 분만하는 것보다도 몇 배 힘들고 위험한 일이었다.

형식은 가방을 들고 연구실을 나서려다가 갑자기 멈춰서서 심한 재채기를 했다. 조금 전에 책꽂이에서 책을 뺐을 때 최루 가스가 묻어나온 모양이었다. 가스는 책갈피마다 숨어 있다가 건드리기만 하면 사정없이 튀어나왔다. 서랍이나 캐비닛을 열어도 마찬가지였다. 형식은 손수건을 꺼내어 흐르는 콧물을 닦고 가방을 탁자 위에 던지듯이 놓고는 도로 소파에 앉았다. 탁자 위에는 담뱃재가 뒤엉겨 붙은 재떨이, 그리고 그 옆으로는 검은색 전화기가 놓여 있었다. 책상에 바로 붙여서 탁자와 소파를 놓아서, 찾아오는 학생들이 소파에 앉으면 형식은 책상 앞에 놓인 회전의자에서 그냥 몸을 돌려 그들과 이야기를 하기도 편했고 전화를 사용하기도 편했다.

이렇게 소파에 앉아서 책상과 빈 의자를 보고 있자니까 자기 스스로가 K대학교 이형식 교수를 찾아온 내방객 같은 생각도 들었다. 아니 학생 같은 생각이 들었다. 며칠 전에 찾아온 명현이는 형식이가 지도교수로 있는 예술연구회의 대표인데 평소에는 형식과 친분이 있는 우수한 학생이었다. 그때 명현이가 찾아온 날은 교문을 사이에 두고 운동권 학생들과 전투경찰이 한창 전쟁을 벌이고 있는 중이어서 캠퍼스가 온통 뒤흔들리는 것 같았다. 교직원들에게는 비상이 걸리고, 특별한 지시가 없는 한 정상수업을 실시하고 수업이 없는 교수는 연구실에서 대기하라는 연락이 교학과에서 온 다음이었다.

"이제는 대학인도 행동할 때라는 B일보 사설을 읽어보셨습니까?"

명현이가 물었을 때 형식은 빙긋 웃으면서 담배부터 한 대 피워 물었다.

"시사적인 문제는 언론이 먼저 말을 해야 하는 것 아닌가? 언론이 묘한 논법으로 자기들의 책임을 대학교수에게 전가하고 있는 느낌이더군. 마치 대학교수가 언론인에게, 이제는 신문사가 교육의 책임을 질 때다라고 말하는 식이야!"

"교수님, 그 말씀이 진심이십니까? 저는 그렇게 생각하지 않아요. 대학이 근본적으로 가지고 있는 비판적 기능을 포기한 데 대한 충고가 아닐까요?"

형식은 한동안 명현이와 주고받은 말을 머릿속에 재생시키다가 고개를 심하게 흔들었다. 송수화기를 집어 들고 전화를 걸었다. 한참만에야 국민학교 2학년짜리 아들 녀석이 전화를 받았다. 딸아이 목소리도 들렸다.

"거기 병원이야? 엄마도 괜찮아?"

"아빠, 아빠. 오빠가 날 때렸어."

"싸우면 안 돼. 옳지. 그래. 그럼 그렇게 집 잘 보고 있어. 아빠가 병원으로 해서 엄마 만나보고 갈 테니까."

형식은 밖으로 나왔다. 도서관 옆 주차장에는 자동차가 몇

대 없었다. 학생들 사이에도 차를 가지고 다니는 녀석이 많아서 주차장으로 쓰이는 도서관 뜰은 언제나 자동차가 즐비하게 세워져 있었는데, 어스름이 깔리는 때이고 또 오늘처럼 비상이 아니라 보통인 날에는 저마다 일찍 학교를 빠져나갔기 때문이었다. 형식은 차에 올라 시동을 걸었다. 액셀러레이터를 힘껏 밟았다가 놓았다. 차는 부들부들 떠는 것처럼 진동이 요란했다. 엔진 소리도 어딘지 모르게 녹슨 쇠붙이 긁히는 소리가 많이 났다.

병원에 도착했을 때는 이미 어둠이 깔리고 있었다. 비상등을 켠 앰뷸런스가 응급실 쪽을 향하여 달려가는 모습을 보면서 형식은 현관 옆에 있는 주차장에 자동차를 천천히 댔다. 아내는 지금쯤 수술을 다 받고 회복실에 있겠다는 생각이 들었다. 회복실에서 나오는 아내에게서 풍기던 마취약 냄새가 문득 콧속으로 들어오는 듯했다. 소파 수술을 받을 때마다 형식은 아내를 대기실에서 기다리며 이제 절대로 아내를 이러한 몹쓸 고통에 빠뜨리지 않겠다는 다짐을 했었다. 철저하게 콘돔을 사용하든가 아주 정관수술을 하든가 해야지, 아내를 산부인과 수술실에 또 밀어 넣을 수는 없다는 생각을 굳게굳게 했던 그였다.

소파 수술을 받을 때까지 아내는 신경질을 부리고 토라지고 했지만, 수술을 받고 나오면서 약간 비틀거리는 걸음으로 형식의 팔에 매달려 나올 때의 아내가 전해주던 무력감은 형식에게 더할 수 없는 애정으로 받아들여졌고, 그러한 애정에 대한 확신은 묘하게도 사랑을 할 때마다 피임에 대한 생각을 망각하게 만들어주곤 했다. 아내도 마찬가지였다. 다른 여자들은 체온을 재면서 배란기를 알아보고 하여 남편의 요구를 다 받아주면서도 피임을 기술적으로 한다는데, 아내는 그러한 주변도 계산속도 없었다.

형식은 현관으로 들어서서 산부인과를 찾았다. 흰 벽 사이로 뚫린 복도가 암울한 동굴처럼 느껴지면서 아내의 자궁에서 나오는 핏덩이가 눈앞에 아른거렸다. 단순한 소파 수술이 아니라, 아예 배를 가르고 사산아를 꺼내는 것은 무서운 살인행위와 같다라고 흰 벽에 상하로 나 있는 균열은 소리치고 있었으므로, 형식은 산부인과 앞에 도달했을 때 이마의 땀을 닦아야만 했다.

"최순임 씨 보호자 되나요?"

형식이가 담당 간호원한테 아내의 이름을 대며 수술을 받았느냐고 묻자 간호원은 손에 들고 있던 볼펜을 치켜올리면서 웃었다.

"무사히 끝났습니까?"

"아뇨. 아직 수술을 하지 않았어요. 다음 주에 합니다."

"입원실에 있습니까?"

"아뇨. 구내매점 쪽에 가보세요. 거기서 보호자를 기다린다고 했으니까요."

형식은 이마의 땀을 닦으며 물러나왔다. 구내매점은 별관으로 가는 길모퉁이에 있었다. 매점을 지나서 왼쪽으로 꺾어들면 영안실이었으므로, 언젠가 이 병원 영안실로 문상을 왔을 때 삶과 죽음의 거리는 구내매점과 영안실의 거리밖에는 안 된다는 생각을 한 적이 있었다. 구내매점으로 들어서자 아내가 금방 알아보고 손짓을 했다. 이제 보니 매점 안이 꽤 넓었고 식탁도 한쪽으로 갖추어져 있었다.

"어떻게 된 거야?"

형식은 아내의 맞은편 의자에 앉으며 기어들어 가는 소리로 말했다.

"글쎄, 아기가 조금 더 자라야만 된다지 뭐예요."

뜻밖에도 아내는 배시시 웃기까지 하며 말했다. 아내의 앞에 놓여 있는 귤과 호빵도 뜻밖이었다. 수술을 받고 심한 마취약 냄새를 풍기며 무력해져 있을 아내를 상상하고 온 형식으로서는 도무지 어리둥절해질 수밖에 없는 노릇이었다.

"그래서 이렇게 영양보충을 하는 거예요. 제왕절개를 하기에는 아직 너무 작다고 해요. 소파 수술을 받기에는 너무 크고, 제왕이 되기에는 너무 작으니까 며칠 더 잘 먹여서 키워야 되는 것 아니에요?"

아내는 이렇게 말하면서 귤을 탐스럽게 먹었다. 형식은 어이가 없었다.

"배 고프죠? 좀 먹지 않을래요?"

"생각 없어."

형식은 화가 났다. 수술해서 떼어낼 놈을 잘 키워야 한다구? 빌어먹을. 의사들의 과학적 논리는 참으로 봐줄 수가 없군. 형식은 의사에게뿐만 아니라 아내에게도 화가 났다. 오늘 수술을 받을 수 없게 되었으면 진작 학교로 연락을 해야지 공연한 헛걸음을 하게 만들고, 여봐란듯이 구내매점에 앉아서 귤과 호빵을 아귀아귀 먹다니 참으로 속이 좁아도 바늘귀만도 못하다는 생각이 들었다.

아내는 무뚝뚝해진 형식의 얼굴을 한참 바라보다가 일어섰다. 탁자 위에 남은 호빵과 귤을 아내가 봉지에 담으려고 하자 형식은 소리쳤다.

"쓰레기통에 버리지 않고 뭘 해?"

"아까운 걸 왜 버려요? 집에 가져다가 아이들 주면 될 걸."

아내는 기어이 비닐봉지를 들고 형식을 따라왔다. 영안실 쪽에서 통곡 소리가 어둠을 타고 들려왔다. 아내는 통곡 소리를 듣지 않으려는 듯 형식의 팔을 한 손으로 꽉 쥐어 끼고 그를 끌듯이 빠르게 걸었다. 형식은 아내의 강인한 힘을 전신으로 느끼면서 소파 수술을 받고 나올 때의 힘없는 무력감과는 정반대의 감정을 맛보았다.

"수술은 어느 날 받을 수 있대?"

시동을 걸며 아내에게 물었다. 아내가 대답하기도 전에 시동이 꺼졌다. 배터리가 약해서 날씨가 조금만 차가워져도 시동을 걸 때마다 애를 먹이는 것이었다. 하긴 지난가을 설악산에 갔을 때도 이튿날 아침에 시동이 걸리지 않아서 고생을 했으니까, 지금은 시동이 꺼질 만도 하다는 생각을 하며 쓴웃음을 지었다. 형식은 액셀러레이터를 몇 번 세게 밟았다가 다시 시동을 걸었다.

"다음 월요일이나 화요일에 하겠죠 뭐. 그나저나 아기가 빨리 커야 할 텐데."

아내의 말을 듣자 화가 또 났다. 죽여서 꺼낼 놈을 키우다니. 그러나 아내는 형식의 마음도 모르고, 차가 움직이기 시작하자 비닐봉지에서 호빵을 꺼내서 먹기 시작했다. 호빵에서 풍기는 밀가루 냄새와 이스트 냄새 그리고 팥고물 냄새가 뒤섞여서 코로 스며들자 형식은 아내와 연애를 할 때의 한 장면이 떠올랐다. 쓴웃음 대신 다디단 미소가 그의 입 언저리에 번져나갔다.

형식이가 대학원을 다니며 조교를 할 때였다. 아내는 그때 대학 졸업반이었고 형식이네 집이나 아내의 집에서 한사코 결혼을 반대했기 때문에 그들은 무슨 비밀결사를 하듯 몰래 만났다. 그리고 언제나 돈이 없었다. 어떤 때는 다방에 들어가서 커피를 마실 만큼의 여유도 없었고, 있는 게 고작 버스표 몇 장이었다. 두 사람은 버스정류장에서 만나서 같은 버스를 타고 종점까지 갔다가 다시 되돌아오곤 했다. 되돌아올 때는 버스표를 내는 대신에 내릴 정류장을 잘못 알아서 못 내렸다고 거짓말을 했다. 그때도 아마 날씨가 싸늘해지기 시작하던 이맘때쯤이었나 보았다. 버스가 종점에 도착하자 차장은 모두 내리라고 외쳤고 그들은 판에 박은 거짓말을 했다. 차장은 귀찮다는 듯 소리쳤다. 암튼 내려주세요. 버스 청소를 하고 십 분 후에 출발하니까 내렸다가 타세요. 그들은 할 수 없어 버스에서 내렸다. 흔히 시내버스들은 종점에 왔다가는 바로바로 또 출발하는데 그 버스회사는 보유 차량이 넉넉한가 보았다.

그들은 내려서 버스 가까이에 엉거주춤하게 서 있었다. 그때 순임이가 종점 입구 쪽을 가리키며 말했다. 호빵 사가지고 올게요. 리어카 위에서 군고구마와 호빵을 구워 파는 할머니의 모습이 땅거미 위로 보였다. 순임이는 곧 돌아왔다. 세 개 밖에는 못 샀어요. 그들이 타고 왔던 버스에 운전수가 올라타는 모습을 보고 부리나케 승차를 했다. 딴 승객은 하나도 없었다. 차장이 그들을 한참 노려보더니 입을 샐쭉거리며 얼굴을 돌렸다. 순임이는 봉지에서 호빵을 꺼냈다. 더운 김이 무럭무럭 났고 익은 밀가루 냄새와 이스트 냄새가 기분 좋게 형식의 콧구멍으로 들어왔다. 암만해도 바늘방석에 앉은 것 같아요. 순임이가 이렇게 말하며 봉지를 들고 차장한테로 갔다. 호빵 하나 맛봐요. 아저씨도요. 순임이는 차장과 운전수에게 호빵을 하나씩 주었다. 차장의 얼굴이 새빨개지더니 이내 호빵을 받아서 한입 물어 뗴었다. 순임이가 형식에게로 돌아와서 하나 밖에 안 남았으니까 반반씩 먹어요. 둘은 한입씩 번갈아 가며 호빵을 먹었다. 이스트 맛과 팥고물 맛을 천천히 즐기면서 먹었다. 하지만 호빵은 입안에서 눈 녹듯 너무 빨리 사르르 녹았다.

"후후."

형식은 로터리에서 신호정지를 하면서 웃었다.

"내가 우습죠?"

아내가 말하면서 입가를 닦았다.

"그때 호빵 먹을 때가 생각나서 웃은 거야!"

"그때라뇨?"

"왜 있잖아. 우리가 돈이 없어서 버스 타고 종점에서 종점으로 떠돌아다닐 때 말야. 최순임 씨! 그때 호빵 하나를 둘이서 함께 먹은 일 생각 안 나?"

"후후."

아내도 형식처럼 웃었다. 아내가 웃자 형식은 기분이 한결 나아졌다. 금요일은 강의가 다섯 시간이나 되는 날이어서 보통 때 같아도 파김치가 되는데, 그 날은 김소월이 시간 중에 쇳덩이처럼 머리를 눌렀고 또 아내가 입원 수속을 하러 병원에 가 있고 했으니 형식으로서는 정말 견디기 어려운 피곤이 한꺼번에 몰려오는 것이었다. 시간 중에 학생에게 화를 내는 일은, 교단생활 십 년에 깨달은 바에 의하면 가장 해로운 일이라는 것을 잘 알면서도 학생한테 다짜고짜 버럭 화를 냈으니, 정말 스스로에 대해서 구역질이 날 정도였다. 정말 이런 시대 상황에서 김소월의 「가는 길」이나 「못 잊어」를 읽으면 무얼 어떻게 하겠다는 것인가. 모든 시대의 상황은 지금 서로서로 적대 관계를 더욱 강화시키고 있는지도 몰랐다. 정치는 정치대로,

그리고 문화는 더욱 문화대로, 그 알맹이는 사라지고 오직 적대관계만을 강화하며 서로를 무시·질시하는 장벽만을 높이 쌓아가고 있다. 차라리 조선시대의 사색당쟁 시절에는 동서남북이라는 큰 경계가 있었으므로, 운명적이든 고의적이든 어느 한쪽에 끼어서 살아갈 수 있는 분명한 소속감이 있었고 모가지를 걸고 상대 당과 생존투쟁을 벌일 명분이라도 있었지만, 오늘의 시대상황에서는 서로서로 각자각자가 모두 무서운 음모와 독침을 안으로 숨겨놓고는 절대로 깨어지지 않을 적대심을 공고히 하면서 살아가고 있다.

당이나 직장에 소속되었다는 생각보다는, 같은 당 같은 직장에서 자기의 경쟁자를 뒤에서 보이지 않는 칼로 찌르고 앞에서는 칵테일 잔을 서로 부딪치며 웃는 상황이 되었고, 헌법 제1조에 대한 자기 인식은 소위 극소수 운동권 학생이 도맡아서 구현하다가 넘어져도 모든 사람들은 무관심할 뿐 당장 코앞의 적수를 미워하고 타도하는 일에만 급급한 지경이 되었으니, '그립다 말을 할까 / 하니 그리워'라고 말한 김소월이가 도대체 무슨 소용이 있는가.

야, 임마, 너 어느 학과 누구야? 그럼 모든 사람이 돌멩이와 몽둥이를 들고 서로를 치고받아야만 되는 거야? 시와 돌멩이와의 차이도 모르는 놈이 좆같이 대학에는 왜 왔어? 대학은 1세기 후의 상황까지를 포함해서 상징하고 존재하는 살아 있는 미래야, 네까짓 놈처럼 문학을 시위군중이 내뱉는 구호로만 본다면 음악이고 미술이고 문학이고는 모두 존재할 수가 없어. 이념의 노예나 역사의 노예가 아니라 차라리 미래의 노예가 되기를 원하는 것이 시인의 사명이야. 그의 머릿속에서 형식이와 또 다른 한 명의 형식이가 칼부림을 해대고 있었다.

"좆같이!"

형식은 붕붕 하며 발차하기 위해 기어를 바꿨다.

"뭐예요?"

아내가 깜짝 놀라며 얼굴을 돌렸다. 형식은 그제서야 정신이 들어서 멋쩍게 웃었다.

"대학교수도 못 해먹겠어. 문학이고 지랄이고……."

"당신, 오늘 내가 수술받지 않아서 화가 났군요."

"아냐. 그놈은 더 키워서 죽여야 된다니까 화를 내봤자지 뭐."

갑자기 아내가 흑 하며 울기 시작했다. 아내는 임신을 할 때마다 언제나 변덕이 죽 끓듯 했고 감정 표현이 극단적인 여자였다. 소파 수술의 단계도 훨씬 지나서 이미 태아가 제자리를 잡았을 테니 아내는 또 극단적으로 감정이 물결치는가 보았다. 낳아서 키울 아이를 임신하고 그런다면 몰라도, 며칠 후면 떼어낼 것을 뱃속에 염치없이 배고 있으면서 참으로 꼴불견이라는 생각이 들어서 형식은 마구 추월을 해가며 차를 몰았다. 그러나 한편 생각하면 아내가 가엾기도 했다. 소파 수술을 몇 번씩이나 하는 고통을 겪었으면서도 형식과 잠자리에 들었을 때는 사랑의 한 줌 한 줌까지도 놓치지 않으려고 달려들었고 그

통에 피임에 대한 일을 까맣게 잊을만큼 사랑스러운 여자였다. 정관수술을 못 하겠다는 형식의 고집은 마침내 아내도 불임수술을 하지 않겠다는 생각을 은연중 만들어 주었는지도 몰랐다. 형식이나 아내는 모두 참으로 한심한 사람들일 것이었다. 몇 번씩이나 실수를 되풀이하면서도 언제나 자꾸만 잉태되는 생명 때문에 남모르게 골치를 앓을 뿐이었다.

생식능력이 있을 때라야 완전한 사람이라는 형식의 생각은 좀처럼 변할 것 같지 않았다. 그러나 형식의 이러한 고집은 얼마 전부터 무너지기 시작했다. 아내가 병원에 갔다 와서 또 임신이 됐다고 절망하고 있을 때 비로소 형식은 정관수술을 받겠다는 마음이 싹트기 시작했다. 형식에게 있어서 이런 생각이 든 것은 그가 사회를 살아가는 일, 그리고 아내를 사랑하는 일에 자신을 잃었다는 징후의 하나였다. 그가 안간힘을 쓰며 지탱하려던 자신감은 이제는 어쩔 수 없이 스스로 포기해야만 되는 참담한 패배를 의미하는 것이었다. 이번 학기 들어서 이런 참담함은 점점 심해져서 강의시간에 들어가서도 그렇고 아내와 침실에 들어가서도 그랬고 도무지 모든 일에 자신이 없어져 버렸다는 것을 스스로 자인해야만 했다.

"그럼 당신 그동안 입덧도 심하게 했던 거야?"

형식은 집으로 돌아가는 사잇길로 접어들면서 아내를 돌아다보았다. 첫 아이 때는 거의 굶다시피 하면서 입덧을 심하게 하여 애를 태우던 아내였다.

"아네요. 입덧 한번 없었어요. 아기가 아주 순한가 봐요."

아내는 손수건으로 눈을 훔치면서 말했다.

"돈돌이란 놈은 그래서 성질이 고약하구만. 매일 돈순이를 울리고 떼를 쓰고."

돈돌이, 돈순이라는 이름은 할머니가 지어주신 것으로 집에서 부르는 애칭이었다. 돈 잘 벌고 돌처럼 튼튼한 건 좋지만 돌대가리가 되는 것 아닙니까. 형식이가 이렇게 웃자 이제는 3년 전에 돌아가셔서 한 줌 흙이 돼버리신 할머니는 말씀했었다. 애비야, 아니다. 너를 닮았는데 돌대가리라니. 애비가 어렸을 때 하도 약해서 손자놈은 돌처럼 튼튼했으면 하는 게 내 소원이란다. 또 워낙 가난해서 아들을 키우느라고 모진 고생을 다 하신 할머니의 한은 거의 돈과 관계되어 있었다. 그래서 돈이 손자, 손녀의 돌림자가 된 것이었다. 그러나 할머니는 형식이네가 컬러텔레비전을 사고 자동차를 살 때까지 참지 못하시고 저승으로 훌쩍 떠나셨다.

"돈순이는 벌써 자니?"

아내가 현관으로 들어서면서 물었다.

돈돌이는 그 말에 대꾸는 않고 텔레비전 앞으로 뛰어갔다. 또 돈순이를 울렸나 보았다. 돈돌이는 2학년, 돈순이는 유치원. 잦은 터울이어서 늘 싸우기를 잘했고 돈돌이는 제 엄마에게 볼기를 철썩철썩 맞으면서도 모든 걸 제 고집대로 해야 되는 말썽꾸러기였다.

"엄마, 이제 안 아파?"

돈돌이가 텔레비전 앞에서 물러나며 말했다. 어린이 프로가 다 끝난 모양이었다. 아내는 고개를 끄덕이고 나서 소파 위에 누워 잠든 돈순이를 안았다.

"동생을 자꾸 때리면 안 돼. 한 번만 더 울리면 가만두지 않는다."

"안 때렸어. 제가 나를 때리고 제가 울고 그런 거야."

돈돌이는 엄마에게 불만이 가득 찬 목소리로 말했다. 형식이가 들어도 돈돌이의 말이 맞는 것 같았다. 돈순이가 늘 제 오빠를 먼저 꼬집고 떼를 쓰다가는 울음도 먼저 터뜨린다는 것을 아내도 다 알고 있을 터였다.

그날 저녁 잠자리에서 형식은 무슨 큰 선언이라도 하듯 말했다.

"당신 제왕절개 수술받는 날 나도 수술을 받겠어."

"무슨 말이에요?"

"정관수술 말야."

아내는 대답 대신 그의 품속으로 파고들었다. 그러나 그날 밤의 사랑은 잘 되지 않았다. 아내의 자궁 속에 제왕이 떡 버티고 있어서인지, 아니면 수술받을 생각을 하자 지레 기가 죽었는지 입장하자마자 퇴장을 해야 했다. 이런 일은 매우 드물었다. 형식이가 언짢은 기분으로 돌아누웠을 때 아내는 또 귤을 먹기 시작했다. 오늘 하루는 어쩐지 모든 게 뒤틀려나 가고 기분도 뒤죽박죽이어서 꿈을 꾸면 악몽에 시달릴 것 같은 불길한 예감이 들었다.

2

이튿날은 토요일이었다. 강의가 없는 날이기도 하였고 아침부터 머리가 무거운 게 기분이 엊저녁 잠들 때와 같았기 때문에 형식은 늦잠을 자리라고 마음먹었다. 아이들이 마루 위에서 쿵덕거리는 소리를 들으며 이불을 머리까지 뒤집어썼다.

"날씨가 추워졌어요. 겨울이 빨리 왔나 봐요."

아내가 방으로 들어오며 말했다.

아내는 이불 속으로 손을 넣었다. 아내의 손이 다리에 닿자 형식은 차가움을 느꼈다.

"아침 식사 안 해요?"

"나는 좀 더 자겠어."

아내는 형식의 볼에 입맞춤했다. 입술의 감촉이 차가웠다. 그 차가움 속에 숨은 아내의 애정을 느끼며 형식은 마음이 아팠다. 지난 저녁 병원 구내매점에서 호빵과 귤을 사 먹을 때도 느낀 것이었지만, 아내는 완전히 임산부의 티를 내고 있었다. 티가 아니라 사실 임산부임에 틀림없는 아내였다. 여자는 임신을 하면 완전히 여성다운 체질로 되돌아가는 것일까. 결혼을 하고 아이를 낳고 하면 여자들은 평소에는 여성이 아니라 묘하게 중성적인 동물이 된다. 돈타령을 하고 옆집 사람을 흉보고 남편에게 대들고 하다가도, 그러나 임신을 하면 갓 결혼한 때처럼 새롭게 여성이 되어 사근사근해지는 것이다. 모든 여자가 그런지 어떤지는 모르지만 형식의 아내는 언제나 그랬다. 형식은 이불을 다시 뒤집어쓰고 쓴웃음을 웃었다.

잠이 막 들려고 하는데 전화벨이 울렸다. 전화 받는 아내의 목소리가 들려왔다.

"네, 잠깐만요."

아내가 방으로 들어왔다.

"학생이래요."

"없다고 그러지 않고 뭘 했어?"

형식은 짜증을 냈다.

"급한 일인가 봐요. 약속시간이 지났다면서 걱정을 하는데요."

"뭐야?"

형식은 전화기를 끌어다가 송수화기를 나꿔채듯 들어올렸다.

"선생님, 저, 혜숙인데요. 벌써 출발시간이 지났어요, 선생님."

형식은 잠시 동안 어리둥절했다. 혜숙이라면 그가 지도교수로 있는 예술연구회 학생이었다.

"오늘 서클 종강 엠티가는 날이잖아요? 신륵사로 모두 떠나고 저 혼자 남았어요. 선생님께 무슨 일이 생겼나 해서 급히 연락드리는 거예요."

그제서야 정신이 퍼뜩 들었다. 토요일, 그렇다. 오늘이 바로 여주 신륵사로 1박 2일의 엠티를 가는 날이다. 형식은 자리에서 벌떡 일어나면서 수화기에다 대고 부리나케 말했다.

"깜빡했다. 거기 마장동인가? 내가 그쪽으로 곧 갈 거니까 꼼짝 말고 있어. 그래 알았어."

혜숙이는 전화기 속에서 킥킥 웃었다. 3학년인데도 나이보다 아주 조숙한 학생으로, 나쁘게 보면 건방지고 톡 바라졌지만 좋게 보면 활달하고 자신만만한 아이였다.

"어디 가시게요? 날씨도 아주 추워졌는데, 갑자기 무슨 일이에요?"

아내는 아이들이 먹은 아침 밥상을 치우면서 쳐다보았다.

형식은 주섬주섬 옷을 입으면서 낭패한 기색이 되었다.

"서클에서 엠티를 가는 날이야. 엠티 갈 때마다 지도교수가 꼭 인솔해야 하는데 그만 깜빡했지 뭐야. 오늘 밤 묵고 내일 돌아올 거야."

"차를 가지고 갈 거예요?"

"원래는 버스를 타고 학생들하고 가면서 소주도 마시려고 했는데 벌써 다들 떠났다니까, 할 수 없지 뭐."

"조심해서 가세요."

아내는 문밖에까지 따라 나오며 말했다. 돈돌이와 돈순이는 각각 학교와 유치원으로 갔으므로 아내는 완전히 혼자 남게 되었다. 아이들은 저희들끼리의 계획이 있었고 싸움이 있었고 평화가 있었다. 작년까지만 해도 엄마·아빠한테 빌붙어야만 살아가더니 1년 사이에 몰라보게 달라졌다. 아내는 큰 작별이라도 하는 듯 대문 밖까지 따라 나와 손을 흔들었다.

혜숙이를 차에 태우고 잠실·성남 그리고 이천으로 가는 산업도로에 이를 때까지 형식은 입을 꾹 다물고 있었다. 혜숙이는 교수가 손수 운전하는 차에, 그것도 단둘이 주말에 승차를 하고 있다는 사실이 아주 기분이 좋은 모양으로 학과 이야기와 서클 이야기 등을 재재거리며 했다. 그래? 그랬었구나. 형식은 짧게 건성으로 대답만 하면서 바로 옆자리에 앉은 혜숙에게서 풍겨나오는 알지 못할 냄새, 이미 아득한 세월에 잊어버렸던 말 못할 청순한 냄새를 감지하면서 열등감 비슷한 느낌에 젖어들었다.

바로 어젯밤에도 그는 암담한 심정으로 아내에게 그것을 요구했고 아내의 깊숙한 곳에 있는 불행한 제왕을 쳐죽일 듯 난폭하게 자신의 열등감을 삽입했다는 생각이 새삼 떠오르자 얼굴을 붉혀야만 했다. 얼굴이 붉어짐과 동시에 아랫도리에 전류가 빠르게 흘렀다. 그는 패배감이나 열등감에 젖었을 때 이상하게도 강렬한 성욕을 느끼는 사람이었다.

"선생님, 가을걷이하는 들 풍경이 꼭 그림 같지요?"

이렇게 순수한 시선을 가진 혜숙이는 지난밤의 형식이의 열등감을 눈곱만큼도 이해할 수 없을 것이었다. 피임도 제대로 못 한 채 성욕만을 앞세우고 돌진하다가는 이번에는 아내에게 소파 수술도 쉽게 못 할 만큼 죄를 지은 형식의 인격을 혜숙이는 눈치도 못 채면서, 형식도 그 나이에 그랬을 순수하고 청순한 시선만을 지니고 있을 것이었다.

"혜숙이는 주말에 뭘 해?"

이천을 지나서 조금 달리다가 다리를 건너서 왼쪽으로 여주로 빠지는 작은 국도로 접어들며 형식이가 말했다. 마장동을 떠나서 한 시간 동안 오는 동안 형식은 저도 모르게 스스로 나이테가 하나씩 없어져 버리는 것 같은 착각에 빠졌다. 암담함과 열등감에서 벗어나서 혜숙이가 바라보는 깨끗한 시야 속에 마주 선 한 사람의 청년이 되고 싶은 욕망이 일어나고 있었다. 주말에 〈KBS 바둑왕전〉이나 보고 〈MBC 권투〉나 보면서 아이들을 야단치고 마누라를 들볶다가 낮잠이나 자는 자신의 더러움에서 탈출하여, 그야말로 그림 같은 야외로 혜숙이를 태우고 훌쩍 떠나온다면 얼마나 좋은 일인가. 형식은 혜숙에게 주말에 뭘 하느냐고 물으면서, 마음속에서 이런 생각이 전광석화처럼 일어났으므로 가슴이 떨리기까지 했다. 마흔 살이 넘었는데 여학생하고 주말 드라이브했다고 흉볼 사람도 없을 터였다.

"면회도 가고, 연극도 보고, 뭐 대중없어요."

혜숙이가 대꾸하면서 껌을 까서 형식에게 건네주었다. 형식은 껌을 받아 입안에 넣었다. 껌에서 나오는 달고 향기로운 맛에 기분도 정말 달콤하니 상쾌해짐을 느꼈다.

"면회를 가다니 누가 군대에 갔나? 오빠 아니면 애인?"

"아뇨, 교도소 면회 가는 거예요."

혜숙이가 말했다. 형식은 그 말을 듣자 갑자기 브레이크를 밟았다. 바로 옆에서 경운기가 털털거리며 가고 있었는데 형식이는 혜숙이의 말을 듣고 하마터면 충돌할 뻔했다.

"지금 뭐라고 했지?"

형식은 필요 이상으로 브레이크를 힘주어서 밟은 채 혜숙의 얼굴을 돌아보며 물었다. 혜숙은 껌을 잘강잘강 씹으면서 웃었다. 볼에 보조개가 예쁘게 패었다가 사라지는 것을 보면서 핸들에서 열쇠를 아주 뽑았다.

"4학년 형이 둘이나 교도소에 가 있어요. 선생님도 아시잖아요? 복학한 남기철이랑 염창소 형이랑, 지난번 서울역 앞 시위 때 잡혀갔어요."

"오……."

형식은 그제서야 혜숙의 말을 알아들었다. 가을걷이가 끝난 들판의 황량함이 갑자기 어두운 음화처럼 흑백이 뒤바뀌어 시야에 들어왔다. 현상된 필름을 쳐들고 추억의 한 토막을 고를 때 느끼던 암담함이 온몸을 휩싸기 시작했다. 시위 - 구속 - 구형 - 선고 등으로 이어지는 암담한 현실의 갈퀴가, 조금 전까지도 주말 드라이브를 꿈꾸던 형식의 모가지를 사정없이 죄어 왔다.

학생운동의 격랑은 비단 어제오늘의 문제만은 아니었다. 이제는 만성병처럼 속속들이 번져서 하루아침에 치유될 수 없는 고질이 되다시피 하여 이 시대의 가장 심각한 사회문제가 되었다. 대학정원이 대폭 증가된 후부터는 한두 집 건너마다 있던 대학입시 재수생이 없어진 대신 이제는 한두 집 건너씩 운동권 학생이 있을 정도로, 흔히 당국에서 즐겨 쓰는 극소수가 이제는 전체 학생의 대부분으로 자리 잡고 있어서 학생운동의 양상이 다양화, 지속화되고 있었다.

"그 녀석들 몸은 건강한가?"

형식은 경운기가 도로 한쪽으로 길을 비켜주기를 기다리면서 혜숙을 쳐다보았다. 혜숙은 씹던 껌을 뱉어냈다.

"그럼요. 갑자기 학구파가 됐어요. 책을 어찌나 많이 읽는지 학교에 다니는 저희들이 오히려 기가 죽을 지경이에요."

"그래? 불온서적을 읽는 건 아닌가?"

"교도소 안에서 읽는 책이 얼마나 건전한지 아세요? 문학·철학·역사 같은 명작만을 읽고 있대요. 대학 캠퍼스에서는 공부를 하지 않다가 그곳에 들어가서 공부를 열심히 한다니 참 이상했어요. 그런데 몇 번 형들을 만나고 나니까 이해할 것도 같아요."

형식은 차의 시동을 걸면서 혜숙의 옆얼굴을 바라보았다. 갑자기 혜숙이가 성숙한 여성으로 느껴졌다. 형식이 모르고 있는 세상물정을 낱낱이 알고 있는, 형식보다도 나이가 든 여인으로 느껴졌다. 형식은 교도소에 가 있는 학생들의 이야기를 더 듣고 싶었지만 그 이야기를 들을수록 혜숙이가 마흔 살, 쉰 살,

마침내는 유관순 할머니로 변신하여, 자기의 따귀라도 갈길 것 같은 두려운 생각에서 입을 다물었다. 차창 앞에 펼쳐지는 농촌의 풍경도 더 이상 그림처럼 보이지 않았다.

조금 가자니까 조그만 마을이 나타났다. 페인트칠이 마구 벗겨진 농업협동조합 공판장 건물과 길옆으로 나앉을 정도로 낮게 지은 조그만 가게들이 벽마다 흙탕물투성이가 된 채 형식의 차가 내뿜을 흙먼지를 기다리고 줄지어 서 있었다. 자전거를 타고 지나가던 청년이 멈추어 서서 적의에 가득 찬 시선으로 차 속을 들여다보았다. 형식은 그 청년의 시선을 피해야 한다는 다급한 생각으로 시동을 걸자마자 힘껏 액셀러레이터를 밟았다. 자동차가 갑자기 속력을 내는 바람에 흙먼지가 심하게 일었다. 먼지를 뒤집어쓰고 주먹을 휘두르는 청년의 일그러진 모습이 백미러를 통해 형식의 눈에 들어왔다.

"선생님들은 운동권 학생들을 그냥 문제학생으로만 취급하시겠지만 저희들은 생각이 달라요. 저희가 직접 해내지 못하는 자기 고백을 그들이 대신해주고 있다고 생각하거든요."

마을을 벗어나자 곧바로 비포장도로로 바뀌었다. 형식의 마음은 울퉁불퉁한 길에서 뒤뚱대는 자동차처럼 불안정해 있었지만 혜숙의 말을 놓치지 않고 듣고 있었다.

"통과제의 같은 것인지도 몰라요. 심한 고통이 수반되지만 그것을 겪고 나면 비로소 완전한 자유의 날개를 달 수 있을 테니까요."

"완전한 자유의 날개? 그게 또 무슨 뚱딴지야?"

"교도소에 면회를 갈 때마다 느끼는 건데요. 그곳에서 복역 중인 형들을 만나보면 그렇게 행복해 보일 수가 없어요. 그들 이야말로 앞으로 얼마든지 비겁해질 수 있는 자유까지도 허락된 사람일 거라는 생각을 했거든요."

문득 몇 년 전의 일이 생각났다. 그때 형식은 K대학교에 갓 부임했을 때였는데, 그가 특별지도를 맡고 있는 변혜자라는 여학생이 있었다. 그때가 유신말기여서 반정부 시위는 철저하게 통제되고 있었는데, 혜자는 시위 주동학생으로 수배를 받고 있다가 그가 책임지도를 하겠다는 보증을 해서 수배자 명단에서 해제시킨 일이 있었다. 지도교수인 형식은 부평에 있는 학생의 집까지 찾아가서 부모를 만난 일도 있었으므로 지도교수의 얼굴을 생각해서라도 다시는 시위에 가담하지 않을 줄 알았다.

그러나 그 학생은 새 학기가 되어도 도서관 옥상에 올라가 유인물을 뿌리고 시위를 주도하다가 덜컥 구속이 된 것이었다. 형식은 괘씸한 생각부터 들었고 또 은근히 지도교수인 자기에게 돌아올 책임이 두렵기도 했다. 구속 – 기소 – 징역 1년, 학생이 스스로 휩쓸려간 과정 속에서 형식은 총장실에 불려가 부임할 때 받은 발령장만 한 크기의 경고장을 받았다. 경고장을 받은 것으로 형식은 그 학생에 대한 섭섭하고 괘씸한 생각과 스스로에 대한 치욕감, 그리고 책임에 대한 두려움이 상쇄되었다고 굳게 믿었다.

그러나 두 학기가 채 지나지 않아서 복역을 마친 그 학생이 불쑥 연구실에 나타났을 때 형식은 아직도 상쇄되지 않은 치욕의 응어리가 남아 있다는 것을 느껴야 했다.

고생이 많았지? 이제 다음 학기쯤에 또 어떤 조치가 내리면 복학이 가능할 테니까 그때까지 참고 기다려. 젊을 때는 혈기만 믿고 실수도 하는 거니까 너무 상심하지마. 가끔 학교에도 놀러 오고 이제 다음부터는 절대로 그런 행동을 하면 못써. 형식이가 이렇게 말했을 때 학생은 배시시 웃으면서 대꾸했다. 선생님 걱정 마세요. 이제 다 해결됐어요. 선생님 속을 더 이상 썩이지 않겠어요. 이렇게 말하는 학생은 불과 1년 전과는 판이하게 평화스러운 얼굴을 하는 것이었다. 도전적이던 얼굴 대신에 마치 모든 것을 다 받아들여서 감싸줄 듯한 온화한 얼굴을 보고 형식은 비로소 가슴속 깊은 곳에 남아 있던 알지 못할 응어리가 바로 저와 같은 평화와 온화에 이르지 못한 치욕에서 연유한다는 사실을 어렴풋이 느꼈던 것이다.

그 후 학생은 복학하는 대신에 몇 달 후에 결혼을 한다고 인사를 왔었다. 신랑이 누구냐는 질문에 그녀는 자기와 비슷한 사람이라면서 농촌에 가서 농사를 짓겠다고 말했다. 그 후 그녀에 대한 소식은 끊어졌지만, 행복하게 신혼생활을 하는 모습을 상상해보기도 했고 또 어떤 때는 소 값이 떨어졌다고 소를 때려죽인 농민의 이야기를 신문에서 읽을 때는 선지피 같은 무서운 빛깔을 한 그녀의 얼굴이 떠오를 때도 있었다. 형식은 이미 그녀가 도달한 삶의 지평은, 약자와 강자 또한 선과 악이 서로 목숨 걸고 끌어당기는 줄다리기의 어느 한 쪽이 아니라, 바로 그 언덕에 올라 줄다리기를 심판하는 쪽에 위치해 있을 거라는 생각을 하게 되는 것이었고, 그러나 이러한 줄다리기와 심판에 대한 명상은 이미 대학교수라는 꼴불견이 겪는 우울과 분노는 재채기와 콧물에 뒤섞여 하얗게 바래져 있었다. 그렇다, 더 이상 명상을 즐길 수도 없게 모든 게 퇴색해져 있었다.

혜숙이가 교도소에 면회를 간다는 말을 하면서 통과제의 또는 완전한 자유라는 당돌한 말을 했을 때야 형식의 가슴속에서 하얗게 바래졌던 명상들이 다시 살아나면서 독침을 가지고 마구 환부를 찌르는 것이었다.

"혜숙이도 통과제의를 치르는 것은 시간문제겠군."

형식은 여주 시내를 벗어나 남한강의 긴 다리를 건너면서 말했다. 다리 아래 강물은 평화스러웠다.

"아녜요, 선생님. 저는 그럴 만한 인간이 못 돼요. 저는 그냥 붙박이 인물처럼 그렇게 살거에요."

"붙박이 인물?"

"왜 있잖아요. 드라마 속에서 대사 한마디 못하면서 그냥 소도구처럼 등장하는 사람 말예요. 그런 붙박이 인물로 사는 게 저는 더 어울려요. 모든 사람이 다 주인공이 되면 어떻게 해요?"

"음, 그럴듯하구나. 그럼 나는 뭔가?"

독백처럼 형식이 중얼거렸다. 다리를 벗어나서 오른쪽으로 강을 끼고 신륵사로 접어들었다. 아직 강변에서 캠핑을 하는 사람들이 있는지 강변 갈대숲 너머로는 텐트가 몇 개 보였다. 그러나 강물 빛과 하얗게 바랜 갈대숲은 그대로 스산하고 추운 겨울의 문턱이었다.

"글쎄요. 선생님은 그냥 관객이 될 수는 없겠고, 그러니깐, 작가? 아니면 해설자? 잘 모르겠어요. 참 애매한데요."

"……."

형식은 쓴 입맛을 다실 뿐 대꾸할 말이 얼른 떠오르지 않았다. 그렇다. 결국 대학교수는 관객도 작가도 해설자도 아닌, 그 무엇도 아닌 무용의 인물, 이미 현장에서 거세되어 있는 박제 인간인지도 모른다.

"바로 저 여관이에요."

혜숙이가 가리키는 여관이 바로 커다란 오동나무 아래로 보였다. 한눈으로 보아도 신륵사 입구에 있는 여관촌 가운데 가장 규모가 작은 여관이었다. 아래층에 매운탕 식당을 번듯하게 경영하면서 위층에 검은빛 알루미늄 샷시로 창문을 해 단 규모가 큰 여관들 사이로 납작하니 엎드려 있는 기와지붕을 한 여관이었다.

형식은 차를 세우고 키를 뽑았다. 집에서부터 두 시간도 채 못 되는 거리를 왔는데도 아주 장거리의 긴 여행을 나온 것 같은 생각이 들었다. 형식이가 혜숙이를 앞세우고 여관으로 들어 가자 방에서 기타를 치고 노래를 부르고 있던 학생들이 우르르 몰려나오면서 인사를 했다. 모두 열댓 명쯤 됐는데 얼굴이 익숙한 학생이 대부분이었지만 개중에는 신입회원인지 전혀 낯선 학생도 보였다.

"선생님, 혜숙이와 데이트하신 기분이 어떠십니까?"

예술연구회 대표를 맡고 있는 명현이는 형식이가 담배를 입에 물자 라이터를 꺼내어 불을 붙여주면서 말했다. 그 바람에 다른 학생이 와 하고 웃었다.

"아주 황홀했네그려."

"와!"

학생들이 또 환호했다.

형식은 학생들과 툇마루에 걸터앉아서 웃고 떠들면서 가슴 한복판에 휑하니 구멍이 뚫린 것 같은 기분을 떨쳐버릴 수가 없었다. 여관 마당 한복판에 서 있는 커다란 오동나무는 손바닥보다도 더 큰 잎사귀를 한꺼번에 몇 개씩이나 떨구고 있는 중이었다. 형식은 숨 쉴 때마다 콧속으로 스며드는 신선한 오동잎의 냄새에 황홀해지면서도, 신륵사까지 오는 동안 차 안에서 혜숙이와 주고받은 이야기가 명치끝에서 되살아나며 가슴을 쑤셔옴을 느껴야 했다. 가슴에서 느껴지는 통증은 곧바로 말 못할 치욕으로 바뀌고 있었다.

교도소. 혜숙이가 짧게 대답한 목소리가 귓전에서 맴돌았다. 형식은 신선한 가을바람을 마시면서도 꼭 한 마리의 벌레가 된 듯한 기분만 자꾸 들었다. 후후 하며 담배 연기를 뱉어냈다.

해충일까. 형식은 자기 자신을 벌레라고 생각하면서 잠시 동안 소름 끼치는 생각에 몰두했다. 여름 내내 곡식을 갉아먹고 풀잎과 나뭇잎을 갉아먹으면서 기승을 떨다가는 가을이 깊어지고 겨울이 몰려오면 주검의 껍질을 뒤집어쓰고 소멸하는 그러한 해충일까.

아니다. 결코. 적어도. 단연코. 하물며. 심지어. 이따위 뜻 없는 말들이 뇌리에서 뒤죽박죽이 되면서 산산이 부서지고 있었다. 더 키워서 죽여야 된대요. 더 키워서. 아내의 목소리가 신륵사 여관 툇마루까지 따라와서 그를 놀렸다.

아내를 임신시켰으면 아이를 낳아 기르는 책임을 뼈저리게 느껴야 할 텐데, 하룻밤의 쾌락을 위하여 잉태된 생명을 무수히 죽여왔던 형식은 자신이 마치 흡혈귀 같은 악마의 일종이라는 생각까지 들었다. 이 나라 이 사회에는 아무런 쓸모도 없는 존재, 정의롭고 순수한 것을 갉아먹는 인간의 탈을 쓴 해충이라는 생각도 자꾸만 들었다.

"선생님, 식사 준비할 동안에 신륵사에 다녀오세요."

마당에 서 있는 오동나무만 쳐다보면서 한동안 무료하게 앉아 있자 학생들이 이렇게 말했다. 형식은 툇마루에서 일어섰다. 어깨가 천근같이 무거워서 가벼운 마음으로 산책을 할 기분이 영 나지 않았지만 학생들한테 등을 떼밀리다시피 하여 여관을 나섰다.

3

이튿날은 아침부터 찬비가 내렸다. 기온도 내려가서 형식은 잠자리에서 일어났을 때 가벼운 감기 기운까지 느꼈다.

머리맡에는 빈 술병이 어지럽게 널려 있었다. 형식은 깔깔해진 입맛으로 우선 담배를 한 대 피워 물었다. 어제 저녁 학생들과 어울려서 과음을 했다는 생각과 교수로서의 체면은 아랑곳하지 않고 너무 지나치게 놀아난 것은 아닐까 하는 후회가 목젖까지 올라왔다. 머리도 띵했다.

학생들이 묵는 커다란 방에 모여 기타를 치고 노래 부르고 그 사이사이로 시대의 정신과 예술의 높낮이를 논하고 나서도 또 자기 방으로 학생을 몇 데리고 건너와서 마신 기억만 나고, 무슨 이야기를 했는지 어떻게 자리를 펴고 잠이 들었는지는 전혀 생각나지 않았다. 과음을 한 다음 날 아침에 느끼는 이러한 열등감이 형식은 언제나 괴로웠지만, 또 언제나 같은 짓을 되풀이하고 있었다.

형식이 방문을 열자 아침 식사 준비를 하던 여학생들이 인사를 했다. 모두들 추워서 얼굴이 빨갛게 되었는데도 학생들은 그냥 즐겁기만 한 모양이었다. 겨울비를 그대로 맞으면서도 넘쳐나는 젊음을 숨길 수 없는 그들이었다. 학생들이 끓여주는 커피를 한 잔 마시자 속이 좀 풀리는 듯했다.

"이 녀석들은 아직도 잠을 자나?"

남학생들이 한 명도 보이지 않아서 형식은 방문을 열어보았다. 녀석들은 세상모르고 자고 있었다. 쓰러진 술병처럼 머리를 사방으로 두고 서로서로 뒤엉켜 잠을 자는 모습을 한동안 보다가 형식은 방문을 도로 닫았다. 녀석들, 남자의 천부적인 권리를 만끽하누나. 형식은 씁쓰레하게 웃었다. 여학생들은 아무런 불평도 없이 남학생들이 일어날 때까지 식사 준비를 하면서 그냥 즐겁기만 한지 재재거리며 떠들었다. 찬 펌프물에 코펠을 씻고 쌀을 일고 하느라고 여학생들의 손은 빨갛게 얼어 있었다.

　형식은 툇마루에 걸터앉아서 여학생들의 모습을 한동안 물끄러미 지켜보았다. 남학생들은 따뜻한 방에서 늦잠을 자고 여학생들은 겨울비를 맞으며 마당에서 아침 식사 준비를 하고 있다……. 이런 모습이야말로 우리 한국인들의 꾸밈없는 형상이 아닐까. 이데올로기의 대립이나 계층 간의 갈등 또는 전공 학문의 서로 다름에서 오는 대립이나 모반도 없이 그냥 남과 여의 진정한 모습은 바로 이러한 장면이 아닐까 하는 생각이 들었다.

　예술과 현실의 숙명적인 대립과 배신 속에서 언제나 가식적인 모습으로 밖에는 살 수 없었던 학생들이었는지도 모른다. 자유와 인권을 위하여 투쟁하다가 투옥된 사람이 겪는 고난은 이 시대를 사는 모든 이들에게 지워져 있는 형이상학적인 십자가임에 틀림없지만, 그 십자가 아래에서도 풀씨가 싹트고 민들

레꽃이 피듯 그렇게 자연의 모습은 또 끊임없이 이어지는 것이라는 생각이 들었다. 학생서클에서 엠티를 가면 시위 모의를 할지도 모르기 때문에 언제나 지도교수가 현장지도를 나가야 하는 것이 방침이었지만, 툇마루에 걸터앉아 있는 그때의 형식은 그러한 규율과는 상관없는 자유인의 상념에 싸여 있었다.

식사를 끝내고 났을 때 경찰지서에서 경찰관이 그들을 찾아 왔다. 학생의 숫자와 수련 목적을 수첩에 적더니, 형식을 보고는 어색하게 웃으며 거수경례를 뒤늦게 했다.

"요즘 하도 불온서클이 많아서요. 수배학생들을 은신시켜주기도 하고 연합시위를 모의하기도 하기 때문에 여간 신경을 쓰는 게 아닙니다."

경찰관은 묻지도 않은 말을 하고 돌아갔다. 학생들은 제 속에 숨어 있던 자유인의 기질을 이 기회에 마음껏 발휘하여 몽땅 발산시키고 싶다는 듯 기타를 치고 노래를 부르고 했다. 어제 혜숙이가 했던 통과제의라는 말이 문득 생각났다. 시위를 주동하여 교도소에 한 번 다녀와야지만 이 시대를 사는 젊은 지성인으로서의 몫을 다했다는 생각이 든다는 이야기와 마찬가지로, 지금 이 학생들도 이렇게 엠티를 와서 마음속에 숨어 있는 자유인의 기질을 마음껏 발산해야만 또 다른 의식을 통과하는 것이라는 생각을 하고 있을 것이었다. 나도 이렇게 고민하고 있다는 스스로의 변명도 변명이려니와, 무엇보다도 수감되고 퇴학되는 학생들과 무관하지 않다는 연대감과 자부심을 인식해야만 하는 것인지도 몰랐다.

강의실에서는 시대와 문학의 관계를 짓궂게 질문하여 애를 먹이다가도 야외로 나오면 강의실의 무거운 공기를 말끔히 잊고 이미 그들과는 상관없이 흘러가버린 우울과 낭만을 모방하려고 드는 것은 정말 불가사의한 일이 아닐 수 없었다. 형식은 이런 학생들이 더할 수 없이 좋았다. 어둠과 불신뿐인 오늘의 시대에서 이와 같은 최소한의 인간관계마저 없다면, 서로의 이념 때문에 죽창으로 찌르던 비극적 인물들과 무슨 차이가 나겠는가. 조금 전에 경찰지서에서 나온 경관이 이 일 저 일을 물었을 때도 학생들은 기타를 치고 노래를 부를 뿐, 가타부타 말 한마디도 안 했다. 이미 학생들은 이 시대를 사는 방법에 대하여 이를 악물고 길들여진 것이라는 생각을 하면서 형식은 일종의 자조감을 맛보고 있었다.

아침 식사를 하고 난 뒤, 형식이 먼저 떠나겠다는 이야기를 하자 학생들은 서운해하면서도 붙잡지는 않았다.

"선생님은 지금도 학생시절을 그리워하시죠?"

여학생 하나가 이런 말을 했다.

"어젯밤에 술 드시는 것 보니까 선생님이 꼭 학생 같은 생각이 들어서 하는 말입니다."

형식은 순간적으로 얼굴이 붉어졌다.

"왜, 내가 무슨 실수를 한 모양이구나."

"아닙니다. 그 반대예요."

"학생지도 나온 교수님 같지가 않고 꼭 친구같이 느껴졌습니다."

그 말에 학생들이 와르르 웃었다. 형식도 웃음이 나왔다.

"그래? 하지만 내가 교수라는 것이 슬프구나. 자, 이제 나는 일어설게. 공연히 시국 이야기 시끄럽게 하지 말고 조심들 해. 다들 몸조심해야지."

"네네, 알았습니다. 드디어 교수님 같은 말씀을 하시는군요."

학생들도 형식도 모두 웃었다. 모두 알고 있었다. 아마 이러한 말로는 아무런 효과가 없을 만큼 요즘 돌아가는 시국은 일종의 탁류와 같았다. 거기에서 한 종지의 물을 떠서 올리면 종지 안에서야 금방 탁류는 가라앉지만, 그것이 어찌 탁류의 흐름을 맑게 하고 잔잔하게 할 수 있으랴. 그러나 교수들은 이 자명한 사실도 제대로 모르고 언제나 똑같은 일을 되풀이하고 있는 바보들이었다.

예술연구회 회원인 너희들이나 나는 모두 종지 속의 물이다. 그 보이지 않는 미미한 H_2와 O다. 특별지도보고서. 별다른 과격성은 보이지 않음. 학비 조달에 애로를 겪고 있으나 불온서클 가입 사실은 없음. 운동권 학생들에 대하여 별다른 태도를 보이지 않음. 구류 10일 받은 사실은 있으나 앞으로는 학업에 열중하겠다고 약속함. 이렇게 보고서를 쓰게 한 학생도 시위가 일어나면 언제나 종지를 뛰쳐나가서 또 앞장을 서는 것이며, 누구도 건져낼 수 없는 탁류 속으로 깊이깊이 빠져가는 것이었고, 교수들은 언제나 특별보고서를 또 작성하면서 스스로가 개만도 벌레만도 못하다는 사실에 이를 악물고 있었다.

형식은 학생들의 전송을 받으며 신륵사 여관촌을 빠른 속도로 빠져나왔다. 빗줄기가 한결 가느다랗게 끝없이 이어질 것같이 촘촘하게 내리고 있었다. 차 안이 추워서 형식은 히터를 틀었다. 더운 바람 대신 찬 바람이 나와서 도로 끌까 하다가 그냥 두었다. 겨울비, 아니 늦가을 비치고는 몹시도 심술궂게 내리는 비였다. 큰길로 나와서 형식은 우회전을 했다. 올 때와는 다른 길로 해서 가고 싶었다. 문득 아내의 얼굴이 차창에 어른거리는 듯했다. 하룻밤 사이에 무슨 일이야 없겠지만 은근히 겁이 났다. 갑자기 이상이 생겨서 택시를 잡느라고 찬비를 맞고 있는 것은 아닐까. 잘 먹여서 더 키워야 된다구? 의사의 말이 생각나자 형식은 심한 분노를 느꼈다. 죽어서 꺼낼 놈을 잘 먹이라니. 의사의 말을 곧이 곧대로 듣고 귤이다 과자다 하며 야금야금 먹던 아내의 얼굴이 생각나자 더 화가 났다. 자기 자신에 대한 화였다.

모퉁이길을 하나 지나자 조그만 동네가 나왔다. 이제 아무도 찾지 않는 관광지에 인접한 동네는 빗속에 갇혀 집들도 하나같이 문이 닫혀져 있었다. 제철에는 옥수수와 과일을 내다가 팔면서 튼튼한 의욕을 마구 보여주던 소박한 사람들이 모두 일찍 몰아닥친 추위에 갇혀 있다는 생각이 들었다. 형식도 추위를 느껴서 히터 스위치를 강한 쪽으로 더 틀었다. 그러나 추운 바람이 쏴 하고 뿜어져 나왔다. 형식은 몇 번 스위치를 돌려보다가 껐다. 엔진이 상당히 열을 받고 있는데도 히터는 감감 소식이었다.

형식은 동네를 지나 빠른 속도로 차를 몰고 언덕을 올라갔다.

"아."

언덕 위에 올라섰을 때 형식의 입에서 탄성이 새어 나왔다. 형식은 차를 급히 세웠다. 한참 동안 그대로 앉아서 앞을 바라보았다. 멀리 커다란 산이 보였다. 산이 하얀빛으로 빛나고 있었다. 눈이었다. 첫눈이었다. 형식은 가슴이 마구 떨릴 만큼 감동했다. 전혀 예기치 않았던 첫눈이었다. 산의 허리께까지가 온통 흰 빛이었다. 흔히 기온이 떨어진 늦가을에 전방의 고지에 일찍 눈이 내린다는 이야기는 들었어도 이렇게 형식이는 가까운 거리에서 첫눈의 광경을 보게 될 줄은 생각도 못 했다. 전혀 예상하지 않은 상태에서 맞이하는 첫눈의 광경은 형식의 내부 깊숙이 숨어 있던 스스로의 실체를 오랜만에 깨닫게 해주는 알지 못할 힘을 지니고 있었다. 그 자신 까맣게 잊고 있었던 자신의 순결한 꿈을 실로 오랜만에 다시 보는 느낌이었다.

그는 차에서 내려 말없이 눈 덮인 산을 바라다보았다. 마침 우산을 쓰고 지나가는 소년이 있었다. 형식은 손으로 멀리 보이는 산을 가리켰다.

"저 산 이름이 뭐니?"

소년이 멈춰 서서 그를 빤히 쳐다보았다.

"산 이름 말이에요? 몰라요. 우린 그냥 큰 산이라고 해요."

"큰 산? 그래도 무슨 이름이 있을 것 아니냐?"

"없어요. 저딴 산이 무슨 이름이 있겠어요?"

소년은 이렇게 말하며 형식이가 이상하다는 듯 우산 자루를 뱅뱅 돌리고 서 있다가 마을 쪽으로 걸어갔다.

형식은 한동안 멍하니 서서 멀리 눈 덮인 산을 바라보고 있었다. 마음속에 전혀 겨울을 예상하지 않고 있다가 맞닥뜨린 첫눈의 광경은, 탁류와도 같던 일상에 갇혀 있던 그를 홱 나꿔채서, 그가 꿈꾸며 살아오던, 이제는 아득해져 버린 어떤 순결을 순간적으로 그의 눈앞에 갖다 댄 것과도 같았다. 첫눈을 기다리다가 마침내 첫눈이 내리는 날이면, 은백색의 무수한 새 떼들이 일제히 날갯짓을 하면서 날아오르는 것과도 같은 광경에 가슴이 뛰던 그 순결한 알몸뚱이와, 지금 대학교수입네 하면서 문제학생의 특별보고서나 작성하고 온갖 보이지 않는 꼴불견 짓을 숨어서 하는 양복 입고 넥타이 맨 모습이 형식의 가슴 한복판에서 서로 칼부림을 하고 있었다. 형식은 소년이 말한 대로 눈 덮인 산을 한번 불러보았다.

"큰산······."

그는 서둘러서 차에 올랐다. 그제서야 찬비를 맞은 몸이 으스스 떨려옴을 느꼈다. 서울 시내로 접어들자 비가 뜸해졌다. 그러나 가로수 가지가 꺾여질 듯 바람이 세게 불고 있었다. 잎을 떨구어버린 앙상한 나뭇가지들은 일찍 찾아온 추위에 오들 오들 떨면서 앙상하니 슬픈 모습을 했다. 길에는 오가는 사람들도 별로 없었다. 모두들 집에 갇혀서 보나 마나 한 텔레비전의 뉴스와 코미디를 틀어놓고, 뭔지 모를 보이지 않는 힘에 의하여 관습처럼 길들여진 체념과 공포에 주눅 들어 있을 것이었다. 누가 딱 부러지게 뭐라고 겁을 주지도 않았는데 지레 겁을 먹고 판쓸이니 파국이니 하는 무시무시한 악몽에 시달리고 있을 것이었다.

"날씨가 고약하죠?"

집에 도착하자마자 아내가 대문을 따주면서 말했다. 아내는 추위를 과장하려고 너스레를 살짝 치면서 팔짱을 끼고 현관으로 끌어들였다. 아내에게서 그때 심하게 여자냄새가 났다. 그렇지, 지금 아내는 임신 중이야. 여성다움이 몸의 구석구석에서 뿜어져 나오는 바로 그때야. 형식은 어이없어 하면서도 그러한 아내의 여성다움이 아주 싫지만은 않았다.

"오늘 아침 첫눈이 내렸어. 신륵사에서 오다가 봤는데 산이 온통 하얗게 덮였지 뭐야. 생전 처음 첫눈을 본 것 같은 느낌이었다구. 가슴이 막 뛰던데."

형식은 아내를 따라 마루로 올라서면서 들뜬 음성으로 말했다.

"첫눈이라뇨? 여긴 비가 왔는데."

아내는 대수롭지 않다는 듯 대꾸했다. 텔레비전을 보던 돈돌이와 돈순이가 형식의 무릎으로 달려와서 서로 앉으려고 떼를 썼다. 돈순이가 이겼다.

"써클에 여학생들도 많죠?"

"왜?"

"그냥요."

아내는 형식의 얼굴을 잠시 바라보다가 배시시 웃으며 귤을
까기 시작했다. 그 모습을 보면서 형식은 자신의 위선과 치욕
이 귤껍질처럼 하나하나 벗겨져서 내동댕이쳐지는 듯한 기분
이 들었다.

"그럼 많지. 왜 질투하는 거야?"

"아뇨. 그냥요. 하룻밤 동안 당신이 젊은 학생들과 지내서 그
런가 봐요. 저는 첫눈이 와도 아무런 감흥이 없을 거예요. 그냥
다가오는 추위가 겁이 날 뿐이에요. 그런데 당신은 첫눈을 보
고 가슴이 막 뛰었다니, 어쩐지 거리감이 느껴져서 그래요."

아내는 귤을 먹으면서 눈물을 글썽이기까지 하는 것이었다.
형식은 신륵사로 가면서 혜숙이가 통과제의라는 말을 했을 때
처럼 아내의 말을 듣고 놀랐다. 학생과의 사소한 대화에서는
물론 평범한 아내와의 교감에 있어서도 대학교수는 바야흐로
완전히 만신창이가 돼버렸다는 생각이 형식의 가슴을 송곳날
처럼 찌르고 있었다. 그렇다. 아내가 첫눈에 대하여 아무런 감
동도 느끼지 못하는 것이야말로 이 시대의 꾸밈없는 실상과
맞닿아 있는 것이다. 첫눈이 다 뭐냐. 모두들 다가오는 추위가
무서울 뿐이다. 또 언제 어디서 불쑥 몰아닥칠지 모르는 더 끔

질긴 공포가 무서울 뿐이다. 그래서 봄·여름·가을을 온갖 치욕을 참으며 목숨을 지탱하고 있는 것이다. 첫눈을 보고 한동안 맛보았던 자신의 순결 같은 것은 이제 형식에게 있어서 아무런 가치도 없는 허구의 것에 불과하다. 형식은 한동안 이러한 슬픔과 탄식을 담배 연기에 섞어서 폐부 깊숙이 들이마셨다가 내뱉었다.

점심을 먹고 형식은 완전히 패배의 심정이 되어 잠이 들었다. 대학신문에 써주어야 될 20매짜리 원고가 문득 생각났지만 손끝 하나 까딱하기 싫었다. 잠을 자면서는 개꿈도 꾸지 않았다. 저녁때가 다 돼서야 잠에서 깼다. 머리가 띵하니 기분이 안 좋았다. 아이들이 마루에서 쿵덕거리며 행복하게 노는 소리를 들으며 형식은 기지개를 한 번 했다.

그가 막 일어나려고 하는데 아내가 방으로 들어왔다. 아내는 한 손으로 그의 이마를 짚어보면서 옆에 쪼그리고 앉았다. 환자를 대하는 듯한 얼굴을 하고 아내는 말했다.

"몹시 피곤한가 봐요. 잠꼬대까지 하고. 어젯밤에 학생들과 술을 많이 마셨죠?"

"응, 학생들하고 어울리면 늘 그렇지 뭐."

이마를 짚은 아내의 손에서는 차가운 감촉이 계속해서 전해져 왔다. 형식은 아내의 얼굴을 두 손으로 끌어당겨 입술에 키스를 했다. 입술은 차가웠지만 바로 입술 안에 숨어 있는 아내의 모든 것은 뜨겁고도 뜨거웠다.

"정말 수술받을 거예요?"

아내가 이렇게 물었지만 형식은 무슨 말인지를 알아듣지 못했다.

"그 수술 말예요."

아내는 형식의 넓적다리를 손가락으로 찌르며 묘한 소리로 웃었다. 정관수술이라는 것을 알아차린 형식은 아주 단호한 눈빛으로 고개를 끄덕였다. 정관뿐만이 아니라 아주 그놈을 송두리째 뽑아버리겠다는 듯.

"수술하지 말아요. 앞으로는 제가 조심을 할 테니깐. 당신이 그렇게 싫어하는 수술을 한다니까 기분이 이상해요."

"제왕절개하는 일이 더 급한데, 그까짓 거 신경 쓰지 말아요. 나도 이번 기회에 결행을 해야지."

형식은 갑자기 웃음이 나왔다. 그 문제에 관한 한 아내야말로 충분한 발언권이 있는 것이다. 정관수술을 하면 남자의 진짜 알맹이는 다 거세되고 그냥 허세만으로 애정의 흉내를 내는 것과 다름이 없을 것이었다. 그렇다면 여자 쪽도 마찬가지이다. 불임수술을 하면 진짜 애를 배는 여성의 참된 기능은 소멸하고 그저 구멍 난 비닐봉지처럼 껍데기만 남는 것과 다름이 없다.

아내는 지금 나의 정관수술을 반대할 뿐만 아니라 배 속에서 수술을 기다리는 아기의 목숨도 살리고 싶은 거야. 분명해. 귤을 쉴 새 없이 까먹는 것 좀 봐. 떼어낼 놈이라면 저럴 수가 없지. 자꾸자꾸 여자 냄새를 풍기며 대드는 것도 다 꿍꿍이속이 있어서야. 정말 그놈을 그냥 낳아 기르면 나중에 제왕이 될지도 모르지. 에라, 다 집어치우고 그냥 아내의 튼튼한 자궁에다가 씨나 자꾸 뿌릴까. 사랑으로 만든 생명은 순결 그 자체일 테니까 씨를 계속해서 뿌린다? 얼씨구, 내 꼴이 참 불쌍하군. 형식은 잠깐 생각에 잠겼다가 아내를 바라보았다. 아내는 탐욕스럽게 귤을 까먹고 있었다. 형식은 아내가 사랑스럽다는 생각이 문득 들었다.

"당신, 이번에 아기 낳고 싶은 거지? 처음부터 그럴 속셈이었지?"

그때 전화벨이 울렸다. 형식은 마루로 나와서 전화를 받았다.

"이형식 교수님 댁입니까? 네, 네, 여긴 교학과입니다."

"무슨 일이오?"

형식은 깜짝 놀랐다. 일요일인데 무슨 대학 비상사태라도 생긴 것일까. 학기 내내 대학에는 비상사태가 불연속적으로 이어졌기 때문에 새삼스레 놀랄 것은 없었지만, 그러나 이제 종강이 다되고 더구나 이렇게 날씨가 갑자기 추워졌는데 비상이 걸렸다면 심상치 않은 일이었다.

"예술연구회 학생들이 엠티 갔다 오다가 불심검문에 걸렸습니다. 지도교수께서 나오셔서 해결해야 할 것 같습니다."

"알았소. 곧 나가겠소. 지금 학생들은 어디 있습니까?"

"일부는 서로 잡혀갔고 나머지는 학교로 데려왔습니다."

일이 나쁘게 뒤틀려가고 있다는 생각이 들었다. 골치 아프다……. 옷을 입으며 형식은 이렇게 중얼거렸다. 참을 수 없는 울분이 목젖까지 올라왔다.

"일이 생겼나 보군요."

아내가 근심 어린 얼굴을 했다. 뱃속에 제왕을 잉태한 아내는 오직 평화를 원할 것이었다.

"김소월과 돌멩이가 또 서로 사생결단을 한대."

형식은 자조적으로 말했다. 아내는 그게 무슨 뜻을 숨긴 말인지도 모르면서 표정이 점점 절망적으로 변해갔다.

형식은 차를 급하게 몰았다. 날씨는 여전히 고약했다. 찍찍거리는 잡음 사이로 들리는 라디오에서는 내일 아침 수도권의 기온이 영하로 급강하한다는 일기예보가 나왔다. 모든 게 쌀쌀하게 얼어붙어서 마침내는 사람들조차도 오금을 못 펴게 날씨는 기승을 부릴 모양이었다. 녀석들이 엠티를 간다고 속이고 무슨 엉뚱한 모의를 하다가 발각된 것일까. 그러나 어젯밤에 술 마시고 노래 부를 때의 모습에서는 전혀 그런 낌새가 없었다. 서울로 돌아오는 버스 안에서 노래 부르다가 검문소에서 경찰관이 검문을 할 때 승강이가 일어난 것일까. 형식은 이런저런 생각을 하면서 한편으로 자기의 꼴이 참으로 불쌍하다는 자조감을 억누를 수 없었다.

캠퍼스의 석조 건물은 그날따라 더욱 차갑고 견고하게 보였다. 교문을 들어서자 정문에서 수위 아저씨가 경례를 했다. 수위는 언제나 커다란 마스크를 하고 있었다. 교문은 언제나 가장 치열한 격전장이었으므로 시위가 하루 이틀 멈추어도 주변에는 최루가스가 그대로 남아 있었다. 특히 그날처럼 바람이 세게 부는 날이면 여기저기에서 가스가 바람을 타고 다시 퍼져 올랐고 잔디밭이나 나뭇가지에 묻어 있던 가스도 심하게 퍼져났기 때문에 교문을 지키는 수위는 언제나 마스크를 착용해야 했다. 방독면을 쓰고 교문을 지킬 때도 있어서 그럴 때면 꼭 우주인의 캠퍼스로 들어오는 듯한 착각이 일어났고 이러한 착각은 언제나 교수와 학생들을 주눅 들게 만들고 있었다.

교학과에 도착하자 학생지도 담당직원이 나왔다.

"일요일에 쉬시지도 못하게 해서 죄송합니다."

"피차일반이오. 그래 학생들은 어디에 있소?"

형식은 교학과 소파에 앉으며 담배를 피워 물었다. 이렇게 대학은 공휴일에도 각 단과대학별로 비상근무를 하면서 학생지도에 만전을 기하며 있는 셈이었다.

"지금 옆방에서 자술서를 쓰고 있습니다. 회장 최명현 오혜숙은 서에서 연행해 갔습니다. 너무 걱정하지 마십시오."

"무슨 일을 저질렀답니까?"

"교도소에 복역 중인 학생을 위하여 무슨 후원회 같은 것을 조직했답니다. 그런 후원회가 곧바로 운동권의 하부조직이 되고 또 시위의 준비자금을 모금하는 일과 연결된다는 판단에서 신경을 곤두세우고 있는 판에 걸려든 모양입니다."

그는 이렇게 말하면서 별 대수롭지 않다는 얼굴을 했다. 공공건물 점거농성과 같은 과격한 학생운동을 수없이 겪은 교학과 직원으로서는 이까짓 일은 정말 대수롭지 않은 것이었다.

"예술연구회 회원들이야 운동권과 바로 밀착되지는 않았을 거요."

"교수님, 그건 모를 일입니다. 요즘은 탈춤반이나 서예반도 운동권의 방계조직이거든요. 아, 저기, 진 교수님도 오시네요."

그는 창밖을 가리켰다. 형식은 깜짝 놀라 일어서서 창밖을 내다봤다. 진 교수가 고개를 앞으로 푹 숙인 채 걸어오고 있었다. 바람이 세게 불어서 그의 머리칼이 마구 흩날렸다.

진 교수는 교학과로 들어오면서 형식을 보자 손을 번쩍 들었다.

"어, 반갑구려. 그쪽에도 문제가 생겼수?"

"서클 학생들이 연행됐다는구먼. 진 교수 같은 유능한 양반이 웬일이오?"

"우리 과 학회실에서 불온 유인물이 적발됐대요. 학과장이 나와서 확인을 해달라니 이렇게 달려올 수밖에. 따분하게 집에 틀어박혀 있다가, 아이구 잘 됐다 싶어서 얼른 나왔소. 마누라는 내가 무슨 큰일이라도 하러 나오는 줄 알고 호들갑을 떨더구만. 시대가 움직이는 꼴을 제대로 알지도 못하면서 여편네가 괜히 방정맞게."

진 교수는 죄 없는 자기 아내를 욕하고 있었다. 교학과 직원은 좀 민망한 얼굴로 그의 앞에 유인물 한 뭉치를 가져왔다.

"됐소. 보나 마나 뻔한 거겠지. 나는 도장이나 찍읍시다."

그리고는 보고서에 도장을 꽉 찍었다.

"학내에서 발견된 유인물은 그날 즉각 보고를 해야 되거든 요. 진 교수님, 죄송합니다."

"천만에, 천만에."

진 교수는 머리를 가로저었다. 한동안 침묵이 흘렀다. 형식 은 고개를 돌려 창밖을 내다보았다. 당직실에 근무하는 낯익 은 용원 아저씨가 나무숲 사이에서 일을 하고 있는 모습이 보 였다. 이 추운 날에 무슨 일일까. 바람이 창문을 덜컹거리게 했 다. 모두들 재채기를 해댔다. 가스는 창틀에도 의자 밑에도 서 랍에도 구석구석 숨어 있다가 그 실체를 드러내야만 마지막 본분을 다하는 것이었다. 텅 빈 캠퍼스에 가스만 살아서 구석 구석 끝까지 날뛰는 것이었다.

잠시 뒤에 예술연구회 학생들이 교학과로 들어왔다. 그들은 형식을 보자 고개를 푹 수그렸다. 어젯밤에 함께 웃고 떠들 때 와는 달리 모두들 풀이 죽어 있었다.

"자술서는 학교에서 참고로 받아두는 겁니다. 교수님, 한 말 씀 해주시죠. 이 학생들은 바로 귀가조치할 테니까요."

교학과 직원이 이렇게 말했지만 형식은 할 말이 없었다. 그래 서 그냥 빙그레 웃으며 학생들의 어깨를 한 번씩 가볍게 쳤다.

"선생님 죄송해요. 그런데 명현이 형이랑 혜숙이는 어떻게 되지요?"

형식은 대답 대신 교학과 직원을 쳐다보았다.

"별일은 없을 겁니다. 조금 전에 서로 연락했더니 내일 아침 풀어준답디다. 교수님의 지도각서가 필요할지도 모르지요."

그도 생각했던 것보다는 일이 쉽게 해결이 나는 것 같은지 학생들을 바라보며 웃었다. 그리고는 우스개 삼아 말했다.

"학생들 한번 뜨끔한 맛을 보여주려고 했는데…… 하하."

"그럼, 너희들은 돌아가 봐라. 조심들 해."

형식이가 이렇게 말하자 학생들은 모두 밖으로 나갔다.

"어때, 생각 있어?"

그때까지 가만히 앉아 있던 진 교수가 손가락을 쳐들며 말했다.

"서에 가보지 않아도 될까?"

형식이가 말하자, 교학과 직원이 잠깐 생각하더니 대꾸했다.

"내일 풀려나올 때 가셔서 지도각서를 쓰시면 되겠죠. 아까는 일이 커질 것 같아 부랴부랴 연락을 드렸던 건데, 오늘은 돌아가셔도 될 겁니다. 서에는 저 혼자 가보죠."

형식은 진 교수와 함께 사무실 밖으로 나왔다. 도서관 앞 광장에도 학생은 별로 보이지 않고 추운 바람만이 먼지와 휴짓조각을 날리며 날뛰고 있었다. 가스가 또 심하게 퍼져 올랐다.

"벌써 겨울이다……."

진 교수가 혼잣말처럼 뇌까렸다.

"우리의 꿈은 뭐지?"

형식이가 혼잣말처럼 이렇게 말하자, 진 교수는 어이없다는 듯 작은 소리로 허허 웃었다. 도서관 앞 나무가 우거진 언덕에서 용원 몇이 일을 하다가 그들을 보고 허리를 펴서 인사를 했다.

"아저씨들, 추운데 거기서 무슨 일을 하시오?"

형식이가 다가가며 묻자 용원은 손을 들고 있던 짚뭉치를 쳐들어 보이며 말했다.

"벌레 잠복소 섶을 만들어 다는 중입죠."

짚을 가지런히 묶어서 섶을 만든 다음 나무 밑동에다가 새끼로 동여매며 용원들은 쉴 새 없이 재채기를 했다.

"그래요? 그렇다면 아저씨들 공연히 헛수고하는 겁니다. 여기 무슨 놈의 벌레가 있다고 그런 잠복소를 해 답니까? 최루탄 가스에 송충이들까지 모두 없어졌다는 걸 모르시오?"

나무의 밑동에다가 벌레의 잠복소 섶을 해 단 다음 이듬해 봄에 그놈을 거둬서 불에 태우는 것은 흔히 알려진 기본적인 방법이지만, 적어도 대학 캠퍼스의 나무에는 그런 것들이 필요 없게 되었다. 한창 번식기가 되어 기승을 부릴 때는 연구실 안에까지 기어들던 송충이나 다른 벌레들이 말끔히 사라져 버린 지가 벌써 몇 해 전의 일이다. 나무숲에 기생하던 온갖 벌레들은 최루탄 가스에 쫓겨 다 사라지고 이제는 텅 빈 나무숲만 남았다.

"예, 물론 그렇습죠. 하지만 이 잠복소는 나중에 불에 태우려고 만드는 게 아닙죠. 벌레 중엔 해충만 있는 게 아니죠. 혹시 남아 있을지도 모르는 익충의 알이나 유충을 겨울 동안 보호하려고 이걸 만드는 거지요. 벌레가 있으면 나무숲도 차츰 제 모습이 돼 가겠죠. 저 까치집에도 몇 년째 까치가 날아오지 않는다오."

용원은 허리를 펴고 나뭇가지 꼭대기의 빈 까치집을 가리켰다. 벌레도 없고 새도 날아오지 않는 나무숲에는 추운 겨울바람을 타고 가스만 쉴 새 없이 날아오를 뿐이었다. 용원의 말을 듣고 형식은 온종일 욱신거리며 쑤시던 머리가 갑자기 깨끗하게 가셔진 듯한 기분이 들었다. 진 교수도 같은 기분인지 잠복소 섶을 밑동에 두르고 서서 바람에 춥게 흔들리는 나뭇가지를 말없이 쳐다보고 있었다.

(현대문학, 1987)

1억 년 전의 새 발자국

《대구연합통신》 - 1억 년 전의 새 발자국 화석 5백여 마리 분이 경상남도 고성에서 발견돼 관련 학계의 큰 관심을 모으고 있다. 경북대학 지구과학과 양승영 교수(49)와 미국 콜로라도 대학 록클리 교수(45)로 구성된 화석 공동연구팀은 19일 경남 고성군 하이면 덕명리 속칭 쌍바위 해안 일대 3곳에 대한 지질조사를 하던 중 경상계 상부층인 진동층 암석 속에서 3종류의 새 발자국 화석 5백여 마리 분을 발견, 지질학계에 보고했다. 공동연구팀이 발견한 이들 새 발자국 화석은 20개 지층면에 위치, 지금까지 발견된 일본 등 7개국의 새 화석 가운데 가장 폭넓은 지층면에 분포됐다는 것이다. 가장 큰 화석은 길이 7cm 폭 5cm 규모인데 이번의 새 발자국 화석 발견은 중생대 백악기의 기후, 지형 등 환경 및 시조새 이후 새의 진화과정 등에 관한 중요 연구자료가 되는 것으로 평가되고 있다.

(한국일보, 199×. 8. 20)

1

새 발자국 화석에 대한 환상이 그의 머릿속에 자리 잡은 것이 정확히 언제부터였는지는 그도 잘 알 수 없는 일이었다. 그는 신문 기자도 지질학자도 또 소설가도 아니었지만 1억 년 전의 새 발자국 화석이 발견되었다는 신문기사를 처음 읽었을 때부터 이상하게도 언젠가 새 발자국을 찾아갈지도 모른다는 생각을 은연중에 하고 있었는지도 몰랐다. 1억 년 전 한반도의 남해안을 날아다니던 새의 날갯짓 소리를 들을지도 모른다는 예감은 그 후 몇 년 동안 그의 의식의 밑바닥에서 간헐적으로 꿈틀거리곤 했었다.

지난여름 출판인협회의 20여 명 회원과 함께 중국 길림성 연변 조선족 자치주를 방문하고 돌아온 일이 있었다. 백두산 천지 순례길에서 하늘 높이 날아오르는 큰 솔개와 큰부리까마귀를 보았을 때도 그의 머릿속에 1억 년 전의 새 발자국 화석의 환상이 떠오르고 있었다. 그때 연길에서 만난 조선족 여류 시인한테서 북한 땅으로 밀입국하여 종적을 감춘 그녀 아버지의 이야기를 들었을 때도 둥지를 찾아 창공을 날아가는 큰 새의 환상이 떠올랐다. 중국에서 돌아올 때 그는 조선족 여류 시인이 자기 아버지의 생애를 조명한 원고를 가지고 왔다. 그러나 그 책을 만들 때부터 예기치 못한 문제가 생기기 시작했다.

그날 아침 아내의 인사말을 뒤로하고 아파트 계단을 내려오면서 그는 어떤 말 못할 느낌의 한 가닥이 가슴을 휙 스치고 지나가고 있다는 생각이 들었다. 자동차 열쇠? 지갑? 그는 이런 생각을 하면서 양복 주머니에 손을 넣어서 확인해 보았다. 밤새 옷장 속에 걸려 있던 양복 주머니 안에 있던 자동차 열쇠는 다른 열쇠와 더불어 따뜻한 온기를 전해 주었고 안주머니의 양가죽 지갑도 그대로 있었다. 아침에 출근할 때 어떤 이상한 느낌이 들게 되면 그날은 영락없이 무슨 물건을 빠뜨리고 나왔거나 출근 전에 집에서 꼭 받아야 할 긴요한 전화를 깜빡 잊고 나왔다든가 했었다. 느낌이야말로 가장 정확한 사실이어서 그는 이러한 말 못 할 느낌이 일어날 때마다 긴장을 해야 했다.

이젠 이런 느낌도 공연한 모양이군. 그는 이렇게 중얼거리며 계단을 내려왔다. 1층까지 왔을 때 엘리베이터가 열리며 회사원인 듯한 젊은 여자가 나왔다. 그는 간단히 목례를 하고 싶었지만 아파트의 불문율을 깨뜨리고 싶지 않아서 그냥 비켜섰다. 바로 위층에 사는 사람과도 인사를 하지 않고 지내는 아파트의 생활 습관을 어떤 사람들은 삭막한 도시인들의 악습이라고 비난하고는 있지만 그러나 이웃을 보고도 서로 인사를 하지 않고 지내는 것이 아파트 주민들의 가장 편리한 생활 습관이 되어 있었다. 그도 그게 좋았다. 아마도 아파트에 사는 몇백 몇십 가구의 사람들이 서로서로 볼 때마다 아주 다정한 이웃처럼 인사를 하고 안부를 묻게 된다면 아파트는 편리한 현대

의 주거공간이 아니라, 매일 떠들썩한 동네잔치처럼 시끌벅적
할 것이었다.

그가 정체를 알아차릴 수 없던 그 날 아침의 느낌은 출판사
에 도착하여 커피를 한잔 마시고 났을 때 걸려 온 전화가 밝혀
주었다. 자신을 재일교포라고 밝힌 곽호진이라는 사내는 다짜
고짜 말했다.

"오문기 씨와 긴요히 할 얘기가 있습니다. 남의 눈에 띄는
것은 안 좋으니, 을지로 저의 사무실에서 만났으면 합니다. 만
나서 이야기합시다. 열두 시에 기다리겠습니다."

전화는 일방적으로 끊어졌다. 아무것도 짚이는 데가 없었
다. 지나간 군사정치 시대에는 이런 전화를 가끔 받은 적이 있
었다. 세무사찰을 알리는 예고가 이런 식으로 올 때도 있었고,
대학 강사 때 회원으로 있던 독서회 관계로 정보기관에서 정
기적으로 그의 활동을 체크할 때도 시간과 장소를 이런 식으
로 짧게 통고받는 경우가 있었다. 그러나 새 공화국 정부가 들
어서고 나서 외형적이나마 민주화의 과정을 밟고 있는 작금년
동안은 그런 전화가 걸려온 적이 없었다. 그는 갑자기 심한 열
등감에 빠졌다. 이러한 열등감은 이미 그의 사고 영역에서 아
주 중요한 자리를 차지한 지가 오래된 것이었다. 알 수 없는 사
람이 보이지 않는 곳으로 호출할 때의 기분은 꿈을 꾸다가 가
위눌린 것 같이 자신의 힘으로는 어쩔 수가 없는 불가항력의
공포와도 같았다. 조금 전 사내가 일러준 메모를 찬찬히 읽어

보았다. 을지로 3가 영신 오피스텔 519호.

"안 좋은 소식입니까?"

편집부 직원이 그의 얼굴을 살피며 물었다. 그는 담배를 피워 물었다.

"아니, 재일교포가 만나자는데 뭐 별일 있겠어?"

사실 이런 일은 전에도 심심찮게 있었다. 미국 또는 서독이나 일본에서 왔다는 교포가 느닷없이 연락을 해서는 아주 기막힌 원고가 있으니 출판을 하면 어떻겠느냐 문의를 하기도 했고 어떤 사람은 출판비를 다 대겠다고까지 하면서 교포사회의 비리와 권력층 아무아무개가 몰래 빼돌린 해외 은닉재산을 폭로할 수 있는 자료가 모두 있다고까지 주장을 하는 것이었다. 그러나 그러한 사람들을 만나보고 한결같이 느끼는 것은 사람들이 저마다 정해 놓은 비밀이나 사건의 기준이 정말로 각양각색이라는 점이었다. 스스로 생각하기에는 굉장한 비밀이었던 어떤 사실이 바로 한 사람만 건너가면 상식이 되어 버린다는 것을 그들은 모르고 있었다. 외국으로 이민 간 사람들 중에는 그들이 버리고 떠났던 한국에 대하여 콤플렉스에 걸려 있는 사람들이 대부분이었고 그 양상도 가지가지였다. 자기들이 한국을 버리고 떠날 때의 수준 그대로 있지 않고 집집마다 자동차에 컬러텔레비전이 있는 것이 못마땅했다. 이민 간 미국이나 호주에 사는 우월감이 자꾸 없어지는 데 대한 불안감이 많았다.

그는 종잡을 수 없는 전화를 받고 나서도 지금 한창 제작 중인 『아버지의 흔적』이 가진 출판물로서의 가치와 판매 효과를 가늠해 보는 데 열중하였다. 원고가 그의 손에 들어온 것은 지난여름 출판인협회 회원으로 중국 길림성 연변 조선족 자치주를 방문해서 만난 어느 여류 시인 때문이었다. 조선족 여류 시인을 만난 지난여름은 북한의 경제 사정이 극도로 악화되어 주민들이 굶주림에 시달린다는 뉴스가 이미 정보나 첩보가 아닌 상식이 되어 버린 후였고 북한의 노동자는 물론 동유럽에서 공부한 지식인 출신 당원들에 이르기까지 북한을 탈출하여 서울 김포공항에 내리는 귀순자와 망명자가 부쩍 늘고 있을 때였다.

열두 시에 그는 을지로 3가 영신 오피스텔로 가서 곽호진이라는 사내를 만났다. 그는 자신의 신분을 추상적이고도 위압적으로 밝혔다.

"조국 통일을 앞당기기 위해서 결성된 민간단체에서 저는 해외 사업을 담당하고 있습니다. 조총련과의 투쟁을 끝내고 영구 귀국했습니다."

그는 사내의 말을 들으면서 아침에 전화를 받을 때처럼 종잡을 수 없다는 생각이 들 뿐이었지만, 아무리 감추려고 해도 그의 마음 깊숙히 알지 못할 공포가 스멀스멀 기어 다니고 있음을 느낄 수밖에 없었다.

"무슨 용건입니까? 저희는 출판 계획이 1년 치가 다 꽉 차 있기 때문에 외부 청탁 출판물은 지금 받을 수 없는데요."

"아, 그런 일이 아니오. 연길에서 여승희를 만나셨죠? 연길에 있는 우리 조직의 첩보망이 확인한 것입니다. 그 여자는 북한 노동당의 연길 지하책입니다. 선생께서 그 여자한테서 받아 온 원고를 출판하는 일이 없도록 하기 위해서 오늘 만나자고 한 것입니다."

정보 관계의 책임자가 피의자에게 혐의 사실을 통보하면서 위협적으로 행동반경을 제약하는 태도와 흡사하게 사내는 말했다. 원고를 받아 온 사실은 물론 여승희를 신분까지를 꿰뚫고 있다니 그는 뒤통수를 얻어맞은 것 같았다. 갑자기 목이 뻣뻣해지는 듯했다. 긴장할 것 없어. 지금이 어느 때인데 이까짓 녀석들이 활개를 쳐? 그는 아랫배에 힘을 주면서 차분한 목소리로 말했다.

"그 원고는 이미 조판이 완료되었습니다. 여승희의 신분은 잘 모르지만 그 여자가 중국 공산당원이라면 또 몰라도 중국과 북한이 같은 사회주의 체제인데 북한 노동당 연길 지하책이라는 말씀은 납득이 가지 않는군요. 그 원고는 자기 아버지가 고향으로 귀향하면서 딸에게 남긴 글과 딸이 아버지의 생애를 지켜보면서 솔직하게 쓴 연변 조선족의 비극적 체험일 뿐입니다. 이념이 정권 유지의 수단으로 타락하는 현실에 분노한 사회주의자가 바로 그 이념의 핵심 속으로 투신한다는 것이 어째서 통일을 가로막는 일이 됩니까?"

"아무튼 우리 단체의 최고 회의에서 결정 난 사항입니다. 저는 선생께 통고만 하는 것입니다. 그 책이 출판되면 출판사는 물론이고 선생의 신상도 위태로워집니다. 생각해 보세요. 골수 노동당원의 고향 귀환을 다룬 글이 지금 북한이 다 무너져 가는 판국에 출판된다면 어떤 현상이 나겠습니까? 핍박받는 북한의 선량한 주민에 대한 동정은 좋지만 노동당을 재건하려는 부류들을 동정하여 인간적인 시선으로 본다는 것은 위험천만한 일 아닙니까? 민족 통일을 가로막는 현상을 미리 예방하자는 것이 우리 단체의 의무입니다."

노동당을 재건한다? 그는 기가 막혔지만 아무 말 않고 사내를 똑바로 마주 보았다. 정신적 가치를 목숨 바쳐서 끌어안고 시대의 상황 속에 뛰어들어 변질되지 않은 자아를 찾으려는 것이 어떻게 현실 정치의 지배 논리로만 해석된단 말인가.

"정보기관이 관여한 결정입니까?"

"우리는 순수한 민간단체입니다. 요즘 세상에 정보기관이 이런 일을 할 수 있겠습니까?"

사내를 만나고 돌아오면서도 도무지 종잡을 수 없다는 생각은 마찬가지였다. 북한 체제의 붕괴가 임박했다고 속단하는 극우단체일지도 모른다는 생각이 들었다. 뭔가 개운치 않은 불길한 예감이 전신을 휩싸고 있다는 느낌이 일어나고 있었다.

돌아와서 김동익 사장에게 보고했더니 그는 한동안 침묵하고 있다가 결심하듯 말했다.

"일단 책을 만들어 놓고 봅시다. 출판 금지 압력을 보이지 않는 세력으로부터 받았다는 것이 오히려 광고 효과를 배가시킬 수도 있을 테니까. 연길 방송국에 전화를 걸어서 여승희의 신분을 다시 확인해 보는 게 어때요?"

그날 저녁때가 다 되어서야 연길 방송국과 통화가 되었다. 여승희 기자를 찾자 장춘으로 취재갔다는 대답이었다. 전화를 받은 직원은 어이없다는 듯 말했다. 북한 노동당의 연길 지하 책이라니요? 말도 안 되는 소리입니다. 수신상태가 나쁜 수화기 속에서 방송국 직원은 짜증을 부렸다.

우리 연변 조선족이 한민족의 피 다 뽑아서 길가에 뿌리고 여진족이 되든 말갈족이 되든 서울 사람들 뭐 관심이나 있소? 선생도 여기 와서 보셨으니까 아시겠지만 그동안 조선족의 뿌리를 지켜온 뜻있는 인사들이 요즘 정말 고민하고 있소. 서울의 뒷골목처럼 돈만 아는 퇴폐 풍조가 만연하여 정신적 가치를 내던지고 한국 관광객 안내원이나 서로 하려고 다투는 판이 돼 버렸소. 여승희 기자의 부친이요? 그 양반은 벌써 오래전에 북조선으로 들어갔소. 이상주의적인 사람이오. 철저한 이념 투쟁의 선봉자였는데 시대가 영웅을 알아주지 못한 거요.

전화를 끊고 나자 그는 부끄러운 생각이 들었다. 편집실 데스크에 연길에서 받아 온 여승희의 시집이 놓여 있었다. 그는 시집을 펴들었다. 시의 소재도 옥수수밭, 감자밭, 초가지붕 등 농촌 풍경이 대부분이었다. 정형률에 많이 의존하고 있는 전통

서정시가 주류를 이루고 있었다. 시집의 어느 구석에도 노동당 지하책에 어울릴 만한 으시시한 구절이 없었다.

2

중국이 개방되고 나서 중국 조선족 교포들의 한국 방문이 취업과 친지 방문 그리고 결혼의 형태로 급격하게 증가하고 또 한국인의 백두산 순례도 유행처럼 번지고 있을 때였다. 출판인협회에서 연변의 출판사와 공동으로 '통일시대의 민족문화'라는 주제로 세미나를 하는 것이 여행의 목적이었지만 그것은 명목상의 목적이고 관광이 실제 목적이었다. 그는 일행과 어울려 서울을 떠날 때부터도 그다지 달갑지 않았다.

한국 사람들이 연변에 가서 졸부 행세를 하면서 돈을 뿌리고 지키지도 못할 약속을 남발하여 순박한 교포들을 울린다는 것이 점차 사회문제가 되고 있을 때였다. 출판사 사장인 김동익이 그에게 세미나 참석을 권한 것은 내노라하는 출판사 편집장들이 모두 가는 마당에 우리만 빠지면 모양새가 좋지 않다고 판단했기 때문이겠지만, 아내마저 나서서 강권을 한 것은 뜻밖이었다. 중국 갔다 오지 않은 사람은 당신밖에 없어요. 사업을 하는 처남이나 동서들이야 중국이 개방되기도 전부터 중국을 몇 차례씩 드나들었지만 출판사 편집부장인 그로서는 애당초 중국에 갈 일도 필요성도 없었다. 그러나 그는 못 이기는 체하고 중국 여행길에 올랐다. 김포에서 비행기를 타고 천진까지 가서 거기서 버스로 북경에 들어갔다. 처음 보는 중국이었지만 이미 신문 잡지에 사진으로 많이 소개가 된 뒤여서 특별히 이국 풍경이 볼만한 것은 아니었다. 북경에서 하루를 묵고 비행기 편으로 길림성으로 향했다. 연변 조선족 자치주 연길 비행장에 내렸을 때, 이제까지 천연색 영화관에 있다가 갑자기 흑백 영화관으로 들어온 듯한 시간의 역행 현상이 일어났다. 연길공항 위에서 내려다본 연길의 풍경은 그 옛날 그가 중학생일 때 방학이면 찾아가던 강원도의 소읍인 그의 고향과도 같았다.

연길에서 만난 교포들은 모두들 순박해 보였지만 그들 마음의 한구석에는 서울에서 온 사람들에 대하여 어딘지 모르게 굴절된 편견이 자리 잡고 있는 듯하여 마음이 불편했다. 오늘날의 물질적 풍요가 오직 자본주의의 착실한 순응자로서의 품 삯에 지나지 않는다는 묵시적 비하도 교포들의 마음속에는 자리 잡고 있었다. 개방 이후 조선족 사회에도 만연되고 있는 향락과 소비 풍조를 걱정하는 사람도 많았다. 서울에서 간 사람들은 공연히 낭만적 민족주의에 스스로 도취하여 동포애를 느끼고 싶어 하지만 그곳 교포들은 오히려 현실적이었다. 분단된 땅에서 살지 않고 소수민족일망정 중국이라는 거대한 땅덩어리에 뿌리내리고 있다는 자긍심이 유난해 보였다. 한반도의 남쪽은 이미 서구의 자본과 생활습관이 밀려와 민족 고유의 문화 대신에 자리 잡았고 북쪽은 이념의 칼로 민족 고유의 문화를 두부 자르듯하여 오직 수령의 유일사상만이 판을 치고 있는 현실에서는 연변 조선족 자치주의 교포들이 견지해 온 민족 고유의 문화와 생활 습관은 민족의 정통성과 맞닿아 있는 소중한 것이었다. 마치 30년대를 전후한 홍명희나 이태준, 김유정의 소설 공간을 그대로 재생시킨 듯한 것이었다.

세미나에서 그가 발표한 내용은 별 게 아니었지만 세미나가 끝나고 식당에서 열린 연회에서 그는 뜻밖에도 연길 방송국 기자라는 여류 시인을 만나게 되었다. 서른 살쯤 되어 보이는 그녀가 그에게로 다가왔다. 투피스 차림에 굽 높은 구두를 신은 큰 키의 여자였다.

"선생님 논문 아주 감명 깊었습니다. 우리 민족의 비극을 철저히 인식하여 통일 전망을 뚜렷이 해 준 논문이었습니다. 저녁때 숙소로 찾아가서 좀 뵐 수 있겠습니까?"

그가 세미나에서 발표한 것은 '통일시대의 문학과 출판'이라는 제목으로 현재의 남북한 이질 문화가 민족의 정통적 혈연에 의해서 민족의 원형적 본질로 복원할 수 있도록 문학인과 출판인들이 공동으로 노력해야 한다는 요지였다. 며칠 밤을 새워 가면서 작성한 짧막한 글로서 오랜만에 조국과 민족이라는 커다란 명제를 앞에 놓고 하고 싶은 말을 속 시원하게 한 것이었다.

그는 호텔에서 이른 저녁 식사를 끝내고 로비로 내려가서 한국인 관광객을 상대로 하고 있는 기념품 상점을 돌아다녀 보았다. 백두산 관광을 마치고 돌아오는 한국인 관광객들을 태운 버스 몇 대가 호텔 앞 주차장에 막 도착하고 있었다. 관광 기념품들은 매우 조잡해 보였다. 그는 로비의 소파에 앉아서 담배를 한 대 피워 물었다. 여기자가 왜 나를 만나자는 것일까. 그는 세미나에서 발표했던 유인물을 꺼내서 건성으로 읽어 보았다.

"문화에서의 통일시대는 군사력 감축이나 법조문과 평균 소득의 일치에서 비롯되는 것이 아니라 민족이라는 혈연적 운명체의 정신사적인 체계가 빚어내는 결과이다. 지리적으로 통일이 되었어도 지역적 감정이나 계급적 반목이 상존하게 되면 이러한 정신사적 통일과는 거리가 먼 또 다른 분단시대를 자초한 것에 불과하다.

우리는 지난 반세기 동안 남북 공히 정권욕에 사로잡힌 자들이 공중에 띄우는 이데올로기의 풍선 색깔에 따라 울고 웃고 하면서 살아왔다. 이산가족끼리 편지 한 장 주고받지 못한 채 반세기를 살아오면서 남북의 국민과 인민들의 꿈은 허공 중에 산산이 부서진 이름이 되어 버렸다. 이것은 일제하 독립운동 주체에 대한 상반된 역사적 인식과 남북 자체 내의 모순과 대립으로 인한 일관성을 결여한 정책 집행에서도 비롯되었고 남북 상호체제가 숙명적으로 지닌 불신과 대결의 구조 때문이기도 했다. 그러나 이 악마적인 숙명이 드디어 긍정적이고 예측 가능한 미래로서의 얼굴을 드러내기 시작한 것은 베를린 장벽이 무너져 동서독이 통일되고 동유럽에 이어 사회주의 종주국이던 소련이 해체되고 중국이 정경 분리라는 특유의 정책을 실천하면서 변모하는 것과 때를 같이하였다. 1988년 서울올림픽을 계기로 한반도 남쪽의 모습이 전파를 타면서 전 세계인들이 그동안 이데올로기의 망령이 날조하고 조작한 허상을 현실적으로 인식하게 됨으로써, 분단 한반도에서도 통일이 가까운 미래의 일로 다가오고 있음을 감지하게 되었다.

소련 및 중국과 수교하면서부터 중국 연변과 소련 연해주를 비롯한 해외동포들과 교류가 잦아지고 이들을 통한 북한의 간접적인 소식이 서울 한복판에 전해지는 일도 예사롭게 되었다. 오랜 시일 고착되어 이제는 만성질환처럼 습관화된 분단 상황에 대하여 체념이나 좌절의 인식을 버리고 하나의 기회로 인식하는 일이 무엇보다 중요하다. 즉 지금의 분단시대가 과거의 통일시대가 깨져서 생긴 불행한 역사라는 인식을 떨쳐버리고, 앞으로 다가올 진정한 통일시대의 직전 단계, 아니 오히려 통일시대를 필연적으로 앞당길 역사 발전의 확고한 단계라고 굳게 믿는 마음가짐이 매우 필요하다.

물론 지금 우리를 둘러싼 정치적 문화적 상황은 매우 심각하다. 장기집권과 군사문화로 물든 남쪽의 문화는 경제발전과 민주화 과정을 거치면서 김치와 청국장과 숭늉 대신 코카콜라와

햄버거와 피자가 들어서고 있으며 빨치산 투쟁과 주체사상의 전위역을 담당한 북쪽의 문화는 정치적 선전 선동과 권력 세습의 당위성을 전파하는 정권 유지의 수단으로 전락하고 있다."

"이질화된 남북의 분단문화를 한민족 통일시대의 문화로 재생시키기 위해서는 남북의 문화인을 포함한 모든 국내외의 한민족 문화인들이 분단의식을 극복하고 문학작품의 시간과 공간을 한민족이라는 혈연적 구조로 파악하여 지금 당면하고 있는 이 분단시대를 가시적인 미래의 현실로 즉 통일시대를 잉태한 시점으로 인식하여 새 생명 탄생을 위한 분만의 고통을 감내하지 않으면 안 된다.

1945년 해방이 되었을 때 모든 역량 있는 문화인들이 펜이나 교정지 대신 몽둥이를 들고, 문학작품이나 출판물 대신 성명서와 삐라를 뿌리며 서울 장안을 횡행한 사실을 잊어서는 안 된다. 문학적인 형상화를 충분히 거치지 않고 무작정 현실에만 급급한 문학은 문학 자체를 망실하는 경우가 종종 있으며, 또한 봉건주의 사회주의 자본주의를 타도 대상으로 삼는 문학이 그 뜻한 바와는 다르게 정치적 도구로 이용될 때도 많다. 또한 현실에 대한 고착된 문학적 인식은 지금의 분단 현실에서는 오히려 분단 지속을 은연중 부추기는 역작용을 할 수도 있다.

좋은 작품이 생산되도록 문화적인 풍요가 조성되어야 하고 좋은 작품을 독자 대중에게 소개하는 문화적인 출판 풍토가 조성되어야 한다. 타락한 상품 가치에만 종속되는 남쪽의 출판 문화는 통일시대를 앞둔 우리 민족문화의 이질성의 골을 깊게 파는 일이 될 수도 있다. 오늘날과 같은 역사적 전환기가 임박한 시점일수록 우리 민족 개개인의 내면으로 시선을 돌려 우리의 핏속에 흐르는 원형적인 본질을 형상화하는 일에 최선을 다해야 한다고 본다.

그러므로 통일을 예비하는 한민족의 문학은, 영변 약산의 진달래꽃, 가르마 같은 논길과 삼단 같은 머리를 감은 보리밭, 단풍나무 숲을 향하여 난 적은 길을 걸어서 간 그리운 님의 모습에 보일 듯 말 듯 스며 있는 우리의 혈연적 운명을 가장 민족적인 언어로 감지해 내는 일이 통일시대를 열어갈 천재적인 시인이 원초적으로 해야 할 작업이라고 생각한다. 이데올로기로 치장된 일률적인 문학이나 외세문화에 침윤된 사이비 다양성의 문학은 혈연적 운명으로 형상화되어야 할 통일시대의 문학과는 거리가 있다고 본다. 반세기 동안 분단구조에 고착된 한반도 남북의 자본이나 이념에 침윤되지 않으면서 민족문화로서의 고유성과 혈연성을 형상화시키는 통일시대의 문화를 문화인 스스로 담당해 나가는 일은 역사적 소명이라는 추상적 차원을 지나 이제는 회피할 수 없는 현실적 요청이 되고 있다."

냉방시설이 가동되고 있었지만 워낙 많은 한국 관광객들이 북새통을 이루고 있어서 호텔 로비는 공기가 탁했고 더웠다. 경상도 방언, 전라도 방언, 충청도 방언이 마구 뒤섞여 추석 전

날 서울역 대합실같이 시끄러웠다.

여류 시인이 찾아온 것은 밤 아홉 시가 넘어서였다. 그녀는 술 한 병을 들고 있었다.

"백두산 칡뿌리로 담근 술이에요."

그녀는 커피를 마시며 수줍은 듯이 말했다. 저녁 식사를 마치고 연길 시내로 술 마시러 가는 일행들이 그를 향해서 손을 흔들며 싱긋 웃어 보였다.

"여승희라고 합니다."

그녀는 명함을 꺼내어 그에게 건네주었다. '延吉放送局 記者 呂勝姬(연길 방송국 기자 여승희)'라고 적혀 있었다. 그리고 나서 수줍은 듯 미소를 띠며 『두만강의 노을』이라는 제목의 시집을 한 권 건넸다.

"오문기라고 합니다."

그도 명함을 건넸다. '株式會社 民潮出版 編輯副局長 吳文基 (주식회사 민조출판 편집부국장 오문기)'라는 그의 명함은 주식회사니 편집부국장이니 스스로 생각해도 과장기가 농후한 것이었다. 그러나 아주 허위날조된 명함은 아니니까 어쩔 수 없는 일이라는 생각이 들자 입가에 엷은 웃음이 떠올랐다. 이 여자도 자기를 서울에서 온 유력 출판인으로 알고 적당한 호의를 베풀며 서울 구경을 한번 시켜 달라고 은연중 조르든가 들어주기 거북한 어떤 출판 부탁을 하려는 게 아닐까 하는 의구심이 들었다.

"시인이시군요."

그는 시집을 폈다. 지질이 나빠서 활자 인쇄가 선명하지 못했다. 칼라 인쇄가 주종을 이루는 서울의 출판문화에 비하면 연길의 출판 사정은 아주 열악하였다.

호텔 밖으로 나와서 그녀가 안내하는 대로 식당으로 들어갔다. 식당 한켠으로 술을 파는 간이 식탁이 놓여 있었다. 그들은 딱딱한 나무 의자에 마주 보고 앉았다.

"민족의 원형적 동질성을 형상화해야 한다는 선생님의 논문이 감명 깊었어요. 어떤 이유인지 저 자신도 잘 모르겠지만 선생님 같은 분은 제 아버지 이야기를 들어주시리라 믿고 찾아왔습니다."

술을 마시면서 그녀는 말하기 시작했다. 그는 그녀의 이야기를 들으면서 웬일인지 연길에서 조선족한테 꼭 들어야 할 이야기를 듣고 있다는 예상하지 못한 느낌이 들기 시작했다.

"40년대 초에 함경북도 회령에서 아버지가 연변으로 이주를 해 왔습니다. 지하 독립투쟁 조직과도 깊은 관계가 있었다고 합니다. 아버지는 젊어서부터 사회주의 노선에 심취해 있었기 때문에 길림성에 와서도 중국 공산당에도 가담했고 북조선 정권과도 긴밀한 관계를 가졌다고 합니다. 1950년 남조선 해방 전쟁 때는 하나의 이념으로 조국이 통일된다는 데 굉장한 기대를 했던 것 같아요. 중공군이 참전할 때 아버지가 선전 선동 대원으로 자원입대하여 서울까지 내려갔다 왔다고 했으니까요. 그러나 문화혁명 때 우파로 몰려 징역도 살고 광산으로 하방도 되었었어요. 그러는 과정에서 아버지의 세계관이 바뀌게 되었습니다. 사회주의 노선을 포기한 것이 아니라 변질된 이념을 증오한 것입니다. 북한이 소위 주체사상이라는 이름 아래 폐쇄정책을 내세우며 개인숭배에 물들게 되자 변질되지 않은 원형 그대로의 사회주의 노선을 꿈꾸며 청춘을 불살랐던 이념 쪽으로 더 깊숙이 빠져 들어간 것입니다.

1980년대가 되자 생활고를 못 이긴 북조선 인민들이 야음을 틈타서 두만강을 넘어오는 일이 많아졌습니다. 도강하는 조선인 때문에 공안당국에서 골치를 썩이고 있을 때 아버지는 오히려 북조선으로 밀입국을 하였습니다. 오염된 사회주의를 정화시켜서 복원해 보려는 결심이었습니다. 이념의 정신적 가치를 하루아침에 버리는 족속을 제일 미워했습니다. 정치적 망명이라는 허울 좋은 이름 아래 이념적 가치를 버리는 것을 아버지는 용서할 수 없었습니다. 그때 아버지가 북조선으로 밀입국하면서 제게 장문의 글을 남겼습니다. 조국의 품으로 돌아가서 이념의 원형을 복구하겠다는 내용이었습니다. 오빠가 있었는데 몇 해 전에 병사했고 이제 아버지의 혈육은 저 하나예요. 아버지의 일생을 옆에서 듣고 본 저는 아버지를 이념의 희생자나 노예로만은 보지 않아요. 조선독립 투쟁사나 사회주의 투쟁사에 이름 석 자 나오지 않는 무명 인사이지만 오히려 자기의 신념을 평생 동안 지키기 위해서 목숨을 건 위대한 영웅으로 봅니다. 선생님도 아시겠지만 여기 연길의 조선족을 보세요. 문화혁명 때 홍위병 노릇을 하던 사람들조차 이제 개방정책이 시행되니까 곧바로 자본주의를 신봉하는 장사꾼으로 변신하고 있거든요. 아버지는 물결의 흐름을 거슬러서 목숨이 끊어지는 날까지 모천으로 회귀하는 연어와도 같다는 생각이 들때가 많아요. 아버지가 북조선으로 밀입국한 지가 10년이 넘었습니다. 그 후 소식을 듣지 못했어요."

여승희 기자는 그에게 두툼한 원고를 건네주었다.

"선생님께서 한번 읽어 봐 주시는 것으로 저는 만족합니다. 꼭 출판을 부탁하는 것은 아닙니다. 사회주의가 다 망한 판국에 아버지 같은 사람의 생애에 흥미 있는 사람들이 있겠습니까?"

"아닙니다. 반드시 그렇지만은 않아요."

그는 술잔을 비우고 나서 이렇게 말했다. 그때그때의 명예와 이익에 따라 변신하는 인간의 속성을 거부하고 이념과 삶의 존재 이유가 뿌리내리고 있는 조국을 찾아 나선 사회주의자의 행로는 그것이 피상적으로는 시대의 변화를 거부하는 것이지만 빈부와 계급을 타파하여 평등사회를 건설하려는 인류의 영원한 소망의 길과 상통하는 것이라는 생각이 들었다.

북한 탈출과 고발을 주제로 한 귀순자들의 책이 주류를 이루는 출판계에서 여승희 기자의 아버지가 걸어간 시대 역행의 죽음의 길은 또 다른 충격이 될 수도 있다는 기대감이 일고 있었다. 그녀의 긴 이야기를 들으면서 갑자기 큰 새가 머릿속에 떠올랐다. 그녀는 모천으로 회귀하는 연어에 비유하였지만, 그의 머릿속에는 자기 둥지를 찾아서 날아가는 큰 새의 형상이 생각났다. 그것도 날갯짓이 힘찬 새가 아니라 이중섭 그림에서 보듯 깃털이 다 뜯긴 것 같은 비쩍 마른 큰 새, 긴 다리로 경중거리듯 발가락을 쩍 벌린 채 하늘을 날아가고 있는 큰 새의 모습이 눈앞에 떠오르는 것이었다.

이튿날 아침 일찍 백두산 천지에 오르기 위하여 호텔을 출발하였다. 관광 안내를 맡은 조선족 아가씨가 친절하게 차창 밖으로 스치는 풍경을 설명해 주고 있었다. 그는 안내원의 이야기를 귓전으로 흘리면서 지난 밤에 만난 여승희 기자가 건네준 원고 뭉치를 생각하는 데 열중하였다. 신봉했던 이념을 헌신짝처럼 내던지고 한 조각 빵을 구하기 위하여 모두 탈출해 나오려고 안간힘을 쓰고 있는 북한 땅으로 자진해서 들어간 그녀의 아버지 모습이 거대한 형상으로 눈앞에 그려지다가는 다시 형체 없는 빛깔로 사라지곤 했다.

중국이 개방되고 여행이 자유로워지자 갑자기 백두산 천지를 찾아가서 경건한 자세로 민족 통일을 기원하는 한국 사람들 중에 자신이 속해 있다는 것이 스스로 부끄러웠다. 가장 열렬한 통일 염원자인 듯 백두산 성지 순례를 평생의 숙원으로 품고 살아왔었다는 듯 떼 지어 몰려가는 한국 관광객들의 모습은 한결같이 이중적인 심리를 지니고 있을 것이었다. 민족이니 통일이니 하는 정신적인 가치는 도외시하고 몇 평 더 넓은 아파트와 수익이 좀 더 좋은 투자와 고급 승용차에만 매달려 살다가 백두산에 오르면서 갑자기 분단 조국을 통탄해하고 통일을 간구하는 태도를 보이는 경우가 대부분일 것이었다. 백두산 천지에 당도하여 기념사진 몇 장 찍고 내려와서 느끼는 성취감과 우월감도 모두 자기기만에 지나지 않는지도 몰랐다. 중국의 유명한 관광지와 고도로 몰려다니며 우황청심환이나 잔뜩 사 가지고 오는 관광객들은 애시당초 민족의 통일 따위와는 상관도 없는 부류들일 것이었다.

한국에서 온 관광객들은 또 말끝마다 생활 수준이 낮은 교포들의 생활을 안쓰러워하면서도, 욕실이 있고 가스레인지가 딸린 넓은 아파트에 살고 있는 자신들의 처지를 은근히 과시하기도 하는 일이 많았다. 북한 주민들이 굶주리고 있다는 안내원의 설명을 들으면서도 진실한 동포애에서 우러난 근심이 아니라, 그들보다 잘 살고 잘 먹고 지낸다는 안도감이 앞서는 심리가 버스에 탄 관광객들의 가슴에는 가득 차 있을 것이었다.

이도백하를 지나서 백두산으로 오르는 길은 고산지대의 평원답게 규모가 광활하였고 길 양편으로 울창한 소나무와 자작나무 숲이 장관이었다. 민족의 성지인 백두산 천지를 타국의 땅을 거쳐서 뒤켠으로 찾아가고 있다는 생각도 들었지만 차창 밖으로 펼쳐지는 고원의 풍경은 그의 착잡한 심정을 다 짐작이라도 한다는 듯 장엄하기만 했다. 산장에서 점심식사를 하고 산장 식당에서 나왔을 때 얼굴이 까맣게 탄 조선족 여인들이 백두산 산삼과 기념품을 팔려고 버스를 에워쌌지만, 관광 안내원은 매정스럽게 말했다. 전부 다 가짜니까 선생님들 조심하세요. 안내원의 말을 들으면서 모두들 씁쓸한 표정이 되어 그들이 지금 딛고 선 땅과 머무르는 시간이 지닌 가식 없는 실체를 느껴야 했다. 관광객 그 이상도 이하도 아닌 신분으로서 공연히 동포애와 연민을 지닌 척 행동하던 자신들의 모습에 실망하는 눈치였다.

"선생님들은 운이 좋으신가 봅니다. 오늘 백두산 날씨가 쾌청이랍니다. 갑자기 폭풍이 불고 안개가 끼는 날이 많은데 오늘은 아주 맑다고 합니다."

안내원은 즐거운 표정이 되어 말했다. 일행을 태운 버스는 백두산 입구까지 가서 멈췄다. 입구에서부터 백두산 정상까지 길림 관광청에서 운영하는 셔틀버스를 타고 해발 2천 미터 이상 되는 지점까지 간 다음, 거기서 도보로 잠시 동안 올라가면 백두산 천지라고 안내원이 설명하고 있었다.

셔틀버스를 갈아타고 궁형으로 난 길을 따라 한참 동안 올라가면서 주위를 살펴보았다. 바람에 견디지 못하고 한쪽으로 쏠려 기운 채 흰 나무 밑둥을 드러내고 펴져 있는 사스레나무 숲이 한동안 이어지더니 이어 수목 한계선이 끝나자 화산석 돌가루가 날리는 민둥산이 나타났다. 산비탈 한쪽으로 키 작은 야생화들이 지천으로 피어 있었다. 그는 안내원한테서 형형색색의 야생화 이름을 몇 개 배웠다. 구름국화, 흰장구채, 산매발

톱, 물매화, 애기금매화, 두메자운, 산미나리아재비가 눈썹과 입술만 갸웃 내밀고 피어 있었다.

그는 셔틀버스에서 내려서 방금 올라온 길을 내려다보았다. 수해였다. 뜻밖에도 한없이 펼쳐진 나무숲 위 까마득한 하늘에 새 몇 마리가 유유히 날고 있는 모습이 시야에 들어왔다. 땅 위의 공중을 날고 있는 것이 아니라 마치 아득한 하늘 속을 날아가고 있는 것같이 보였다. 이토록 높은 백두산에 새들이 살고 있다는 게 믿어지지 않았다. 안내원한테 그는 물어보았다.

"저게 무슨 새입니까?"

"솔개와 큰부리까마귀입니다."

그는 일행들이 백두산 정상으로 서둘러 올라가는 것을 보면서도 하늘을 날고 있는 큰 솔개와 큰부리까마귀들을 보느라고 한동안 정신이 없었다. 푸드득거리는 새들의 날갯짓 소리가 환청처럼 귓가에 맴돌았다.

그는 일행들을 따라서 정상을 향하여 올라갔다. 잠시 후 백두산 봉우리들과 천지의 푸른 물결이 그의 시야에 들어왔다. 그는 한동안 말없이 천지 건너편 사납게 솟은 봉우리들과 가슴이 섬뜩해지도록 짙푸른 천지를 바라보면서 꼼짝도 않고 그 자리에 서 있었다. 일행 중에는 탄성을 지르는 사람도 있었지만, 한두 마디 말로는 형언할 수 없는 장관에 그는 입을 다물고 가만히 서 있을 수밖에 없었다. 정말이었다. 가만히 서서 묵묵히 바라볼 수밖에 없었다. 기념사진 찍을 엄두도 나지 않았다.

문득 어느 시인의 「백두산 천지」라는 시가 머리에 떠올랐다.

　하늘과 땅 사이가 너무 가까워 장백소나무 종비나무 자작나
무 우거진 원시림 헤치고 백두산 천지에 오르는 순례의 한나절
에 내 발길 내딛을 자리는 아예 없다 사스레나무도 바람에 넘어
져 흰 살결이 시리고 자잘한 산꽃들이 하늘 가까이 기어가다 가
까스로 뿌리 내린다 속손톱만 한 하양 물매화 나비 날개인 듯
바람결에 날아가는 노랑 애기금매화 새색시의 연지빛 곤지처럼
수줍게 피어 있는 두메자운이 나의 눈망울 따라 야린 볼 붉히며
눈썹 날린다 무리를 지어 하늘 위로 고사리 손길 흔드는 산미나
리아재비 구름국화 산매발톱도 이제 더 가까이 갈 수 없는 백두
산 산마루를 나 홀로 이마에 받들면서 드센 바람 속으로 죄지은
듯 숨죽이며 발걸음 옮긴다

　솟구쳐 오른 백두산 멧부리들이 온뉘 동안 감싸 안은 드넓은
천지가 눈앞에 나타나는 눈 깜박할 사이 그 자리에서 나는 그냥
숨이 막힌다 하늘로 날아오르려는 백두산 그리메가 하늘보다
더 푸른 천지에 넉넉한 깃을 드리우고 메꽃은 우레소리 지나간
여름 한나절 아득한 옛 하늘이 내려와 머문 천지 앞에서 내 작
은 몸뚱이는 한꺼번에 자취도 없다 내 어린 볼기에 푸른 손자국
남겨 첫울음 울게 한 어머니의 어머니 쑥냄새 마늘냄새 삼베적
삼 서늘한 손길로 손님이 든 내 뜨거운 이마 짚어주던 할머니의

할머니가 백두산 천지 앞에 무릎 꿇은 나를 하늘눈 뜨고 바라본다 백두산 멧부리가 누리의 첫 새벽 할아버지의 흰 나룻처럼 어렵고 두렵다

하늘과 땅 사이는 애초부터 없었다는 듯 천지가 그대로 하늘이 되고 구름결이 되어 백두산 산허리마다 까마득하게 푸른 하늘 구름바다 거느린다 화산암 돌가루가 하늘 아래로 자꾸만 부스러져 내리는 백두산 천지의 낭떠러지 위에서 나도 자잘한 꽃잎이 되어 아스라한 하늘 속으로 흩어져 날아간다 아기집에서 갓 나온 아기처럼 혼자 울지도 젖을 빨지도 못한다 온 가람 즈믄 뫼 비롯하는 백두산 그 하늘에 올라 마침내 바로 서지도 못하고 젖배 곯아 젖니도 제때 나지 못할 내 운명이 새삼 두려워 백두산 흰 멧부리 우러르며 얼음빛 푸른 천지 앞에 숨결도 잊은 채 무릎 꿇는다

3

아침 일찍 서둘러서 나왔는데도 이미 병원 주차장은 자동차로 꽉 메워져 있었다. 병원 정문 오른쪽으로 넓게 자리 잡은 주차장은 다른 대학병원 주차장보다 몇 배나 넓은 공간인데도 아침 아홉 시가 되기도 전에 이렇게 빈자리가 없다는 것은 정

말 뜻밖이었다. 그는 천천히 주차장을 한 바퀴 돌았다. 그때 마침 2층 주차장 입구 쪽에 주차했던 자동차가 시동을 거는 모습이 눈에 들어왔다. 그는 깜박이등을 켜고 그 차가 나오기를 기다리며 두 손을 핸들 위에 올려놓았다. 그리고 고개를 들어 앞을 바라다보았다.

지하 1층과 지상 2층으로 된 콘크리트 주차장의 무겁고 차가운 느낌도 느낌이려니와 빽빽하게 들어차 있는 많은 자동차들이 주는 완강한 차단감이 서로 어울려서 그렇지 않아도 잔뜩 주눅이 든 그의 마음을 더욱 짓누르는 주차장 풍경이었다. 어디가 고장이 났는지는 정확히 모르지만 엔진 소리가 이상하여 공연히 핸들을 잡기가 불안한 채 운전을 할 때의 막막한 절망감이 다시금 어깨를 누르기 시작했다. 그렇다. 문제는 자동차가 아니고 바로 나의 목과 어깨다. 여기는 자동차 수리공장이 아니다. 병원이다.

그는 이렇게 생각하면서 조금 전에 시동을 걸고 빠져나오려던 자동차 쪽을 바라보았다. 빨간색 소형차에서는 엔진 소리가 부릉부릉 나고 있었다. 출발하기 전에 엔진에 열을 받게 해야 자동차의 수명이 오래 간다는 정설을 믿고 그대로 실천하는 사람이라는 생각을 하니 웃음이 조금 나왔다. 자동차 운전을 한 지가 10년이 넘었지만 아무리 기온이 내려간 겨울 아침에도 시동을 걸자마자 곧바로 출발하는 그의 좋지 못한 운전 습관이 떠올랐기 때문이었다. 당신은 참 이상해요. 그의 아내는 언제나 이렇게 말했다. 자동차를 함께 탈 경우에도 그리고 또 침대에서 함께 잠자리를 할 때에도 꼭 이렇게 말했다. 당신 같은 사람을 영원한 초보 운전자라는 것 아세요? 출발하기 전에 엔진에 열을 받게 하는 일과 침대에서 아내와 사랑을 하기 전에 몸에 열을 받게 하는 일이 아내의 생각으로는 아주 동일한 것으로 보이는 것일까? 설마 그렇지야 않겠지만 아내는 종종 이런 말을 하면서 그를 조롱하곤 했다.

중국 여행을 하고 돌아와서 한 달도 못 된 어느 날 퇴근하고 돌아오다가 집 앞길에서 가벼운 추돌사고를 당한 적이 있었다. 그날도 그는 곽이라는 사내에게서 전화를 받았다. 협조해 주시리라 믿습니다. 파국 직전의 북한은 이제 저절로 굴러들어올 떡이 됐는데 북한이 망한다고 해서 연민이나 동정의 국민감정이 일어나면 대사를 그르치게 된다는 점을 명심하시오. 사내는 친절한 목소리로 이렇게 말했다. 그러나 그 친절함 속에는 거부하기 어려운 위압감이 있었다.

추돌사고를 당했지만 범퍼도 우그러지지 않았고 그의 몸도 이상이 없었다. 핸들 옆에 있는 동전 박스에서 동전 하나 굴러 떨어지지 않았다. 그 일이 있은 후로 까맣게 잊고 있었는데, 한 열흘 전에 아침에 베란다에 나가서 가벼운 목운동을 하는데 갑자기 목이 불에 덴 것처럼 아파 왔다. 아주 경미한 교통사고라도 얼마 후에 반드시 후유증이 나타난다는 말은 그도 들은 적이 있지만 설마 그 정도의 것 때문에 그럴 리가 없다는 생각을 하면서 파스를 사다가 목에 붙였다.

　며칠 지나니까 아픈 것이 한결 나아졌다. 그리고 나서 한 열흘 지났는데 또 이상한 증상이 나타났다. 오른쪽 어깨와 팔이 무엇에 압박을 받은 것처럼 저려 오기 시작했다. 목이 아팠던 것과 연관이 있는 것일지도 모른다는 생각이 났다. 아내는 그날도 또 자동차와 사람의 몸을 동일시하는 상상력을 펼쳐 보이면서 말했다. 중고차가 된 거예요. 괜히 소리만 요란하고 휘발유만 많이 들고 제 속도도 안 나는 중고차나 당신 몸이나 꼭 같은 거예요.

　헤드라이트 퓨즈가 끊어진 것도 모르고 야간 운전을 하다가 곤욕을 치르고, 냉각수나 엔진오일이 바닥이 난 것도 모른 채 키를 꽂기만 하면 액셀러레이터를 밟아대다가 자동차 시동이 꺼지는 것을 옆에서 많이 보았던 아내, 그래서 긴요한 약속 시간에 함께 가지 못하여 낭패한 일이 많았던 아내는 말했다. 얼마간의 조롱끼 대신에 이번에는 아주 단호하게 모든 것을 하나하나 챙기지 못하고 대강대강 짐작대로 해나가면서 살아가는 그의 방식을 비난했다.

　시동이 잘 꺼지기는 해도 그래도 아직은 젊은 날의 사랑이 다 바닥나지 않은 남편의 몸 어느 구석에 드디어 결정적인 고장이 났다는 것이었다. 자동차에 비유하자면 플러그나 퓨즈 또는 실내등이 닳아서 나가거나 아예 부동액이 새고 엔진오일이 바닥난 자동차를 무턱대고 시동을 걸려고 대드는 운전자와 마찬가지가 아니냐고 했다. 겉은 그런대로 멀쩡해도 이미 다 망가져서 못 쓰게 된 부위나 요소가 많은데도 파스나 사다 붙이고 앓는 소리나 하는 것은 엔진이 다 망가진 것도 모르고 세차나 하고 백미러나 갈아 끼우는 것과 마찬가지라는 것이었다. 출판사 일이 아무리 바쁘더라도 제발 병원에 좀 가 봐요. 요즘 출판사 일로 골치 아프잖아요? 잘됐죠 뭐. 마흔아홉에 탈 나는 사람이 아주 많대요. 식구들 보고는 감기만 조금 들어도 병원에 가라고 성화면서 당신 몸은 어쩌면 그렇게 팽개치기만 해요? 자동차 함부로 운전하는 것이나 사람 몸 아무렇게나 굴리는 거나 다 그게 그거죠 뭐.

그는 아내한테 성화를 당하면서도 또 얼마 동안을 그냥 보내다가 가만히 생각해 보았다. 아내의 말이 옳을지도 모른다는 생각을 했다. 그렇다. 이미 내 몸은 깜박이등이 고장 난 지가 몇 년이 되었는지도 몰랐다. 동창회나 망년회 끝나고 집에 올 때면 방향감각을 잃는 일이 빈번하였고, 엔진도 이상이 있는지 타이어도 다 닳았는지, 일요일날 가끔 등산을 하면 이튿날까지 팔다리가 아프고 허리가 뜨끔거렸다.

아내의 말도 말이었지만 그 스스로 생각해도 이번에는 병원에 가 봐야겠다는 생각이 들었다. 지금까지 2년에 한 번씩 실시하는 건강보험공단의 정기 진료를 빼고는 병원에 가 본 일이 없었다. 그래서 어제 월요일 출근하자마자 사장에게 연가를 신청하였다. 편집부 영업부 직원을 다 합해야 스무 명도 채 안 되는 출판사였고 그는 편집부장, 더 정확히 말하면 부국장 대우 편집부장이었다. 한때 반체제운동을 했던 대학 동창과 함께 10년 전에 만든 출판사였지만 사무실 임대료에서부터 모든 자금을 사장인 김동익이 맡았고 그는 아이디어를 밑천 삼아 함께 일하게 되었으므로 처음에는 너 나 하면서 시작했지만 차츰 출판사와 규모가 늘면서 여러 가지 직급이 생겨났고 날이 갈수록 사장은 확고한 사장이 되었다. 한때 영문학 작품을 번역하면서 대학 강단에 섰던 그의 지식인의 빛은 거의 바래 갔고 이제는 숱한 출판사의 흔한 편집장으로 고정된 감이 없지 않았다.

사장 아래로 편집국장이나 영업국장 또는 부국장이 따로 있는 것이 아니었지만 사장이 어느 날 부국장 대우 편집부장 오문기라는 명함을 새로 만들어다 주었다. 그래서 회사에서는 그를 그날부터 부국장이라고 불렀다. 하루 이틀 지나다 보니 그 역시 부국장이라는 호칭이 싫지 않게 되었다.

지난여름 중국 길림성 연변 조선족 자치주 연길 비행장에 내렸을 때 느꼈던 찌들린 차단감과 적막감이 핸들을 두 손으로 감싸듯 안고 겨울 안개에 눌려 있는 병원 주차장의 모습을 바라보면서 문득 생각났다. 그는 그 생각을 떨쳐 버리기라도 하려는 듯 고개를 흔들었다. 목이 뜨끔거렸다. 오른손 엄지손가락은 신경이 마비된 듯 차갑고 저렸다.

"차가 움직이질 않아요. 어쩌면 좋죠, 아저씨?"

그때까지 꾸물거리고 있던 자동차에서 젊은 여자가 나오면서 그를 불렀다. 노란 점퍼, 청바지, 빨간 머플러, 삼원색의 짙은 차림이 흐린 겨울 날씨와는 어울리지 않았고 숱이 많은 머리를 두 갈래로 길게 땋아 내린 차림이 어딘지 독특하게 보인다는 생각을 얼핏 하였다. 조그만 갑충처럼 생긴 소형차의 빛깔도 진홍색이었다. 회색으로 덮여 있는 겨울 하늘과 주차장의 억눌린 기운과는 대조적인 분위기의 옷차림과 자동차 빛깔이라는 생각을 하면서 젊은 여자한테로 다가갔다. 스스로 자동차에 대해서 아무것도 모른다는 사실이 생각났지만, 그런 기분을 얼른 지우고 여자의 얼굴을 쳐다보았다. 작은 얼굴에 별다른 특징이 없었지만 피곤한 기운과 병원에 들어설 때마다 느끼는 병원 특유의 냄새가 언뜻 묻어나고 있다는 느낌이 일어났다.

"나도 차에 대해서는 아는 게 없지만 어디 좀 볼까요?"

그는 고개를 구부리고 운전석을 들여다보았다. 목에서 전류가 흐르는 것처럼 짧은 순간 통증이 지나갔다. 엔진은 시동이 걸린 채 부릉부릉거렸고 그 소리도 아주 고르고 정상적이었다. 그는 운전석으로 들어가서 간신히 앉았다. 핸들이 거의 가슴에 닿을 정도여서 불편했다. 그러고 보니 낭패한 표정으로 밖에 서 있는 여자의 키가 아주 작다는 생각이 났다.

올려져 있던 핸드 브레이크를 풀고 액셀러레이터를 밟자 차가 앞으로 쑥 나갔다.

"핸드 브레이크가 당겨져 있었군요."

그는 핸드 브레이크를 다시 당겨 놓고 밖으로 나왔다. 그때까지 밖에서 그의 동작을 보고 있던 여자는 얼굴이 빨갛게 상기된 채 말했다.

"어머머. 아주 죄송해요. 글쎄 바보같이 늘 그걸 까먹는다니까요."

여자는 그에게 인사를 하면서 웃었다. 그도 초보운전일 때 핸드 브레이크를 풀지 않고 그대로 액셀러레이터를 밟는 일이 많았다. 그러나 그때는 자동차가 속력이 제대로 안 날 뿐이지 움직이기는 했었다는 기억이 났다. 요즘 새로 출고되는 신형차들은 핸드 브레이크의 성능이 굉장히 좋아진 모양이었다.

"야간근무를 하고 나면 늘 이렇게 정신이 없어요. 고마워요 아저씨."

여자는 피크닉 갔다 와서 헤어지며 다정한 사람에게 작별하듯 인사하고 주차장을 빠져나갔다. 그는 방금 그 여자가 떠난 빈자리에 차를 후진시켜서 반듯하게 넣었다. 그 여자의 조그만 얼굴과 앞가슴으로 자기의 궁둥이를 가까이 가져다 댄다는 생각은 잠깐 났지만, 그 여자의 질 속으로 발기한 성기를 들여민다는 상상은 일어나지 않았다. 하지만 병원에 들어설 때마다 일어나는 주눅 들린 마음의 다른 한편에서 그에 못지않게 일어나는 외설적인 상상력은 또 여지없이 꿈틀대기 시작했다. 그가 병원에 자주 드나든 것은 물론 아니지만, 아내가 아이를 낳을 때, 그리고 집안 식구들이나 친지들이 입원을 해서 문병을 올 때마다 그는 늘 이런 이상한 상상력 때문에 남모르는 부끄러움을 겪어야 했다. 산부인과 앞에 차례를 기다리며 앉아 있는 여자들을 볼 때마다 그의 상상력은 성능 좋은 투시경을 쓴 듯 여자들의 유방과 음부 그리고 특유의 냄새를 풍기는 질까지도 다 넘나들곤 했다. 꼭 잠옷처럼 생긴 환자복을 입고 병원 복도를 오가는 환자들과 흰 가운을 입은 간호사들을 볼 때도 마찬가지여서 병원에 오기만 하면 잠재울 수 없이 일어나는 부끄러운 상상력 때문에 혼자서 마음을 졸이곤 하였다.

조금 전 주차장에서 만났던 여자가 야간근무라고 말했을 때, 그 여자가 이 병원의 간호사라는 생각을 했을 때부터, 지금 목과 어깨가 아파서 큰 결심하고 아침 일찍 병원에 온 자신의 절박한 입장은 잊어버리고 병원에 오기만 하면 일어나는 못된 상상력이 또다시 꿈틀대는 것을 느끼며 그는 자신의 나이도 잊고 그 상상의 반경을 따라서 마음이 흔들렸다.

그는 주차장을 빠져나와서 병원으로 가는 언덕길로 걸어 올라갔다. 승전기념탑처럼 높다란 시계탑의 시곗바늘이 9시 10분을 가리키고 있었다. 얼마 전까지는 이 대학병원이 지금은 재개발 지역이 된 다른 구역에 있었는데 이곳으로 신축 이전하면서 건물은 물론 내부시설도 최신식으로 설치하여 대학병원으로서의 명망이 더욱 소문이 났으므로 요즘 장안에서 최고의 병원으로 손꼽혔다. 병원으로 올라가는 언덕길 양쪽으로는 남녀가 서로 포옹을 하면서 보기 민망할 정도로 성희를 즐기고 있는 대형 청동 조각, 그리고 정확한 주제는 짐작할 수 없으나 이제 병원에 들어서면 방금 전까지의 실체는 사라지고 오로지 병원에서 부여하는 등록번호와 진료카드에 의해서만 새로 탄생하고 존재한다는 묵시적인 명령형의 분위기를 자아내는 추상 조각들이 대학병원의 권위를 자랑하듯 세워져 있었다.

병원 건물로 들어서는 대형 유리문은 자동문이었다. 유리문에 손을 대려고 하자 문은 저절로 스르륵 열렸다. 이제 여기서부터는 내가 내 의지로 무엇을 할 수 있는 것이 아니라 모든 것이 대학병원이라는 거대한 조직에 의해서 결정되는 피동의 방식이라는 것을 일깨우기라도 하겠다는 듯 유리문은 그의 몸 뒤에서 다시 저절로 닫혔다.

병원의 로비는 생각했던 것보다 드넓었다. 대리석으로 된 웅장한 벽의 모습과 진료카드를 작성하는 원형 테이블도 고급스럽게 느껴져서 그렇지 않아도 주눅 든 그의 마음을 한껏 움츠러들게 만들었다. 병원 특유의 소독약 냄새 같은 게 날 것으로 생각했지만, 신축된 병원이어서 오히려 고급 호텔의 로비처럼 화려하기까지 했고, 개원할 때 축하의 뜻으로 들어왔음이 분명한 화분에서는 싱싱한 열대의 잎사귀들이 자태를 뽐내고 있었다. 영산홍과 서양란이 꽃을 피우고 있고 이름 모를 화초들이 갖가지 꽃잎을 자랑하고 서 있었다.

그는 의료보험카드를 꺼내어서 진료카드를 써 내려갔다. 1945년생 오문기, 조합명과 조합기관 번호 - 민조출판, 502 -

4524, 진료과 - 신경외과. 특진의사? 그는 여기서 쓰기를 멈추고 잠깐 생각에 잠겼다. 그렇다. 한때는 의과대학 교직원들과 함께 테니스도 치고 술도 마시며 지내던 그였다. 그런데 10년의 시간이 흐른 지금 의과대학 교수들의 이름이 하나도 생각나지 않았다.

그래도 당신이 강의하던 대학의 병원으로 가 보세요. 다른데보다야 믿을 수 있잖아요. 아내의 권고만 없었더라도 이 병원으로 오지 않았을 그였다. 1980년대의 그 흔해 빠진 이야기, 이미 국회 청문회에서 개발새발 까발린 이야기들은 그 자신이 생각해도 스스로 진저리가 나는 일이었다. 외국의 이념 서적을 읽는 독서회의 회원으로 강의시간에 체제 비판을 했다는 투서가 들어가는 바람에 영어 강사직에서조차 쫓겨났던 그였다. 그후 몇 년 지나서 해직 교수들의 복직문제가 사회적 이슈로 되고 마침내 본인이 원하면 언제라도 복직할 수 있게 되었을 때 그가 원했다면 영어 강사직에 다시 복귀할 수 있었고 또 머지 않아 전임강사가 되었을 터였다. 그러나 그는 대학 강의와 손을 끊었다. 민주와 반민주, 개혁과 보수로 패거리를 나누어 논쟁을 하다가도 눈앞의 이익이나 체면에 관계된 일이 일어나면 이념도 원칙도 없이 다시 패가 갈리는 위선적인 지성인의 무리 속에 다시는 끼고 싶지가 않았다.

차라리 단순한 지식 노동자, 지식 날품팔이의 입장에서 본다면 출판사 직원이 더 떳떳하다고 생각했다. 그는 자신의 뜻에

의하여 대학 동창 김동익이 차린 출판사의 편집부장으로 살아가기로 작정한 이래 그는 한번도 이 대학에 와 본 일이 없었다. 조금 전 주차장에 차를 몰고 들어설 때는 느끼지 못했는데 자기가 한때 강의했던 대학 캠퍼스의 곳곳에 남아 있는 추억을 한편으로 두려워하고 있었는지도 모른다는 생각이 조금 전 진료카드를 작성할 때 얼핏 스치고 지나갔다.

신경외과는 로비에서 계단을 내려가서 왼쪽으로 있었다. 그는 소아과를 지나서 다시 안내판을 보면서 걸어갔다. 신경외과에 진료카드를 접수시키고 대기실 의자에 앉았다. 이미 여러 사람이 기다리고 있었으므로 그의 차례는 한참 뒤에나 올 모양이었다. 겉으로 보기엔 멀쩡한 사람들인데 몸 어느 구석의 보이지 않는 신경이 고장 나서 아침 일찍 병원에 찾아온 것일까. 그들은 마치 기다란 의자에 나란히 앉아서 멀리 어디로 여행을 가려는 사람들같이 보였다. 접수를 맡은 간호사가 정방형의 유리문을 열고 얼굴을 내밀어 환자의 이름을 부를 때를 기다리면서 그들은 자기도 모르는 먼 곳으로 불안한 여행을 떠나는 사람들처럼 무료하게 앉아 있었다. 유형의 땅으로 출발하는 열차를 기다리는 시베리아의 죄수들과 꼭 같지는 않았지만 그들의 얼굴에 나타난 침착한 기다림과 인내심은 마치 러시아 망명 작가의 소설에 나오는 유형수의 자포자기와도 흡사하다는 생각이 들었다.

대학병원이 새로 신축되어 이사 왔기 때문에 여러 제약회사에서 보낸 개원 축하 화분들이 넘쳐났는지, 저 멀리 남아메리카 밀림에서 밑동만 뚝 잘라서 수입해 온 행운목류의 실내 완상목들이 즐비하게 자리 잡고 있어서 외래환자들이 기다리고 있는 복도도 호화스러움이 넘쳐나고 있었다. 그러나 그들 각자가 남이 모르는 혼자만의 아픔과 불안을 저마다 지니고 있는 사람이라는 사실은 그에게 어떤 사내가 이렇게 말을 걸어왔을 때 분명해졌다.

"이 병원이 믿을 만한가요?"

"이 병원이요?"

그는 처음에는 무슨 말인지 모르고 이렇게 반문했지만 곧 이어 그의 말이 흔히 병원에 들어선 외래환자들이 서로 주고받는 상투적인 말이라는 것을 알았다. 자기 몸의 어느 구석이 고장 나서 치료를 받으려고 할 때 병원이라는 종합적인 조직이 반응하는 온갖 처방에 이미 한두 번 곤경을 겪은 사람이라는 것을 떠올렸다. 평소에 병원을 멀리하고 살아온 그 역시 새로 지은 현대식 대학병원에 들어서면서 일종의 안도감과 더불어 한편으로 불안감도 또한 없지 않았다. 그리고 흔히 뉴스로 보도되곤 하는 종합병원의 여러 가지 구조적 부조리와 횡포를 알고 있는 사람들로서는 일단 그 병원이 믿을 만한지 어떤지 궁금한 일일 것이었다.

"대학병원이니까요. 믿을 만하겠지요."

그가 이렇게 말하자 사내는 이미 그의 대답에는 신경도 안

쓴다는 듯 피우던 담배를 행운목 화분에다가 비벼 끄면서 의자에서 일어났다. '축 개원'이라는 분홍색 리본을 허리에 감고 서 있는 잎이 싱싱한 행운목 화분이 순간적으로 뜨거움을 느꼈다는 듯 잎사귀가 흔들렸다. 그때 신경외과 진료실 문이 열리면서 간호사가 밖으로 나왔다. 엉덩이와 앞가슴의 풍만함이 그대로 나타나는 하얀색 가운을 입은 간호사가 그의 앞으로 다가왔다.

"오문기 선생님이시죠?"

"예?"

그는 깜짝 놀라 일어섰다.

"선생님 웬일이세요? 대학 1학년 때 선생님한테서 교양 영어 배웠어요."

간호사의 호들갑에 의자에 앉아 있던 외래환자들이 모두들 쳐다보았다. 그는 조금 겸연쩍기는 했지만 아주 싫지만은 않았다. 그래서 그를 알아보고 반가워하는 간호사에게 말했다.

"그랬었지. 내가 의과대학 교양 영어를 맡았을 때가 있었지. 벌써 꽤 오래전이지, 아마?"

"그럼요. 벌써 10년이나 됐어요."

순간 그의 머릿속으로 지나가 버린 10년의 세월이 치욕의 찌꺼기처럼 떠오르는 것을 느꼈다.

"오 선생님 강의시간 늦으시겠네요. 의사 선생님들이 아침 세미나 이제 막 끝났으니까 금방 내려오실 거예요. 지금쯤 커피 한잔씩 하고 있을거예요. 몇 년 전만 해도 신경외과는 파리를 날렸었는데 요즘에는 환자가 가장 붐벼요. 모두들 살기가 그만해졌으니까 이제는 모두 현대병을 앓는 거예요."

간호사는 명백하게 두 가지 사실을 잘못 알고 있는 셈이었다. 첫째 오류는 그가 아직도 이 대학의 영어 교수라는 사실이고, 다른 하나는 바로 그 자리에서 그녀를 빤히 쳐다보고 있는 외래환자들이 병원을 찾아올 만큼 아픈 것도 아닌데 생활의 여유가 생기니까 신경의 구석구석이 새삼스럽게 아프기 시작한 자생적인 환자들이라는 사실이었다. 간호사가 그를 알아보았을 때 반가웠던 마음이 움츠러드는 기분이 일어났지만 그것은 아무래도 좋은 일이었다. 오른손 엄지손가락을 찬 얼음물에 오래 담갔다가 뺐을 때처럼 그 순간 아주 빠르고 차가운 통증이 참을 수 없게 일어났다.

"선생님 들어오세요. 의사 선생님이 오셨어요."

간호사가 그를 진료실로 안내했다. 접수 순서대로라면 그가 첫 번째가 아니었지만, 대기실 의자에 앉아 있는 다른 환자들 중에서 아무도 이상하게 보는 사람이 없었다. 이렇게 웅장한 대학병원을 운영하는 종합대학의 교수로 인식되었다면 접수 순서쯤은 무시해도 다 양해가 되는 일일 것이었다.

진료실은 밖에서 예상했던 것보다는 협소했다. 간호사는 의자에 앉아서 진료카드를 작성하면서 그에게 물었다. 조금 전보다 한결 사무적인 목소리와 표정이었다.

"별 것 아닐 거예요. 선생님 연세면 누구나 다 오십견이거든요."

"오십견이라니?"

그녀의 하얀 가운 가슴에 붙은 명찰을 보면서 그가 말했다.

"쉰 살이 되면 누구나 어깨의 신경과 근육이 말썽을 피운대요. 선생님도 쉰 살이 머지 않았잖아요?"

그녀에게서 진료카드를 넘겨받은 옆자리의 의사도 앳되기는 마찬가지였다. 의사라면 나이도 지긋해야 할 텐데 저렇게 새파랗게 젊다니, 그는 이상한 생각이 들었다. 그는 의사의 테이블 맞은편 의자에 앉았다.

"어디가 아프시죠?"

앳된 얼굴과는 달리 의사의 목소리는 아주 냉정했다.

"한 달 전쯤에 가벼운 교통사고를 당했어요. 건널목에서 정지 신호를 받고 있는데 다른 차가 뒤에서 들이받았지 뭡니까? 요즘 젊은것들이 마구잡이로 차를 몰고 다니니까 별별 사고가 다 나는구먼."

그의 말을 듣자 의사는 이상한 표정으로 그를 빤히 쳐다보았다. 교통사고를 낸 운전자가 교통경찰한테 자기 입장을 다급하게 설명하는 꼴이 되어 버린 자신의 모습이 그제서야 우스꽝스럽다는 생각이 들었다.

"그 후 며칠 지나니까 목이 굉장히 아프더니 오른손 엄지손가락도 자꾸 저리고 아픕니다. 아무래도 심상치 않아서 병원을 찾게 되었소. 어깨도 자꾸 결리고 아무래도 이상해요. 자동차는 뒤 범퍼 하나 우그러지지 않고 말짱한데, 원 이 꼴이 되다니."

의사는 하얀 알루미늄 막대기로 그의 목과 팔꿈치와 손목을 몇 번 톡톡 쳐보고 나서 말했다.

"목 디스크 같습니다만."

"목 디스크요?"

그는 얼떨결에 이렇게 바보같이 말했다. 가벼운 교통사고를 당하고 마지못해 병원에 온 것은 지나친 소심증에서가 아닐까 하는 생각이 은연중 있었던 그는 의사가 목 디스크 같다는 이야기를 하자, 너무도 엉뚱하다는 느낌을 지울 수 없었다. 목 디스크나 허리 디스크는 몸의 가장 중요한 부위가 삐걱삐걱 어긋나 이제는 모든 꿈과 낭만이 모두 박살 난 사람에게나 붙는 병명이라고 생각해 왔던 그에게 의사는 진료카드에 낙서하듯 몇 자 적더니 다시 말했다.

"목 디스크를 문화병이라고 쉽게 생각하시면 큰일 납니다. 요즘 손수 운전자가 많아져서 선생님 같은 환자들이 꽤 많아요."

"그렇게 경미한 사고를 당했는데도?"

"발생 원인은 환자의 몸 내부에서 일어나는 거죠. 평소의 자세가 좋지 않다든가 운동 부족이라든가 디스크의 발생 요인은 많아요."

의사는 손에 든 볼펜을 엄지손가락 위에 올려놓고 뱅뱅 돌리면서 말했다.

"잠시 기다리세요. 의사 선생님이 더 자세히 진료하실 거예요."

그러고 보니 지금까지 그에게 말했던 의사는 흔히 말하는 의사가 아니고 인턴인가 레지던트인가 하는 의사 수습생인 모양이었다. 그는 순간적으로 웃음이 나왔지만 애써서 참고 진료실 맞은편의 의자에 앉았다. 초진 환자를 미리 예진하는 보조 역의 소견에 대하여 정색을 하고 있었던 스스로의 모습이 오히려 꼴불견이었다는 생각이 떠나지 않았다. 이러한 생각이 떠나지 않는 가운데를 비집고 오른팔 어깨와 오른손 엄지손가락에서는 뜨끔뜨끔한 통증과 마비된 듯한 저려옴이 계속 일어났다.

4

잠시 뒤에 흰 가운을 입은 의사가 진료실에서 얼굴을 내어밀고 간호사에게 큰소리로 말했다.

"간호사, 환자 들여보내요."

간호사가 진료실로 들어가라는 손짓을 했다. 그는 의자에서 엉거주춤 일어났다. 병원에 오니까 갑자기 환자가 된 것일까. 의자에서 일어나는데 허리에 통증이 일어났다.

진료실에 들어가서 조금 전에 수습생에게 한 말을 의사 앞에서도 또 되풀이했다.

"아주 경미한 접촉사고였거든요. 그런데 한 열흘쯤 지나자 목이 굉장히 아프고 오른팔이 저려 오는 게 아니겠습니까. 엄지손가락은 감각이 아주 없는 것 같고요."

의사는 간호사가 건네준 예진 카드를 훑어보면서 그에게 상의를 벗으라고 말했다. 그는 시키는 대로 윗옷을 벗고 넥타이를 풀었다.

"셔츠도 벗으세요."

의사가 사무적으로 말했다. 의사 등 뒤로 유리창에 쳐진 차양창이 아주 완고하게 바깥세상과 진료실을 차단하고 있었으므로 천장에 매달린 형광등의 불빛이 그의 사무적인 목소리와 어울려 말 못할 권위와 절망감을 차갑게 비치고 있었다.

그는 셔츠를 벗으면서 의사의 테이블 한켠에 놓인 목뼈와 척추의 형상을 한 모형 뼈를 섬뜩한 마음으로 바라보았다. 목뼈의 층층을 이룬 모습이 꼭 경주 다보탑의 모형 같다는 생각이 문득 들었지만, 그는 이러한 모든 상상력의 발동을 즉시 제어하고 나서 진료실의 차단감과 적막함을 벗어나려는 듯 단호하게 말했다.

"목 디스크는 아니겠지요?"

의사는 그의 말에는 대꾸를 안 하고 T자형으로 생긴 알루미늄 막대기로 오른쪽 팔꿈치를 톡톡 때렸다. 오른쪽을 때릴 때는 오른손가락들이 전혀 움직이지 않았는데, 왼쪽을 때릴 때는 왼손가락들이 경련을 일으키듯 튀어 올랐다. 오른쪽 어깨와 팔에 고장이 나도 크게 났구나 하는 생각이 들자 그는 당황한 마음이 불안 속에서 퍼져 올랐다.

의사는 그의 목을 손가락으로 꽉 누르면서 찬찬히 살펴보고 나더니 차트에 그려져 있는 목뼈들 위에 빨간 펜으로 체크를 하고 나서 확신에 가득한 표정을 지으면서 말했다.

"목 디스크예요. 일단 정밀검사를 해야 되겠군요. X레이와 MRI 자기공명영상 촬영을 해봅시다. 목 물렁뼈 중에서 다섯 번째가 심한 압박을 받고 있습니다. 방치해 두면 나중에는 통증이 아주 심해서 수술을 해야 합니다. 목 디스크와 허리 디스크가 현대인에게는 가장 무서운 병입니다. 신경을 많이 쓰는 직업에 종사하는 사람들이 디스크에 많이 걸려요. 문제는 아직도 많은 사람들이 디스크를 병으로 생각하지 않는다는 겁니다. 외국에는 병원에서 이러한 신경 계통 질환을 치료하는 클리닉이 주종을 이루고 있지요."

그는 의사의 말을 들으면서 완전한 무력증에 빠져버렸다. 몇 년 전에 지방 출장을 가다가 자동차가 고속도로 위에서 완전히 주저앉아 버린 일이 있었다. 1차선으로 달리고 있었는데 갑자기 이상한 소리가 나면서 자동차가 한쪽으로 쏠리기 시작하였다. 그는 급히 차선을 바꾸어 대각선으로 핸들을 꺾어 4차선쪽으로 차를 몰았다. 굉음이나 마찰음이라고만은 표현할 수 없는 아주 기분 나쁜 소리가 시끄럽게 들렸다. 뒤에서 달려오는 자동차들이 급하게 브레이크 밟는 소리가 들렸다. 한순간의 일이었다. 그는 차를 세우고 한참 동안 멍하니 앉아 있다가 차에서 내렸다. 지나가는 차들이 그를 가리키며 손짓을 했다. 놀랐다는 시늉이었다. 차에서는 고무 타는 냄새가 심하게 났다. 그는 자동차 뒷바퀴를 보고는 정신이 아찔해졌다. 오른쪽 뒷바퀴 타이어가 흔적도 없이 날아가고 쇠바퀴뿐이었다. 시속 1백 킬로로 달리다가 펑크가 난 것이었다. 하마터면 죽을 뻔했다는 생각이 그제서야 났다. 넋이 나간 듯이 담배를 한 대 피워 물고 있자니까 얼마 되지 않아서 고속도로 순찰차가 와서 멈췄다. 차에서 내린 순찰자는 자동차 뒷바퀴를 보고 나서 말했다. 고속도로에서 이런 사고가 나면 대부분 인명피해가 나는데 아저씨는 정말 하늘이 낸 목숨인가 보군요. 스페어 타이어 있습니까. 제가 갈아끼워 드릴 테니 놀란 가슴 진정이나 하십쇼. 그때 고속도로에 주저앉은 차를 보고 있을 때의 절망감은 한두 마디 형용사로는 표현하기 어려운 참혹한 것이었는데, 의사의 손이 목뼈를 누를 때마다 일어나는 통증도 마찬가지였다. 자기의 육체가 정신으로부터 분리되어 떨어져 나가서 다 고장 난 채로 타인의 손아귀에 잡힌 채 그때 고속도로에서 펑크 난 뒷 타이어가 주었던 참혹한 절망감을 다시 재생시켜 주고 있었다.

"목 디스크를 방치해 두면 허리 디스크도 생길 수 있습니다."

의사의 말을 듣고 있으면서 그는 아침에 일어날 때 허리가 쑤시고 결리는 날이 많다는 생각을 했다.

"디스크가 심하면 수술을 해야 하지만 선생님의 경우는 아직 수술을 할 단계는 아닌 것 같습니다. MRI 촬영을 하면 악화상태가 훤하게 나옵니다."

그는 간호사가 적어준 대로 방사선과로 가서 가슴과 전신 X레이를 찍은 다음 다시 자기공명영상실로 가서 MRI 사진을 찍었다. 촬영료가 30만 원을 넘는 것을 보면 의사 말대로 최첨단 기계임이 분명했다. 옷을 다 벗고 여름 잠옷 같은 촬영복으로 갈아입은 다음 원통형의 피사통 속으로 들어가서 반듯이 누웠다. 스위치 조작하는 소리도 들리지 않았지만 기분은 아주 묘했다. 최첨단 기계에서 발사되는 광선이 몸 구석구석의 세포와 신경을 투시하고 있다는 생각이 들자 한없는 무력감에 빠져야 했다. 초월적인 힘을 가진 광선이 목과 어깨와 팔의 신경과 뼈 마디마디를 비추고 있다는 패배감이 전신을 엄습해 왔다.

"내일 아침에 촬영 결과가 나옵니다."

방사선과의 간호원이 말했다.

그는 출판사로 전화를 걸기 위해서 외래환자 대기실로 갔다. 자판기에서 커피 한 잔을 뽑았다. 방사선과 오른편으로 물리치료실이 있어서 목발을 짚은 사람들이 쉴 새 없이 드나들었다. 커피를 마시고 나서 공중전화기를 찾아 출판사로 전화를 걸었다.

사장은 그의 말을 듣자 가타부타 감정이 하나도 섞이지 않은 중립적인 목소리로 대꾸했다.

"오 형은 지금 문화병을 앓고 있는 거니까 너무 기분 상하지 마시오. 신경외과가 다 그렇고 그런 것 아니겠소? 요즘 팔다리 저리고 쑤신 놈이 한둘이 아니니깐."

이제 보니 사장의 목소리는 중립이 아니라 드라이브였다. N 에다가 자동기어를 놓고 자동차를 앞으로 밀면 전진하고 뒤로 밀면 후진을 하는 것과 마찬가지로 듣는 사람에 따라서 가타부타가 결정되는 중립적인 것이 아니라, 사장의 말은 이제 보니 완전히 D였다. 그것도 저단인 2나 L이 아니라 D여서, 액셀러레이터만 밟으면 금방 불쾌지수가 높은 매연을 내뿜으면서 돌진해 나가는 상태였다. 사장은 당뇨가 심해서 항상 병원 출입도 자주 했지만 요즘은 그것도 효과가 없게 되자 식이요법에 매달려 있는 중이었다.

"내일 바로 검사결과가 나온다니까 다시 전화하겠소. 그 책 제본은 다 끝났소?"

그는 무엇보다도 『아버지의 흔적』이 궁금했다.

"곽이라는 사람한테서 당신 찾는 전화가 여러 번 왔소. 병원에 갔다고 하니까 의도적으로 도피한 걸로 생각하는 눈치요. 민간단체라고 깔보다가는 빼도 박도 못하는 곤란한 일이 생긴다면서 전화를 끊습디다."

그는 전화를 끊었다. 보이지 않는 손이 그의 목을 죄어 오는 듯한 기분이 들었다. 여승희가 길림 방송국의 기자임이 사실일 뿐만 아니라, 그녀가 쓴 책은 단지 아버지가 평생 동안 걸어간

길을 조명한 것이지 남한을 비방한 것이 아니라는 사실을 그 사내도 잘 알고 있을 것이었다. 그는 자신의 마음이 갑자기 약해지고 있다는 느낌이 들었다.

그는 아내에게 전화를 걸려고 다이얼을 돌리다가 수화기를 다시 올려놓았다. 목 디스크라고 하면 본태적 협심증이 있는 아내는 공연히 큰일이 난 줄 알고 놀라서 가슴이 뜨거운 소금물을 붓는 것처럼 아프고 쓰리다고 할 것이었다. 결혼한 지 이십 년이 넘고 이제 아이들이 성장하여 고등학생이 된 지금 아내와 그 사이에 20대부터 이어져 왔던 거미줄과 이슬의 관계는 많이도 변색되어 있었다. 그가 시인 지망의 대학 영문과 학생이고 아내가 회화과 학생일 때 그들은 캠퍼스에서 소문난 연인으로 통했다. 상대방의 엉뚱하며 가장 비현실적인 아름다움과 무모함에 이끌려 결혼까지 한 사람들이다. 결혼을 성기의 상호 사용계약쯤으로 여긴 주변의 많은 이들은, 아이쿠, 저 결혼은 잘못될 거라는 대리 실수의 보상감을 주는 것이었다. 그러나 이러한 비아냥이 단순한 혐오감이나 멸시에서 나오는 것만은 아니라는 것을 그는 알고 있었다. 그네들은 두려워서 실천하지 못한 사랑이라는 보이지 않는 투망으로 이 세상의 삶을 모두 건져 올리려는 무모한 행위에 대하여 경탄과 두려움을 함께 지니고 있을 것이었다.

아침 햇살이 빛날 때 거미줄에 맺힌 이슬의 영롱한 아름다움이야말로 삶의 척도로 따진다면 비실용적이기가 이를 데 없는 것이지만, 또 가장 황금분할적인 미의 극치가 아닐 수 없었다. 그들의 연애와 결혼은 이토록 비현실적인 구조로 이루어진 것이었다.

부모님의 반대를 무릅쓰고 가방 하나 들고 그에게로 달려온 아내와의 결혼은 아침이슬이 맺힌 거미줄이 아무리 영롱한 아름다움을 발현한다 해도 솔방울 하나 나뭇가지 하나가 떨어져도 훼손될 수 있는 것이었고 모든 사회의 기성 가치와 유휴 비판 세력이 던지는 비난과 욕설의 돌멩이를 견뎌내기가 너무 힘든 때도 많았다. 아내가 중학교 미술 교사로 근무한 지도 20년이 넘었고 그가 출판사의 번역 원고를 쓰면서 대학원을 끝내고 영어 강사가 되는 과정까지 그리고 캠퍼스를 떠나 출판사 편집부에서 일하기까지 아득한 세월의 통로를 지나서 여기까지 온 셈이었다.

이제 아파트도 마련하였고 아이들도 다 자랐으니까 그 옛날의 무모했던 거미줄과 이슬의 관계를 다시 재구성해 봄 직도 하지만 이미 그들은 그 옛날을 돌이켜보고 다시 앨범을 뒤적이고 그 앨범 속의 빛바랜 사진들을 보며 사진의 배경과 시간으로 거슬러 가기에는 이미 삶이라는 궤도를 너무 많이 달려와 있었다. 그렇다. 오십을 코앞에 둔 중늙은이의 흰 머리칼과 주름살은 더 이상의 어떠한 추억의 반추도 힘겨웠고 오직 지금 발 딛고 서 있는 여기의 현존성을 지탱하기조차 위태할 때가 많았다.

그만 사표 낼까 봐요. 아내가 며칠 전 이렇게 말했다. 이제 아내는 여류 화가도 미술 교사도 아닌 쉰 살이 다 된 얼굴에 기미가 끼고 피로에 젖은 여인일 뿐이라는 사실을 그녀 스스로가 자백하고 있는 셈이었다. 어린 학생들 가르치는 데 지쳤어요. 그만 쉴까 봐요. 20년 넘었으니까 연금도 받을 수 있잖아요. 여행이나 다니고 싶어요. 아내의 말을 듣자 그도 공연히 가슴이 두근거렸다. 그들이 힘겹게 지나온 삶의 궤적에서 이제는 일탈하여 자전과 공전의 정해진 길이 아닌 그때그때의 길을 따라나서고 싶은 마음이 들었다. 스칸디나비아반도, 인도, 이집트, 다 가 보고 싶어요. 이렇게 말할 때의 아내는 그 옛날 거미줄에 맺힌 이슬방울 같았다.

나이답지 않은 몽상에 젖어 있던 어느 날 그의 목에서 벼락 치듯 통증이 오고 오른쪽 어깨와 팔과 손가락이 바위에 짓눌린 것처럼 아프고 저리기 시작했다. 곽이라는 사내한테서 전화가 올 때마다 목의 통증이 재발되고 엄지손가락이 심하게 저려 왔다. 거미줄을 어떤 놈이 몽둥이로 후려치는 것일까. 보이지 않는 적군의 저격수가 이슬방울을 정조준 사격하는 것일까. 삶의 보이지 않는 악마가 생애의 밑바닥에서부터 기어 올라와 대가리를 쳐들고.

다음 날 아침 대학병원으로 다시 갔다. 신경외과 의사는 아직 외래환자를 보지 않고 있었다. 그는 간호사 맞은편 의자에 앉아서 잠시 기다렸다. 아침 숟갈을 들지도 않고 집을 나왔다.

그의 정체는 X레이와 MRI 필름 속에 찍혀 저당 잡혀 있고 음식을 먹는 것은 껍데기뿐이라는 생각이 들었기 때문이었다. 의자에 앉아서 의사를 기다리고 있으면서도 그의 실체는 다 빠져나가고 껍데기만 앉아 있다는 생각이 들었다. 정신과 육체의 분리가 아니라 육체 내부의 분리, 뼈와 살의 분리도 가능하여 지금 신경과 뼈의 정체는 필름에 찍혀 있고 의자에 앉아 있는 것은 검버섯이 드문드문 난 쇠진한 살뿐일 것이었다.

진료실로 들어가자 의사는 어제보다 더 비인간적인 모습으로 손을 들어서 그에게 앉으라는 시늉을 했다. 비인간적인 모습? 의사는 주민등록 번호가 있고 감정이 있는 인간으로서가 아니라 대학병원의 무수한 조직을 이루는 하나의 부품처럼 보였고 X레이와 MRI 필름의 오디오 역할을 하는 버튼처럼 보였다. 의사의 왼편 흰 벽 위 형광등 아래 X레이와 MRI의 필름은 걸려 있었다. 크기가 크고 윤곽이 흐릿한 것이 X레이 필름이었고, 크기가 작고 흑백의 윤곽이 선명한 것이 MRI 필름이었다.

"선생의 경우는 다섯 번째와 여섯 번째 목뼈에 문제가 있어요. 이것 보세요. 여기가 반듯하지 않고 좀 튀어나왔지요? 이게 더 튀어나와서 신경을 아주 누르면 수술을 해야 합니다. 선생의 경우는 입원해서 집중적인 치료를 받으면 완치될 수 있어요. 척추 전체도 아주 약합니다. 원인은 추돌사고뿐이 아니라 평소에 자세가 나쁜 겁니다. 운동 부족에다가 자세 불량이니까, 고장이 난 것이지요."

그는 의사가 가리키는 MRI 사진을 찬찬히 보았다. MRI가 X 레이나 CT 촬영보다도 더 정밀한 기계라더니 정말 필름에 나타난 목뼈 모습은 가로 세로로 단층촬영을 하여 선명하게 보였다. 목뼈가 그대로 뽑혀져 나가 벽에 걸려 있다는 생각이 들었다. 목뼈가 마디마디 잘려나가서 흰 벽 위에 내걸린 채 처형당하고 있다는 느낌도 들었다.

"목뼈와 척추는 참으로 신비스러운 거예요. 그곳에서부터 모든 신경이 비롯되거든요. 이것 좀 보십시오. 목뼈의 모습이 꼭 유리잔을 포개어 놓은 것 같지요? 직립 척추동물인 사람의 척수신경은 온몸의 운동신경과 지각신경을 전달하는 가장 중요한 것이지요. 척추의 상부를 이루는 목뼈가 신경을 압박하기 때문에 어깨와 팔이 아픈 겁니다. 인류의 조상인 호모 사피엔스(Homo sapiens)가 속하는 영장류가 진화를 거듭하면서 생물세계를 제패한 원인이 바로 엄지손가락을 가지고 무엇을 움켜쥐는 능력 때문이었다고 하지 않습니까? 수백만 년 전 아득한 인류의 조상 때부터 엄지손가락의 파악 능력은 이토록 중요한 것이었지요. 그런데 선생은 지금 그 엄지손가락이 말을 듣지 않는 것입니다."

의사는 MRI 필름을 가리키며 말하고 있었다.

"곧바로 입원 수속을 하세요. 어제 간호사한테 들었는데 오래전에 우리 대학에서 영어를 강의하셨다죠? 원무과에 특별히 얘기해서 입원실을 확보해 놓았습니다. 요즘 입원실 구하기가 아주 어렵거든요."

그는 의사의 말을 들으면서 10년 전에 떠났던 캠퍼스를 상처투성이의 몸으로 다시 돌아오고 있는 자신의 모습이 정말 밉다는 생각이 들었다. 목뼈와 어깨와 팔의 통증만이 아니라 그동안 삶의 언덕을 올라오면서 보이지 않는 손에 의하여 상처를 많이 받아온 자신의 모습에 공연히 화가 나고 있었다.

"입원하신 김에 종합검진도 받아 보십시오. 육체가 정신을 완전히 배반하기 전에 그놈한테 족쇄를 채워 놓아야 하거든요."

의사는 처음에는 비인간적으로 말하더니 다음에는 입원 치료를 권하는 냉정한 의사로서, 그리고 마지막에는 장차 대학병원의 원장이 될 인물이 되어 총체적인 건강론을 피력하고 있었다.

입원 수속을 끝내고 병실을 배정받고 올라와서 보니까 2인용 방이었지만 침대는 비어 있었다. 입원실에서 내다보면 병원 앞 주차장 너머로 아파트촌이 보이고 그 뒤로 북행선 기차역이 보였다. 환자복으로 갈아입자 곧바로 왼쪽 손목에 링거 주사를 꽂았다. 조금 전까지 담배 피우고 커피 마시며 자유롭게 걸어 다니던 사람이 갑자기 환자가 되어 꼼짝할 수가 없는 꼴이 된 셈이었다.

링거병에서 연결된 가느다란 호스로 한 방울씩 떨어지는 주사액이 혈관을 타고 온몸으로 퍼지고 있다는 생각은 아주 묘한 것이어서 외부의 영양공급이 없이는 자립할 수 없는 의존

형의 인간, 더 이상 직립할 수 없는 인간이 지니는 자포자기와 열등감이 부풀어 올랐다. 한 시간쯤 지나자 어제 그를 진찰했던 의사가 간호사와 함께 들어왔다. 그는 손목에 바늘이 꽂힌 채 링거병 지지대와 연결되어 있었기 때문에 간신히 상반신을 일으키고 침대에 앉아야 했다.

"이걸 해야 됩니다. 홀터 트랙션(halter traction)이라는 목 견인장치입니다. 턱을 받쳐 올려서 주저앉은 목뼈를 곧바르게 당겨 주는 겁니다. 자 똑바로 누워 보세요."

의사는 그의 턱에 보호대를 씌우고 나서 그것을 양쪽 귀 쪽에서 손가락 굵기의 줄로 연결하여 침대 머리맡에 둥근 원반 모양의 쇳덩이가 달린 조임쇠에 붙잡아 매었다. 쇠로 된 추의 끌어당기는 힘을 조정할 수 있도록 만들어진 목 견인장치에 붙은 허리띠 쇠 모양의 장치를 움직여 강약을 조정하였다. 그것을 조이니까 턱뼈에서 우두둑 소리가 날 지경으로 물리적인 힘이 가해져 왔다. 견인차에 끌려가는 고장 난 자동차 꼴이었다.

"하루에 두세 시간 정도로 일주일 치료를 받으면 한결 좋아질 겁니다. 신경이완제 약을 투여할 테니까 꼭꼭 드시고, 하루에 한 번씩 재활의학과에 가서 물리치료를 받아야 합니다."

턱이 받쳐 올려져서 당겨지고 있기 때문에 그는 말도 제대로 할 수 없었다. 그저 잘 알았다는 시늉으로 눈을 껌벅거렸다. 저녁때가 다 되어서 아내가 입원실로 왔다. 깜짝 놀랐는지 한동안 말이 없다가 그의 손을 꼭 잡았다.

"아무 걱정 말아요. 디스크는 적당한 운동을 하고 다른 일에 신경 쓰지 않으면 별 걱정 안 해도 된대요. 학교 체육 선생님한테 물어봤더니 조로 현상이라면서 웃던대요 뭐."

아내가 있을 때 저녁 식사가 나왔다. 식판에 밥과 배추국과 고등어 졸임과 김치, 그리고 이름을 알 수 없는 젓갈이 담겨 있었다.

"나는 밥맛이 없어. 당신 배고플 텐데 대신 먹지 그래."

그는 턱 보호대의 조절쇠를 느슨하게 하고 그대로 침대에 누운 채로 말했다. 아내는 그의 말을 듣자 조금 망설이는 표정이더니 숟가락을 들었다.

"병원 밥 먹으니까 아주 별미인데요. 당신은 내가 매점에 내려가서 빵하고 우유 사다 드릴게요."

아내는 어린아이처럼 밥을 맛있게 먹었다. 그렇다. 내가 사랑하는 아내의 모습은 바로 저 천진함 때문이다. 어른이 되었으면서도 어른답지 않은 생각, 남들은 하나도 괴롭지 않은 일을 괴로워하는 마음, 누가 뭐라고 해도 자기 하고 싶은 대로 하지만 그것이 타인에게 피해를 주거나 남을 욕되게 하지 않는 무구한 행동, 거미줄에 맺힌 이슬방울이 햇빛을 받아 영롱한 빛을 반사하다가 그 햇빛에 증발되어 소멸하는 것처럼 지금 있는 그대로의 존재 방식을 가장 진실하게 표현하는 아내의 태도를 보면서 그는 가슴 한쪽이 후끈 달아오르는 것 같은 기분을 맛보았다.

"밤늦기 전에 그만 가. 아이들 학원에서 돌아올 시간 돼 가지 않아?"

매점에 내려가서 빵과 우유와 주스를 사 가지고 올라온 아내에게 말했다.

"TV도 있고 냉장고도 있고 시설이 그만이네요. TV 켜 드릴까요?"

아내는 TV 앞으로 갔다가 곧 돌아섰다.

"500원짜리 동전을 넣어야 켜지게 돼 있어요. 500원에 30분인데요."

핸드백에서 동전을 찾아 TV 옆에 장착된 벙어리 저금통같이 생긴 상자에 넣고 스위치를 켜자 TV가 작동하기 시작했다. 아내가 돌아가고 난 뒤 밤 열 시 가까워서 김동익 사장이 입원실로 들어왔다. 술을 마신 듯 얼굴에 불콰한 기색이 돌고 있었다.

"아주 중환자 같구먼그래. 그러나저러나 그놈의 『아버지의 흔적』 때문에 골치 썩이게 됐소."

그는 턱 견인장치의 조임쇠를 풀고 일어나 앉았다.

"오늘은 총판에서 연락이 왔는데 자기들로서는 그 책 판매 대행을 해 주기가 곤란하다는 거요. 물론, 이유는 말하지 않는 거요. 사람 죽일 노릇이지 뭐요? 오 형 말대로 분단시대의 현상이나 이념의 실체가 있는 그대로 기록되고 알려져야 그다음 진정한 화해나 통일이 가능한 것이지, 한쪽을 눈가리개로 막아놓고 극장표 두 장 같이 끊자고 하면 말이나 돼? 제본까지 다 끝난 마당에 이게 뭐야?"

김동익은 말을 해나가면서 차츰 울화를 참지 못하고 있었다. 그는 난감할 뿐이었다. 원고가 빛을 보지도 못하고 모두 수포로 돌아갈지도 모른다고 생각하니 사장에게 민망했고 그동안 자기 자신의 수고가 헛되게 됐다는 절망감이 전신을 휩쌌다.

"퇴원하고 나서 해결 방법을 찾아보겠소. 우리나라의 문화 수준이 아직도 이렇게 보이지 않는 손에 의해서 좌우된다니 참 놀랍소. 조국 통일 사업을 직업으로 삼으며 횡행하는 무리들이 제철 만난 것처럼 설쳐 대는 거요. 당국은 그저 팔짱만 끼고 있고."

"자생적인 민간단체라니까 더 기분 나쁘단 말이오. 우리가 일꾼을 고용해서 책을 서점에 뿌리면 그 작자들은 출판사 찾아와서 책상 뒤엎으며 데모할 놈들일 꺼요. 암튼 오형 몸이나 빨리 나아야지. 까짓 솟아날 구멍이 또 있지 않겠소?"

김동익이 돌아가고 나자 간호사가 잠자기 전에 먹는 약을 가지고 왔다.

"아저씨 아니세요? 어제 아침에 제 자동차 고쳐 주셨잖아요."

그는 침대에 누운 채로 턱이 당겨져서 말도 제대로 하지 못하고 간호사를 쳐다보았다. 주차장에서 만났던 머리칼을 길게 두 줄로 땋아 내린 간호사였다.

"반갑네요. 잘 부탁해요."

"제가 바로 7병동 신경외과 야근이에요. 제가 잘 보살펴 드릴께요."

그는 누운 채로 오른손을 들어 올렸다. 뻐근한 통증이 손가락까지 엄습했다. 간호사는 어제 아침에 보았을 때보다는 키가 더 커 보였다. 흰 가운을 입은 모습이 아주 아름다웠다. 젖가슴도 탄력 있게 부풀었고 가느다란 허리 아래로 엉덩이가 자신감 넘치게 살이 올라 있었다. 그는 또 부끄러운 상상력이 발동하기 시작했다. 머리숱이 많은 것을 보면 거기에 거웃도 무성하겠군. 그런데 살결이 약간 불그레한 걸 보면 겨드랑이에서 냄새가 나겠는걸. 더 이상 상상력이 발동하지 않았다. 그는 자력으로 직립할 수도 없고 엄지손가락을 제대로 움직일 수도 없는 몸이었다.

간호사가 한껏 친절을 베풀고 나가자 입원실은 갑자기 정적에 싸였다. 그는 목 보호대의 조임쇠를 풀고 집으로 전화를 했다. 창밖으로 내려다보이는 어둠에 덮인 밤풍경이 꼭 밤바다 같았다. 아내는 벌써 도착했을 텐데 신호음이 여러 번 울려도 전화를 받지 않았다. 아내는 피곤에 지쳐 잠들어 있을 것이었다. 아이들은 학원에서 아직 돌아오지 않았는가 보았다. 각자 열쇠를 가지고 다니니까 별문제는 없을 터였다. 잠에 곯아떨어진 아내의 모습이 떠오르자 갑자기 눈물이 핑 돌았다.

5

휴가철도 연휴도 아닌데 이렇게 고속도로가 밀리다니 정말 뜻밖이었다.

1억 년 전의 새 발자국 화석이 남해안에서 발견되었다는 신문기사를 본 것은 3년 전 여름이었다. 경북대학과 미국 콜로라도대학 교수들로 구성된 화석 공동연구팀에 의하여 발견된 새 발자국 화석은 중생대 백악기의 기후와 지형 그리고 시조새 이후 새의 진화 과정 등에 관한 중요 연구자료가 될 것이라고 신문기사는 전하고 있었다.

또 덕명리 일대에서는 벌써 오래전에 공룡 발자국 화석이 발견되었으므로 같은 곳에서 다시 1억 년 전의 새 발자국 화석이 대량으로 발견되었다는 사실은 한반도가 그 당시 공룡과 조류들의 낙원이었다는 학설을 뒷받침한다는 해설기사도 신문에 실렸었다.

그 신문기사를 오려서 여행용 수첩에 붙여 놓을 때까지만 해도 그로부터 몇 년이 지난 후 어느 날 그가 직접 자동차를 몰고 대구까지 가서 공동연구팀의 일원으로 새 발자국 화석을 발견했던 경북대학의 양승영 교수를 만나게 되리라고는 생각도 못 했다. 그런데 그는 그날 아침 일찍 서울을 출발하여 대구로 가고 있는 중이었다.

지난밤에 대구 양 교수한테 전화를 걸어서 새 발자국 화석이 발견된 덕명리에 가보고 싶다는 이야기를 했다. 한번 만났으면 좋겠다고 하자 양 교수는 아주 의외라는 듯이 처음에는 약간 귀찮아하는 목소리로 물었다. 직업상 필요에 의해서입니까. 그는 이렇게 물었다. 화석 수집이 취미입니까. 그는 또 이렇게 물었다. 그는 아니라고밖에는 딱 할 말이 없었다. 정말 그랬다. 1억 년 전 공룡들이 무리 지어 살았고 수많은 새가 날아다녔던 장소, 그 새의 발자국 화석이 1억 년 동안 홀로 견디다가 비로소 발견되어 지금 그의 수첩에 붙여져 있는 그 장소를 가 보고 싶을 뿐이었다. 그가 심혈을 기울여 만든 『아버지의 흔적』이라는 책을 서점에 배포할 수 없게 되자 패배감과 좌절감에 짓눌린 그의 마음속에서 갑자기 새 발자국 화석에 대한 환상이 뚜렷한 형상으로 살아나고 있었다. 그는 더 이상 출판사 편집부장의 일을 할 수 없게 될 것이라는 생각이 들었다. 당분간 출판사에 출근하지 않겠다고 사장에게 통보하고 그는 1억 년 전의 새 발자국을 찾아가기로 했다.

　조국 통일을 앞당기기 위해서 결성했다는 민간기구는 보이지 않는 손을 뻗쳐서 그 책의 판매 금지를 현실화시킨 것이었다. 을지로 오피스텔로 곽이라는 사내에게 연락을 취했지만 평양축전에 무분별하게 참가하려는 해외교포들을 계몽시키는 작업 때문에 만날 시간이 없다는 대답뿐이었다. 공보처로 달려가 문의하였으나 그들의 대답도 신통치 않았다. 김동익 사장과 그의 반체제적 전력을 새삼스레 들먹이면서, 통일을 성사시키기 위하여 지금 남북 간의 극적인 타협이 임박한 시점이니 스스로 알아서 처신해 달라면서 시끄러운 문제가 나지 않도록 협조해 달라는 말뿐이었다.

그렇지 않아도 적자에 시달리는 출판사로서는 큰 타격이 아닐 수 없었다. 재정적인 손실도 손실이려니와 아직도 보이지 않는 병균처럼 사회 각처에서 서식하면서 통일 논의와 분단 문제를 독점적으로 장악하려는 관습이 통일 지향의 확고한 의지로 가장한 채 힘을 발휘하고 있는 현실에 더욱 절망하였다. 귀순자나 망명자들의 북한 탈출기와 북한 실상 폭로가 TV와 인쇄물을 통하여 대대적으로 제작 배포되고 있는 현실은 북한에 대한 우월감만을 조성하여 또 다른 면의 남북이질화 현상을 부채질하는 것과 마찬가지였다. 북쪽에도 사람이 살고 있고 그 사람과 이념을 목숨 바쳐 사랑하는 주민의 정신이 있다는 점을 이해하지 않고서야 통일이 된다고 해도 부자와 빈자, 간수와 죄수, 우등과 열등으로 다시 더 심화된 분열과 분단의 시대가 도래할지도 모르는 일이었다.

"당신이 출판사 그만두게 되면 저는 사표 낼 생각은 꿈도 못 꾸겠네요. 지난 십 년간 당신 참 어려운 세월 용케 이겨냈어요. 다시 번역도 하고 글도 쓰세요. 대학 다닐 때 당신 유명한 학생 시인이었잖아요?"

그가 1억 년 전의 새 발자국 화석을 보러 여행을 떠난다고 말하자 아내는 배시시 웃으며 이렇게 말했다. 아내는 큰 결심을 할 때 얼굴이 굳어지는 게 아니라 오히려 웃음기를 띄울 때가 많았다. 한없이 연약해 보이다가도 현실의 어려움에 직면하면 입가에 미소를 띠며 결의에 차서 난점을 극복해 나가곤 하였다.

추풍령 휴게소에서 간단히 점심식사를 하고 곧바로 다시 출발하였다. 양 교수가 가르쳐준 대로 동대구 인터체인지에서 고속도로를 벗어나 대구 시내로 진입하였다. 그러나 전화로 불러준 약도만 가지고는 양 교수의 아파트를 찾을 수가 없었다. 그래서 공중전화로 다시 연락을 했다. 양 교수는 깜짝 놀라는 목소리였다. 강의가 없는 날이어서 집에 쭉 있겠습니다. 지난밤에 양 교수는 그의 전화를 받고서 설마 대구까지 찾아오리라고는 믿지 않은 모양으로 이렇게 무뚝뚝하게 말했었다. 그러면서 아파트 위치를 묻는 그의 말에 건성으로 대꾸했음이 분명했다. 그러나 그는 양 교수의 대응이 너무도 당연한 무관심이라고 생각해서 하나도 불쾌하지가 않았다. 대구 시내에 진입한 지 한 시간이 다 돼서야 그는 양 교수의 아파트 문 앞에 서서 벨을 눌렀다.

지구과학과 교수의 서재답게 온갖 화석들이 진열장 안에 정돈되어 있었다.

"어느 것이 새 발자국 화석이죠?"

"바로 이겁니다."

양 교수는 진열장에서 화석을 꺼냈다. 손바닥보다 작은 크기에 흑색이나 적갈색으로 된 두께가 2센티미터도 채 안 되는 납작한 돌이었다. 활엽수 잎사귀의 엽맥처럼 양각된 듯 보이는 삼지창 모양의 자국을 가리키며 양 교수가 설명하기 시작했다.

"새 발자국이 아주 선명하지요? 어떤 것은 발자국 형태가 음각 모양으로 된 것도 있지요. 덕명리 일대에서 새 발자국 화석이 대량으로 발굴되자 우리나라 학계에서보다도 미국과 일본 학계에서 더 떠들썩했지요. 덕명리 새 발자국 화석의 학명은 Jindongornipes Kimi인데 Jindong은 진동층에서 나왔다는 뜻이고 orni는 새, pes는 뒷발이라는 뜻입니다. 바닷가의 퇴적암이 쌓이면서 새 발자국을 영원 속에다 남기게 한 것입니다. 덕명리에는 공룡 발자국 화석도 많습니다. 바닷가 바위에 그대로 남아 있지요."

"1억 년 전의 새 발자국이라는 것은 어떻게 알 수 있습니까?"

"방사성으로 연대를 측정하는 것입니다. 1만 년 동안 퇴적된 퇴적암의 두께가 10센티미터 된다면 그 장소의 퇴적암의 크기와 두께를 햇수로 환산하는 것입니다. 또 퇴적암 주변 화성암과의 관계를 조사하고 남해안 일대의 지층이 진동층이므로 상대 연대를 측정하니까 중생대 백악기의 파충류와 조류가 공존하던 시기가 나오는 것입니다. 공룡은 쥐라기와 백악기에 전성시대를 누리는데 이때 날개 달린 공룡 즉 익룡이 나타나면서 시조새도 출현하는 것입니다. 조류는 깃털 달린 파충류(feathered reptiles)라고 할 수 있지요. 이 새 발자국 화석은 1억 년 전의 새의 모습과 진화 과정을 연구하는 데 아주 중요한 것입니다."

그는 양 교수의 설명을 들으면서 그길로 바로 남해안까지 가 보고 싶다는 생각이 들었다. 당초에는 대구에서 하룻밤을 묵고 다음 날 천천히 찾아가 보려고 했지만, 양 교수가 1억 년 전의 새 발자국 화석을 앞에 놓고 이야기하는 것을 들으면서 왠지 모르게 조바심이 나기 시작했다.

머릿속으로 언뜻 백두산에서 본 솔개와 큰부리까마귀의 유유한 비상이 스쳐 지나갔고 또 비쩍 마른 큰 새가 높은 산과 큰 강을 건너서 둥지를 찾아가는 모습이 다 지워진 필름 속의 음화처럼 그의 눈앞에 아른거리고 있었다. 양 교수는 고성군 하이면 덕명리의 쌍바위 해안으로 가는 길을 자세히 일러주었다.

"그곳까지 가시려면 해가 저물 텐데 초행에 힘드시지 않겠습니까? 제가 내일 강의가 없으면 안내를 해 드릴 수 있을 텐데, 서운해서 어쩝니까?"

"천만에요. 친절하신 말씀 감사합니다."

"유별난 취미이십니다. 정말 반갑습니다. 덕명리 해안까지 쭉 들어가십시오. 거기에 민박집이 여럿 있습니다. 공룡 발자국 화석의 유적 표지판이 서 있는 곳 주변에 퇴적암이 깎아지른 듯 솟아 있고 그 아래로 퇴적암 조각들이 즐비합니다. 삼지창처럼 생긴 자국이 난 납작한 돌을 찾아보십시오."

그는 그길로 작별을 하고 나와서 바로 88고속도로를 타고 고령까지 달렸다. 길옆으로 펼쳐지는 늦가을의 풍경도 그의 눈에는 잘 들어오지 않았다. 해가 지기 전에 덕명리까지 도착하려면 서둘러야 했다. 고령에서 국도로 빠져나와 진주를 거쳐서 다시 순천 가는 남해안 고속도로로 진입하였다.

사천으로 빠져서 삼천포로 들어갔다. 이미 해가 저물고 있었다. 삼천포에서 하이면 덕명리 가는 길을 자세히 물었다. 그러나 좁은 시골길이고 사방이 어두워졌기 때문에 자동차를 천천히 운전하다가 몇 번이나 가게 앞에서 차를 세우고 안으로 들어가서 길을 물어야 했다. 드디어 헤드라이트 불빛 속으로 덕명리 해수욕장 팻말이 불쑥 들어오는 게 보였다. 그는 심호흡을 하면서 우회전을 하여 바닷가 내리막길로 접어들었다. 철지난 바닷가는 어둠과 파도 소리뿐이었고 몇 채의 집 유리문에서 따뜻한 불빛이 새어 나오고 있었다. 그는 자동차에서 내려 가장 가까운 식당으로 들어갔다.

"여기가 공룡 발자국 화석이 있는 곳입니까?"

그가 묻는 말에 식당 주인은 심드렁하게 대답했다.

"그렇소. 방송국에서 오셨소?"

"아니요. 그냥 다니러 왔습니다. 저녁도 좀 주시고 묵을 방도 하나 주십시오."

어둠에 눈이 익숙해져서 보니 바로 식당 앞이 바다였다. 파도 소리가 들렸다. 피로가 몰려와서 목이 뻣뻣해졌다. 그는 매운탕을 안주로 소주 한 병을 단숨에 비웠다. 목 디스크에는 운전이 아주 해롭습니다. 특히 장거리 운전은 삼가야 디스크가 재발하지 않습니다. 운전하실 때는 항상 목에 토마스 칼라 (Thomas Collar)를 해서 목뼈를 똑바로 받쳐 줘야 합니다. 그가 퇴원할 때 신경외과 의사가 말하던 주의사항이 문득 생각났다. 그러나 그는 목 보호대인 토마스 칼라도 착용하지 않고 열 시간도 넘게 운전을 해 온 것이었다.

식사를 끝내고 손전등을 든 주인을 따라서 숙소로 갔다. 식당과는 조금 떨어진 곳에 바다를 향하여 지은 가건물 같은 곳이 숙소였는데 다른 숙박객은 없었다. 숙소로 갈 때 바위에 파도가 부딪치며 물방울이 얼굴을 때렸다.

"저 바위 위에 공룡 발자국이 널려 있다오."

주인은 손전등을 휙 비추면서 그에게 말했다.

방으로 들어가서 천장에 달린 알전등을 켰다. 방 한구석에는 여름에 쓰던 모기향 부스러기가 흩어져 있고 다 망가진 선풍기가 놓여 있었다.

"새벽에 추울지 몰라서 연탄불을 갈아 넣었소. 뭐 더 필요한 것 없소?"

주인은 덜그럭거리며 출입문을 닫고 있었다. 그는 맥주 두 병을 시켰다. 소주를 한 병 마셨지만 취기가 오르지 않은 것 같았다. 잠시 후 맥주 두 병을 다 마신 그는 잠 속으로 빠져 들어갔다.

이튿날 아침 일찍 일어났다. 그는 서둘러서 바닷가로 나왔다. 파도에 반쯤은 젖어 있는 널따란 바위 위로 올라갔다. 바위 위에 밥사발만 하게 움푹 패인 자국이 일정한 간격으로 나 있는 모습이 쉽게 눈에 띄었다. 공룡 발자국이다. 그는 혼자서 이렇게 중얼거렸다. 어떤 것은 작은 접시 크기의 것도 있었다. 아기 공룡이 걸어 다닌 발자국이라고 생각하자 냉혈동물인 파충류가 온혈동물처럼 따뜻하게 느껴지는 듯했다.

바다에서 20미터도 채 안 되는 곳에는 시루떡을 높이 쌓아 놓은 것처럼 층층이 분명하게 구획된 퇴적암이 깎아지른 듯 2, 30미터 높이로 막아서 있었다. 폭풍이 몰아치거나 해일이 일어나서 퇴적암을 침식하면 바위의 켜가 깨어져 내리고 그 사이사이에서 1억 년 전의 새 발자국 화석이 나올 것이었다. 그는 공룡 발자국 안에 가만히 자신의 발을 들여놓아 보았다. 경상남도 기념물 71호인 '덕명리 공룡 발자국' 유적 안내판이 세워진 곳으로 가서 거기에 씌어 있는 글을 읽어보았다.

이 유적은 중생대 공룡의 발자국으로 바닷가 바위에서 100여 개가 발견되는데 대체로 너비는 24cm, 길이 32cm로 200여 평의 바위 위에 70cm 내외의 간격으로 선명하게 찍혀 있다. 이 바위는 부락 앞 바닷가에 있으며 만조 때에는 물에 잠기나 간조 때에는 수면 위에 노출된다. 이곳의 암반은 견고한 퇴적암으로서 중생대 백악기 후기에 퇴적 형성된 것이며, 이에 공룡의 발자국이 새겨져 있기 때문에 이 암석의 퇴적 당시의 환경을 밝히는 데 좋은 자료가 될 뿐만 아니라, 한반도 일대에서 공룡이 서식했다는 중요한 증거를 제시한다.

그는 파도가 출렁이는 바다를 바라다보았다. 바다는 1억 년 전의 여기 이곳의 현실을 다 알고 있다는 듯 장엄하게 물결치고 있었다. 그는 깎아지를 듯한 퇴적암 절벽 아래로 걸어갔다. 양 교수 집에서 본 새 발자국 화석같이 생긴 손바닥만 한 납작한 돌이 여기저기 흩어져 있었다. 파도에 쓸려서 바다로 흘러내리기도 할 수 있는 거리에 바닷물에 젖어 있는 퇴적암 부스러기들이 많았다.

그는 가슴이 쿵쿵 뛰는 소리를 스스로 들으면서 숨을 죽이고 새 발자국 화석을 찾아 나갔다. 그러나 좀처럼 삼지창처럼 흔적이 분명한 화석은 눈에 띄지 않았다. 돌을 하나하나 집어들고 뒤집어 보면서 화석 찾는 일에 집중하였다. 마침내 담배갑 크기만 한 납작한 돌을 들고 뒷면을 보자 거기에 새 발자국이 선명하게 찍혀 있는 모습을 볼 수 있었다. 활엽수 잎사귀의 굵은 엽맥만 남아 있는 듯한 형상을 한 새 발자국 화석이었다. 화석의 빛깔은 검정색이었고 무게는 아주 가벼웠지만 마침내 1억 년 전의 새 발자국 화석을 찾았다는 기쁨이 전신을 휩싸고 돌았다.

그때 갑자기 새의 날갯짓 소리가 요란하게 들려 왔다. 그는 고개를 들고 하늘을 쳐다보았다. 백두산에서 본 큰 솔개와 큰 부리까마귀가 날아가는 소리인 듯했지만 새의 모습은 어디에도 없었다. 목숨처럼 부지해 온 이념의 원형을 복원하려고 고향의 둥지를 찾아서 두만강을 건너 산맥을 타고 날아가는 비쩍 마른 큰 새의 날갯짓 소리라는 생각이 들자 그는 깜짝 놀랐다. 그 순간 깃털도 다 뜯겨져버린 채 형상만 커다란 날개를 퍼덕이며 기다란 다리로 겅중거리듯 발가락을 쩍 벌린 채 태어난 둥지를 찾아 하늘을 날아가고 있는 큰 새의 모습이 언뜻 보이는 듯하였다. 중생대 쥐라기와 백악기를 거치는 동안 파충류가 날개 달린 익룡으로 진화되고 조류와 파충류의 공동 형질을 지닌 큰부리까마귀만 한 크기의 시조새가 날아오르는 1억 년 전의 하늘이 눈앞에 떠올랐다.

날개 끝에 세 개의 발가락이 달려 있고 길고 굵은 꼬리뼈를 축으로 하여 양옆에 깃털이 달려 있는 시조새가 출현한 후 드디어 창공을 자유롭게 날아다니는 조류가 출현하였으니까, 지금부터 1억 년 후에는 포유류인 인간도 진화하여 날개 달린 익인이 되고 또 진화하여 꿈과 자유만이 있고 모순과 대립이 존재하지 않는 광활한 창공을 날아다니는 새가 될 수도 있는 것일까. 1억 년 전 새 발자국 화석을 손바닥 위에 올려놓고 오랫동안 눈 하나 깜박이지 않고 들여다보고 있을 때 큰 새의 날갯짓 소리가 그의 귓전에서 내내 요란하게 울렸다.

(문학사상, 2000)

포유도

작가의 말

2007년 2월 4일 일요일 입춘 날 점심 무렵이었다. 일본 규슈[九州] 구마모토[熊本]에서 이노우에[井上] 군이 전화를 했다. 이노우에는 10여 년 전에 내가 재직하는 G대학에서 석사과정을 밟은 적이 있는 한국문학 전공의 신진학자였다. 1950년대 손창섭의 소설을 분석한 논문으로 학위과정을 마치고 귀국한 다음에는 한두 해 연하장을 보내오기는 했지만 서서히 아주 자연스럽게 망각의 지평선으로 사려져간 사람이었다. 한국으로 유학 온 외국학생들이 늘 그렇듯 학위과정을 마치고 제 나라로 귀국한 다음에는 시간이 경과할수록, 꼭 지리적인 거리 때문만은 아닌 일종의 심리적인 원격감으로 인하여, 풍경의 소실점처럼 작아지다가 사라져 버리는 것이었다. 한국으로 유학 와서 공부하다가 학위과정을 끝내고 귀국한 외국학생은 망각의 지평으로 소멸되는 한시적 기억의 체계 안에 한정되기 십상이었다.

그런데 이노우에 군이 몇 년 만에 전화를 했는데도 내가 금방 그의 이름은 물론이려니와 짙은 눈썹의 얼굴 생김새까지도 기억해 낸 것은 그가 대학원에서 한국 현대소설을 전공할 때 주고받았던 한토막 이야기가 기억에서 지워지지 않고 있기 때문이었다.

대학원 강의실에서 처음 만났을 때 그는 1969년 나의 등단 작품인 「處刑의 땅」이 일본어로 번역된 것[1]을 규슈대학 2학년 때 읽었노라고 했다. 그 소설이 일본어로 번역된 것은 아마 1970년대 초반이었지 싶다. 그때야 나도 한창 나이여서 대학 강의를 하면서도 주말이면 타자기를 들고 어디 여관방이라도 찾아가서 열심히 소설을 쓰던 때였다. 당시 한국의 젊은 작가 몇을 골라서 한일교류 차원에서 상대방 국가의 문학작품을 번역 소개하는 문학번역 프로젝트가 시행될 때였다. 나의 첫 창작집이 나오기도 전이었다.

이노우에가 내 작품을 읽고 나서 한국 현대소설을 공부하고 싶은 마음을 굳혔다고 말했을 때 나는 퍽 놀랐다. 그냥 나 듣기

---

1 「處刑의 땅」부분, 田澤呈旨 역, '處刑の地'『日本小說』, 1973.8.
　盲目の男が壞れた自轉車のペダルを踏むように, ブルド－ザ－が前へ進む度に我夕は必死に力を入れながら汗をだらだら流した. われわれは少しずつ闇の中へ吸い込まれ, いよいよわれわれの姿が形もなく消え去っていくのを想像しながら闇の中へ處容処刑されるとか, 闇と汗に採用されるとかいうおかしい雜念に捕らわれた.

좋으라고 하는 말일지도 모르겠다는 생각이 들면서도 아주 듣기 싫지는 않았던 기억이 이노우에로부터 뜻밖의 전화를 받을 때도 생생하게 되살아났다.

사실 소설의 첫머리에 '작가의 말'이라는 이런 모자를 씌우는 형식은 좀 뭣하기는 하지만, 다 그럴 만한 속셈이 있다고 할 수 있다. 처음에는 '작가와의 대화'라고 할까 했는데, 그것보다는 차라리 까놓고 이 소설의 서술자(敍述者)를 아예 작가(作家)와 일치시키는 게 읽는 이들에게 더 편할 것 같다는 생각이 들었다. 그러나 이 '작가의 말'은 오로지 나 혼자 스스로 독백한 것을 기록한 것은 아니다. 십몇 년 만에 구마모토공항에서 만난 이노우에 군과 함께 구마모토성[熊本城]과 아소산[阿蘇山]을 거쳐 벳푸[別府]에서 하룻밤을 묵고 다자이후[太宰府]의 텐만구[天満宮]를 돌아보면서 주로 그가 묻고 내가 대답한 것을 요약하여 정리한 것이므로 '작가와의 대화'라고 해도 되겠으나, 그렇게 되면 이 글의 작성자가 내가 아니라 이노우에 군이 되어야 한다는 문제가 발생하기 때문에 '작가의 말'이라고 하기로 했다.

그날 입춘 날에 전화를 건 그는 좀 뜻밖의 이야기를 하는 것이었다. 구마모토대학에서 강의를 하고 『文藝朝鮮』에 한국 작가들의 작품을 소개하고 있다는 그는 이번 봄호에 내 소설을 소개할 계획이라고 했다. 그러면서 원고는 이미 마무리 단계이지만 나를 직접 만나 몇 마디 정도 듣고 싶다고 말하며 규슈에 며칠 다녀갈 수 있으면 좋겠다고 정중히 초청을 하는 것이었다.

알다시피 나는 지난 10년간은 소설 쓰는 붓을 거두고 시를 열심히 써 왔기 때문에 나를 작가로 대하는 사람이 한국도 아닌 일본에 실재하고 있다는 생각을 하자 기분이 참 묘해지는 것이었다. 소설은 생각만 해도 꼭 덫에 잡힐 것 같은 두려움의 대상이라고 생각하면서도, 그러나 마음속 한켠에서는 내 문학의 마지막 승부는 악독무비한 소설에서 결판 날 것이라는 예감 같은 것을 지니고 있었다. 그러므로 소설이야말로 나를 주눅 들게 하고 가위눌리게 하는 천적이라고 이를 악물면서 은근히 결의를 다지고 있었다는 게 본심이었다. 1969년에「處刑의 땅」으로 등단하였으니 등단 40년이 다 돼 가는 작가로서의 나이를 생각하면 한없는 열등감에 사로잡혀 헤어나지 못하게 되는 것인데 이노우에의 전화를 받고 오랜만에 다시 작가로 태어나기라도 한 듯 참말 야릇한 기분이 들었다.

『文藝朝鮮』에 소개하려는 내 작품은「솔제니친을 위하여」라는 단편이라고 했다. 왜 하필 그 작품일까 하는 생각이 들었지만 나는 입을 다물었다. 그는 그동안 내 창작집을 하나도 빼놓지 않고 다 읽었다면서 작성하고 있는 기사도 웬만큼 정리가 되었으니, 선생님이 잠깐 틈내어 와서 한번 훑어봐 주면 큰 도움이 되겠노라고 간청하는 것이었다.

그동안 나온 내 창작집 『처형의 땅』(일지사, 1974), 『내가 만난 여신』(물결, 1977), 『새와 십자가』(고려원, 1978), 『절망과 기교』(예성, 1981), 『저녁연기』(정음사, 1985), 『겨울의 꿈은 날 줄 모른다』(문학사상, 1988)가 지금은 거의 절판되거나 출판사가 문을 닫아 버려서 제가 낳은 새끼들이 엄동설한에 어느 고아원에 있는지도 모르는 형국인데 한국에 잠시 유학 왔던 일본 학생이 내 소설을 다 찾아 읽고 기사를 쓰고 있다는 말을 듣자, 이것이야말로 소설보다도 더 소설 같은, 불한당 같은 픽션이 아닐까 하는 생각이 들면서 나의 마음은 이상하게 고조되고 있었다. 마지못해서 가는 것이 아니라 나는 꼭 가겠다는 의지를 실어 이노우에 군에게 규슈에서 만나자고 딱 부러지게 말했다.

나는 입춘이 지난 다음 날 월요일 아침 아시아나항공에 전화를 해서 그동안 한 번도 쓰지 않아서 몇십만 점이 쌓여 있는 마일리지로 구마모토로 가는 비행기표를 예약한 다음 이노우에에게 전화를 걸어 도착 시간을 알려주었다.

솔직히 말하자면 나는 일본의 지형학에 대해서 거의 문외한이어서, 비행기를 예약하면서도 규슈의 구마모토가 지구의 위도(緯度) 어디 쯤인지도 잘 몰랐다. 즉 구마모토가 제주도보다 아래인지 위인지도 모른 채, 더구나 규슈가 큼직큼직한 섬으로 이루어진 일본열도 가운데 중간쯤에 있는지 아래쪽에 있는지도 감이 잡히지 않았지만, 아시아나항공에 전화를 해서 구마모토행 비행기를 예약하고 나서야, 규슈는 한국 관광객들이 겨울철에 많이 가는 온천지대라는 걸 알고는 실소를 했다. 미국이나 유럽으로 여행할 때는 미리미리 지도를 찾아보고 여행정보를 챙겨 두는 나였다. 그런데 일본에 대해서는 까짓것 뭐 알고 자시고 할 게 뭐 있어? 하는 태도가 나도 모르게 무의식 속에 자리 잡고 있었는지도 몰랐다. 가장 가까운 이웃 나라인 일본을 무시하고 백안시하는 이런 태도는 지식인으로서 정말 부끄러운 일이었다. 백제 유민들이 도해하여 문화국가 건설을 주도한 일본에 대해서 아예 막무가내의 무식꾼 노릇을 자처하고 있다는 생각이 들었다.

일본 여행은 이번이 두 번째였다. 미국이나 유럽, 이집트와 이스라엘, 그리고 터키도 두루 다녀 본 나였지만, 이상하게도 일본은 이번이 겨우 두 번째였다. 몇 해 전에 처음으로 일본을 찾은 것도 정식으로 일본을 여행한 것이 아니라, 이집트에 갔다 오는 길에 오사카 칸사이[關西]공항에 내려서 친구를 만나 교토[京都], 나라[奈良]를 이틀 동안 다녀 본 게 고작이었다. 그때 나는 터키, 그리스, 이스라엘, 이집트를 혼자서 배낭여행하듯 돌아다니다가 귀국하는 길에 천리(天理)대학 교환교수로 가 있던 친구 하명준에게 전화를 건 다음 무턱대고 오사카에서 비행기를 내렸던 것이다.

교토의 금각사(金閣寺)를 보고 여기저기 그가 어설프게 안내하는 곳을 다니다가[2] 술만 마시고 온 기억이 늘 씁쓰레하게 남아 있는 나로서는 그러니까 일본에 대해서는 공연히 배타적인 심술보를 지니고 있었는지도 몰랐다. 반공방일(反共防日)이라는 명제를 외우면서 초등학교를 졸업한 나로서는, 공산주의는 무조건 반대해야 하고 일본은 무조건 막아야 한다는, 후천적이지만 아예 선천적인 것으로 착각하는 집단무의식 속에 배일(排日) 또는 방일(防日)의 유전인자를 가지고 있는 셈이었다.

구마모토공항에서 만난 이노우에는 내 기억에 기록돼 있는 프로필보다는 꽤나 나이 들어 보여서 우선 마음이 편했다. 노란 번호판을 단 혼다의 경차를 몰고 나온 그는 머리가 백발로 변한 나를 보고도 놀라는 기색은 없이 싹싹한 태도로 반겨주었다. 이상 난동은 세계적인 흐름이어서인지 구마모토 거리에

2 하명준, 「늘 푸른 시인」 부분, 『시와시학』, 1997년 여름호.
"그날 김희문 형은 일본의 그 춥춥하고도 어둑하기만 한 내 다다미방에 느닷없는 전화를 걸어왔다. 나, 김희문인데, 방금 오사카 칸사이[關西]공항이란 데에 내렸거든. 그러니 날 더러 어떡하란 말이겠는가. 김 형은 그런 사람이다. 일본, 나라[奈良], 거기서도 더 시골로 들어간 천리(天理). 거기가 어디라고, 그런 식으로 불쑥 찾아왔다가 혹시 내가 없기라도 했으면 어쩌려고. 그렇지만 그의 예상은 늘 정확하게 맞아 떨어졌고, 그래서 우리의 충동적인 만남은 기쁨이 배가 될 수밖에 없는, 김 형은 그런 느닷없고도 빈틈없는 사람이다. (……) 시도 쓰고 소설도 쓰고, 지금까지 김희문 형의 문학은 양수겸장이었다. 그것을 양수겸장이라고 하면 형은 고개를 가로젓겠지. 시도 소설도 결국은 하나의 문학이니까. 그래서 시가 써질 때는 시를 쓰고, 소설이 써질 때는 소설을 썼다고. 형은 아마 그렇게 말하겠지? 그렇다면 지금 김희문에게 있어 금각사는 시일까, 소설일까? 잘 생각해 보라구. 미시마 유키오는 동성연애자였다구. 섹스에 관한 형의 소설은 청결주의였잖아? 「사금」이라는 단편이 생각나는군. 「금각사」나 「사금」이나 금은 금이니까. 호기심 많은 소년 김희문이 어른들의 밤을 훔쳐보던 거 있잖아."

는 반팔 차림의 행인들이 눈에 띌 정도로 섭씨 15도 이상의 따뜻한 기온이었고 가로수로 심어놓은 동백나무는 붉은 꽃을 가득 피우고 집집마다 베란다와 대문 앞에 내어놓은 화분도 형형색색의 꽃을 피우고 있었다.

이노우에는 구마모토성을 한 바퀴 돌아보자면서 자동차 시동을 걸었다. 운전대가 오른쪽에 붙어 있는 자동차를 능숙하게 운전하는 모습을 보면서 나는 순간순간 조금씩 놀라고는 했다. 꼭 밥숟가락을 왼손으로 들고 식사하는 사람을 볼 때처럼 아슬아슬해 보였기 때문이었다. 삼십 분도 채 안 돼서 구마모토성에 도착하였다. 한눈에 봐도 그 규모가 엄청났다.

구마모토성은 임진왜란에 참전한 가토 기요마사[加籐淸正]가 1607년에 지은 성으로 일본의 고성 가운데 이름이 나 있는 성이었다. 그 후 일본내전 때 불타 버렸지만 옛 성루는 그대로 남아서 축성 당시의 모습을 떠올릴 수 있다고 했다. 지금은 박물관으로 사용되는 천수각(天守閣)의 위용도 대단하였고 아래쪽은 완만하고 위로 올라갈수록 수직으로 가파르게 축성된 견고한 성벽이 인상적이었다. 축성을 한 기요마사는 원래 돌담을 잘 쌓는 명인이었다고 한다. 오사카[大阪]성, 나고야[名古屋]성, 에도[江戶]성과 함께 천하의 명성으로 알려진 구마모토성은 지금도 계속 복원 정비공사가 이루어지고 있었다.

"구마모토[熊本]라는 지명이 한국의 웅진(熊津)에서 유래된 거예요."

이노우에의 말을 듣자 백제 유민들이 보트피플이 되어 현해탄을 건너오는 천 년 전 모습이 떠올랐다. 660년 나당연합군의 공격으로 백제가 멸망하자 백제의 후국(侯國)인 야마토[大和] 조정은 백제복국군(百濟復國軍)을 출동시켰지만 백촌강(白村江) 전투에서 나당연합군에게 대패하였다. 그 후 신라의 침공에 대비하기 위하여 규슈에는 여러 곳에 많은 성을 쌓았다고 했다.

그날 밤 구마모토성에서 가까운 여관에 숙소를 정했다. 이노우에는 현대식 호텔에 예약을 해 두었다고 했지만 내가 계획을 변경시켰다.

"호텔 말고 순 일본식 여관이 좋지 않겠어?"

내 말을 들은 이노우에가 어디론가 전화를 하더니 빙긋 웃었다.

"선생님, 운이 좋으신데요. 오래된 하나사토 료칸[花里旅館]이라고 조그만 여관이 있는데 마침 예약이 취소된 게 있대요. 구마모토역에서 가까운데 여기 성에서 가려면 20분도 채 안 걸려요."

규슈의 면적은 남한의 반 가까이 되지만 인구는 천만 명이 조금 넘어서 그런지 시내 중심가를 벗어나자 거리가 한적해 보였다.

료칸에 도착하자 기모노 차림의 여인이 반갑게 맞아주었다. 생각한 것보다도 규모가 작아서 여관이라기보다는 그냥 민가

같은 분위기였다. 다다미방에 가방을 들여놓고 이노우에와 나는 정원이 내다보이는 접대실 소파에 앉아 차를 마셨다. 여관은 2층 건물로 방마다 샤워실도 있고, 2층 위에 다락처럼 꾸민 곳에는 온천물을 끌어올려 만든 노천욕조가 있었다. 지름이 3미터 남짓하게 나무판으로 만든 둥근 욕조에서는 김이 무럭무럭 나고 있어서 온천지대에 왔다는 생각이 새삼 들었다.

"「솔제니친을 위하여」[3]라는 선생님 소설을 얼마 전 세미나에

---

3   김희문, 「솔제니친을 위하여」 부분, 『文學春秋』, 1985년 4월호.

소련과의 첫 기자교류 계획에 따라 제1진으로 선발된 보도진은 방송과 신문 기자를 합해서 모두 다섯 명이었다. 아직 국교가 없는 소련 땅에 첫발을 내딛는 그들의 감격은 컸다. 서울을 떠날 때부터 그들은 마치 극지탐험대처럼 온 국민의 기대와 격려를 한몸에 받았다. 서울에서 파리를 거쳐 다시 스칸디나비아로 가서 거기서 레닌그라드행 소련 여객기를 탔다. (……) 민 기자는 서울을 떠날 때부터 이미 뚜렷한 취재 계획을 마음속에 가지고 있었다. '알렉산드르 이사예비치 솔제니친'이 그의 취재 대상인물이었다. 이미 1974년에 국외 추방을 당한 반체제작가를 그의 모국 소련에 가서 취재한다는 것은 취재요결 제1장에 어긋나는 터무니없는 일이었다. "무슨 꿈 같은 소리요? 솔제니친을 취재 대상으로 하려면 소련보다는 미국으로 가야 되지 않소?" 그가 취재계획의 세부사항을 말했을 때, 편집국장은 눈을 커다랗게 떴다. "네 그렇습니다. 그런데 말이죠, 바로 소련의 위대한 작가가 현재 미국에 있기 때문에 그의 모국에 들어가서 그를 취재해 보려는 것입니다. 제가 몇 년 전에 미국에 있을 때 솔제니친이 하버드대학에서 하는 연설을 들었습니다. 그때부터 내가 만일 소련에 가는 날이 오면 솔제니친에 대해서 기사를 모아보려고 했었죠." (……) 기차가 로스또프에 도착한 것은 다음 날 점심때가 지나서였다. 로스또프는 공장지대였다. 기차역을 벗어나자마자 크고 검은 공장 굴뚝들이 하늘을 가리고 있는 모습이 매우 인상적이었다. 남부지방이어서 레닌그라드보다 훨씬 따뜻했다. 로스또프 인민위원회 공보담당관이 마중을 나와 있었다. 민 기자는 그와 함께 솔제니친 생가를 찾아 구식 승합 자동차를 탔다. 자동차로 돈강을 끼고 한 시간쯤 달리자 다시 소규모 공장

서 토의한 적이 있어요. 꽤 오래전에 쓰신 거지요? 제가 이번에 선생님 기사 쓰면서 그걸 번역했어요. 잡지사에서 읽어보더니 이런 소설이 다 있었느냐고 깜짝 놀라면서 함께 게재하자고 해요. 원작료를 많이는 못 드려요. 선생님 허락해 주시는 거죠?"

이노우에는 차를 마시면서 소설 이야기를 꺼냈다. 내 작품을 그냥 풀어서 기사에다 소개하는 정도인 줄 짐작했던 나는 좀 놀라워서 그 작품이 일본인들에게 소개할 만한지 모르겠다고 하자 이노우에는 정색을 했다. 나는 일본어는 초급 수준이었지만, 그가 건네주는 「솔제니친을 위하여」 일역본을 대강 읽어 보았다. 번역이 잘 됐는지 어쩐지를 분간할 실력이 나에게는 애당초 없었다.

지대가 나타났다. "솔제니친 생가가 있던 일대는 양말공장이 돼버렸습니다. 주민들을 이주시켰지만 아직 그대로 공장지대에 남아 있는 사람도 있지요." 동행한 공보담당관이 차에서 내리며 말했다. "솔제니친 친구라면 중학교 동창이겠군요?" 민 기자가 묻자 그는 고개를 끄덕였다. "당조직을 통하여 수배했습니다. 중학교 동창생 몇이 우릴 기다리고 있을 것입니다." 이 말을 듣자 민 기자는 머리가 갑자기 멍하니 아파 왔다. 당조직, 수배, 이런 말들이 갑자기 그를 홱 잡아채서 어둡고 밀폐된 장소로 데려가는 것 같았다. 그래서 민 기자는 먼저 공격적이 돼야 한다고 생각했다. "소련에는 요즘도 반체제작가들이 많지요? 요즘도 그들을 시베리아로 유형 보냅니까?" 공보담당관은 의외로 싱긋 웃었다. 음흉한 슬라브민족 특유의 이중성이라고 민 기자는 생각했다. 그러나 잠시 후에 로스또프 지방방송국 사무실에서 솔제니친의 중학 동창을 만났을 때, 그는 이번의 소련 취재여행이 결국은 처음부터 헛짚은 실수였다는 것을 깨달아야 했다. "너무 솔제니친, 솔제니친 하지 마시오. 그 녀석 학교 다닐 때부터 이상한 영웅심리가 있었죠." 중학교 수학교사라는 뚱뚱한 사람이 민 기자와 인사가 끝나자마자 이렇게 말했다.

"한국에서도 요즘 노벨문학상을 받을 때가 됐다고 문학 관련 프로젝트를 시행한다지요."

나는 그냥 웃기만 할 뿐 별다른 이야기를 하고 싶지 않았지만, 그러니까 한국의 어느 어느 시인 또는 소설가가 마치 손안에 다 굴러 들어온 떡인 양 노벨문학상 수상에 목매달고 있는 형편이 아니꼽지 않은 것은 아니지만, 공연히 속에 있는 말을 했다가는 수상을 목전에 둔 한국 문단에 자중지란을 일으키는 듯한 인상을 줄지도 모른다는 생각이 들었다.

20년도 더 전에 발표했던 짤막한 단편 「솔제니친을 위하여」는, 「수용소군도」로 노벨문학상을 수상한 솔제니친이 미국으로 망명한 직후에 나온 외신기사를 보다가 퍼뜩 머리에 스치는 것이 있어서 쓴 소설이었다. 솔제니친이 노벨문학상을 수상한 것은 소련 체제를 붕괴시키려는 목적으로 그의 작품을 서방으로 빼돌려 번역 출판시킨 미국 CIA의 공작에 의한 것이었다는 기사를 지난 연말에 신문에서 읽은 적이 있었다. 내가 소설을 쓸 당시에는 거기까지는 생각을 못 하고 다만 러시아에서 바라보는 솔제니친에 대한 시각과 서방 세계에서 바라보는 시각을 비교해 보고 싶었던 것이다.

그 작품은 신문사 문화부 기자가 소련을 찾아가서 미국으로 망명한 솔제니친의 동창생과 시베리아 유형지에서 함께 도형(徒刑)을 한 동료작가를 만나는 것으로 구성되어 있었다. 솔제니친을 잘 아는 동창생이나 동료작가들이 솔제니친에 대하여 매우 비판적이라는 사실을 부각시켜서 노벨문학상의 허실을 따져 본 작품이었다. 자기과시욕이 지나쳤다는 동료들의 말과 조국을 배반하고 미국으로 망명한 솔제니친을 비난한다는 줄거리로 문학예술을 하는 사람들이 정치권력에 예속되면 종당에는 꼭두각시로 전락하게 된다는 메시지를 담고 있었다. 이노우에가 지금 한국 문단의 병폐를 완곡하게 지적하고 싶어서 「솔제니친을 위하여」를 소개하려는 것일지도 모른다는 생각에 기분이 씁쓸해졌다.

"몇만 부, 몇십만 부 넘게 팔리는 소설도 있지만 대부분 전업작가들은 기아선상에서 허덕인다네. 한국 문학의 번역 소개 사업도 정치 권력의 척도가 좌지우지하게 되니까 문제가 많기는 많지."

나는 내심으로 이노우에처럼 외국 소설을 읽고 스스로 선택해서 번역 소개하는 작품이 진짜라는 생각이 들었지만 그것을 말로 하면 꼭 자기만족이나 한국의 번역 문화 풍토에 대한 불평을 말하는 게 되고 외국의 젊은이 앞에서 채신머리없게 동료 작가들을 은연중 비난하는 일이 되겠다는 생각이 들었다.

"온천 하시고 푹 쉬세요. 내일은 아소산 분화구를 보시면 어떨까요?"

"아소산이라면 활화산 아닌가?"

저녁식사를 하면서 반주 삼아 일본 소주를 석 잔 정도 마셨다. 내 소설을 좋아하는 이노우에가 좀 편집증이 있는 것 같다는 생각이 들면 마음이 무겁다가도, 과거 어떤 어떤 인연이 있던 사람이 그 인연을 적대감으로 표변시키지 않고 호의적인 감정을 지속하고 있는 것은 그냥 아름다운 인간미라는 생각을 하자 마음이 가벼워졌다.

또 조금 더 솔직히 말하면 나 스스로한테서도 자꾸 잊혀져가는, 아니 잊어버리고 싶은 소설가 김희문(金希門)이가 오늘 밤 구마모토의 작은 여관에서 다시 부활하고 있다는 생각은 뜨거운 온천에 몸을 담근 것만큼 퍽이나 따듯한 정서로 내 몸을 달구어주는 것이었다.

하긴 런던대학의 스킬런드 교수가 내 소설 「불씨」를 번역하여 『코리아저널』에 게재한 것을 알았을 때도 마찬가지였다.[4] 그때 스킬런드 교수는 나에게 보낸 편지에서 「맘마와 지지」나 「달맞이꽃」 「정받이」 같은 소설을 앞으로 계속 번역하겠노라고 말했다. 그러나 그 후 스킬런드 교수와 서신왕래가 끊겼고 그 후에 그가 내 작품 가운데 어떤 것을 번역했는지도 모르고 있는 나였다. 그것 봐라, 생면부지의 외국인이 스스로 내 작

---

4 「불씨」부분. Keeping the Fire Going: W. E. Skillend 역, "Korea Journal", 1983년 3월.

It was bitingly cold that winter. I first got to know her when the weather was at its most merciless, that cold, dry spell, she was plain looking, a little over forty, and she lived in the unit next door to ours. That evening, when I knock on her door, instead of her opening it, I just heard her voice calling "I'm not buying anything."

품을 읽고 번역하고 있지 않느냐. 한국에서는 내가 아무리 좋은 작품을 써도 비평가들은 한결같이 일종의 열등감에서 나온 무관심증후군 환자처럼, 떡 먹고 있는 놈 떡 하나 더 줄 필요는 없다는 식으로 대하고 있었다.

시와 소설에다가 유명대학의 버젓한 전임교수이고 평론과 논문도 쓱쓱 써 내는 나를 누가 오롯한 작가라고 인정해 주겠는가. 코피 흘려가며 밤새워 쓴 소설도 그들의 눈에는 그냥 재주가 넘쳐서 파한 삼아 쓴 것쯤으로 치부해야 속이 편했을 것이었다. 아침밥을 굶고 학교에 다닌 나를 무슨 부잣집 도련님으로 착각하고 있는지도 몰랐다. 신춘문예 3관왕이라는 세속의 명예가 평생동안 멍에가 된다는 사실을 나는 진작 알고 있어야 했다. 나의 명예가 다른 사람들이 볼 때는 나에 대한 질시가 되어서 아마도 신춘문예에 낙방을 거듭한 이들에게 지울 수 없는 상처를 줬는지도 모를 일이었다.

다음날 아침 이노우에 군과 아소산으로 서둘러서 떠났다. 구마모토에서 자동차로 두 시간이 채 안 걸리는 거리에 있는 아소산은 세계 최대의 칼데라가 있는 활화산으로 일본 최초의 국립공원이며 지금도 몇백 도의 뜨거운 증기를 내뿜고 있어서 살아 있는 지구의 표본이라고 했다. 아소산으로 올라가는 도로는 한동안 초원지대를 지나고 나면 양옆으로 울창하게 자란 전나무숲이 장관을 이루고 있었다. 로프웨이를 타고 해발 1506미터 정상에 오르자 유황 냄새가 코를 찌르고 아직도 분연(噴

煙)을 내뿜는 나카다케[中岳] 분화구의 둘레는 적갈색 줄무늬를 한 크고 작은 용암들로 둘러싸여 있었다. 현재의 모습은 약 10만 년 전 대폭발에 의한 것이라고 하는데 움푹 파여서 거대한 짐승의 아가리처럼 입을 딱 벌린 화구(火口)가 공포심을 유발하면서도 한편으로는 요동치는 지구가 가쁜 숨을 내쉬며 휴식을 취하는 것같이도 보였다. 화구를 잘 내려다볼 수 있는 경계에 박아놓은 목책에 기대어 기념사진을 찍는 관광객들은 대부분 한국사람이었고 가다가는 맨 종아리에 교복을 입은 일본 중학생들도 보였다.

"아소고가쿠[阿蘇五岳]라고 해서 다섯 봉우리가 있는데 분연을 내뿜는 것은 나카다케뿐이지요. 아소고가쿠를 멀리서 보면 꼭 부처님이 누워 계신 것같이 보인다는 말이 있어요. 선생님도 그렇게 보이십니까?"

이노우에가 분화구 가장자리로 멀리 병풍처럼 둘러싼 산봉우리를 가리켰다.

"그래. 그렇게도 보이네. 사람은 정말 은유의 동물인가 보네. 메타포가 없으면 자연도 없다?"

이노우에와 나는 싱겁게 웃었다. 로프웨이를 타고 내려와서 화산 박물관 맞은편 기념품 가게에 들러 차를 한잔 마시고 바로 벳푸를 향하여 출발하였다.

관광하러 온 게 아니잖아.

내 머릿속에서는 또 다른 하나의 내가 나에게 힐책하고 있었다. 작가인 나와 작가가 아니라고 우기는 내가 서로 격렬하게 싸우고 있는 모양이었다. 내 내부에서 나와 내가 싸우고 있는 것을 눈치라도 챘는지 이노우에는 핸들을 잡고 시동을 걸자마자 일본인 특유의 겸양스러운 표정을 짓더니 말했다.

"푹 쉬다가 가세요. 오늘 밤은 벳푸에서 온천욕을 실컷 하시고 싱싱한 생선초밥도 많이 드세요. 참, 선생님 약주 좋아하시잖아요? 오늘 밤 한번 취해 보시죠, 뭐."

이노우에 딴에는 자기가 좋아하는 작가를 2박 3일 동안 독점하고 있다는 쾌감을 느끼고 있는 것 같았다. 내가 이젠 한국의 독자들한테 다 잊혀진 작가인 줄도 모르고 있는 외국인한테 그가 치켜세워 주는 대로 묵묵히 대접을 받고 있자니 본의아니게 사기를 치는 것 같은 마음도 들었다.

"소설 때려치운 지가 십 년 가까이 됐네. 그동안 발표했던 소설도 다 까먹었네. 정년퇴직이 낼모레인데 그냥 쉬엄쉬엄 노을진 벌판에 서서 뒷짐을 지고 있는 기분이야."

내 말을 듣던 이노우에는 정색을 했다.

"선생님, 한번 발표한 작품은 언제나 현재형으로 살아 있는 거예요. 선생님이 십 년 동안 절필을 했다고 하시지만, 그건 말이지요, 십 년 동안 휴화산으로 있는 것과 같아요. 언제 폭발하여 활화산이 될지는 아무도 모르지요."

"아소산처럼 말인가?"

나는 기분이 좀 나아져서 우스개 삼아 말했다. 그렇다. 한번 발표한 작품은 언제나 현재형으로 존재하는 것이다. 이런 생각을 하자 아랫배 쪽에서 꼭 어릴 때 뱃속에서 회충이 꿈틀대듯 뭔가가 순간적으로 꿈틀대는 것이 느껴졌다. 그 실체는 뭘까?

뱃푸는 가히 온천의 천국과 같았다. 뱃푸만을 끼고 있는 해안의 소도시 여기저기에서 흰 증기가 솟아나는 풍경이 이채로웠다. 펄펄 끓고 있는 가마솥 뚜껑 위에 건설된 도시 같았다. 그날 밤 우리가 투숙한 호텔은 1천 평이 더 되는 노천온천 시설을 갖춘 스기노이[杉乃井] 리조트호텔이었다. 방을 정하고 나서 바로 온천부터 하기로 했다. 객실에 비치된 가운을 입고 드넓은 노천탕에서 온천을 하고 나니까 나른한 피곤함과 함께 상쾌한 기분이 들었다. 3천여 개나 된다는 뱃푸의 온천에서 뿜어져 나오는 유황냄새 나는 증기를 보고 있으면 불안정한 지층 위에 서 있다는 막연한 불안감이 일었다. 언제 대규모 폭발이 있을지 모른다는 생각이 들면서도 한편으로는 마음이 정화되는 걸 느낄 수 있었다.

뱃푸만 쪽으로 저녁식사를 하러 가면서 보니까 흰 중형버스에 대문짝만 한 글자로 '日本精魂党'이라고 써붙이고 고성능 마이크로 방송을 하는 광경이 자주 보였다.

"극우파들이에요. 군국주의 부활을 선동하는 단체입니다."

백인우월주의를 신봉하는 미국의 KKK단이나 히틀러를 추앙하는 독일의 스킨헤드 나치당과 마찬가지로 어느 나라 어느 시대에도 이념이라는 마약은 다 있는 법일까. 그러나 저렇게 까놓고 자기주장을 외치는 것이 오히려 당당한 일일 수도 있다. 한국에서는 반체제하다가도 집권층과 끈이 닿으면 특권의식이라는 몹쓸 병에 걸려 국가와 사회는 안중에도 없게 되는 일이 허다하지 않은가. 아예 독립당 공산당 친일당을 결성하여 톡 까놓고 김구, 김일성, 이승만을 추앙하는 골수 패거리들이 거리를 누비면서 자기주장을 외치는 것이 더 민주주의적이 아닐까 하는 생각이 들었다. 한국은 우(右)든 좌(左)든 모든 세력이 위장(僞裝)되어 있어서 놈놈들의 실체가 뭔지 일반인들은 통 종잡을 수 없는 가면극이 한창 공연되고 있는 꼴이었다.

밤 열한 시가 다 돼서야 방으로 들어가서 잠을 청했다. 우리가 잡은 4층 방은 침대와 다다미방이 함께 갖추어진 양화실(洋和室)이었다. 나는 다다미에 요를 깔고 누웠다. 곧바로 잠이 들었는가 싶었는데 꿈인지 연상작용인지 모를 장면들이 눈앞에서 깜박이는 것이었다.

지난해 연말 인사동에 있는 문인들이 자주 찾는 카페에 간 적이 있었다. 그날 초저녁, 시인 P와 함께 카페 안으로 들어갔을 때 안쪽에서 술을 마시던 사람 하나가 벌떡 일어나 뛰어나오며 P를 불렀다. 그는 나도 잘 아는, 젊은 시절 함께 소설을 쓰면서 친한 적도 있는 내 또래 작가 H였다. 그는 워낙 행동반경이 넓고 우리 문단을 좌지우지할 만큼 명성을 쌓아 한국의 대표적인 작가로 우뚝 선 친구였다. P와는 고등학교 동창이었다. 두 사람이 만나자마자 동창생 특유의 거침없는 욕도 하면서 호들갑스럽게 떠들고 있을 때 내가 그의 어깨를 툭 치면서, 오랜만이야, 하고 말을 건넸을 때였다. 실내의 조명이 좀 어두워서인지 H는 갑자기 정색을 하면서, 누구신지?라고 말했다. 나를 정말로 몰라보았는지 몰라보는 척했는지, 나 아무개야, 라고 내가 말하자, 아 그렇구나, 참 예쁜 동안(童顔)이었는데 늙은이가 다 됐구나, 하며 그제야 반갑게 악수를 했다.

누구신지? 이 말을 듣자 순간적으로 내 몸이 떨렸다. H에게 서운해서가 아니었다. 잡지에서 오래된 사진 밑에 사진설명을 붙일 때, 시인 누구누구, 작가 누구누구 이름을 붙이다가 누군지 모를 인물이 나오면 '한 사람 건너'라고 하지 않는가. 내가 결국에는 '한 사람 건너' 사람이 됐다는 자괴감이 일었기 때문이다. 누구신지? 누구신지? 누구신지? 귓전에 맴도는 소리가 잠을 설치게 했지만, 이판사판으로 팔 걷어붙이고 현실과 대응하지 않고 개판으로 굴러가는 정치현실, 문화현실을 일정한 거리를 두고 냉소적으로 대응해 온 업보를 받는다는 생각이 들었다.

그날 밤 나는 잠을 제대로 이루지 못하면서 막연한 불안감에서 헤어나지 못했다. 이번 규슈에서 이노우에를 만난 것은 내 인생에서 무슨 계기나 전기가 될 필연성이 내재해 있는 것일까. 나는 내가 태어나서 자라고 학교를 다닌 충청북도 북부와 강원도 남부의 충주와 제천과 원주를 잇는 트라이앵글 지역을 떠올렸다. 치악산, 월악산, 소백산이 큰 성벽을 이루고 남한강 상류를 이루는 크고 작은 강물이 모여 흐르는 지역, 고구려와 신라가 격전을 치르며 관할을 다투고 구한말에는 의병이 기의(起義)하여 민족정기를 사수했던 풍운의 땅이었다. 왜 규슈의 온천호텔에서 잠을 못 이루며 내 고향을 떠올리게 되는 것일까.

이튿날 이노우에와 나는 후쿠오카 외곽의 고대 도시인 다자이후[太宰府]로 갔다. 일본 전역에 1만 개가 넘게 산재한 텐만구[天滿宮]의 총본산인 다자이후 텐만구는 905년에 창건되었다고 한다. 스가와라 미치자네[管原道眞]는 헤이안시대 최고의 천재이자 문장가인데 다이고 천황 때 최고 지위에 올랐다. 그러나 곧바로 후지와라[藤原] 가문의 음모에 의하여 역모죄를 뒤집어쓰고 다자이후로 쫓겨났다가 903년에 세상을 떠났다 한다. 텐만구 입구에는 땅 위에 엎드린 소의 동상이 있는데, 이는 스가와라의 유체를 싣고 가던 소가 지금의 다자이후 텐만구가 있는 장소에 이르자 더 이상 꼼짝하지 않았다는 전설을 기념하기 위한 것이라고 했다. 관광객들이 소의 동상을 어루만지며 기념사진을 찍고 있는 모습이 인상적이었다.

스가와라가 억울하게 교토를 떠날 때 평소에 좋아하던 매화나무에게 작별을 고하면서, 앞으로 주인이 없다고 봄을 잊지 말라는 시를 한 수 남겼는데, 그 매화나무가 스가와라를 흠모하여 교토에서 이곳까지 날아왔다는 도비우메[飛梅] 전설도 제법 참 멋져 보였다. 알레고리라기보다는 절대적 상징에 가까운 전설이었다. 마침 우리가 찾아간 2월 7일 텐만구 정원에는 홍매화와 백매화가 꽃송이를 막 터뜨리고 있었다. 16년간 유배생활한 정약용의 다산초당(茶山草堂)을 찾았을 때의 그 단조로움이나 제주도 대정의 추사(秋史) 유배지를 둘러보고 느꼈던 공허감에 비하면, 스가와라를 에워싼 다자이후의 전설은 매화꽃 송이송이마다 영롱하게 빛나고 있는 느낌이 들었다. 전설을 만들 수 있는 능력이야말로 현실의 리얼리티보다도 더 리얼한 사물의 핵심인지도 몰랐다.

오후가 되자 세우(細雨)가 내리기 시작했다. 막 피어나는 매화꽃이 빗방울을 머금고 더 요염해 보였다.

귀국할 때는 후쿠오카공항에서 비행기를 탔다. 수속을 마치고 이노우에 군과 작별하면서 나는 수첩을 한 장 뜯어서 그에게 주었다. 무슨 연락 전화번호가 적힌 줄 알고 받은 이노우에가 거기 적혀 있는 글자를 보고 깜짝 놀라는 시늉을 하며 말했다.

"중내북(中奈北)이라니요? 소설입니까?"

나는 그저 웃으면서 말했다.

"모르겠네. 픽션이 될지 논픽션이 될지."

사실이 그랬다. 누구신지? 누구신지? 이런 소린가 이 비슷한 소린가가 웅웅거리며 온천욕을 한 매끈매끈한 내 몸 위를 살살 기어다닐 때 꿈인지 잠결인지 모를 야릇한 허공에서 언뜻언뜻 흐릿하게 보인 형상이 바로 〈中奈北〉이라는 글자가 흔들리는 옛 지형도(地形圖)였다는 것을 깨달은 것은 매화꽃이 피어 있는 다자이후 텐만구 정원에서 도비우메를 보았을 때였다. 이 부적과도 같은 세 글자는 내가 미처 깨닫지는 못했어도 벌

써 오래전부터 내 무의식의 맨 밑바닥을 차지하고 있는 내 문학의 지배소(支配素)에 해당되는 것이었다.

중원(中原)과 내제(奈堤)와 북원(北原)은 각각 충주와 제천, 그리고 원주의 옛 지명이다. 내가 태어나서 자란 곳 - 중내북의 산천이, 개구쟁이로 자라며 멱을 감던 흰 물살 피어오르는 강물과, 배가 고파서 앞산에 올라 진달래꽃을 따 먹고 보리 누름 아직도 멀어 소나무 가지를 꺾어 송기를 해서 핥아 먹고, 겨울이면 고드름을 따 먹고 대보름이면 쥐불놀이에 달집을 태우면서 액막이연을 날리던 곳이었다. 이제는 너무도 멀리멀리 사라

겨간 그 까마득한 과거가, 이제 다시 나의 미래의 과거가 되어 이 규슈까지 쫓아와서, 한가롭게 온천욕을 즐기고 호텔방에 취하여 누워 있는 나를 자꾸 흔들어 깨우고 있었던 것이다. 매화나무가 저를 사랑하는 주인을 좇아서 교토에서 다자이후까지 날아온 것처럼 낳아주고 길러준 고향산천은 결코 나를 잊어버리지 않고 있었던 것이다.

아침저녁 바라보던 천등산과 박달재, 피란 때 다 닳은 고무신을 신고 추위에 떨며 걸었던 다릿재 너머 충주와, 중학교를 다닌 원주의 을씨년스러운 바람 소리와 무섭게만 보였던 치악산이 한데 어우러져서, 내가 당신을 몰라볼까 봐 가슴에 〈中奈北〉이라는 명찰까지 달고 어머니 품처럼 나를 밤새도록 아늑하게 품고 있었던 것이다.

후쿠오카공항에서 이노우에 군과 작별하고 비행기에 오르면서도 나는 내가 그에게 건네준 쪽지에 쓴 〈中奈北〉이란 세 글자가 장차 픽션이 될지 논픽션이 될지 아니면 그냥 흔적 없이 기화(氣化)되어 우주의 허공으로 날아가 버릴지 땅띔도 하지 못했다.

포유도

춘분이 지났지만 장금리(長琴里) 마을은 한겨울처럼 해가 짧았다. 마을 앞으로 원서천이 흐르고 강 건너 높은 산이 바로 해 지는 서쪽이었다. 깎아지른 듯한 높은 바위너설이 방책(防柵)처럼 막고 있어서 해가 꼴깍 넘어가면 이내 으스스한 한기가 돌고 금방 땅거미가 졌다. 논밭에서 일을 하던 사람들도 지저귀던 산새도 먹이를 찾던 산짐승도 해가 지면 다들 집으로 둥지로 굴로 서둘러 돌아가곤 했다.

할아버지가 경운기를 몰고 언덕길을 올라오는 소리가 들려왔다. 하도 오랫동안 사용하여 이제는 고물이 다 된 경운기 소리가 특특특 하면서 시끄럽게 났다. 이웃집의 경운기는 새로 나온 신형 모델이어서 웬만한 자동차 엔진 소리만큼 트르르르 경쾌하게 작동되지만 바우네 할아버지 경운기는 워낙 구형이어서 기계가 고장 나도 부속품을 구할 수도 없었다. 그때그때 할아버지가 철사로 동여매기도 하고 나사 대신 굵은 못을 끼워 넣기도 하면서 사용해 온 경운기였다.

큰길에서 비탈진 언덕길을 한참 올라와서 조그만 야산을 왼편에 끼고 서향으로 자리 잡은 바우 할아버지네 집은 원래 집터가 아니라 축사였는데 10년 전 홍수 때 강 옆 큰길을 접하고 있던 집이 엄청나게 불어난 강물에 휩쓸려 허물어지자 지금의 언덕으로 옮겨 앉은 것이었다. 축사를 헐어낸 자리에 방 두 칸에 마루가 딸린 스무 평 남짓 되는 조립식 가옥을 부랴부랴 새로 짓고 새 터전을 삼은 것이었다.

지금은 읍으로 나가서 보일러실 기사로 일하는 아들이 바로 지금 집터가 된 언덕바지에서 소를 열다섯 마리나 사육한 적이 있었다. 어느 해인가 소 값이 반 토막으로 폭락하는 바람에 빚만 잔뜩 지고는 두 손을 들어 버렸다. 바우가 젖을 막 떼었을 때였다.

"소를 다시 먹이면 성을 갈겠다."

아들은 어느 날 이렇게 말하고는 처자식도 팽개치고 집을 나가 버렸다. 몇 달 후에 돌아온 아들은 그제야 처자식을 데리고 읍으로 나갔다. 그때는 역전식당에서 허드렛일을 한다고 했는데 차츰차츰 살기가 괜찮아졌는지 명절 때가 되면 쇠고기도 근 넘게 들고 오고 사과도 한 짝씩 들고 왔다.

"읍내에서는 무슨 일을 해도 밥은 다 먹고 살아요. 한 섬지기 농사짓는 것보다 마음이 더 부자라니까요."

할아버지는 늘 이렇게 농사짓는 일은 개차반으로 알고 깎아내리는 아들이 못마땅하였다.

"그래도 사람은 흙과 함께 살아야 되느니."

"뼈 빠지게 일해 봐야 빚밖에 더 남습니까?"

아들은 아버지에게 대들듯 말하면서도 한쪽 얼굴에 순간적으로 쓸쓸한 기운이 스쳐 지나갔다. 소를 먹여서 큰돈을 쥐게 되면 축사 뒤편의 야산을 개간하여 과수원을 하려는 계획이었는데 과수원은커녕 축산조합 빚 갚느라고 결국은 5천 평이 넘는 야산을 팔아야 했던 그였다.

할아버지가 축사 옆에 경운기를 세우는 끽끽 소리가 들렸다.

바우는 세 살 난 동생을 업고 마당으로 나왔다.

"할망구는 어디 갔누?"

할아버지는 흙이 묻은 장화를 수돗가에서 탁탁 털면서 사방을 두리번거렸다.

"할머니이!"

바우가 할머니를 부르자 이제는 다 헐어내고 한 칸밖에는 남아 있지 않은 축사에서 할머니가 흰머리를 들었다.

"뭐 하고 자빠졌누?"

할아버지는 수돗물을 세게 틀어서 세수를 하고는 또 옹기그릇 깨지는 소리를 했다.

"뭐 하긴, 쇠젖 짜고 있다우."

할머니 손에는 페트병이 들려 있었다. 할머니는 암소의 배때기에 손을 대고 쇠젖을 꽉꽉 주물러가면서 젖을 짜고 있었다. 모르는 사람이 보면 젖소 젖을 짜는 줄 알겠지만 그게 아니었다. 암소가 송아지를 낳고도 새끼한테 젖을 안 먹이는 바람에 할 수 없이 날마다 몇 번씩 사람의 손으로 젖을 짜게 된 것이었다. 병 안에는 흰 우유가 반나마 담겨 있었다.

"세상이 말세여, 말세. 제 새끼 젖도 안 먹이는 암소라니, 원."

할아버지는 혼잣말을 하면서 송아지에게 젖을 먹이는 할머니한테로 다가갔다. 외양간에는 암소가 구유통에 대가리를 처박고 여물을 먹고 있다가 할아버지가 다가가자 커다란 눈깔을 껌벅이며 흥흥 콧소리를 냈다.

코뚜레에서 김이 무럭무럭 났다. 암소 바로 옆에 칸막이를
해 놓은 곳에는 송아지가 졸린 듯한 눈깔을 하고 젖을 빨다가
할아버지가 다가가자 우유가 담긴 페트병에서 주둥이를 떼고
놀란 듯 모로 비켜섰다.

발정 난 암소를 동네에서 가장 기운 센 종우(種牛)에게 데려
가 접붙이는 일이 소를 먹이는 농가에서는 가장 중요한 일이
었다. 소가 곧 재산 밑천이었다. 암소가 송아지만 쑥쑥 낳아준
다면 누구나 맨땅 짚고 일어날 수가 있었다. 보통 종우를 기르
는 집에서는 한 번 접붙이는 데 콩 닷 말을 받는 것이 관례였
다. 종우는 쇠여물에 아예 콩을 섞어서 쇠죽을 쑤어 먹여 힘을
길렀다. 다랑논이나 비알밭 같은 힘든 농사일은 시키지도 않
았다.

그전에는 암소가 송아지를 낳으면 곧바로 송아지에게 젖을
빨렸다. 양막(羊膜)을 뒤집어쓰고 나온 송아지는 암소가 혀로
핥아 주는 대로 몸을 맡겼다가는 조금 시간이 지나면 어미의
젖을 빨기 위하여 대가리로 젖배를 툭툭 들이받는 것이었다.
그런데 이젠 동네에 종우가 사라져서 읍내의 수의사가 인공으
로 만든 인공질(人工膣)에 황소의 음경을 삽입하여 정액을 채
취하였다. 그것을 냉동보관하고 있다가 발정 난 암소가 있으면
배란기에 맞춰서 정액을 인공으로 사정해 주는 것이었다. 황소
의 음경처럼 길쭉하게 생긴 삽입기를 비닐장갑 낀 손으로 암
소의 질경 속으로 넣어 수태를 시키는 것이었다.

인공으로 수태를 한 암소는 송아지를 낳고도 당최 새끼에게 젖을 먹일 생각을 않는 것이었다. 송아지가 젖을 먹으려고 다가오면 뒷발질을 해 댔다. 그렇다고 송아지를 그냥 내버려 두면 배가 곯아 탈진했다가 목숨도 위태해지기 십상이었다. 작년에는 이웃집에서 갓 태어난 송아지가 어미 소한테 발로 채여서 모가지가 부러지는 사고가 나기도 하였다. 암소는 송아지에게는 젖을 물리지 않으면서도 할머니가 손으로 주물러서 젖을 짜면 가만히 서 있었다.

"네미! 네미!"

할머니가 우유가 아직 남은 페트병의 아가리를 송아지 주둥이에 대어주면서 송아지를 불렀다. 페트병에는 꼭 갓난아기 젖병에 달려 있는 것처럼 생긴 젖꼭지가 부착돼 있었다. 송아지는 '네미 네미' 하고 저 부르는 소리를 알아들었다는 듯 할머니 손에 들린 페트병 젖꼭지를 빨기 시작했다. 여물을 먹던 암소가 대가리를 들더니 마치 송아지를 부르기라도 하는 듯 음매음매 울었다. 페트병 젖꼭지를 물고 빨던 송아지는 어미 소한테 대답이라도 하는 양 울었다.

"음매 음매."

송아지가 페트병에서 주둥이를 떼는 바람에 우유가 쏟아지자 할머니는 또 '네미 네미' 하고 송아지를 부르며 달랬다. 바우 등에 업힌 막냇손자가 제 엄마를 불렀다.

"음마 음마."

소고 사람이고 다 젖 먹고 크는 포유동물이니까 제 어미를 부르는 소리가 원래는 다 한가지였는지도 모를 일이었다. 할아버지 귀에는 송아지 소리나 손자 소리가 매한가지로 들리는 것이었다.

"오늘도 소식 안 왔누?"

할아버지가 할머니한테 말하며 담배에 불을 붙였다.

"집 나간 년이 쉽게 돌아오겠수?"

할머니가 한숨 쉬듯 말했다. 그년이란 바로 바우의 엄마였다. 역전에서 식당일을 거들다가 바우의 아버지가 읍내에서 제일 큰 병원의 보일러실 기사로 취직이 된 다음 셋방이기는 해도 새로 지은 아파트를 잡아 그럭저럭 살아갈 수 있었다. 그런데 가용에 보탬이라도 하겠다고 역전식당에서 그대로 일을 하던 바우 엄마가 지난 대보름 무렵에 온다 간다 말도 없이 집을 나간 것이었다. 식당에 배추, 무, 두부, 콩나물, 양파, 쪽파, 마늘과 같은 채소와 양념거리를 대어주던 용달차를 몰고 다니는 사내와 내통이 됐다고 사람들이 수군댔지만, 내통이 됐다는 말이 꼭 남녀 간의 통정만을 뜻하는 건 아닐 수도 있었다. 무슨 장사를 함께 하기 위하여 서로 꿍꿍이가 맞은 것인지도 몰랐다. 집에서 이야기를 해 봐야 허락을 하지 않을 테니까 아예 일을 저질러 놓고 보자는 속셈으로 집을 나간 것일 수도 있었다. 용달차 사내는 늘 함께 붙어 다니면서 수다를 떨던 제 여편네도 있는데 남의 계집을 후려치기 할 리도 없을 것 같은 생각도 들었다.

"제기랄!"

바우 아버지는 들을 사람도 없는 욕 한마디를 내뱉고는 다음
날로 초등학교 2학년인 바우와 세 살 된 막내를 장금리 고향
집으로 데려왔다. 집 나간 애어멈을 찾을 생각을 않는 아들을
나무라자 심드렁하게 대꾸했다.

"맨날 돈 벌러 간다고 타령하더니 어디 가서 몸을 팔아서라
도 떼돈 벌어 올라나 보죠."

요즘 젊은것들이 툭하면 집 나가고 헤어지고 한다더니 그게
바로 남의 일이 아니었다는 생각이 들자 할아버지는 한숨을
푹 쉬며 뻐끔뻐끔 담배만 빨았다.

장금리는 내제군(奈堤郡) 원서면(遠西面)의 가장 남쪽에 있
는 마을로 면소재지까지 8킬로미터 남짓, 이십 리도 실히 되
는 거리에 있었다. 십 년 전까지만 해도 마을회관 아래 장금분
교(長琴分校)가 있어서 아이들이 거기서 편하게 공부를 했지
만 학생 수가 점점 줄어들어 열 명이 채 안 되자 폐교를 했다.
아이들을 통학시키는 스쿨버스가 운행되었는데 아예 장금리
에 초등학생이 한 명도 없게 된 작년부터는 스쿨버스가 석천
리(石泉里)까지만 운행되었다. 그런데 다시 바우가 할아버지
집으로 돌아오자 스쿨버스 운행구역이 장금리까지로 연장된
것이었다. 올봄 3월 초에 손자를 전학시키려고 학교에 갔을 때
여자 교장선생이 조금 난감해하면서 말했던 것을 할아버지는

쓸쓰레하니 기억하고 있었다.

"스쿨버스 운행계획을 교육청에 다시 올려야 한답니다. 할아버지 손자를 통학시키려면 운행구역을 4킬로나 연장해야 하거든요. 기름값이 현재보다 두 배가 들 텐데, 교육청에서 결재가 날지 걱정이네요."

하긴 바우 한 명 태우러 오느라고 스쿨버스가 십리 길을 더와야 하니까 좀 미안하다는 생각이 들기도 했다.

"아범이 조만간 읍내로 다시 안 데려가겠수?"

할아버지는 딱히 교장선생 들으라고 말한다기보다 그저 혼잣소리인 듯 중얼거리면서 학교를 나왔다.

학교를 나오면서 학교 현관 양쪽에 서 있는 향나무를 보자 불현듯 50년 전 이 학교 학생이었을 때가 생각났다. 한국전쟁 직후 나이가 열 살이 되어 학교에 입학했던 할아버지였다. 전쟁 때 마을이 다 불에 타고 학교 건물도 거의 소실되었기 때문에 누구 할 것 없이 취학이 한두 해씩 늦었다. 집집마다 가난하여 보릿고개가 되면 끼니를 못 끓이는 집이 수두룩했다.

50년 전에도 향나무가 저만큼 커 보였다는 생각이 들었다. 36회 졸업생이니까 학교가 처음 문을 연 1920년에 향나무 묘목을 심었을 테니까 지금은 수령이 1백 년이 넘었겠다는 생각이 들었다.

"숙제는 다 했누?"

할아버지가 담뱃불을 발로 밟아 끄면서 손자에게 말했다. 칭얼대는 동생을 업고 할아버지를 따라다니던 바우는 코를 훌쩍거리면서 대꾸했다.

"숙제 없어."

"요즘 선생들은 숙제를 안 내 주고 뭣들 하고 자빠졌누?"

어린것이 동생도 업어주고 잘 데리고 노는 것을 보면 신통했다. 읍내에서 학교를 다닌 놈이라 괜히 까발라져서 군것질이나 조르면 어른들이 속상할 테지만 바우는 마치 철든 애처럼 굴었다. 그때 마루 장지문이 드르륵 열리더니 왕할머니의 목소리가 들렸다. 날씨가 풀리자면 아직 멀었건만, 날벌레들은 다 때를 알고 있는 것일까. 형광등에 자디잔 날벌레들이 뿌옇게 날아들고 있었다.

"그래그래. 아범, 들어왔니?"

"예."

일흔이 낼모레인 할아버지는 공손한 목소리로 대꾸하고 왕할머니를 돌아다보았다. 왕할머니는 바우의 증조할머니인데 올해 아흔세 살이 되었다. 작년만 해도 그런대로 기력이 있어서 아들 내외가 밭일을 나갔다가 점심때 돌아오면 점심상을 봐 놓고 기다릴 때도 있었다. 그러나 설 쇠고 난 다음부터는 전하고는 영 다르게 쇠잔해지는 정도가 눈에 보일 듯이 완연하였다. 어떤 때는 부엌의 가스불을 켜놓고 잠그지 않을 때도 있고, 밥상을 차린다고 배춧국을 끓이면서 소금 대신 조미료를 넣기도 하기 때문에 며느리에게 타박을 받기도 하였다.

"그래그래. 야 애비한테서는 아무 소식 없냐?"

왕할머니가 애비라고 부르는 사람은 당신 손자, 그러니까 바우의 아버지였다. 왕할머니는 말머리나 말끝마다 언제나 '그래그래'라는 말을 했다. 며느리한테 타박을 받을 때도 그래그래, 증손자를 어를 때도 그래그래였다.

"없어요. 제 놈이 알아서 하겠지요."

할아버지는 막내를 업은 바우를 슬쩍 보다가 한숨을 푹 내쉬었다. 바우 아범이 워낙 성격이 괄괄한지라 여편네한테 손찌검을 자주 했는지도 몰랐다. 어찌 됐건 졸지에 홀아비 아닌 생홀아비가 된 아들이 불쌍하다는 생각도 들었다.

"어머니, 저녁밥상 안 봐도 돼유. 부엌에는 얼씬도 마세유."

왕할머니가 또 부엌에 들어가서 저녁상 참견을 했나 보았다. 할머니가 부엌에서 투정 부리듯 시어머니에게 말했다. 귀가 잘 안 들리는 왕할머니는 며느리 말은 하나도 알아듣지도 못하고 며느리에게 딴소리를 했다.

"그래그래. 송아지 먹이고 남은 젖 없어?"

"왜유?"

며느리가 저녁상을 내오면서 시큰둥하게 말했다.

"그래그래. 막내놈이 에미 젖 생각이 나나 보다."

"쇠젖을 어떻게 애기한테 먹인대유?"

할머니가 시어머니에게 버럭 소리를 질렀다.

"어머니도 참. 사람 먹는 우유는 다 소독을 한 거유. 쇠젖을 그냥 먹였다가는 괜한 애 잡아유."

할아버지의 말을 듣자 왕할머니는 제대로 알아듣고 그러는 지 아닌지 머쓱한 낯빛을 했다.

"그래그래. 암소 젖인 건 다 매한가진데."

세 살 난 막냇손자는 낄낄거리면서 밥투정을 잘 부렸다. 가끔 분유를 사다가 먹이기도 했는데 요즘 며칠은 우유를 통 못 먹었다. 말이 세 살이지 이제 갓 두 돌 지난 아기니까 하루 한 두 번 엄마 젖을 먹어야 밥투정을 덜 할 것이었다. 집 나간 며느리는 다릿재 너머 산척면이 친정인데 엉덩판이 도드라지고 가슴팍도 암팡져서 살림도 잘하고 시할머니 시부모 공경도 잘하는 편이었다. 그런 며느리가 앞뒤 재지 않고 집을 나갔다니 영 믿어지지가 않았다.

저녁밥상을 물리고 났을 때 마을 이장이 찾아왔다.

"농협에서 씨감자가 나왔어요. 한 상자면 되겠지요?"

이장은 아들 친구였다. 멸균 처리를 해서 푸른빛이 도는 씨감자는 한 가구당 3킬로짜리 한 상자씩 배급을 하지만 어떤 해에는 배급량이 애당초 모자라서 그럴 때면 먹다가 남은 집 감자의 눈을 쪼개어 심었지만 멸균 처리를 한 씨감자보다 수확량이 적었다. 옥수수도 마찬가지였다. 먹다가 남은 것을 심어봐야 병치레하느라고 수확이 제대로 되지 않았다. 이제는 곡식 종자는 모두 약물에 담가서 균을 처리한 뒤에 농협을 통하여 각 농가에 배급했다.

"야 아범도 잘 있지요?"

이장은 텔레비전 앞 왕할머니 옆에 딱 붙어 앉은 바우를 가리켰다. 애들 어미가 집을 나갔다는 이야기는 소문으로 다 들었겠지만 동네 사람들은 그 말을 입에 담지 않았다.

"잘 있다마다."

할아버지는 심드렁하게 대꾸하였다.

왕할머니 무릎에서 잠을 청하던 막냇손자가 이장을 보고 낯을 가리느라고 앙앙 울음을 터뜨렸다.

"어머님 목욕이나 시키시우."

저녁 설거지를 하고 부엌에서 나온 할머니가 할아버지에게 말했다. 며칠만 지나도 왕할머니 몸에서는 곰팡이 냄새가 심하게 났다. 그뿐이 아니었다. 몸에서 시도 때도 없이 바삭바삭하는 몸비듬들이 떨어졌다. 왕할머니 목욕은 늘 할아버지가 시켰다. 연탄보일러는 아끼지 않고 틀기 때문에 화장실 수도를 틀면 뜨거운 물이 언제나 쏟아졌다.

왕할머니는 텔레비전을 보느라고 아들의 말을 알아듣지도 못했다. 귀가 워낙 어둡기 때문에 텔레비전 소리는 아예 짐작도 못 할 것이 뻔했고 눈도 흐려져서 잘 보이지도 않을 터였지만 증손자와 함께 텔레비전 앞에 나란히 앉아 있는 것만으로도 즐거운지 왕할머니는 이빨이 다 빠진 합죽한 입으로 연신 뭐라고 중얼대면서 텔레비전을 보고 있는 중이었다.

이장이 돌아가자 할아버지는 큰 다라에 뜨거운 물을 가득 받아놓고 왕할머니를 번쩍 안아 화장실로 데리고 갔다. 쌀 한 말 무게도 채 안 될 만큼 가벼웠다. 옷을 하나하나 벗기자 왕할머니는 등이 가렵다면서 아들 쪽으로 등을 돌렸다. 뜨거운 물을 끼얹고 등을 북북 긁으면서 비누칠을 했다. 하얗게 센 머리칼이 한 손아귀에 다 집힐 만큼 숱도 적어서 다 바스라진 풀귀얄 같았다. 여자치고는 원래 기골이 커서, 환갑을 갓 지나서 세상을 떠난 아버지보다도 농사일을 더 매섭게 하던 어머니였지만, 이젠 날이 다르게 사그라지는 모습이 가슴을 아프게 했다. 외갓집 내력이 장수하는 집안이니까 오래오래 사시겠지만, 언제 어떻게 될지 알 수 없는 일이었다. 정신은 말짱하지만 이미 몸이 쇠약해질 대로 쇠약해져서 어느 순간에 숟갈을 놓아 버릴지는 아무도 모르는 일이었다.

겨드랑이와 사타구니도 비누질을 듬뿍해서 때수건으로 문질렀다. 가슴팍도 갈비뼈가 그대로 드러나서 꼭 쓰다 버린 빨래판 같아 보였다. 다 말라빠진 버섯에서 나는 냄새 같은, 여늬 곰팡이 냄새도 아니고 먼지 냄새도 아닌 퀴퀴한 냄새가 났다. 헤실헤실해진 거웃도 거지반 닳아 없어져서 불두덩이가 민숭민숭했지만 아들의 손이 그녘으로 다가가면 움찔하는 시늉을 했다.

"어머니, 오래오래 사시유."

"그래그래."

자식 낳아 키우느라고 고생만 하신 어머니였다. 4남 3녀 자식 중에서 벌써 셋을 앞세웠고 나머지들도 명절 때만 삐끔 들를 뿐 저 사느라고 코앞이 자가웃이니 아흔 넘은 노모를 위하는 놈이 없었다. 젖가슴은 다 말라붙었지만 그래도 까만 젖꼭지만이 대추알처럼 도드라져 보였다. 바로 여기가 자식을 일곱이나 낳아 젖을 먹여 키운 젖무덤이라는 것을 표시라도 해 볼 요량인 양 젖꼭지가 손에 만져졌다.

"젖이 아주 크고 예쁘네유."

할아버지는 젖꼭지를 손가락으로 만지며 왕할머니 귀에 대고 큰소리로 말했다.

밤이 깊어지자 소쩍새 울음이 들려오기 시작했다. 올여름에 가뭄이 심할지도 모른다는 생각이 들었다. 겨울 동안 내린 눈이 평년의 반의반도 안 되니 보나 마나 여름에 비도 적게 내릴 것이었다. 지금이야 소쩍새 울음소리를 듣고 그해 농사가 풍년이 들까 흉년이 들까 점치는 사람이 없다는 걸 모르는지 소쩍새는 소짝소짝 목이 쉬도록 울어 댔다.

그 사이사이로 큰길 건너 바위너설에서도 꿍 꿍 하는 소리가 들려왔다. 해동 무렵 얼음장 깨지는 소리같이 들리는 저 소리는 겨우내 얼었던 나무가 기지개를 켜듯 잠에서 깨어나는 소리였다. 기지개를 너무 크게 켜다가 가지가 부러지는 나무도 있지만, 사실은 뿌리에서 수분을 빨아올려 윗가지로 보낼 때 지난겨울에 설해를 입어 부러졌거나 얼어 죽은 나뭇가지가 떨어지는 소리였다. 해동이 되고 봄이 오면 나무들은 젊은 사람들 귀에는 들리지 않는 생명의 힘찬 소리를 내는 것이었다. 할아버지는 나무들의 힘찬 봄의 소리를 들을 수 있었다. 뿌리에서부터 힘차게 물을 빨아올리는 펌프 소리에 놀라, 무사히 겨울을 난 살아 있는 나뭇가지에 붙어 있던 설해목(雪害木)이나 동사목(凍死木)의 가지들이 제풀에 떨어져 내리는 소리였다. 어떤 때는 쿵 쿵 하는 더 큰 소리가 들리기도 했는데 이는 얼었던 바위너설에서 바위 조각들이 강물로 떨어져 내리는 소리였다.

방이 두 칸이지만 한 칸은 감자 고구마 옥수수 같은 곡식을 담은 자루를 쌓아 두고 있어서 겨울에는 큰방 하나에서 식구 모두가 잠을 잤다. 맨 아랫목에는 왕할머니가 막내 증손자를 데리고 잠을 자고 바우는 제 할머니와 그 옆에서 잤다. 할아버지는 맨 위에서 잘 때도 있었고 전기장판을 깔고 마룻바닥 위에서 잘 때도 많았다. 보일러 난방이니까 아랫목 윗목이 따로 없지만 예전 습관대로 웃어른이 아랫목을 으레 차지하는 것이었다.

바우는 눈꺼풀이 저절로 감길 때까지 텔레비전을 보다가 할머니의 팔을 베고 누웠다. 바우는 잠 속으로 빠져들면서도 무슨 주문을 외우듯 엄마 생각을 했다.

"울 엄마는 영영 안 올 거야. 할아버지 할머니 다 돌아가시면 나는 거지가 될래. 거지 왕자가 돼서 막 돌아다닐래……."

바우는 이내 잠이 들었다.

"음마 음마."

세 살 막내도 제 엄마를 부르며 왕할머니 가슴을 파고들어 잠투정을 하다가는 새끼 고양이만 한 입을 앙 벌리고 하품을 하더니 쌔근쌔근 숨을 쉬며 잠이 들었다.

이튿날 아침, 여덟 시가 좀 지나자 안개를 헤치고 스쿨버스가 왔다. 겨울 안개가 올해 들어 점점 심해지고 있었다. 천등산 너머 중원(中原)에 광활한 댐이 생기고부터 장금리는 안개에 시달리는 날이 다른 동네보다 훨씬 많았다. 그만큼 댐과 직선 거리로는 지호지간이기 때문이었다.

바우네 집 앞 큰길에서는 바로 버스를 돌릴 수가 없기 때문에 스쿨버스는 바우네를 지나쳐서 얕은 고개를 넘어 합수(合水)머리 들어가는 세 갈래 길까지 갔다가 되돌아왔다.

바우는 책가방을 메고 큰길로 뛰어갔다. 춘분이 지났다고는 해도 안개가 잔뜩 낀 아침 공기는 겨울만큼 매웠다. 버스에는 바우 말고 세 명의 학생이 타고 있었다. 할아버지는 쇠죽 가마에 장작을 지피면서 손자놈이 책가방을 메고 안개 속으로 뛰어가는 모습을 물끄러미 바라보았다. 겨우 대여섯 명 학생을 통학시키느라고 스쿨버스를 운행하는 좋은 세상이 되었다는 생각이 들었다.

예전에는 20리도 넘는 길을 매일 걸어서 다녔다. 어린애 걸음이니까 두 시간은 족히 걸렸을 것이었다. 겨울에는 눈이 많이 내린 날에는 토끼털 귀걸이를 하고 칡넝쿨과 새끼줄로 칭

칭 감은 설피(雪皮)를 신고 다녀야 했다. 농사철이 되면 일손을 돕느라고 며칠씩 학교를 쉴 때도 많았다. 학교를 졸업하고 나면, 면장 아들이나 지서장 아들 두세 명은 읍내 중학교로 진학을 했지만 나머지는 모두 농사를 짓는 게 일반적인 일이었다. 그렇게 몇 해 동안 농사일을 하다 보면 입영통지서가 나오고 젊은이들은 해방감을 느끼며 낯선 세계로 줄달음질쳐서 달려가는 것이었다.

바우 할아버지는 초등학교를 졸업하고 농사일을 돕다가 가을 추수가 끝나 농한기가 되면 지금 마을회관 자리에 있던 생원집 사랑으로 한문을 배우러 다녔다. 생원이라고 부르는 서당 훈장은 상투머리에 갓을 쓰고 메기수염을 한 분이었는데 장죽 담뱃대로 놋 재떨이를 두드리며 호통을 칠 때면 쥐구멍이라고 찾고 싶을 만큼 무서웠다. 아무튼 그 생원 덕분에 할아버지는 천자문을 다 떼었다. 그래서 군대에 가서도 행정반에서 복무를 했고 신문에 나오는 웬만한 한자 정도는 쉽게 읽게 된 것이었다.

매년 입춘 날이면 입춘방(立春榜)을 써 붙이는 할아버지는 장금리에서는 다 알아줄 만큼 글씨도 잘 썼다.

올 입춘에도 방을 써서 현관문 위에 떡하니 붙였다.

'입춘대길 건양다조(立春大吉 建陽多照)'

동네 다른 할아버지가 놀러 와서, 왜 건양다경이라고 쓰지 않았느냐고 하니까 할아버지는 웃으면서 대꾸하였다.

"집이 서향이니 어디 햇볕 들 날이 있나? 그래서 경사 경 (慶)을 비칠 조(照)로 바꾸어 방을 썼다네."

그러나 마나 요즘처럼 안개가 심하게 끼면 서향이든 동향이 든 상관없이 동네 사람 모두가 천식이나 기침에 시달리기 마련이었다. 안개가 많이 끼는 해에는 많은 일조량을 요하는 고추 농사가 제일 타격을 입게 되었다.

"오늘 감자를 놔야지유?"

할머니가 어젯밤 이장이 가져다준 씨감자 상자를 마루로 내오면서 말했다. 어제 감자밭 로타리를 다 쳐서 이랑을 만들고 거름까지 뿌렸으니까 비닐만 씌우고 감자를 심으면 될 것이었다.

"씨감자가 좀 모자란 것 같지 않누?"

할아버지가 말하자 할머니는 대꾸도 않고 전화기에서 수화기를 집어 들고 읍내 아들한테 전화를 걸었다. 신호음이 한참 가고 난 다음 아들이 전화를 받았다.

"애는 학교 갔어요?"

아들 목소리가 쩌렁쩌렁하게 들렸다.

"막내 우유 좀 사 가지고 와야겠는데."

왕할머니한테 안겨 있는 막냇손자를 보면서 할머니가 아들한테 말했다. 쇠젖은 남아도는데 사람 새끼 먹일 우유는 없다니 기가 찰 노릇이었다. 막내는 볼이 발그레하니 여간 귀여운게 아니었지만 자꾸 칭얼대는 걸 보면 어딘가 영양이 부족한가 보았다. 왕할머니한테 안겨서 재롱을 피우는 손자를 보면서 할머니는 혀를 끌끌 찼다.

어멈 소식 없느냐는 말에 아들은 볼멘소리를 했다.

"영월 쪽에서 봤다는 사람이 있긴 해요. 제 발로 나갔으니 제 발로 들어오면 오는 거고…… 난 몰라요."

며느리가 제 서방도 모르게 집을 나갔지만 딱히 괘씸하고 미운 마음만은 아니었다. 윗동네 아랫동네에도 나이 마흔이 다 된 아들을 장가 못 보낸 집이 있었다. 얼마 전에는 동남아에서 얼굴이 가무잡잡한 여자가 시집을 온 적도 있었다. 시집와 살던 며느리가 한동안 바람이 났다고 해도 아이들 생각해서 천륜을 딱 잘라 끊을 수만은 없겠다는 생각이 들었다. 할머니는 씨감자 눈을 쪼개며 혼자 중얼거렸다.

"암, 머리 숙이고 들어오면 받아주고 말고지."

할아버지는 감자밭에 씌울 비닐을 넉넉하게 경운기에 싣고 느티나무 아래 감자밭으로 갔다. 경운기는 할아버지의 자가용이나 다름없었다. 장날 면소재지로 장 보러 갈 때에도 꼭 경운기를 몰고 갔다. 사막에서 대상(隊商)을 태우고 가는 늙은 낙타가 마지막 숨을 거두며 모래 위에 털썩 주저앉는 것처럼 경운기도 수명을 다하고 길 위에서 저절로 폭삭 무너져서 고철 조각으로 해체될 때까지 특특특특 시끄러운 소리를 지르며 굴러가고 있을 것이었다.

관절염이 도져서 맨다리로는 조금만 걸어도 관절에서 뿌득 뿌득 소리가 나면서 저리고 아파서 이웃집에 마실 갈 때도 경운기를 몰고 갔다. 수령 350년이라는 보호수 팻말이 세워진 느티나무는 할아버지가 한창나이일 때부터 동네의 명물이었다. 단옷날이면 동아줄을 매어 그네를 탔고 삼복이면 동네 사람들이 그늘로 다 모여들었다. 노거수(老巨樹)가 서 있는 곳은 사통팔달로 바람이 잘 부는 곳이었다. 한여름에도 느티나무 그늘은 한기가 느껴질 만큼 언제나 시원해서 여름이면 마을회관 역할을 톡톡히 하고 있었다.

밭두럭 가에 경운기를 세워 놓고 느티나무 밑에서 담배를 한 대 피우고 나니까 할머니가 씨감자 소쿠리를 이고 밭으로 나왔다. 안개가 서서히 걷히고 있었다. 동네 가까이 길가에 있는 밭이야 괜찮지만 동네에서 멀리 떨어진 산밭에는 감자나 옥수수를 심어 봐야 멧돼지와 고라니가 다 먹어치웠다. 밭만 어지럽히는 게 아니었다. 벼도 이삭이 패기 시작하면 산 밑에 일군 다랑논은 말짱 헛농사가 되는 일이 흔했다.

할아버지는 양팔을 뒷짐 지듯 뒤로 벌려 비닐 묶음의 양 끝을 잡아 앞에서 끌고 할머니는 비닐 끝을 양손으로 꽉 잡아 고정시켜서 가장자리를 흙으로 덮어 주었다. 미처 흙을 덮기도 전에 할아버지가 비닐을 끌고 자꾸 앞으로 나가니까 할머니는 큰소리로 타박을 했다.

"워! 워!"

소를 부리듯 할머니가 말하자 뒤는 보지도 않고 앞으로만 나가던 할아버지가 씩 웃으며 걸음을 멈추고 고개를 돌렸다.

"워, 라니?"

할머니는 흙으로 비닐을 다 덮고 나서 할아버지 쪽을 보며 또 말했다.

"이랴! 이랴!"

할아버지는 할머니의 목소리를 듣고는 또 씩 웃으면서 황소처럼 앞으로 나아갔다. 안개가 다 걷히자 새봄의 햇살이 마침 불어오는 살랑바람에 눈부시게 빛났고 감자밭 이랑에서는 흙 냄새가 이냥 향기롭게 퍼져 올랐다.

감자밭에 비닐을 다 덮고 감자를 심기 시작했다. 손목만 한 굵기의 작대기로 할아버지가 비닐을 일정한 간격으로 쿡쿡 뚫으면 할머니가 능숙한 손놀림으로 구멍 속에다가 깍두기처럼 쪼갠 씨감자 눈을 하나씩 심어 나갔다. 점심때가 다 돼서야 일을 끝내고 할아버지는 할머니를 경운기에 태우고 집으로 돌아왔다.

"빨리 좀 몰아유. 송아지 젖 먹일 때가 됐네유."

경운기가 언덕길을 오르느라고 힘이 떨어져서 걸어가는 것만도 못해지자 할머니가 할아버지에게 말했다.

경운기 소리가 났는데도 집 안에서 아무 기척이 없었다. 왕할머니는 귀가 어두워도 용케 아들이 몰고 오는 경운기 소리는 알아듣고 내다보곤 하였다. 할아버지는 순간적으로 왕할머니가 잘못되셨는가 하는 불길한 생각이 들어서 얼른 문을 열고 마루로 들어갔다.

왕할머니는 막내 증손자를 안고 누워 잠이 드신 모양이었다. 문 여는 소리에 아기가 끙끙거리며 왕할머니의 젖가슴을 파고들며 대춧빛 젖꼭지를 오물오물 빨기 시작했다. 아기의 궁둥이를 다독다독 다독거리는 왕할머니의 검버섯 핀 손이 호랑나비 날개만큼 가벼워 보였다.

(현대문학, 2007)

오탁번 선생과 나

홍부영 (서울 S중학교 교사)

첫인상

1985년 3월 고려대학교 학생회관 지하 학생식당.

조금 긴장되어 보이는 백여 명의 신입생들이 줄지어 앉아 있는 양옆으로 수십 명의 선배들이 누르는 듯한 눈빛으로 우리를 보며 네 분의 교수들 뒤로 호위 무사처럼 자리를 잡고 있다. 권위에 맞는 점잖은 미소를 머금고 있는 세 분의 교수와는 달리 팔짱을 낀 채 무료한 듯 안경 너머로 벽면을 응시하는 마른 체구의 교수가 눈에 들어온다.

삼면의 인간 장벽을 무대장치 삼아 중앙에 위풍당당하게 놓여 있는 어린아이 키만 한 붉은 고무통 세 개 가득 넘실대는 막걸리에 이미 기가 질려 있던 새내기들 눈에 선배와 교수는 신흥 종교 집단의 두목과 핵심 요원으로 비쳐지기에 손색이 없었다.

사회를 맡은 선배가 의식을 시작하듯 엄숙히 사발에 막걸리를 담아 성배인 양 교수들 앞에 올리자 무료해 보이던 교수가 일어나 좀 작은 세숫대야만 한 막걸리 사발을 들어 올린다. 그러자 곧이어 주술적 힘이 느껴지는 '막걸리 찬가'가 우렁차게 합창되고 교수는 그 작은 체구 어디에 저 많은 막걸리를 쏟아 넣는지 힘들이지 않고 노래가 끝나기 직전 사발을 비운다. 이렇게 시작된 신입생 환영회, 일명 '사발식'에서 나는 오탁번 선생을 처음 보았다. 그날 나는 슬며시 치솟는 오기로 내 차례가 오자 막걸리 찬가가 반도 끝나기 전에 사발을 깨끗이 비우고, '어때?' 하는 눈빛으로 그 교수를 찾았으나 그는 이미 자리를 뜬 뒤였다.

대면

입학과 동시에 이틀이 멀다 하고 벌어지는 시위가 있던 5월의 어느 날 오후.

옳은 일을 하고 있다는 도덕적 우월감에 눈에 보이는 것 없이 자만했던 치기 어린 열아홉의 나는 그날도 남다른 열성으로 윗옷을 벗어 들것 삼아 남학생들이 던질 돌을 깨어 나르느라 분주했다. 새롭게 알아가는 세상의 불의에 맞서서 정의의 사도가 되어 불꽃으로 타오르고 싶었기에, 돌무더기를 들고도 날다람쥐처럼 달리고 있던 내 앞에 오탁번 선생이 막아서며 물었다.

"자네, 무슨 과 학생인가?"

하기야 입학 후 두 달 동안 들은 강의는 모두 합쳐 열 손가락에

셀 정도였고 내가 무슨 강의를 신청했는지조차 모르고 있는 나를 그가 어찌 알겠는가?

"국어교육과 85학번입니다."

쏘아보며 또박또박 대답하는 내 목소리에는 기성세대에 대한 모멸감이 잔뜩 묻어 있었다. 무언가 말을 하려다 말고 말없이 돌아서 가던 선생의 눈에 어렸던 그것을 내 짧은 어휘력으로는 표현할 길이 없어 그저 아득했었다고 해 둔다.

아빠

"자장면 먹을 사람?"

'흙이라도 퍼먹을까 할 정도로 배고프던 차에 이게 웬 횡재?'

"형! 저요!"

"그래? 그럼 오 교수님 방으로 가 봐."

교수실로 가라는 말에 좀 찜찜하긴 했지만 공짜로 자장면을 먹을 수 있다는데 뭐. 또 두꺼운 낯이야말로 돈 없는 학생이 가져야 할 최선의 미덕이 아닌가. 자장면 불을세라 한달음에 달려 교수실 문을 열고 들어가니, 오탁번 선생이 다소 뜨악한 표정으로 드시던 자장면 그릇을 내밀었다.

"여학생이 올 줄 몰랐는데, 아무튼 먹거라. 난 식사량이 적어 자장면을 많이 먹지 못한다. 이거라도 괜찮겠나?"

"네, 잘 먹겠습니다."

개가 핥듯 자장면을 깨끗이 비우고 있는 나를 등지고 선생은 전화를 걸고 계셨다.

"가혜니? 아빠야. 학교 잘 갔다 왔어? 그래 손 씻고 냉장고에서 주스 꺼내 마시고 좀 놀다가 숙제해. 응. 응. 그래. 아빠 저녁에 약속 있는데 그전에 집에 들어갔다 다시 나올 테니까 준비물 있음 그때 같이 사자. 그래그래. 좀 있다 봐."

전화기를 내려놓으며 좀 멋쩍었는지 선생은 웃으신다.

"마누라가 지방 대학에 있어서 내가 대신 좀 챙겨야 해. 딸아이가 아직 초등학생이라 손이 많이 가거든. 그래서 집도 요 근처야. 수업 비는 시간에 잠깐씩 다녀오기 좋지."

'술 좋아하기로 소문난 선생이라 바람처럼 멋대로 사는 줄 알았는데, 자상한 아빠였구나.'

생각하며 교수실을 나오는데 왠지 가슴 한 켠이 녹는다.

형

강의를 거의 듣지 않던 나였지만 그래도 오탁번 선생의 시창작 수업은 출석률 50% 정도의 성실함으로 임했다. 그나마 수업을 들어가게 된 건 선생에 대한 호기심 때문이었을 것이다. 첫 수업시간에 들어와 말없이 강의실을 한 바퀴 돈 후 창을 바라보더니 주머니에서 담배를 꺼내 물며 한 말씀 하셨다.

"수업이라 생각지 말고 시를 쓰는 시간이라 생각해라. 시를 쓸때 담배를 피워야 하는 사람들이 있다. 나도 그렇다. 그런 학생들은 남학생이건 여학생이건 개의치 말고 담배를 피워도 된다. 창문쪽 책상은 흡연석이다. 내가 너희들을 가르치는 시간이 아니라 시좋아하는 사람끼리 서로의 시를 읽어보고 고민하는 시간이라 생각해라."

선생은 말보다 당신에게서 풍기는 이미지로 이미 학생들을 시의세계로 끌어들이고 있었다. 내 맘속에 처음으로 시를 써보고 싶다는 욕구가 싹텄다. 나는 처음으로 쓰고 싶은 시를 썼다. 그렇게 학생들이 쓴 시를 선생은 다른 학생들에게 나누어 주며 그 시에 대한소감을 적게 했다. 당시 내 시에 대한 소감을 썼던 노어노문학과 남학생은 내 시를 극찬했다. 강평 시간이 되자 선생은 맨 처음으로 내가 쓴 시를 읽어 주셨다. 가장 잘 써서 처음으로 낭송되는구나 생각하며 기뻐하고 있는데,

"음, 너희들은 이 시를 어떻게 생각하냐? 내가 볼 때 이건 시가아니다. 이건 시를 쓰기 전에 하는 메모다. 자, 이 시를 보거라."
하며 같은 과 이혜원 학생이 쓴 「편지」라는 시를 칠판에 쓰신다.

"이게 바로 시다."

창피하고 속상하긴 하지만 난 선생의 평에 이미 동의를 하고 있었다.

그해 겨울 시창작 수업의 종강 모임을 하게 되었다. 학생들과 함

께 학교 앞 먹걸리 집으로 향하던 선생이 한마디 하신다.

"난, 저 교문을 나서면 더 이상 교수도 선생도 아니다."

막걸리 집에는 선생에게 배우는 대학원 선배들까지 해서 2, 30
명의 학생들이 함께 자리하고 있었다. 교수 어려운 줄을 아는 예의
바른 선배들은 무릎을 꿇고 앉아 양손으로 선생께 존경의 마음을
담아 술을 따르고 있었다. 나도 선생께 술을 올렸다. 아니 주었다.
선생과 똑같은 책상다리를 하고 한 손으로 막걸리병을 내밀며 말
했다.

"탁번이 형, 술 받아."

놀란 눈들이 나를 향해 일제히 쏟아졌다.

"에이, 교문 나오면 더 이상 교수 아니라면서요? 그러니 형이잖
아. 형, 술 받아."

당혹해하는 선배들 앞에서 선생은 호탕하게 웃으며 말했다.

"그래, 네가 맞다. 바로 그거야. 네가 제일이다. 이 녀석아. 자, 선
배가 주는 술 너도 한 잔 받아라."

그날 그렇게 우리는 통했다.

손

1987년 겨울.

일 년 전 가을 이른바 '건국대 사태'에 관련하여 의정부 교도소라

는 곳을 한 달 정도 견학하고 나온 딸을 위해 부모님은 1년간 휴학이라는 포상과 경북 상주의 할머니 집으로 유배라는 선물을 안겼다.

일 년하고도 몇 개월 만에 돌아온 학교 복도에서 막 강의를 끝내고 나오시던 선생을 만났다. 선생은 내가 건국대 사태로 잡혀갔다 나온 후 고향에 내려갔다는 말만 전해 들었다가 오늘 나를 본 것이다.

"너, 이 녀석" 하시며 내 손을 잡으시는 선생의 손이 살짝 떨렸다. 그 떨림은 그간의 걱정과 염려 그리고 오늘 당신 앞에 무사히 돌아온 것에 대한 고마움까지를 전하고 있었다. 손이 전한 말들은 바람에 흩어지지 못하고 그대로 나의 세포 속에 각인되어 버렸다.

선물

졸업을 앞두고 같은 과 선배와 연애를 하던 내게 선생이 어떻게 알았는지 놀리듯 묻는다.

"너, 이 모란 녀석과 연애한다며? 그래 결혼도 할 테냐?"

씨익 웃는 내게, 선생이 이제 보기 힘들겠구나 하시며 작은 손전등을 주신다. 의아해하는 내게 말씀하셨다.

"어제 지하철에서 천 원 주고 샀는데 쓸 만하더라."

그것이 선생이 준 졸업선물이자 결혼선물이 되었다. 결혼 이후 몇 년간 잊혀져 있던 그 선물이 몇 년 후 대청소를 하던 중에 나왔다. 그 작은 손전등을 켜서 침대 아래를 비추니 짝 잃은 양말과 아이가 놀다 흘린 공깃돌과 어여쁜 유리구슬이 보인다. 문득 작지만 소중한 것들을 놓치고 있었다는 생각에 흠칫한다. 선생이 이렇게 또 나를 가르치고 있었다.

오늘

"글 잘 쓰는 제자들의 글은 이미 섭외가 끝났고 너처럼 글 안 써본 사람의 글이 필요하니 오탁번 선생에 대한 이야기 좀 써라"는 선배의 청탁의 변.

이것이 내가 이 글을 쓰게 된 이유니 이 글을 읽으며 글을 못 썼다고 생각하는 사람이 많을수록 나는 내 역할을 다한 셈이다. 또 무릇 평생을 선생으로 살아온 사람에게는 나 같은 실패작이 있어야 선생으로서 고난을 겪게 되는 것이고 고난을 모르는 선생은 이미 선생이 아니니 난 참으로 귀한 제자인 것이다. 이제 선생의 시에 화답시를 적어 내가 얼마나 특별한 애제자인지를 증명하려 한다.

화답시는 나의 소망적 의지에 따라 쓴 것이다. 참고! 난 1월에 결혼했고 마포 근처에도 산 적이 없다.

제자가 하나 찾아와서는
5월달에 결혼한다고 한다

눈가에 이슬이 조금 맺히는 듯
바람 이는 강기슭에 홀로 서 있는 듯

슬픔은 슬픔끼리
기쁨은 기쁨끼리
저기 마포 어디쯤 방을 얻어서
사랑의 보금자리를 틀 무렵

천둥소리 요란한 여름밤에도
그 너머너머에서 다가오는
찬란한 무지개를 보는 듯
아침이슬 빛나는 새끼손톱 보는 듯

네가 이고 가는 하늘 그림자
그 아래로 숨 쉬는 나무와 풀
저기 마포 어디쯤 방을 얻어서
옷깃 풀어서 밤을 밝힐 때

아직은 알 수 없는
너의 슬픔과 기쁨
기쁜 아기를 슬프게 낳을까
슬픈 아기를 기쁘게 낳을까

개강을 앞둔 이른 봄날

제자가 하나 찾아와서는

5월달에 결혼한다고 한다

겨울잠에서 깨어나는 꽃망울인 듯

-오탁번, 「이른 봄날」

한때는 시인이 되고 싶었다.

하지만 오늘

내가 진정 원했던 것은

시인의 어여쁜 소실이 되는 것이었다고 비로소 고백한다

햇볕 따뜻한 산기슭에

잘 마른 볏짚 냄새 향긋하고

붉은 흙이 보드라운 토담집 들마루에서

설레는 가슴으로 시인을 기다리는

윤나는 장독 같은 소실이고 싶다

한때는 수양버들이 되고 싶었다

이승과 저승의 경계인 요단강 가에서

풀어헤친 머리로

넋 풀린 듯 혼 나간 듯

노래하는 버들이 되고 싶었다

그렇게 맘껏 흔들리며 몸속에 엉긴 것 모두 풀어내면

드디어는 나도 시린 풀빛으로 일렁일 수 있을까?

너는 아직 버들이 될 수 없다고 달래는 바람 앞에

나 오늘

벗은 몸으로 수양버들의 어깨에 앉아

서툰 노래라도 흥얼거리고 싶다

-홍부영, 「소망」

오탁번 교수 정년기념문집 『입품 방아품』(원서헌, 2008.8) 비매품

*소묘 2
소년과 자목련

박금산(작가)

이곳은 4·19 묘지 앞 카페 수유재. 집에서는 도저히 끝나지 않을 것 같아 이곳으로 나왔다. 돔 유리창으로 하늘과 위령탑이 보인다. 영혼의 성소는 탑 너머에 있고, 다시 그 너머에 산이 있다. 봄이 시작될 때 온 후 처음이다. 푸르러진 산은 성큼 가까이로 걸어와 있다. 아카시아가 피기 시작한 모양인데 곧 밤꽃이 필 것이다. 탑과 하늘과 신록이 보이는 창에다 자목련을 한 그루 떠올려 본다.

오늘은 5월 15일 스승의 날이다. 선생님을 뵙고 온 지 한 달이 지났다. 선생님께서 모교인 백운국민학교 애련분교를 물려받아 원서헌을 세운 그곳에는 자목련이 한 그루도 있지 않았는데 마치 그 밭에 다녀온 것 같은 기분을 뭐라고 부를까.

2007년 4월 15일, 우리는 서울 수유동에서 출발했다. 큰아이는 카시트에 앉아 있었고 아내는 작은 아이를 품에 안고 있었다. 시각은 오전 11시. 도착하면 1시 반이 넘는다. 점심 무렵에 도착하면 선생님 좋아하시는 약주도 한 잔 올릴 수 있겠는데…… 동행인의 구성도, 출발한 시각도 어중간하고 불안한 것이었다. 상계동에서 동부간선도로로 들어가기 직전, 신호를 기다리다가 전화를 드렸다. 선생님은 약속 날짜를 잡을 때 그러셨던 것처럼 이렇게 물으셨다.

"혼자 오니?"

"아니요, 선생님. 저희 애들이랑 가요."

"어이구야, 지금 출발하면 언제 오니? 조심해서 오그라."

뭔가 '일'을 꾸미고 싶었는데 아쉽게 됐다고 말씀하시는 것 같았다. 가족과의 동행은 확실히 문학적인 것하고는 거리가 멀다. 나는 아내를 한번 쳐다보았다. 어쩔 것인가. 이제 와서 누구를 대동하고 가겠는가.

처음 원서헌에 가겠다고 마음을 먹었을 때는 꿈이 야무졌다. 수유리에 사는 선배 시인 장만호 형에게 함께 가겠냐고 물었었다. 1박 2일쯤으로 일정을 잡고 가서 선생님 모시고 하룻밤 보내다 올 마음이었던 것이다. 선생님께서 "가라 인마들아" 하실 때까지 눌러앉아 있다가 오고 싶었다. 그런데 찾아뵐 날짜를 잡고 난 뒤 무슨 마음으로 그랬는지 모르겠다. 선배 시인에게 말을 꺼낸 건 약속 날짜가 사흘 앞으로 바짝 다가온 날이었다. 불쑥, 가볍게, 그렇게 가고 싶었던 것 같다. 선생님께 깜짝 선물을 드리고 싶은 마음도 있었다. 제안이 너무 갑작스러웠던 터라 그런 '불쑥'은 성사되지 않았다. 선배 시인은 선약이 있다고 아쉬워했다. 그 약속 연기할 방법을 궁리해보더니 그는 웃으면서 고개를 저었다.

다음에는 연령대를 아주 바꾸어서 지도교수님께 의지해보기로 했다.

"봄도 되었는데 먼 나들이 한번 가시는 거 어떠세요? 오탁번 선생님네 원서헌요."

지도교수님의 사정도 마찬가지였다. 왜 그렇게 혼자 가기가 싫고 겁나던지 딱히 가지를 헤아리며 이유를 달 수 없는 복잡 미묘하고 착잡한 심정이었다. 이유를 말하라면 이런 것이 적절할 것 같다. 내가 그 '장군'을 어떻게 독대하냐 말이다. 불쑥 무언가를 하자고 말씀하실지도 모르는데, 나 혼자 그 제안을 어떻게 따르냐 말이다.

당일 아침 아내가 "같이 가줄까?" 했다. 함께 가자는 제안이 아니라 '가줄까'다. 마치 나를 구제해주겠다는 말투였다. 그럴까? 등에 업은 애도 의지가 된다더라, 혼자 아닌 게 어디냐, 즉석에서 오케이 사인을 보냈다. 술친구 데리고 오랬더니 아이들 매달고 왔다고 혼내시면 어떡하지? 걱정이 없진 않았다. 선생님께서는 "내가 언제 너한테 술친구 데리고 오라고 했니?" 하실 것이다. 그냥 혼자 갈까? 여러 마음들 때문에 출발이 늦어졌다. 아이들과 움직이려면 준비하는데 꽤 시간이 걸린다.

지도교수님께서 언젠가 쓰셨던 「늘 푸른 시인」이라는 글이 있다. 이 글을 읽으면 그야말로 국제적인 스케일로 호방하신 문학청년이자 문학장군인 오탁번 선생님의 면면을 만나게 된다. 정지용문학상을 받으시는 '오탁번 형'께 보내는 축사로 쓰신 글인데 거기엔 이집트에선가 이스라엘에서인가, 국제선 비행기를 야간 택시처럼 잡아타고 일본의 나라현으로 가신 선생님 일화가 등장한다. 지도교수님이 일본 나라대학에 교환교수로 가 계실 시절, 전화를 받아보니

"나 오탁번이야" 하시더라는 것이다. 어디냐고 물었더니 대답하시길 "간사이공항". 요즘처럼 이동전화가 있고 로밍 서비스를 신청해서 그걸 지니고 가면 세계 어디에 있더라도 재까닥 연결이 가능한 시대가 아니었다. 집 전화로 국제전화를 하려면 여러 절차를 거쳐야 했던 시절. 이집트인가 이스라엘인가를 여행하다가 문득 만나고 싶어져서 비행기를 잡아타셨으니 얼마나 막무가내이신가. 지도교수님은 이처럼 괴짜로 불쑥 일을 저지르시는 오탁번 선생님을, 이렇게 막무가내로 일을 저질러도 그 일이 성사되고 마는 오탁번 선생님의 희한한 인정을 아주 아름답고 유쾌하게 표현하셨다. 오탁번 선생님께서 10년 만에 쓰신 소설 「포유도(哺乳圖) – 중내북만필(中奈北漫筆)」(「현대문학」, 2007.3)의 한 각주에 이 글이 등장한다.

지도교수님께 불쑥 나들이를 제안한 것은 이 글을 읽고 나서였다. 두 분을 학교나 서울 아닌 데에서 부킹시켜드리고 싶었던 것이고 그 현장에 내가 있어 보고 싶었던 것이다. 과한 욕심이었으려나. 원서헌을 찾아가기 전 자꾸만 그런 '불쑥'이 떠올랐다. 이분을 독대할 내공이 나에게 과연 있을까. 나중에 선배 시인은 잘 다녀왔냐고 물으면서 함께 가자고 했던 이유가 "그것 때문이었지?" 했다. 말하지 않아도 다 안다. 독대할 일을 두고 소심해 하고 미약해 하는 제자가 나만은 아닌 것이다.

새로 뚫린 수락산 의정부IC에서 서울외곽순환고속도로를, 톨게이트로 들어가 중부고속도로, 영동고속도로, 중부내륙고속도로를 차례로 탔다. 출발한 지 2시간쯤 지나자 감곡IC가 나타났다. 이제

국도를 타고 30여 분 달리면 애련리의 느티나무가 나타난다. 느티나무 길 건너편에 원서헌이 있다.

3년 전 여름 고대문인회 행사에 참석해서 밤을 보낸 적이 있는 곳이다. 애련리. 아련하고 사랑스럽고, 어쩌면 애잔해서 가슴 아프다는 의미까지 잔잔하게 퍼져오는 이름. 선생님의 어떤 소설 제목이기도 한 「국도의 끝」에는 아름드리 느티나무가 서 있고 길 건너편에 작은 학교가 있다. 새로 어떤 길이 시작되는 끝이 아니다. 그야말로 앞이 산으로 턱 가로막힌 끝이다. 교사는 3칸 교실이 전부이고 운동장은 채마밭만 하다. 그곳에 서서 고개를 돌리면 천등산 박달재가 보인다. 천등산 박달재를 울고 넘는 우리 님아…… 3분 거리에는 이창동이 감독한 영화 「박하사탕」 촬영지가 있다. 주인공이 터널을 뚫고 달려오는 기차를 보며 "나 돌아갈래" 외치면서 죽는 철교가 있다. 터널에서 곧장 이어져 있는 철교 아래에는 강과 백사장이 있다.

고속도로에서 빠져나가 국도로 접어들자 기분이 아득해졌다. 두 아이는 잠들어 있었다. 차가 시동이 꺼진 것처럼 느껴졌다고 해도 좋을 정도로 고요해져 있었다. 고속도로를 달릴 때는 타이어 소음 때문에 라디오 소리도 들리지 않았었다. 길가에는 목련, 개나리, 진달래들이 흐드러지게 피어 있었다. '흐드러지게'라는 상식적인 표현? 선생님이 혼내실지도 모른다. '사시나무 떨듯'이라는 표현을 쓰면 "너 사시나무 본 적 있어? 가서 꺾어와 봐!" 하시는 분이셨으니까.

아내는 창밖의 꽃들을 바라보고 있었다. 아이들을 데리고 가기로 한 즉흥적인 결정에 나의 비문학성 전체가 들어있는 것 같아 약간 초조해졌다. 아내는 나와 같은 학교, 같은 학과를 졸업했지만 선생님을 직접 뵌 적이 없다고 했다. 우리는 국어국문과를 졸업했고 선생님은 국어교육과에 계신다. 국문과를 다니면서 창작에 관심을 두었던 학생들은 국문과의 창작수업과 국교과의 창작수업을 함께 들었었다. 나는 아내에게 물었다.

"자목련 알아?"

"알지."

"그럼 안암 캠퍼스 어디 어디에서 자목련이 피는지도 알아?"

"글쎄. 모르는데, 왜?"

"그게 중간고사 문제였잖아. 교정에서 자목련이 어디에 피는지 써라."

"정말?"

아내는 기대 이상으로 놀라워했다. 도대체 어떻게 대학의 강의실에서 그런 수업을 할 수 있냐는 반응이었다. 나는 아내를 놀리는 기분으로 말했다.

"정말이야. 창작수업이니까 뭘 못하겠니."

선생님께서 그런 중간고사 문제를 출제하셨는지, 아니면 학생들을 교실 밖으로 밀어내시면서 조사해오라고 시키셨는지, 진짜가 뭔지는 모른다. 함께 창작하던 친구들 사이에서 전설적으로 전해져오는 소문이었다.

"식상한 표현 쓰면 혼도 많이 나고 그랬대. '사시나무 떨듯'이라는 표현을 쓰면 말야, 너! 사시나무 본 적 있어? 당장 가서 사시나무 꺾어와 봐! 소리 지르셨다잖아."

아내가 피식 웃었다. 자목련의 전설이 그렇듯이 사시나무 때문에 혼쭐난 장본인이 누구인지는 역시 전해지지 않고 있다. 그 학생은 지금 뭘 하고 있을까. 가끔 시간강사로 참석하는 창작교실에서 나는 선생님과 사시나무 이야기를 한다. 정말 식상한 표현을 들고 나오는 학생이 있을 때는 이 일화를 얘기해주는 것 말고 달리 어떤 방도가 떠오르지 않는 것이다. 내가 직접 그 수업현장에 있었던 것처럼 살짝 과장해서 말해주면, 학생들은 박장대소하며 웃는다. 사시나무 떨듯이 떨었다, 불타는 눈, 이런 표현은 확실히 문학적이지 못하다.

학부 시절, 우리는 자목련 피는 데가 어디인지 교정을 거닐면서 찾아보았고, 수목원 같은 데에 가면 행여나 사시나무라는 게 있는지 나무의 이름표를 유심히 살피고 기록했다. 문학수업의 어떤 절차였다. 나는 선생님 덕분에 자목련을 처음 보게 되었다. 어떤 선배가 "이게 오탁번 선생님의 그 자목련이다" 말해주었을 것이다.

처음 자목련을 봤을 때는 좀 겁이 났던 것 같다. 목련꽃 그늘 아래서 베르테르의 시를 읽노라…… 이런 간지러운 순결을 연상시키는 백목련과는 너무나 다른 꽃이었다. 온통 음험한 음모로 가득 차 있는 듯 보이는 자색의 꽃은 큼지막한 주걱턱부리를 떠억 벌리고서 가지 끝에 매달려 있었다. 맹금(猛禽)이다. 자색은 흑(黑)에 가까울 정도로 깊고 그윽했다. 이 꽃 아래에서 노래를, 목련꽃 그늘 아래서 베르테르의 시를? 흰색 계열의 옷을 입고 시집을 펼치고 있는 여대생을 이 장면에 배치해보자. 정말 엽기가 따로 없다. 어떻게 목련이라는 이름으로 같이 불릴 수 있을까. 해마다 목련이 피면 자목련을 떠올린다. 어쩌다 교정 아닌 곳에 피어 있는 자목련을 보게 되면 캠퍼스를, 문학을 떠올린다. 선생님은 당연히 꽃과 함께 하신다.

고려대학교 교정에서는 본관과 대학원 사이, 민주광장에서 서관으로 올라가는 비탈길 초입에 자목련이 있다. 석사과정, 박사과정을 다니면서 계속 보게 된 본관 옆의 자목련에는 특별한 의미가 들어있다. 백목련과 나란히 서 있어서 그럴 것이다. 두 목련은 햇살 받는 것도 키도 똑같다. 그런데 어쩌면 그렇게 다른지 모르겠다. 자목련은 백목련이 흐드러지게 피었다 진 다음에야 망울을 터뜨린다. 귀하다고 스스로를 뽐내는 건가. 올해는 꽃잎만 다른 게 아니라 잎도 다르다는 것이 눈에 들어왔다. 백목련의 잎은 햇살을 받으면 연하게 하늘거리지만 자목련은 잎이 단단하기도 해서 자색의 꽃처럼 음험함을 가득 담고 있는 것이다. 햇빛이 잎을 뚫지 못하기 때문에 약간의 음산함도 느껴진다.

그늘은 본디 문학에 들어있는 서글픔의 기원이다. 이 자목련을 유심히 지켜보고 있을 때면 오탁번 선생님이 반드시 떠오른다. 자존심, 개성, 독불장군, 이런 것들이 떠오른다. 졸개가 되지 말아야 한다. 선생님으로부터 배운 바다. 석사를 마치고, 박사를 마치고, 본

격적인 작가 생활을 하면서 문학에 대한 고민이 깊어지는 요즈음, 이 꽃은 문학하는 자가 누려야 할 자유와 행복과 문학이 지녀야 할 개성에 대한 비유로 등장하고 있다.

한편으로는 이렇게 질투를 하기도 한다. 당신을 기억하게 하는 방식도 참 별나시지. 자목련은 혼자 독차지해 버렸잖아. 나를 키운 건 팔 할이 바람이다라는 표현을 써서 시에서 할푼리의 어법을 독차지해버린 미당이나, 시에서는 이 안에 바보 같은 왼손잡이가 살고 있노라는 표현을 써서 거울을 독차지해 버리고, 소설에서는 날자 다시 한번 날아보자를 써서 비상의 제스처를 독차지해 버린 이상처럼. 결국 문학의 생명력은 사람으로 하여금 어떤 것을 기억하게 만드는 데에 있는 것이 아닌가. 자목련 한 가지만으로도 되지 않고, 오탁번(선생님이라는 호칭을 여기서 한번 떼어보기로 한다) 한 가지만으로도 되지 않는 것. 두 생이 연결될 때 만들어지는 기억은 침묵처럼 깊다. 문학 창작은 그런 기억을 만드는 과정이다.

("선생님, 그때 강의하기 귀찮으셔서 그러신 거 아닌가요?" 꼭 한번 여쭤보고 싶은 순간도 물론 찾아온다. 요즘처럼 학점에 연연하는 학생들이 기말에 수업의 실효성과 강사의 성실성을 기반으로 하여 강의평가서를 작성하는 풍경을 떠올리면……. 한없는 게으름으로 비칠 수도 있다. 언감생심. 독대하는 걸 무서워하면서 가족을 데리고 가는 내가 어떻게 그런 말을 여쭙겠는가. 선생님께서 창작교실에서 강조하셨던 것은, 세부에 대한 관심, 언어에 대한 관심, 남이 안 보는 것에 대한 관심, 거꾸로 보는 연습, 이런 것들이었다. 창간해서 10년째를 맞고 있는 잡지 『시안(詩眼)』의 '안'

이 그 눈일 거라고 생각한다.)

내가 참석했던 창작수업시간에 선생님은 이렇게 말씀하셨다.

"담배 피울 놈들은 창문 쪽 자리에 앉아서 피워."

교탁에 비스듬히 기대시고 한 손에는 분필을 한 손에는 담배를 들고 계셨다. 담배를 안 피우면 혼을 내실 것 같았다. 나는 배짱을 시험하고 싶어져서 창문 쪽으로 옮겨 앉았다. 그런데 왠지 담배에서 연기가 잘 나지 않았다. 연기가 많이 안 나니까 꼭 매 맞는 기분이 되었다. 끼를 발산하고 싶었는데 묘하게 주눅이 들었던 것이다. 선생님은 교단에 서서, 학생은 책상에 앉아서, 연기 뿌끔거리는 맞담배! 당시에는 마냥 특별하기만 했었는데 지금은 문학하는 자의 자유와 문학형식의 파격과 상징적 동작의 소중함을 떠올리고 있다. 제도 앞에서의 몸부림 그 자체이다. 당시보다 더 정교해지고 단단해지고 힘이 세진 제도는 이런 종류의 자유를 허락하지 않는다. 선생님마저도 요즘은 창작수업에서 그렇게 하지 않으신다고 한다. 하시기로 작정하시면 못할 일이 뭐 있겠는가만은.

아내에게 또 무슨 얘기를 들려주고 싶었다. 신춘문예 3종 3연패를 말해볼까? 1966년 동화, 1967년 시, 1969년 소설. 관심을 끌기에는 제격이지만 선생님께 누를 끼치는 일인 것 같았다. 10년 만에 발표하신 소설 「포유도」의 '작가의 말'이 생각났다. 이 '작가의 말'은 보통의 작가의 말이 아니라 소설의 본문이다. 각주가 주렁주렁 달려 있는데 일종의 형식 실험인 셈이다. 여기에는 신춘문예 3관왕의 기록은 부담스러운 세속의 멍에일 뿐이었다는 것이 강조되어 있다. 저널리즘을 경계할지어다. 하지만 말하지 않을 수 없었다.

세속의 멍에였다고, 코피 터지도록 밤새워 가면서 소설을 써내면 "응, 오 아무개는 재주가 좋으니까……" 하던 주변의 반응이 무엇보다 싫었다고 말씀하시지만 3종 3연패의 기록은 문학장군으로서 선생님이 이루신 업적이니. 그것도 선생님이시다.

"신춘문예에서 동화 시 소설 세 가지를 주루룩 연패하셨잖아. 대단하셔."

"정말? 세 가지를?"

"천재야 천재. 이런 산골에서 어떻게 그런 장부가 나셨는지 몰라."

나는 말을 하면서 첩첩 가로놓인 산을 다시 보았다. 3년 전 여름 고대문인회 행사로 처음 선생님의 고향을 방문할 때에도 같은 심정이었다. 첩첩산골에서 문학 장군이 태어나셨다……. 지금은 자동차로 두 시간 만에 도착할 수 있는 곳이지만 도로가 없었던 예전에는 어땠을까.

원서헌(遠西軒)이 있는 곳은 충청북도 제천시 백운면 애련리 198번지이다. 모교의 폐교된 분교를 물려받아 문학관을 꾸미시고 현판을 그렇게 붙이셨다. 원서는 제천에서 서쪽으로 가장 멀다고 해서 붙여진 조선 시대의 지명이라고 한다. 강원, 충청의 도계인 그곳은 「포유도」의 배경이 되고 있다.

자갈을 정성스럽게 깔아놓은 마당에 차를 세우자 아이가 "똥냄새 나" 했다. 나는 선생님께서 들으셨을까봐 조금 당황했다. '얘야, 똥이라고 직설적 표현 쓰면 너 선생님한테 혼난다. 문학적으로 말을 해야 하는 거야.' 선생님께서는 등산모, 등산조끼, 청바지, 흰 고무신 차림으로 계시다가 차 있는 쪽으로 오셨다. 둘째 아이가 내복 차림인 걸 보시고는 추울 테니 어서 옷을 입히라고 하셨다. 내 어머니 같았다. 첫째 아이가 다시 선생님을 향해 똥냄새를 입에 올렸다. 선생님께서는 텃밭에 돼지똥 거름을 뿌려두었다고 하면서 다음과 같은 놀라운 말씀을 하셨다.

"이리 와. 할애비한테 와 봐."

뭐라구요? 할애비라구요? 단어 자체도 그렇지만 발음이 흘러나오던 순간의 자연스러움이 나를 더 놀라게 했을 것이다. '불쑥'의 패기는 어디다 팽개치시고……. 곧 사모님(김은자 선생님, 한림대학교 국문과)께서 나오셨다. 아장거리는 둘째 아이에게 두 팔을 벌리셨다. 19개월 된 둘째 아이는 울먹울먹하면서 제 엄마를 뻔히 쳐다보았다. 선생님과 사모님 두 분께서 다정히 웃으시면서 말씀하셨다.

"야 야. 낯 가린다야."

"선생님 손주도 이쯤 되나요?"

"아냐, 이제 겨우 돌 되는데 뭐. 얘보다 작아."

문득 허탈해졌다. 이렇게 다정하신 분인데 내가 뭘 겁내고 왔던 거지?

교사의 현관을 열면 복도가 죽 앞으로 펼쳐진다. 자그마한 교실 3칸이 전부여서 몇 걸음이면 끝에 가 있게 되지만 참 길어 보인다. 첫 번째 교실이 선생님의 서재이자 작업실이다. 가운데에 장작 난로가 있고 컴퓨터는 운동장 쪽 창 앞에 있다. 소파와 군용 야전침대가 있고 양쪽 벽면에 서가가 있다. 두 번째 교실에는 시인들의 사진과 육필원고가 전시되어 있다. 단체 방문객들이 잠자리로 사용하기도 하는데 전기 패널을 깔아두어서 스위치만 올리면 금방 따뜻해진다고 한다. 번호자물쇠로 채워져 있는데 인근에서 문학하는 사람들이 종종 문을 따고 들어와 지내다 가곤 한다고 한다. 마지막 세 번째 교실에는 칠판과 책걸상이 있다. 이곳에서는 인근의 초등학생들을 불러 시 교실도 열고 여러 가지 행사를 하신다고 한다.

교실과 운동장에 있는 물건들에는 하나같이 선생님의 사연이 들어있다. 교실에 있는 책걸상은 고려대학교에서 그것들을 신형으로 바꿀 때에 달라고 하셔서 실어오신 것들이다. 책상의 나무판에는 동그런 잉크병 놓는 홈과 펜대 놓는 가느다란 홈이 파여 있다. 나도 학부 시절에는 그 책상을 썼다. 책걸상을 한 세트로 잇고 있는 철골의 옆면에는 '高大' 마크가 찍혀 있다. 물건들이 저마다 선생님께서 거쳐온 시절들을 불러 들여와 지금의 원서헌을 이루고 있는 것이다. 모교 초등학교에서부터 졸업하고 재직하고 계신 고려대학교까지.

그리고 선생님의 어머니. 사택이나 숙직실이 있었을 자리에 새로 지으신 것처럼 보이는 댁은 서재와 몇 걸음 떨어져 있다. 댁 현관에서 나와 서재로 들어가려면 잔디 위에 놓인 징검다리를 밟아야 한다. 서재 현관 오른쪽에 선생님의 어머니가 계신다. 선생님 키 높이의 자그마한 화강석 기단 위에는 약간의 경사진 면에 자당 어른의 초상이 계신다. 청동으로 부조한 조상(彫像)이다. 조상 아래의 잔디는 다른 곳에 비해 유독 잘 가꿔져 있었다. 초상이 계신 경사면의

각도는 아주 절묘했다. 그 앞에 서면 저절로 우러르게 되고 굽어살 피심을 받을 수 있도록 되어 있었다. 선생님의 마음이 세세하게 느껴져서 나도 모르게 내 어머니를 떠올렸다. 내 어머니는 지금 아이 둘을 낳고 허둥허둥 지내는 우리 부부를 보시다 못해 학기가 시작되면 서울로 오셔서 아이들을 보살펴 주시다가 방학이 되면 여수로 내려가신다. 어떤 얘기 끝에서 선생님은 "어머니가 늘 계시니까, 그래서 나는 종교를 못 가지잖아" 하셨다. 서가 위 벽에도 부조된 초상이 계신다. 초상에서 조금 떨어진 서가에는 '백운국민학교 애련분교' 현판이 놓여 있다. 아마도 교문 기둥에 붙어 있었던 것일 것이다. 검은 바탕에 두 줄로 내려쓴 글자에는 흙 때가 묻어 있다.

선생님께서 〈작가교수회의〉 안부를 물으시면서 슬쩍 웃으셨다. 제도와 문학, 넥타이와 포장마차, 월급과 원고료 등등이 섞여 있는 상황에 대한 웃음이라는 것을 나중에 알게 되었다. 글 쓰는 시간을 연장하려고 대학원에 진학했고 돈 걱정 안 하면서 글을 쓰기 위해 직장으로 잡은 게 대학교수였다는 것은 여러 글에서 읽은 적이 있었다. 거기에 더해서 선생님은 문학을 하기 위해 주말이면 포장마차에 들어가 앉아 있기도 하고, 여관방에 들어가 있기도 하고, 수업할 때가 되면 넥타이 매고 출근하던 시절의 일을 말씀하셨다.

"선생님 예전에 자목련 피는 자리 조사해오라고 숙제도 내고 그러셨잖아요."

난 내가 그 교실에 있었던 것처럼 말했다. 자목련 때문에 더 깊어지는 나의 문학에 대한 고민을 말씀드릴까 말까 하고 있었는데 선생님께서 '난 장군이다' 선언하셨다.

"응. 강의실에서 학생들과 담배도 막 피우고 그랬지. 오탁번이는 그래도 되잖아? 아무 데서나 그러니 뭐? 요즘 애들 같으면 고발하고 그럴걸?"

맞아요……. 대꾸를 하려다가 그냥 웃었다. 우리 문학장군 선생님. 또 선생님의 시에는 이런 얘기도 나온다. 술집에서 시건방지게 떠드는 후배를 보고 선배가 묻는다. 너 몇 학번이야? 후배가 대답한다. 나? 오탁번인데요. 선배가 배꼽을 잡는다. 며탁뻔? 오탁번? 학생들이 배꼽을 잡고 이 빠진 술잔들이 돌고 돈다.

"밭에는 뭐 심으셨어요?"

"올해는 누굴 줬어. 마당 하나 관리하는 것도 벅차거든. 원고 쓸 때는 창문을 닫잖아."

청탁에 응해놓은 시가 10여 편이라고 하셨다. 컴퓨터는 운동장 쪽 창을 향해 있었다. 길 건너편에 느티나무가 있었고 자리에서 일어서면 임금님 낚시터인 연못이 보인다. 운동장 가운데에 만들어놓은 그 연못과 책상 사이에는 백두산에서 몰래 캐어왔다는 야생화 화단이 있다. 특별 관리 대상이다. 원고 쓸 때는 문을 왜 닫아요? 여쭈려는데 선생님께서 말씀하셨다.

"바깥이 더 재미있거든. 저 재미있는 걸 놔두고 원고가 되겠니?"

3월에 낸 소설 「포유도」를 말씀드렸다. 소설가한테 최근작 소설 얘기보다 더 신나는 게 어디 있을까. 거기에는 김희문이라는 소설가가 한국으로 유학 왔다가 일본으로 돌아간 옛 제자 이노우에를 만나 그에게 〈中奈北〉이라는 말을 써주고 돌아오는 장면이 나온다. 중내북은 중원(中原), 내제(奈堤), 북원(北原)을 줄여 부른 말로, 현재의 충주, 제천, 원주이다. 원서헌은 바로 그 배경의 중앙이다. 「포유도」에는 소젖이 넘치지만 아이 먹일 우유가 없는 궁핍한 상황이 인상적으로 그려져 있다. 종우가 없어서 암소에게 주사기로 교미시키는 일화도 등장하고 노모를 모시는 할아버지 아들도 등장한다.

"이참에 소설을 다시 쓰시는 거지요?"

"그럴라고. 야, 금산, 네가 뭐라고 필명을 쓰고 그래? 흥. 근데 말이다, 소설이 재주로 되는 거니?"

선생님께서 '너도 알지 않니?' 하시면서 물으시자 기분이 좋았다. 미약한 내공을 가진 제자이지만 같은 작가로 대해주시는 것 같아서였다. 내 본명 박영준은 선생님이 소설가로 데뷔할 때 심사위원이셨던 연세대학교의 소설가 박영준 선생님이다. 자목련을 생각할 때 내가 그렇듯이 아마도 내 이름을 부르실 때 선생님께서도 그분 생각을 하시지 않을까.

「포유도」가 시작된 경위를 잠깐 말씀하셨다. 원고를 보내주기로 하고 일본여행을 갔는데 거기서 노트 펴고 쓰셨다는 거다. 사모님의 건강이 좋지 않으셔서 간 규슈 온천여행이었다고 한다. 여관방 다다미에 엎드려서 문장을 적는 선생님의 자세가 얼핏 상상이 되었다. 숙제를 하는 소년의 모습이다. 여행 와 놓고 이게 뭐 하는 짓이냐고 눈치 주시는 사모님의 핀잔도 떠오르고, 사모님 눈치를 보시는 소년 선생님이 떠올라 웃음이 났다.

"다음 소설 원고를 주겠다고 약속해 놓은 곳이 두 곳 있어. 예전에 행정구역 개편한다고 그랬던 적이 있거든. 강원도가 길쭉하니까 강원남도, 강원북도, 이렇게 만든다는 거였거든. 그런데, 원주 영월 평창 충주 제천 단양을 묶어서 강원남도를 만들면 첫 도지사는 이 오탁번이다, 내가 그랬었거든. 충북 제천이 고향이고 중고교를 강원도 원주에서 다녔으니 나만 한 지연 학연을 이길 놈이 없지. 이번 소설에서 말야, 강원남도를 독립도로 만들어서 정부군하고 전투도 벌이고 그럴 거다. 마르께스가 한 게 그런 거잖니?"

선생님께서는 사실과 픽션의 경계를 완벽히 허물어버리는 그런 소설을 쓰실 거라고 했다. 원서헌에 다녀온 다음 원대한 구상이 들어있는 「포유도」를 다시 읽어보니 이 문장이 유독 눈에 띄었다. "소설은 생각만 해도 꼭 덫에 잡힐 것 같은 두려움의 대상이라고 생각하면서도 그러나 마음속 한 켠에서는 내 문학의 마지막 승부는 악독무비한 소설에서 결판날 것이라는 예감 같은 것을 지니고 있었다."

"다섯 시부터 일어나 원고를 썼더니 생각이 나네. 한 잔은 괜찮겠지?"

어쨌거나 나의 기대대로였다. 선생님께서는 백세주를 한 병 꺼내셨다. 사모님이 알면 운전할 사람한테 술 마시게 한다고 꾸중하실 거라는 말씀을 하실 때 나는 퍽 안심했다. 선생님도 혼날 일을 걱정하시는구나. 진짜 딱 한 잔만이다……. 나는 아내가 오기 전에 잽싸게 한 잔을 비웠다. 그러자 다음 잔을 주셨다.

풍금 소리가 들려왔다. 아내는 뒤늦게 교대에 다니고 있다. 이번 학기에는 실기로 피아노를 배우는데 풍금으로 연습을 하는가 보았다. 아내가 누르는 풍금 소리가 듣기 참 좋았다. 그리고 곧 "박수율 어린이!" 부르는 소리가 들려왔다. 아이들을 앉혀놓고 교생실습을 하는 것이었다. 선생님께 아내의 근황을 말씀드렸다. 선생님께서는 내가 문학 건달로 살기 위해 아내를 일터로 내보낼 마음을 먹고 있다는 속내를 알아차렸다는 듯이 민망스럽게, "뭘 그런 거까지 시키니, 인마" 하셨다. 그리고 사모님 김은자 선생님께서 대학원 공부하던 시절을 말씀하셨다. 남편이 아침밥을 잘 못 얻어먹는 건 그렇지만 아내도 일을 할 수 있게 도와줘야 한다는 거였다. 한 잔은 괜찮겠지 하면서 시작한 술이 병을 비우고 있었다. 술친구를 대동하고 왔으면 얼마나 좋았을까. 아내가 운전을 할 줄 알면 얼마나 좋을까. 술이 감질날 수가 없었다.

"선생님, 근데, 네미가 뭐예요?"

"네미?"

궁금한 건 참지 말아야 한다. 선생님으로부터 배운 바다. 묻기 송구스러웠으나 이번 소설에서 하도 정겨운 감탄사로 자주 등장한 말이어서 묻지 않을 수가 없었다. 선생님께서 활짝 웃으셨다. 네미? 베개만 한 사전을 주셨다.

"사전에 있어요?"

"있으니까 쓴 거 아니겠니."

사전에는 이렇게 풀이되어 있었다. 송아지를 부를 때 하는 소리.

"개를 부를 때는 쫑 쫑, 워리 워리 하고, 고양이를 부를 때는 나비야 나비야 하는데, 송아지를 부를 때는 뭐라고 하는지 궁금하더라고. 그래서 평생 농사짓는 동창생 친구한테 물어봤잖아. 그랬더니 네미! 이러는 거야. 얼른 와서 사전을 뒤져봤지. 그게 있는 거야."

네미를 시작으로 해서 선생님은 엘레지(개자지) 바늘겨레(바늘 꽂아두는 둥그런 솜) 등의 어휘가 얼마나 소중한지에 대해서 말씀하셨다. 시인이 사전 속에서 시어를 찾는 건 광부가 광맥을 찾는 것과 같다고 하셨다. '하동지동'에 대해 말씀하신 게 가장 기억에 많이 남는다. 학교 연구실에도 서재에도 베개만 한 국어사전이 있다. 연구실 것은 닳아서 표지가 너덜거린다. 선생님은 작년 12월에 펴낸 제7시집 『손님』을 주면서 이렇게 말씀하셨다.

"「밥냄새」라는 시 한번 읽어볼래?"

"소리 내서요?"

"그래. 소리 내서."

나는 '네미' 같은 단어가 나오면 당황 안 하려고 조심조심 읽었다.

하루 걸러 어머니는 나를 업고
이웃 진외가 집으로 갔다
지나다가 그냥 들른 것처럼
어머니는 금세 도로 나오려고 했다
대문을 들어설 때부터 풍겨오는
맛있는 밥냄새를 맡고

내가 어머니의 등에서 울며 보채면
장지문을 열고 진외당숙모가 말했다
언놈이 밥 먹이고 가요
그제야 나는 울음을 뚝 그쳤다
밥소라에서 퍼주는 따끈따끈한 밥을
내가 하동지동 먹는 걸 보고
진외당숙모가 나에게 말했다
밥때 되면 만날 온나

아, 나는 이날 이때까지
이렇게 고운 목소리를 들어본 적이 없다
태어나서 젖을 못 먹고
밥조차 굶주리는 나의 유년은
진외가 집에서 풍겨오는 밥냄새를 맡으며
겨우 숨을 이어갔다

읽기가 끝나자 선생님께서 말씀하셨다.

"'하동지동'이라고 있지? 그게 무슨 뜻인 줄 아니?"

"글쎄요……."

"'허둥지둥'의 작은말이거든. 근데 말야, 허둥지둥이라고 썼으면 난 완전 거지인 거야. 허둥지둥은 구걸해서 밥 먹는 꼴이잖니? 그런데 말야, 하동지동, 이렇게 하니까 뭔가 어린애답고 귀엽고 그렇지? 하동지동이 날 거지에서 구원해준 거야."

허둥지둥이라고 쓰지 않았기 때문에 거지가 안 된 것이고, 하동지동이라는 시어가 당신을 거지에서 시인으로 구원해 주었다는 것처럼 들렸다.

백운국민학교 터를 잡을 때 지관이 한 말이 있었다고 한다. 이 터에다 학교를 세우면 장차 큰 인물이 난다. 선생님의 어머니께서는 지관이 말한 그 인물이 바로 선생님이라고 늘 강조하셨다고 한다. 그래서 선생님은 여학생들과 장난 한번 못 치고 초등학교를 졸업하셨단다. 개구쟁이 같기만 하고 '창조적 불쑥'으로 일관하신 걸로 알아왔던 선생님의 모습하고는 너무나 달랐다. 겁이 많아서 나무에 매달려 있는 감도 숙모님 등에 업혀서만 따먹었다고 하신다. 세상에! 그럼 이 장부의 기질은 어디서 나온 거람?

요즘도 선생님은 중요한 결정을 내리실 때가 되면 어머니께 여쭈신다고 한다. 원서헌을 꾸밀 때에도 그러셨다고 한다. 어렸을 적에 어머니는 바깥일을 많이 하셨고 숙모가 엄마 역할을 많이 했다고 하는데 자당 어른께서는 선생님만의 어머니가 아니라 마을의 어머니셨더란다.

나도 모르게 나의 유년과 지금의 어머니에 대해 말씀을 드렸다. 분교가 되었다가 폐교가 된 섬마을의 내 모교 초등학교에 대해서도 말씀드렸다. 선생님은 너무나 당연하시게도 "어머니한테 잘해" 하셨다. 가난했지만 가난을 원망해본 적 없고, 패기를 버린 적 없고, 어떤 글에서도 희망을 놓치시지 않는 선생님. 희망이라는 낯익은 말을 개성적인 문학의 언어로 닦아내시는 그 재주와 열정을 생각할 때면 언제쯤 선생님 같은 문학을 할 수 있게 될지 아득해져 갔는데 선생님이 밟으신 길에 나의 미래도 있을 것 같아 자신감이 들었다.

강원남도 지사가 되어 정부군과 벌인 전투를 지휘하는 키 작은 장군이 떠올랐다. '할애비'라는 말을 아무렇지도 않게 하셨던 선생님에게서 '세월'이라는 단어를 떠올렸던 나는 '소년'과 '장군' 쪽으로 마음을 전환시켰던 것이다. '할애비'가 되는 것이야 어쩔 수 없는 일이지만, 소설 속으로 들어가면 장군이 되시지 않는가. 이것이 소설가의 행복일 것이다.

아내가 와서 애들이 배고파한다고 말했다. 출발 시각이 어중간했기 때문에 우리는 점심시간을 건너뛰고 있었다. 아내가 문을 열고 들어왔을 때 운전할 줄 모르냐고 물으셨던 선생님께서는 이렇게 말씀하셨다.

"그래. 얼른 가. 식당 찾으려면 또 한참 가야 된다. 애들이 배고프면 안 되지."

그렇다. 나는 배고파도 애들은 배고프면 안 된다.

"예. 선생님. 기념사진 한 장 찍어요."

"그래. 그러자."

우리는 선생님의 어머니 앞에서 사진을 찍었다. 거기는 잔디가 어느 곳보다 잘 가꿔져 있었고 사진을 찍기에 볕이 아주 좋았다. 내가 사진사가 되어 아이들과 아내와 선생님을 찍었다. 그러자 선생님께서 사진기를 가져오셔서 우리를 찍어주셨다(나는 아직 못했는데 선생님은 이걸 인화해서 전해주셨다). 야외에 나가서 우리 네 가족이 함께 찍히는 건 처음 있는 일이었다.

아내에게 보여주려고 「박하사탕」 촬영지로 갔다가 나오면서 다시 선생님과 인사했다. 사모님은 댁에서 쉬고 계신다고 했다. 사모님의 근황에 대해서는 최근 어느 잡지에 「절세미인」이라는 시로 쓰셨다고 한다. 우리는 제천 시내에 나와 늦은 점심을 먹었다. 큰아이가 "선생님 할아버지네 또 가자" 했다. 그럴까? 아이들에게 밥을 먹였으니 돌아가서 늦게까지 약주를 올리다가 갈까? 나는 내가 취할 것이 걱정스러워서 그대로 돌아오고 말았다. 쓰시고 있는 소설이 진척되어서 정부군과의 전투를 지휘하시는 장군이 되시면, 그때는 트렁크에 술 가득 싣고 찾아뵙겠습니다, 마음으로 약속할 수밖에.

혼자 다녀온 척하면서 탐방기를 쓰려고 했는데 일요일 낮 한때를 보낸 감회가 모조리 다 생각난다. 막 수면 위로 올라올 기세로 자라고 있던 연못의 수련, 그 잎의 무늬까지 세세하게 생각난다. 원서헌에서 인사를 드리면서 내가 마지막으로 한 일은 자목련이 어디에 있는지 두리번거린 것이었다. 그곳에 자목련은 있지 않고 선생님이 계셨다.

―『소설시대』(2007.6)

| 작품 서지 |

오탁번 소설 1 『굴뚝과 천장』

「처형의 땅」   (대한일보, 1969)

「선」   (현대문학, 1969)

「종소리」   (월간문학, 1969)

「가등사」   (현대문학, 1970)

「국도의 끝」   (월간문학, 1970)

「한겨울의 꿈」   (현대문학, 1971)

「황성 옛터」   (월간문학, 1971)

「실종」   (현대문학, 1971)

「귀로」   (신동아, 1972)

「거인」   (문학사상, 1973)

「아이 앰 어 보이」   (월간중앙, 1973)

「굴뚝과 천장」   (현대문학, 1973)

오탁번 소설 2 『맘마와 지지』

「종우」   (기원, 1973)

「아옹다옹」   (여성동아, 1973)

「아이스크림 킥」	(여성중앙, 1974)
「1984년」	(여성동아, 1974)
「우화의 집」	(현대문학, 1974)
「세우」	(세대, 1974)
「어둠의 땅」	(문학사상, 1974)
「쥐와 자전거」	(서울평론, 1974)
「불씨」	(문학사상, 1975)
「망년회」	(*****, 1975)
「내가 만난 여신」	(*****, 1975)
「지우산」	(현대문학, 1976)
「맘마와 지지」	(문학사상, 1976)
「뼈」	(한국문학, 1977)
「작은 바닷새」	(월간중앙, 1977)
「흙덩이와 금불상」	(뿌리깊은나무, 1977)
「동행」	(소설문예, 1977)
「옛 친구」	(세대, 1977)

오탁번 소설 3 『아버지와 치악산』

「호랑이와 은장도」	(한국문학, 1977)
「절망과 기교」	(문학사상, 1978)

「달려라 밤 버스」   (한국문학, 1978)

「아버지와 치악산」   (문학사상, 1979)

「인형의 교실」   (문학사상, 1980)

「부엉이 울음소리」   (현대문학, 1980)

「해피 버스데이」   (문학사상, 1980)

「사금」   (한국문학, 1980)

「패배선」   (문학사상, 1981)

「열쇠를 돌리는 법」   (월간조선, 1981)

「정받이」   (현대문학, 1982)

「솔제니친을 위하여」   (광장, 1982)

오탁번 소설 4 『달맞이꽃』

「언어의 묘지」   (소설문학, 1982)

「비중리 기행」   (문학사상, 1982)

「저녁연기」   (문학사상, 1984)

「달맞이꽃」   (현대문학, 1984)

「아가의 말」   (한국문학, 1984)

「낙화」   (샘이깊은물, 1986)

「우화의 땅」   (문학사상, 1986)

「빈집」   (한국문학, 1987)

「절필」　　　　　　　　　　（문학사상, 1987)

「하느님의 시야」　　　　　（문예중앙, 1989)

「깊은 산 깊은 나무」　　　（문학과비평, 1989)

「섬」　　　　　　　　　　　（현대문학, 1993)

「반품」　　　　　　　　　　（현대문학, 2010)

오탁번 소설 5『혼례』

「혼례」　　　　　　　　　　（세대, 1971)

「목마와 숙녀」　　　　　　（문학사상, 1975)

「새와 십자가」　　　　　　（문학사상, 1977)

오탁번 소설 6『포유도』

「미천왕」　　　　　　　　　（민족문학대계, 1974)

「겨울의 꿈은 날 줄 모른다」（현대문학, 1987)

「1억 년 전의 새 발자국」　（문학사상, 2000)

「포유도」　　　　　　　　　（현대문학, 2007)

1943년 충북 제천시 백운면 평동리 출생.

1950년 한국전쟁 발발.

1951년 백운초등학교 입학.

1957년 백운초등학교 졸업. 원주중학교 입학.

1960년 원주고등학교 입학.

1962년 「걸어가는 사람」(시) 학원문학상 당선.

1964년 고려대학교 문과대학 영문학과 입학.

1966년 『동아일보』 신춘문예 동화 「철이와 아버지」 당선.

1967년 『중앙일보』 신춘문예 시 「순은이 빛나는 이 아침에」 당선.

　　　　고대신문 문화상 예술 부문 수상.

　　　　고려대학교 「응원의 노래」 작사.

1968년 고려대학교 영문학과 졸업.

1969년 『대한일보』 신춘문예 소설 「처형의 땅」 당선.

　　　　고려대학교 대학원 국문학과 입학.

1971년 고려대학교 대학원 국문학과 졸업.

　　　　「정지용 시 연구」로 문학석사.

　　　　육군사관학교 교수부 국어과 교관. 육군 중위.

1973년 육군사관학교 교수부 전임강사. 육군 대위.

　　　　첫 시집 『아침의 예언』(조광).

1974년 전역.

수도여자사범대학 전임강사.

첫 창작집 『처형의 땅』(일지사).

1976년 수도여자사범대학 조교수.

평론집 『현대문학산고』(고려대출판부).

1977년 창작집 『내가 만난 여신』(물결).

1978년 고려대학교 사범대학 국어교육과 조교수.

창작집 『새와 십자가』(고려원).

1981년 고려대학교 부교수. 창작집 『절망과 기교』(예성).

1983년 고려대학교 교수.

「정지용·김소월 연구」로 문학 박사학위.

하버드대학교 한국학연구소 방문학자.

1985년 제2시집 『너무 많은 가운데 하나』(청하).

창작집 『저녁연기』(정음사).

1987년 단편 「우화의 땅」으로 한국문학작가상.

소년소설 『달맞이꽃 피는 마을』(정음사).

창작집 『혼례』(고려원).

1988년 논문집 『한국현대시사의 대위적 구조』(고려대 민족문화연구소).

창작집 『겨울의 꿈은 날 줄 모른다』(문학사상).

1990년 평론집 『현대시의 이해』(청하).

1991년 제3시집 『생각나지 않는 꿈』(미학사).

산문집 『시인과 개똥참외』(작가정신).

1992년 문학선『순은의 아침』(나남).

1994년 제4시집『겨울강』(세계사).

　　　동서문학상(시).

1996년 고려대학교 교우회관 준공기 지음.

1997년 시「백두산 천지」로 정지용문학상.

1998년 계간시지『시안』창간.

　　　평론집(개정판)『현대시의 이해』(나남).

　　　평론집『오탁번 시화』(나남).

1999년 제5시집『1미터의 사랑』(시와시학사).

2002년 제6시집『벙어리장갑』(문학사상사).

2003년『오탁번시전집』(태학사).

　　　오세영·김현자 외『오탁번 시읽기-시적 상상력과 언어』
　　　(태학사).

　　　시집『벙어리장갑』으로 한국시인협회상.

2006년 제7시집『손님』(황금알).

2008년 (사)한국시인협회장.

　　　평론집『헛똑똑이의 시 읽기』(고려대출판부).

　　　고려대학교 교수 정년퇴임.

2009년 활판 시선집『사랑하고 싶은 날』(시월).

　　　한국시인협회 편/국보사랑시집, 공저『불멸이여 순결한 가
　　　슴이여』(홍영사).

2010년 제8시집『우리 동네』(시안).

김삿갓문학상.

은관문화훈장.

2011년 고산문학상.

2012년 육필시선집 『밥냄새』(지식을만드는지식).

2013년 시선집 『눈 내리는 마을』(시인생각).

2014년 제9시집 『시집보내다』(문학수첩).

2015년 산문집 『작가수업-병아리시인』(다산북스).

현재　고려대학교 국어교육과 명예교수.